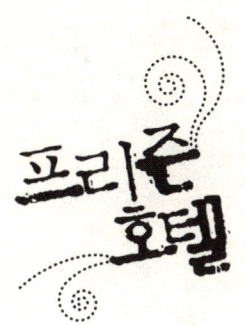

PRISON HOTEL by Jiro Asada
Copyright ⓒ 2001 by Jiro Asada

All rights reserved.
First published in Japan in 2001 by SHUEISHA, Inc., Tokyo.
Korean translation rights in Republic of Korea arranged by SHUEISHA Inc.
through THE SAKAI AGENCY and BOOKPOST AGENCY.

Korean translation rights ⓒ 2007 by Munhakdongne Publishing Corp.

이 책의 한국어판 저작권은 THE SAKAI AGENCY/BOOKPOST AGENCY를 통해
SHUEISHA Inc.와 독점계약한 (주)문학동네에 있습니다.
저작권법에 의해 한국 내에서 보호를 받는 저작물이므로
무단 전재와 무단 복제를 금합니다.

이 도서의 국립중앙도서관 출판시도서목록(CIP)은
e-CIP 홈페이지(http://www.nl.go.kr/cip.php)에서 이용하실 수 있습니다.
(CIP제어번호: CIP2007002609)

프리즌 호텔

PRISON HOTEL ②
...가을秋

아사다 지로 장편소설 ─ 양억관 옮김

문학동네

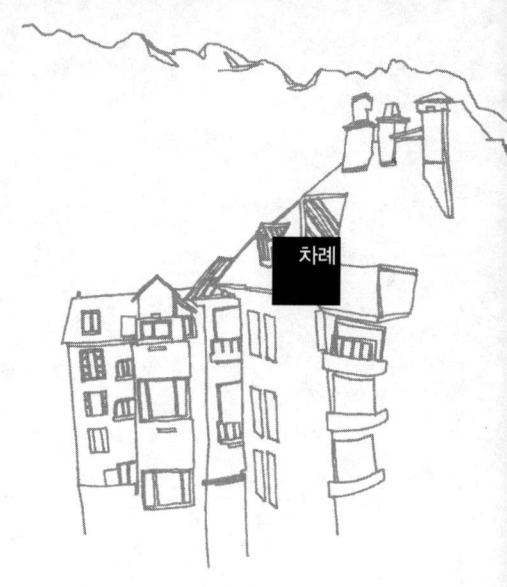

오쿠유모토 수국 호텔 안내

〈주의 사항〉

손님 각위

一. 정보수집에 만전을 기하고 있사오나, 갑작스런 강제수색이나 돌발적인 총격전이 벌어질 경우 냉정을 잃지 말고 담당자의 지시에 따라주십시오.

一. 객실 문은 철판, 창에는 방탄유리가 설치되어 있으니 편히 쉬십시오.

一. 귀중품은 프런트에 맡겨주시면 모든 책임을 지고 보관하겠습니다.

一. 파문당한 자, 절연자, 패밀리 문장이 다른 자, 그 외 수상한 인물을 발견할 시에는 즉시 프런트로 연락해주시기 바랍니다.

一. 로비나 복도에서 협객식 인사를 나누는 행위는 삼가주시기 바랍니다.

지배인 백

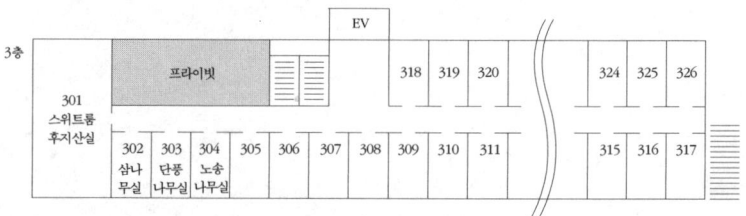

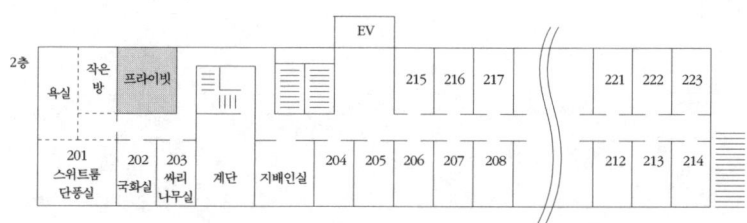

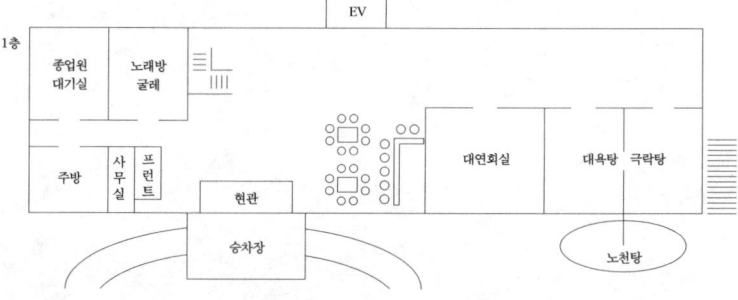

1

간토 사쿠라회 팔대 총장 사가라 나오키치의 부음을 전해들은 것은 만추의 어느 날 밤이었다.

미리 예정했던 대로 새벽 한시에 일어나 이제 슬슬 일을 시작해볼까 하고 책상으로 향하는데, 등뒤에서 삐— 하는 불쾌한 소리가 들려왔다.

나는 지독한 기계치이기 때문에 이른바 OA기기라는 놈들을 증오한다. 특히 이 팩스라는 놈은 보내는 놈의 의사를 일방적으로 전달하는 제멋대로 생겨먹은 놈이라 꼴도 보기 싫다.

초등학교 가정통신문의 학습성적란은 늘 올 A였던 것에 비해 성격, 사교성, 협조성, 명랑성, 책임감, 정의감 따위는 올C였던 나는, 스스로 이런 말을 하는 건 좀 뭣하지만, 누가 보아도 비뚤어진 인간이다. 어떻게 굴러먹다보니 소설가가 되어버린 지금, 직접 만나 이야기하는 것보다 전화, 전화보다 편지, 편지보다 팩스가 가장 적절한 통신수단이라고 주변 사람들이 생각하는 데도 다 이유가 있다.

그러나, 그렇다고 해도 아침이고 밤이고 가리지 않고 삐ー 삐ー 울어대는 팩스라는 놈에게는 두 손을 들지 않을 수 없다. 일반 사람들과 달리 밤낮의 생활이 뒤바뀐 나에게는 이건 거의 협박 내지는 불법적인 작업 방해 공작과도 같다.

그래서 늘 그러듯 나는 필살의 공격을 가하여 팩스를 바닥에 다운시킨 다음, 흥, 이제 좀 정신 차렸냐! 하고 중얼거리며 팩스 용지를 집어들었다.

기도 고노스케 선생님께

전략. 간토 사쿠라회 사가라 총장이 급서하셨습니다. 반드시 이 찬스를 놓치지 말고, 장례식의 실태를 관찰해두시기를 간절히 바랍니다. 우선 여기까지. 이만 총총.

단세이 출판사

"선생님은 뭔 놈의 선생님, 젠장!"
나는 보이지 않는 발신자에게 저주를 퍼붓고는 종이를 구겨버렸다.

소설가라 불리는 사람들은 겉으로 보기에는 모두 나약한 것 같지만 사실은 난폭한 놈들이 많다. 만들어내는 행위와 파괴하는 행위를 병행하다보니 자연히 그렇게 되고 만다. 그러나 그 반대로 편집자라는 족속들은 보기에도 나약한데 실제로는 더 나약해서, 간절히 바라는 일이 있으면 한밤중이라도 마구 팩스를 보낸다.

이런 정보를 팩스가 아니라 대낮에 찻집 같은 데서 직접 들었다면, 나는 분명 그 편집자 놈 얼굴에 마시던 커피를 끼얹었을 것이다. 주먹을 날리기까지야 않겠지만.

『의리의 황혼』 시리즈가 대히트를 치면서 일약 베스트셀러 작가의 반열에 올랐지만, 요즘 들어 나의 펜은 많이 무뎌졌다. 그렇다고 슬럼프에 빠진 것은 아니다. 한 업계를 소재로 한 이야기로 여덟 권이나 우려먹다보니, 독자들은 어떨지 몰라도 쓰는 쪽은 지겨워지는 게 인지상정이다.

그래서 나는 나의 정신위생을 고려하여 충동이 이끄는 대로, 청탁도 받지 않은 연애소설이란 놈을 쓰기 시작했다. 『의리의 황혼 PART8』은 '모 조폭 두목이 후계자를 정하지도 않고 급서했다'라는 부분에서 앞으로 한 걸음도 나아가지 못하고 있었다. 그 다음 장면부터 후계자를 둘러싼 간부들의 싸움이 펼쳐지리란 것은 불 보듯 뻔한 일이지만, 긴박한 장례식 장면을 쓰다가 그만 만사가 귀찮아졌다. 손으로 꼽아보니 두목이 후계자를 정하지 않고 급서한 것이 제1권부터 벌써 네번째였다.

단세이 출판사에는 '장례식 이미지가 떠오르지 않는다'라는 속이 빤히 들여다보이는 거짓말로 얼버무리고 있다. 나약한 편집자가 최후의 용기를 짜내 팩스를 보낸 데에는 그런 사연이 있었던 것이다.

나는 천사 같은 아이돌 탤런트와 그녀가 고향에 두고 온 순박한 시골 청년의 달콤한 사랑 이야기를 내팽개치고, 잠시 멍하니 창밖을 바라보았다.

가로등 불빛에 떠오른 느티나무 이파리는 계절이 바뀌면서 점점 가을 색이 짙어져간다. 어쩐지 오랫동안 고락을 같이해온 여자의 몸이 점점 쇠약해짐에 따라 더욱 섹시하게 보이는 것과 같은 불안과 두근거림을 느꼈다.

기도 고노스케. 타고난 소설가처럼 들리는 나의 이름은, 내가 꿈꾸던 본격문학과는 아무 상관 없는 조폭소설의 길을 혼자서 제멋대로 걸어가고 있다.

삐딱하지만 묘하게 솔직한 성격의 소유자인 나는 문득 생각을 바꾸어 구겨버린 팩스 용지를 펼쳤다.

'간토 사쿠라회'라는 조직은 어디선가 들어본 적이 있다. 그 순간, 나도 모르게 중얼거렸다.

"뭐야. 삼촌 조직 아냐."

야쿠자 조직의 간부면서 유명한 총회꾼인 데다, 요즘 들어서는 온천장에 있는 기묘한 리조트 호텔을 경영하고 있는 나카조 삼촌의 얼굴이 떠올랐다.

우리 가계는 칠대 전의 조상이 중을 죽이기라도 했는지, 거의 전멸 상태이다.

혈연이라고는 죽은 아버지의 동생인 나카조 삼촌 하나뿐이다. 그 유일한 핏줄도 이제 육십을 넘었고, 게다가 아내도 자식도 없는 이 은하계에서 가장 고독한 야쿠자다.

성실하게 메리야스 빤쓰만 만들며 살던 내 아버지는 임종 때 두 가지 유언을 남겼다.

하나는 '열심히 일해서 문화훈장을 받아라.' 또하나는 '나카조와는 상종하지 마라.'

나는 책상 위에 놓인 쓰다 만 원고지와 구겨진 팩스 용지를 오래오래 번갈아 바라보았다. 창밖에서는 가을바람이 울고 있다. 느티나무 이파리가 사각거리는 소리가 이불 속에서 결혼하자고 졸라대는 노처녀처럼 나의 결의를 강요하고 있다.

나는 고민 끝에 쓰고 있던 연애소설을 책상 서랍 안으로 밀어넣고, 텅 빈 원고지에 가능한 한 작가다운 글씨체로 이렇게 썼다.

나카조 삼촌께

오랜만입니다. 간토 사쿠라회 총장의 부음에 접하여, 실례인 줄은 잘 알지만 장례식 광경을 취재하고 싶으니 적절한 조치를 부탁합니다.

고노스케

그건 그렇고 이 팩스라는 놈, 정말 멋진 발명품이 아닌가. 나는 아까 마구 폭력을 휘둘렀던 팩스를 향해 정중히 사과하고, 간토 사쿠라회 기도 조폭 사무실로 팩스를 보냈다.

나카조 삼촌은 상가에 가서 철야를 하고 있을 것이다. 그러나 사무실에 남은 젊은이들이 두목의 조카인 내 뜻을 어김없이 나카조 삼촌에게 전해줄 것이다. 그것도 말로써가 아니라 내 손으로 쓴 문장 고스란히.

오는 자는 물리치지 않는다는 철칙을 가진 협객 나카조 삼촌은 필시 내일 아침이면 전화를 걸어올 것이다.

자면서 연락을 기다릴 셈으로 소파에 누운 나는 그로부터 십 분도 안 되어, 삐— 하는 새된 기계음에 놀라 자리에서 벌떡 일어났다.

베개 맡에 놓아둔 팩스에서 저 먼 밤의 어둠을 뚫고 메시지가 기어나오고 있었다.

　잘 있었니, 고짱. 오늘 오전 열한시, 게이오 선 Y역에 내려서 묘코지라는 절에 오도록.

기도 나카조

오른쪽으로 기어올라가는 지렁이 글씨였다.

Y역은 사방이 산으로 둘러싸인 곳에 위치한 한적한 역이었다. 근처의 유원지가 정기휴일이라, 역무원까지 휴일을 맞이한 양 느릿느릿 움직이고 있다. 시절이 시절이다보니 이런 구석진 절이 아니면 장례식장을 얻기도 힘들 것이다.

개찰구를 나서자 그렇고 그렇게 보이는 풍모의 젊은이가 기다리고 있었다. '그렇고 그렇게 보이는' 이란 말은, 젊은 주제에 쓸데없이 살이 쪘고, 노동과는 털끝만큼도 인연이 없어 보이는 손에 수갑 같은 팔찌를 감고 있고, 인상에 비해서 매가리가 없어 보인다는 뜻이다. 만일 조폭이 아니라면, 그저 정체불명 연령불명의 수상쩍은 사나이라고 해야 할 것이다.

슬쩍 눈길을 던지는데, 인상이 험악한 그 젊은이가 나의 최신 에세이집 『마지막 징역』을 들고 있는 게 아닌가. 내용과는 아무 관계 없이 소설이 팔리면서 덩달아 증쇄를 거듭한 이 책은 표지가 화려한 핑크색이라, 독자에게 전혀 감동은 주지 못하지만 은밀한 접선을 위한 암호로 써먹기에는 좋다. 나카조 삼촌다운 배려라고 해야 할 것이다.

그런데 더욱 겁나는 사실은, 그 책이 단순한 암호의 역할만 하는 것이 아니라는 것이었다. 젊은이는 내 모습을 슬쩍 보더니, 서둘러 책표지를 들추었다. 책날개에 박혀 있는 저자 사진과 내 얼굴을 비교하는 것이리라.

출판사의 쓸데없는 배려 덕분에 스타일리스트가 찍은 저자 사진

15

은 완벽한 조폭 상판이었다. 당연히 사진과 다르게 수염도 선글라스도 없고 펀치 파마도 하지 않은 장발의 나를 본 젊은이는 당황했다.

"기도라고 합니다."

나는 상복의 옷깃을 여미며 말했다. 젊은이는 순간 몸을 뻣뻣하게 세우더니 멈칫멈칫 고개를 숙이고, 내가 갈 길을 열어주듯이 앞서 걷기 시작했다. 뻣뻣하게 긴장하는 그 태도가 나카조 삼촌의 조카에 대한 것이 아니라 『의리의 황혼』의 작가에 대한 것이기를 바랐다.

"오늘은 가족과 친지들만 참여하는 장례식입니다. 조직에서는 따로 날을 잡아서……"

젊은이는 무슨 변명이라도 하듯이 말했다. '가족'이나 '친지'나 그게 그거 아니냐 싶었지만, 생각해보니 그렇지 않았다. 어차피 견학을 할 바에는 성대한 조직장 쪽이 좋았겠다고 나는 후회했다.

절은 역에서 얼마 떨어지지 않은 산기슭, 올려다보면 시야가 좁아질 정도로 깊은 숲속에 자리 잡고 있었다.

'묘코(妙光)'라는 이름이 주는 느낌대로 단정한 선사였다. 나무로 둘러싸인 돌계단을 올라가자, 경내의 노송 앞에 '조고각하(照顧脚下)'라고 씌어 있는 팻말이 서 있었다.

되도록 문화인스러운 냄새를 풍기면서, 나는 그 팻말을 바라보았다.

"뭐 찔리는 데라도 있는 거야, 고짱?"

문득 풍성한 바리톤 음성이 귓가에 울렸다. 나카조 삼촌이 꾸부

16

정하게 몸을 구부리고 내 옆얼굴을 바라보고 있었다.

"남의 일에 이러쿵저러쿵 설교를 하기 전에 자기 발밑이나 잘 살피라는 말이야."

흥, 하고 나는 코웃음쳤다.

"그건 삼촌을 두고 하는 말이겠죠."

얼굴만 마주치면 서로 잡아먹지 못해 으르렁대는 것이 이른바 우리 두 혈족의 의리였다.

본당에서는 이미 독경도 끝나고, 몇 사람이 총장의 관을 둘러싸고서 고별사를 읽는 중이었다. '친지' 같은 사람은 별로 없었고, '가족'으로 보이는 사람은 그보다 더 적었다.

"오야붕은 나처럼 아내도 자식도 두지 않는다는 사상을 가진 사람이었어. 좀 의외일 거야."

나카조 삼촌은 정원 앞에서 상주들을 바라보며 중얼거렸다.

그러고 보니 상주들은 오히려 지루한 표정이었다. 가족이라고는 하지만 평소에는 별로 왕래도 없는 사람들이었을 것이다. 침울한 표정으로 언제까지나 관 옆을 떠나려 하지 않는 사람들은 그 방면에서 모두 한 건씩 하는 오야붕들이었다.

"저들이 바로 그 유명한 '사쿠라회의 오인방'인가요. 과연 대단한 관록이로군요."

나의 질문이 단순한 흥미에서 나온 것으로 들린 듯, 나카조 삼촌은 언짢은 표정을 지었다.

"그래, 나까지 포함해서. 하지만 그것도 오늘까지야. 어차피 이젠 오야붕이 없으니까."

눈이 마주치자 나카조 삼촌은 편광 안경 안쪽의 부어 있는 눈두덩을 숨기려는 듯 얼굴을 돌려버렸다.

어느새 경내에는 마치 땅에서 솟아나기라도 한 듯 조직원들이 늘어서 있었다. 어느 얼굴이고 한결같이 우울하고 처량해 보였다. 이렇게 화려하지 못하고 소박한 장례식은 여태껏 본 적도 들은 적도 없다.

"고짱, 잘 봐둬. 다음달 조직장은 겉치레에 불과해. 진짜 도박계 야쿠자의 장례식이란 이런 거야."

나카조 삼촌은 뺨에 난 오래된 흉터를 뒤틀며 쓸쓸하게 웃었다.

"형제, 출관이야."

당상에서 오인방 중 한 사람이 애절한 목소리로 나카조 삼촌을 불렀다.

"거기 있는 선생도 오야붕 얼굴을 한번 보시게나."

오인방의 한 사람으로 보이는 오야붕은 그렇게 말하고는, 북받치는 슬픔을 참을 수 없다는 듯 마루 끝에 무릎을 꿇고 말았다.

나는 나카조 삼촌을 따라 본당으로 올라가, 꽃에 묻힌 관 속에 들어간 사가라 나오키치의 데스마스크를 보았다. 어디서나 볼 수 있을 듯한 작은 노인네였다. 나이 든 농부가 밭에서 낮잠을 자는 것처럼 보였다.

관 뚜껑이 덮이고 상주와 친척들이 작은 돌로 못을 한 번씩 치자, 약속이나 한 듯 '오인방'이 유해 곁으로 모여들었다. 갑자기 주변의 공기가 팽팽하게 긴장되는 느낌이 들어 나는 서둘러 본당 구석으로 도망쳤다.

그때까지만 해도 마을에서 동떨어진 빈민촌의 장례식처럼 보였는데, 갑자기 무대의 막이라도 올린 듯 분위기가 일변했다.

문장이 그려진 상복 차림의 장로가 지팡이를 짚고 부축하는 젊은이들에게 굽은 허리를 기댄채 마루 끝에 나타나더니, 마치 미리 작성한 연설문이라도 읊는 듯 낭랑한 목소리로 말했다.

"에에, 학과 거북처럼 장수하여 극락왕생하는 것도 좋은 일이지만, 하늘 하나에 땅이 여섯, 주사위에 목숨을 거는 것 또한 멋진 일이옵니다. 여기 이 하늘과 땅을 물샐틈없이 지킬 우리가 있습니다. 오늘 여기, 사쿠라 일문이 모여 그대를 보내오니, 팔대, 안녕히 가시오."

그러자, "요이야샷!" 하고 오인방이 목소리를 모아 총장의 관을 가마처럼 어깨 위로 번쩍 치켜올리는 것이었다.

그것은 에도 시대 때부터 그들의 전통으로 이어져 내려온 관습임이 분명했다. 나는 바로 그 순간 그들의 조상이, 가족이 죽거나 단두형 또는 유배형을 받았을 때 일문이 모두 나와 전송하는 드라마틱한 광경을 그려보았다. 영문 모를 감동에 휩싸여 소름이 돋았다.

발길을 떼기 전에 선두에서 관을 짊어진 나카조 삼촌이 고인을
대신하여 답했다.

　　"여러분, 그리고 장로님. 이렇게 온정을 보여주시니 지옥이건 극
락이건 뭐가 다르겠습니까. 오히려 더 차가운 건 이 세상의 바람,
몸 건강하시오."

　　요이야샷! 하고 일제히 목소리를 맞추자, 관은 마치 하늘을 나는
마법의 빗자루처럼 시원스럽게 움직이기 시작했다.

2

　　나는 그 유서 깊은 도박계 야쿠자의 관습을 하나라도 놓칠세라
본당 아래로 내려가 장례 행렬을 따랐다.

　　사가라 나오키치의 관을 짊어진 다섯 명의 남자는, 그의 부하이
긴 하지만 모두 노인이다. 다섯 명의 신장이 제각각이다보니 관은
한 걸음 뗄 때마다 위태롭게 흔들렸다.

　　경내를 둘러싼 검은 상복의 조문객들은 약속이나 한 듯 일제히
합장을 하고 양손을 무릎에 대더니 허리를 꺾었다. 그런 동작 하나
하나도 모두 고인의 명복을 비는 정해진 자세인 것 같았다.

　　"선생, 메모는 좀 참으시죠."

　　누군가 날카롭게 외치는 소리에 나는 재빨리 수첩을 호주머니 속

20

에 집어넣었다. 뒤를 돌아보자 여름에 나카조 삼촌이 경영하는 온천 호텔에서 만난 적이 있는 사가라의 쫄따구가 얌전한 얼굴로 서 있었다.

"아, 오소네 씨, 안녕하셨나요."

조금 목소리 톤이 높아지고 말았다. 오소네는 곁눈질로 나를 째려보았다.

"인사는 나중에 하죠……"

그렇게 말하고 입을 굳게 다물었지만, 오소네의 입술 밖으로는 금으로 덧칠한 뻐드렁니 두 개가 비어져나와 있었다. 게다가 금테 안경 속의 옴팡눈은 우는지 웃는지 알 수 없었다. 원래가 장례식에는 어울리는 않는 상판이라, 얼굴을 똑바로 보아서는 도대체가 슬픔이라는 단어와는 어울리지 않아서 무심코 분위기에 어울리지 않게 인사를 하고 만 것이다.

관이 산문을 지나자 경내의 사람들은 뒤를 따라 돌계단 위로 몰려들었다. 진행 역을 맡은 나이 많은 오야붕이 두 손을 벌리더니, 길을 막지 말고 이 자리에서 고별인사를 하라고 말했다. 사람들은 좌우로 나뉘어 경내의 나무 울타리에 늘어서서 위에서 바라보는 자세로 고인에게 작별인사를 했다.

뒤에서 바라보니, 그것은 마치 형장의 대나무 담 너머로 처형 장면을 지켜보는 군중 같았다. 여기저기서 곡소리와 한숨 소리와 고인의 이름을 부르는 목소리가 터져나왔다.

"우리에게는 신과 같은 존재였지요……"

옴팡눈의 눈두덩을 누르면서 오소네가 울먹이는 목소리로 중얼거렸다.

울타리 끝에서 관이 나아가는 장면을 내려다본다. 도로 건너편에는 경찰차 두 대가 서 있다. 딱히 경계하는 기색도 없이, 순경과 사복형사가 흥미로운 듯 장례 행렬을 바라보고 있다.

"아까 나카조 삼촌이 행렬 앞에서 뭐라고 주문 같은 걸 외웠잖아요? 그건 무슨 뜻입니까?"

오소네는 나의 질문에 대답을 해야 할지 말아야 할지 잠시 생각하는 듯하다가 낮은 목소리로 말했다.

"영을 뒤집어썼다고 할까, 사자를 대신해서 대답을 한 거라고 생각하면 돼요."

"그렇다면 삼촌 서열이 높다는 말인가요?"

"글쎄."

오소네는 내 말을 가로막더니 주위를 살펴본 다음 다시 말을 이었다.

"그런 건 선생 같은 보통 사람하고는 상관없잖소."

이미 폭력방지법의 그물에 걸려들어 꼼짝달싹도 못 하는 광역조직의 구대 오야붕 자리에 피를 나눈 친척이 앉는다는 것은 그리 환영할 일은 아니다. 그렇게 되면 나와 나카조 삼촌의 관계는 곧장 매스컴에 알려질 것이다. 내 소설의 독창성은 결정적으로 의심을 받

을 것이고, 일부 평론가들이 인정하는 내 작품의 쥐꼬리만한 문학
성에 대해서도 그들은 분명 입을 다물어버리고 말 것이다. 요컨대,
사람들은 입에 입을 모아 '역시 그랬군' 하며 고개를 끄덕일 것이
라는 얘기다.
　나는 개인적인 이해관계를 생각하다가 그만 기분이 침울해졌다.
　바로 그때, 나와 문상객과 상주들의 고개를 치켜들게 만드는 노
랫소리가 경내로 흘러나왔다.

　　안녕이란 말도 못 하고 헤어지던 그날 밤
　　지금도 꿈에 보이네, 비 오는 골목길

　　야쿠자의 여자라고 눈물을 감추어도
　　흐르는 세월은 왜 이다지 아프기만 한지

　　제비야, 제비야, 그 사람의 쓸쓸한
　　처마 끝에서 노래나 불러주렴

　　산 높고 물 깊어, 세월은 흘러도
　　언제까지고 당신을 기다리겠노라고

　그것은 이 자리에 너무도 어울리지 않는 오래된 유행가였다. 담

당자가 테이프를 잘못 꽂았나 하고 뒤를 돌아보니, 바로 뒤에 커다란 카세트를 가슴에 끌어안고는 흐르는 눈물을 닦을 생각도 하지 않고 흐느끼는 젊은이가 서 있었다.

"선생 연배는 아마도 모를 게요. 총장님이 좋아하시던 노래인데……"

오소네는 그렇게 말하고, 어둡고 느릿느릿한 여가수의 목소리에 혼이 빼앗긴 듯 고개를 푹 떨구었다. 군중들은 모두 시든 꽃잎처럼 고개를 떨구고 축 늘어져 있다.

"아, 마노 미스즈의……"

그것은 내 어린 시절, 그러니까 1950년대 후반에 일세를 풍미했던 오래된 유행가였다. 분명 〈전사의 엘레지〉라는 제목으로, 감옥에 간 남자를 기다리는 여자의 심정을 노래한 것이다. 원곡은 죄수가 만들었다고 하는데 아직도 '작자 불명'으로 남아 있다. 그 때문인지는 모르겠지만 그 어렵던 시대에 판매금지 처분을 받아, 그 곡이 실린 레코드는 지금 고액의 골동품이 되어 있다.

"그러고 보니 마노 미스즈도 참 딱한 처지가 되었더군요."

오소네는 대답하지 않았다. 마노 미스즈는 최근까지 가요계에서 활동했지만, 하나뿐인 아들이 각성제 불법 복용으로 체포되어 매스컴의 밑반찬으로 전락하더니 최근에는 소식도 들리지 않는다.

"노년에 생고생을 하다니 정말 불행한 일입니다."

문인 냄새를 풍기는 나의 말을 알아들었는지 못 알아들었는지,

오소네는 불만스런 눈길로 나를 흘끗 쳐다볼 따름이었다.

    가을비야, 가을비야, 그 사람
    외로운 창가에 전해주렴

    거울을 치우고 기름 낀 얼굴로
    나 이렇게 기다리고 있노라고

정말 멋진 구절이다. 다음에 써먹어야지, 하고 나는 생각했다.

영구차에 관을 넣자 경내에서는 새로운 소동이 벌어졌다. 그때까
지 건너편에서 말없이 내려다보던 형사 두 사람이 영구차에 다가
와, 멀리서 보아도 험악한 자세로 뭔가를 지적한 것이 발단이었다.
    손짓을 해가며 지시를 내리는 형사의 행동에 부아가 치민 젊은이
들이 일전을 불사할 태세를 보이자, 나카조 삼촌이 서둘러 말리고
나섰다.
    화장장에는 '가족'들만 가고, '친지'인 조직원들은 여기서 해산
하라는 말일 것이다.
    한번 휙 둘러만 보아도 보통 사람은 열 명도 채 안 된다는 것을
알 수 있다. 게다가 그들도 고인과는 그리 깊은 관계가 아니라는 것
은 그들의 멀뚱한 표정만 보아도 알 수 있었다.

"내 이럴 줄 알았지. 절에 이야기만 잘 해두었더라면 대충은 눈을 감아주는데 말이야."

울화통이 터진다는 듯 오소네가 말했다.

"처음 보는 형사인데 어떡하겠어. 저 자식들은 장례식에 와서도 업무를 보는군. 허어, 젠장."

곁에 있던 동년배의 오야붕이 오소네에게 장단을 맞춰준다. 이런 일에도 이제 지쳤다는 듯 젠장맞을, 젠장맞을, 이란 말만 반복하고 있을 뿐이었다.

산 아래서 소동이 벌어진 것도 잠시, 타협을 보았는지 유족들만 차에 나눠 탔다. 어쩔 수 없이 영구차를 보내는 오야붕들에게 위패를 든 유족 한 사람이 인사말을 나누려 하자, 형사가 빨리 가라며 재촉했다.

영구차가 길게 클랙슨을 울렸다. 술렁임도 조용해지고, 문상객들은 산 위에서 일제히 허리를 굽혀 작별인사를 했다.

마노 미스즈의 노랫소리는 그들의 말없는 작별인사를 대신해주려는 듯 아직도 울려퍼지고 있었다.

이윽고 영구차가 구릉의 고갯길 너머로 사라지자 형사는 산 위를 향하여 두 손을 흔들며 소리쳤다.

"어이, 해산, 해산! 끝났어."

"뭐가 해산이란 말이야. 너희들이 간섭할 일이 아냐!"

오소네가 큰 소리로 반박하자 다른 사람들도 일제히 뭐라고 투덜

거리면서 흩어지기 시작했다. 슬픔과 비통함이야 어쨌든, 하나의
의식이 끝났다는 안도감이 경내로 퍼져나갔다.

"그런데 선생. 최근에도 거기 가시오?"

'거기'란 말할 것도 없이 나카조 삼촌이 경영하는 '오쿠유모토
수국 호텔'을 가리킨다. 그 지역 사람들이 '프리즌 호텔'이라 부르
며 꺼려하고 경찰이 감시의 눈을 번득이는, 그쪽 계통 사람들 전용
온천 호텔이다.

거기, 라는 말만으로도 나는 속이 부글부글 끓어올랐다.

"이제 슬슬 단풍철이니 우리도 다음주쯤에는 가볼 예정이라오.
괜찮으시다면 같이 가시죠. 좋은 이야깃거리도 있으니……"

조금도 괜찮지 않다. 이야깃거리가 없어 곤란을 겪는 것도 아니
다. 무엇보다도, 내 소설은 순수한 상상력의 산물이다.

"뭐, 손님들이 뜸할 때 한번 가보죠."

나는 노골적으로 혐오감을 나타내면서 오소네의 권유를 슬쩍 뿌
리쳐버렸다.

마노 미스즈의 노랫소리는 고약처럼 귀 안쪽에 달라붙어 떨어질
줄 몰랐다.

눈에 보이지 않는 어떤 힘이 끄는 듯한 느낌에 사로잡혀, 나는 머
리 위로 무성한 잎을 자랑하고 있는 느티나무를 올려다보았다. 잠
시 잊고 있었던 그 호텔의 신비로운 인상이 되살아났다.

장마철의 습기 찬 바람 속, 일곱 가지 색의 수국에 파묻혀 소담스럽게 자리 잡은 꿈의 호텔. 요란한 색칠로 화장을 하고 시대에 맞지 않는 박제를 비롯한 특이한 수집품으로 장식된 기묘한 성채.

　어느새 나는 상상 속에서 저 프리즌 호텔의 정원 속으로 걸어들어가고 있었다.

　"고쨩, 같이 타고 가지."

　나카조 삼촌이 돌계단 중간에 서서 나를 불렀다. 하얀 벤츠의 문은 나를 기다리는 듯 활짝 열려 있었다. 저기에 타면 끝장이다. 그대로 저 산골짜기의 호텔에 감금당하고 말 것 같은 느낌이 들어 망설였다.

　"억지로 탈 필요는 없어."

　나카조 삼촌은 담배를 물면서 약간 겸연쩍은 몸짓으로 돌계단을 내려갔다. 나는 그 뒤를 따랐다. 딱히 그럴 이유도 없었지만 내가 생각해도 이상할 정도로 빠른 걸음으로 돌계단을 내려갔다.

　"빨리 타. 사람들이 몰려나오기 전에."

　나는 나카조 삼촌의 심중을 눈치챌 수 있었다. 사가라 나오키치가 갑자기 죽었으니, 이다음에 이어질 여러 가지 귀찮은—물론 후계자 선정을 포함하여—문제가 산적해 있음이 분명하다. 나를 닮아 삐딱하고 무정하고 제멋대로 생겨먹은 나카조 삼촌은 필시 그 회의에 참석하기가 싫은 것이다.

　"나카조, 그냥 가는 거냐."

산 위에서 오인방 중 한 사람이 불렀다.

나카조 삼촌은 운전사가 들고 온 번쩍이는 캐시미어 코트를 어깨에 걸치고, 짙은 회색의 로맨틱한 중절모를 쓰고는 경내를 올려보며 말했다.

"미안해, 형제들. 오늘은 이 선생을 배웅해야 해서 말이야. 귀찮은 문제는 다음에 이야기하지."

나는 나카조 삼촌의 세련되고 섹시한 몸짓에 감탄했다. 이렇게 늙을 수 있다면 얼마나 좋을까. 그러나 그건 흉내낸다고 될 일이 아니다.

"어이, 고짱. 뭘 그리 멍하니 있어? 나도 바쁜 몸이야."

나는 납치당한 사람처럼 리무진 안으로 떠밀려 들어갔다.

응접세트처럼 가죽으로 된 시트에 생각지도 않은 선객이 있어서, 나는 순간적으로 바짝 긴장하고 말았다. 차창이 검게 선팅되어 있어 안을 볼 수 없었던 것이다.

"아, 실례."

그러면서 몸의 균형을 바로잡은 다음, 나는 다시 한번 놀라야 했다. 선객은 단정하게 검은 상복을 차려입은 여자였다. 검은 레이스가 달린 베일에 싸여 나의 침입을 전혀 눈치채지 못한 듯, 다소곳이 고개를 수그리고 있었다. 마치 어두운 밤에만 피어나는 꽃 같다는 느낌이 들었다.

영문도 모른 채 차가 달리기 시작했다. 나카조 삼촌은 검은 상복 차림의 여자와 나 사이에 끼어 앉아 말이 없었다. 앞좌석과는 두터운 유리로 격리되어 있고, 앞에는 운전사와 조수석의 젊고 다부진 등짝이 위압적으로 버티고 앉아 있다.

머릿속에는 여전히 그 오래된 유행가의 음률이 소용돌이치고 있었다. 눈앞의 박스에 라디오 튜너가 보였다.

"아까 그 노래가 아직도 귀에 남아서……"

나는 스위치를 눌렀다. 음울한 멜로디를 날려버리기에 안성맞춤인 록 음률이 흘러나왔다. 그러자 나카조 삼촌은 내 손을 밀치더니 스위치를 꺼버렸다.

문득 창밖으로 시선을 던진 채 여자가 중얼거렸다.

"나오키치 씨, 편안한 얼굴이었을 거야."

나카조 삼촌도 반대편 창밖으로 시선을 던지며 말했다.

"아, 편안한 얼굴이더군. 한번 보았더라면 좋았겠지만 그럴 수도 없는 문제고."

"차 안에서라도 작별인사를 할 수 있어서 다행이었어. 고마워, 나카조."

나는 어린아이처럼 당혹스런 목소리로 대화에 끼어들었다.

"삼촌, 누구셔?"

내가 소매를 당기자 나카조 삼촌은 시치미를 떼면서 대답해주지 않았다. 그 대신 여자가 내 쪽으로 고개를 돌리더니 장막을 걷듯이 천천히 베일을 들어올렸다. 그 얼굴을 보는 순간 나는 너무 놀란 나머지 입을 쩍 벌리고 말았다.

나카조 삼촌은 지겹다는 표정으로 혀를 차며 내뱉듯이 말했다.

"아들놈 때문에 시끄러워서 우리 호텔에 숨어 계셔. 딱히 이상하게 생각할 것 없어. 그렇지, 미스즈 짱."

내 표정이 너무 이상했는지, 마노 미스즈는 입가를 살며시 비틀면서 바람에 흔들리는 치자꽃처럼 외롭게 웃었다.

3

산봉우리에는 벌써 눈이 쌓여 있었다.

가을이 깊어지자 산들은 멋들어진 색으로 물들어, 눈길이 닿는 곳이면 어디든 그림엽서 속의 풍경이 되고도 남음직했다.

와타나베 간지는 요즘 들어 갑자기 시력이 떨어진 탓에, 눈을 깜빡이며 버스 안을 돌아보았다.

출발 전에 상점가에서 슬쩍 찔러준 술 덕분에 하나같이 얼굴이 벌겋게 물들어 있다. 회비 일만오천 엔에 지나지 않는 가난뱅이 여행이라 버스 가이드도 두지 못하는 형편이지만, 출발은 순조로웠다.

상점가의 상인들이 술을 상납하는 데에는 평소의 주차위반을 눈감아달라는 의미가 내포되어 있다. 대형 슈퍼마켓에 대항하기 위해서 반드시 필요한 그들 나름의 방어수단이다.

엄밀히 말하자면 뇌물이라 해야겠지만, 별 부담 없이 일단 받아 챙기고 귀신 같은 여경들에게 슬쩍 귀띔해주는 것도 명간사로서 그가 해야 할 일이다.

"어이, 간사. 점점 산골짜기로 들어가는 것 같은데 괜찮은 거야? 아무 재미도 없는 여관은 아니겠지, 설마."

테가 없는 같잖은 선글라스에 단풍을 비추면서, 젊은 서장이 중얼거렸다. '간사'라는 말은 물론 이 모임의 간사(幹事)*를 뜻하는 것이겠지만, 어쩐지 자신의 이름인 '간지'를 반말로 부르는 것 같아 와타나베는 기분이 좋지 않았다.

경찰서에서는 모두 '간지 씨'하고 부른다. 와타나베라는 성을 가진 사람이 세 명이나 돼놔서 편의상 어쩔 수 없는 일이긴 하지만, 일 년 내내 간사 취급당하는 것 같아 별로 유쾌한 기분은 아니다. 왠지 그것이 유일한 자신의 존재의의라도 되는 듯한 느낌이 들기 때문이다.

"재미도 없다니요?"

아들뻘 정도인 서장에게 되묻는다. 이른바 커리어**인 이 서장은 실제로 초등학교 선생인 자신의 아들보다 나이가 어리다.

"그것도 몰라? 예를 들면 여자가 없다든지, 서비스가 별로라든지, 그런 것 말이야."

---

* 일본어로 '간지'라고 발음한다.
** 상급 공무원 시험에 합격해서 중앙행정부에 채용된 사람을 일컬음.

"접대부도 많다고 합니다. 서비스도 괜찮을 거라고 관광협회에서 적극 추천했고 말입니다."

"거라고, 해서는 곤란하지."

서장은 불만스런 어투로 멀어져가는 온천 마을을 손가락으로 가리켰다.

"저쪽에는 없었을까. 가을 위로여행이라고 해서 우리가 무슨 단풍잎이나 주우러 온 건 아니잖아."

"공교롭게도 온천이란 온천은 전부 만원이라……"

서장은 안경 너머로 심술궂게 눈웃음을 쳤다.

이런 불경기에 신칸센 역도 고속도로 인터체인지도 없는 별볼일 없는 온천 마을이 만원일 리 없다. 요컨대 회비 일만오천 엔, 버스 전세비 따위를 제하면 일만 엔에 지나지 않는 예산으로 하루 쉴 수 있는 여관이 만원이라는 이야기다. 게다가 경찰들의 무례한 술버릇은 이전부터 널리 알려진 탓에, 경찰이라는 단체 이름만 보고도 여관은 고개를 절레절레 흔든다.

"하기야 자네가 하는 일이니 빈틈이야 있을까. 이것이 마지막 봉사활동이기도 하니까."

서장은 코웃음치면서 말했다. 농담 비슷한 비유이긴 하지만, 그 말은 와타나베의 귀를 망치로 때리는 것과도 같았다. 이 젊은놈의 머리에는 '봉사' 같은 개념은 절대로 들어 있지 않다고 와타나베는 확신하고 있다.

사십이 년 근속. 해가 바뀌면 바라고 바라던 경부보로 승진하고—동시에 곧 정년 퇴임이다. 오랜 공직생활 중에 그럴듯한 업적 하나 세우지 못했다. 억지로 끄집어내보자면 1962년 '피의 메이데이' 때 큰 부상을 당했다는 것과, 빈집털이를 잡은 것, 작전 때 저항하는 야쿠자 오야붕과 격투를 벌인 것 등이 있는데, 그걸 대단한 업적이라 하기는 힘들다.

그러나 매년 실시되는 위로여행의 간사직만큼은 빠짐없이 맡아왔다. 불가능해 보이는 적은 예산으로 단 한 번의 사고나 사건도 없이 원만히 처리해왔다. 자랑거리도 못 된다고 코웃음치면 그만이긴 하지만.

'네놈이 세상에 태어나기도 전부터 나는 순경이었어. 네놈이 초등학교 소풍을 갈 때 나는 벌써 위로여행의 간사직을 맡고 있었단 말이야. 건방진 놈!'

와타나베 순사부장은 젊은 서장의 옆얼굴을 노려보면서 마음속으로 중얼거렸다.

그러나 사실은, 이 '최후의 봉사'에 대해 일말의 불안도 없다면 그건 거짓말이다.

요즘 들어 세상을 떠들썩하게 하는 일명 '수금강도'가 관할지역에 출몰하여, 여행 예정이 당초보다 한 달이나 미뤄졌던 것이다. 일만오천 엔의 초 저예산으로 겨우 세워놓은 계획을 접고 새롭게 계획을 짠다는 것은 아무리 고참 간사라고 해도 여간 어려운 일이 아니다.

　수금인을 가장하고 혼자 생활하는 여대생이나 여사원의 방에 침입하여 그야말로 수금액 정도의 돈을 빼앗아 도주하는 강도라니, 정말 치사하다. 그러나 그 소시민적인 서글픈 강도사건이 여성주간지와 텔레비전 와이드 쇼의 안줏감으로 등장하면서 세간의 주목을 받기 시작했다.

　이른바 '풍족한 여사원을 노리는 성실한 도둑', '말 그대로 수금인', '평균 피해금액은 한 달치 전화요금', 그런 흥미 본위의 표제가 한 해에 한 번밖에 없는 위로여행을 연기시키고 말았던 것이다.

　이윽고 목격자의 증언에 의해 전과 삼범의 절도상습범이 지명수배되었다. 범인은 아직 체포되지 않았지만 정체가 밝혀진 것으로 사건은 일단락되고, 서장은 한 달 미뤄진 여행 기안서류에 오케이 사인을 했던 것이다. 갑자기 '이번주 주말'이라는 예정표를 받은 와타나베 순사부장은 파랗게 질린 얼굴로 열심히 여행사를 뛰어다녀야 했다.

　공교롭게도 계절은 단풍이 절정을 이룬 가을. 신주쿠 역의 지하도에 죽 늘어서 있는 여행사를 하나하나 뒤졌지만, 조건을 미처 다 제시하기도 전에 거절당해야 했다.

　모든 수단과 방법을 동원하다가 마침내 포기하고 돌아서려는 순간, 화려한 여행사 카운터의 그늘에 숨은 듯 자리 잡은 묘하게 쓸쓸해 보이는 안내소 하나가 눈에 들어왔다. 현 관광협회 간판이 붙어 있고, 왠지 남처럼 보이지 않는 초로의 담당자가 동그마니 앉아 있었다. 그냥 지나치려는데, 패널에 붙어 있는 달필의 안내문이 눈에 들어왔다.

'주말 빈 방 있음. 오는 사람 막지 않고 가는 사람 잡지 않는다.'

그 카피가 너무 마음에 들어 와타나베는 그 자리에 우뚝 멈춰 섰다. 반신반의, 라기보다는 그냥 시험 삼아 물어보았다.

"오는 자는 막지 않는다, 라니. 이 여관은 어디요?"

담당자는 서낭당 귀신처럼 무표정한 얼굴로 말했다.

"오쿠유모토 수국 호텔. 경치는 끝내주고, 요리는 일류, 서비스 만점입니다."

"이번 토요일 일요일에 오십 명. 술은 우리가 들고 가고, 여급을 붙여주고, 노래방 시간 무제한에 일만 엔. 어때?"

농담 반으로 말했는데, 남자는 얼굴색 하나 바꾸지 않고 대답했다.

"알았습니다."

재빨리 수화기를 드는 남자의 손을 와타나베는 황급히 제지했다.

"잠깐만, 우리 단체는 좀 골치 아프다네. 매너는 최악에다, 술버릇도 개판이야. 스트레스가 많이 쌓이는 직업이라서."

남자는 빙긋 웃으며 수화기를 귀에 댔다.

"너무 단정해 보이는 사람은 거절하라는 지시를 받았습니다……아, 신주쿠 안내소입니다. 토요일과 일요일, 오십 명. 매너는 최악이라고 합니다. 아, 그래요. 예, 그럼 잘 부탁합니다."

너무도 산뜻한 대응에 와타나베는 어이가 없었다.

"무슨 문제라도 있는 거 아닌가, 그 호텔?"

"아닙니다. 반드시 만족하실 겁니다. 지난번에도 여기서 소개받으신 한 부부는 돌아가는 길에 일부러 들러서 인사까지 하고 갔어요. 너무 감동했다면서 내 손을 꼭 잡고, 눈물을 흘리면서, 정말 고맙다고 인사를 하더군요."

"좀 맛이 간 사람들 아냐? 그 부부."

"아닙니다. 상장회사의 중역과 그 사모님. 리버럴하고 노멀한 분이셨어요."

와타나베는 그 자리에서 결정했다. 좀 수상쩍은 느낌도 들긴 했지만 사정이 사정이니만큼 다소의 불편은 감수하지 않을 수 없다.

"맡겨주십시오. 반드시 감격하실 겁니다."

"……감격이니 감동이니 하는 건 필요 없어. 그냥 보통이면 돼, 그런데 계약금은?"

"받지 않습니다. 그런 구두쇠 짓은 하지 말라는 호텔 측의 지시가 있었습니다."

점점 더 수상하다. 그러나 수상쩍은 것을 두려워하지 않는 것이 일본 사나이의 강인한 정신 아닌가. 여우에 홀린 것 같은 기분으로 와타나베는 신청서를 작성했다.

"한 가지만 여쭤보겠는데, '도쿄 사쿠라 친목회'라면 혹시 경찰은 아니시겠죠?"

"엣…… 아, 아냐. 니혼 대학 동창회라네."

여기서 돌아갈 수야 없다고, 와타나베는 순간적인 판단으로 거짓말을 해버렸다.

이윽고 현 경계에 위치한 험준한 산을 배경으로 한 숲속에 아담하고 우아한 호텔 건물이 나타났다. 보기에는 그리 특별한 점도 없는 것 같고, 건물이 낡은 것도 아니며, 이상한 분위기를 풍기지도 않는다.

마침 버스에 탄 사람들은 모두 얼큰하게 취해 있었다. 거의 반 이상은 엉망이 되어 있고, 아직 깨어 있는 사람들은 고성방가에다 방송금지용어를 연발하고 있다. 차라리 다행이다. 제정신을 잃은 채로 끝나는 것이 위로여행의 올바른 모습이니까.

"오, 제법 괜찮은 호텔이잖아."

혼자 말짱한 정신을 유지하고 있는 서장이 쌩쌩한 목소리로 말했다. 이건 이 남자를 위한 여행이 아니다. 밤이고 낮이고 일에 찌들어 살아가는 후배들을 위한 위로여행이다. 라고 와타나베는 새삼 여행의 의미를 되새겨본다.

버스는 잔디가 깔린 느슨하게 경사진 정원 안으로 미끄러져 들어갔다.

"이거 대단한데. 거의 영빈관 수준이야."

서장은 상기된 표정으로 자리에서 일어서더니, 테 없는 안경을 손가락으로 밀어올렸다. 다소 요란스럽긴 하지만 듣고 보니 영빈관 같아 보이기도 했다.

정원을 향하여 열려 있는 커다란 창에는 호화로운 샹들리에가 빛나고 있고, 로비 바닥에는 새빨간 카펫이 깔려 있고, 종업원들은 일렬로 주욱 늘어서서 다소곳이 허리를 숙이고 있다. 여급이 일본인이 아니라는 점이 약간 마음에 걸리기는 했지만, 그런 거야 아무럼 어떤가.

"어어서 오옵쇼!"

타갈로그어 억양의 목소리가 울려퍼졌다.

"야아, 간지 씨. 아니, 와타나베 군. 여기 좋아. 정말 멋져."

서장은 기분 좋게 버스에서 내려섰다.

"그러니까 제가 말하지 않았습니까. 관광협회에서 권하더라고 말입니다."

"그런데 이런 시설로 일만 엔이라니, 아무리 불경기지만 믿을 수가 없군. 설마 요금 트러블이 일어나는 것은 아니겠지?"

"신청서의 복사물을 이렇게 잘 챙겨두었습니다. 보세요, 서비스료 포함해서 일만 엔. 만에 하나 시비라도 벌어지면 이걸 내밀면 됩니다."

"흠, 그건 그래. 다행히 이 동네 경찰에 동기생도 있고 하니 걱정할 건 없겠어."

거의 제정신을 잃어버린 경찰들이 하나 둘씩 현관 앞에 늘어섰다. 비틀걸음으로 여급들 틈으로 쓰러지는 사람, 갑자기 바지춤을 내리고 울타리에 오줌을 누는 사람, 흙발로 현관까지 들어가서 카펫 위에 그대로 토해버리는 사람 등, 그 처절한 매너는 눈뜨고 봐줄 수 없을 정도였다.

그러나 여급들은 공손하게 그들을 부축하고, 남자 종업원들도 싫은 기색 하나 내지 않고 오물을 치우느라 분주히 움직이고 있다. 그런 모습을 바라보면서 와타나베는 사과하기 전에 먼저 감탄하지 않을 수 없었다.

당당한 체구의 남자 종업원이 현관 앞에 꿇어앉아 머리를 바닥에 조아리며 인사를 한다.

"에, 먼 길을 오시느라 얼마나 노고가 많으셨습니까. 저희 호텔에 투숙하신 손님은 가족과 같습니다. 성심성의껏, 목숨을 바쳐 모시겠사옵나이다."

까까머리에다 묘하게 관록이 있어 보이는 종업원이었다. 남색 한텐의 등에는 어디선가 본 듯한 문양이 새겨져 있는데, 도대체 어디서 보았더라.

"허허! 목숨을 바칠 것까지는 없고…… 좀 시끄럽겠지만, 잘 부탁하네."

"예이. 알아 모시겠습니다. 마음 푹 놓으시고, 호텔이 무너져라 소란을 피워주시기 바랍니다."

그렇게 말하고 서로의 얼굴을 마주 보는 순간, 앗, 하고 와타나베와 구로다는 동시에 경악했다.

"이게 누구야, 와타나베 님!"

"우왓! 넌 기도 조직의 구로다 아닌가!"

두 사람은 동시에 주위를 살피더니 서로의 어깨를 잡고 구석으로 달려갔다.

"그 관광협회의 노친네, 이것만은 조심하라 일렀거늘."

떠들썩하게 호텔로 들어서는 일행을 돌아보며, 구로다는 하늘을 올려다보았다.

"……그런가, 그랬군. 어쩐지 모습이 안 보이더라 했더니, 이렇게 착실한 사람이 되었어. 하하하, 정말 놀랍군, 놀라워……"

와타나베는 희망적인 관측을 하면서 그렇게 말했다. 그러나 구로다는 미안하다는 듯 대답했다.

"아뇨, 손을 씻은 건 아닙니다. 잠깐 스타일을 바꿔본 것뿐이지요."

막대기처럼 뻣뻣하게 굳어버린 와타나베의 등으로 식은땀이 흘러내렸다.

"도대체…… 이게 무슨……"

"도대체라니요, 형님. 이제는 도박판에서 돈을 뜯는 그런 시대가 아니라니까요. 우연히 악질 고리대금업자에게 걸려든 호텔이 하나 있어서, 그걸 슬쩍, 아니, 그게 아니고, 그걸 정식으로 구입해서 오늘에 이른 겁니다. 어때요, 우리 오야붕이라면 할 만한 일이 아닙니까."

"그렇다면…… 이 호텔의 경영자가 기도 나카조라는 말인가?"

"그렇다기보다는 이 호텔 그 자체가 기도 조직이라고 보면 돼요. 형님도 잘 아는 얼굴들이 많아요. 어이, 야스!"

와타나베는 황급히 구로다의 입을 틀어막았다.

"됐어, 이제 그만. 자세히는 모르겠지만, 대충은 알 것 같아. 으악! 이 사태를 어떻게 하지. 최악이다, 최악."

구로다는 머리를 감싸고 그 자리에 주저앉는 와타나베의 어깨를 털북숭이 손으로 끌어안았다.

"괜찮아요. 어차피 댁의 서장이란 작자는 커리어 도련님일 거 아닙니까. 그까짓 게 뭘 알겠어요."

"괜찮긴 뭐가 괜찮아! 다른 놈들이 알게 될 거야. 조직 범죄 대책 본부 놈들이 요즘 들어 한가해졌는지 몽땅 따라왔다고."

"괜찮습니다. 그분들에게는 따로 방을 주죠. 나중에 인사하러 가서 사정 설명을 하면 될 겁니다."

"설명한다고 될 일인가. 젠장맞을, 아, 뭐 이렇게 불행한 순경이 다 있담. 이것이 마지막 봉사활동인데 말이야."

후훗, 하고 구로다는 웃었다.

"자, 걱정 말고 여긴 제게 모두 맡기세요. 그보다 형님, 오늘밤 우리 오야붕이 오시는데, 우리 그립고도 악랄했던 그 시대의 동창회라도 열면 어떨까요. 어때, 야스!"

야스라는 이름의 중년 종업원은 고주망태가 된 여경 하나를 끌어안은 채 친밀한 웃음을 머금고 있었다.

4

아오야마 경찰서 제4계 — 즉 조직 범죄 대책본부 형사들의 방은, 눈앞에 숨이 턱 막힐 정도로 아름다운 단풍의 파노라마가 펼쳐지는 '노송나무실'이었다.

평소 일반 시민과 부딪칠 일도 없고 음험하게 수사를 벌일 필요도 없이 오로지 오기와 체력을 앞세워 특정 소수의 적과 싸우는 그들은, 요컨대 전형적인 체육계 인간들이다.

무술로 단련된 강건한 육체와 험악한 인상이 그들의 특징이다. 또한 수사상의 편의를 위해서인지 순수한 취향인지는 모르겠지만, 언뜻 보아서는 적인지 아군인지 구별이 안 가는 패션 센스를 가지고 있다.

늘 그렇듯 버스 안에서도 맨 뒷좌석에 진을 치고 앉아 앞좌석에서 넘어오는 술을 물처럼 위 속으로 부어넣은 것이 오히려 다행이었다. 눈이 게슴츠레 풀어진 상태로 방에 들어선 그들은 아직도 이상한 분위기를 감지하지 못하고 있었다.

이들은 시간이 남아돈다. 좌익 과격파가 깡다구만 남은 할방구 집단으로 전락한 이후로, 그들이 하는 일이라고는 공중목욕탕 탈의실 같은 곳에 별것도 아닌 수배 전단을 붙이고 다니는 것뿐이다. 또 다른 단골이라면 지방 야쿠자를 들 수 있지만, 그것도 폭력방지법이 발효된 이후로 꼬리를 내려버렸으니 사건다운 사건 하나 만나기도 힘든 처지였다.

지난날의 화려한 활극을 그리워하는 것이 사나이 마음. 그러나 젊은 형사들은 그 옛날 '귀신 잡는 해병'이라 칭송받던 계장의 무용담도 들을 만큼 들어 이제는 지겹기만 할 따름이다. 그래서 그들은 계장에게 술잔 총공세를 가하여 인사불성으로 만들어버렸다.

"계장님, 이제 다 왔습니다. 천천히 쉬세요. 연회가 벌어지면 깨울 테니까요."

젊은 부하들은 거구의 계장을 이불 위로 끌고 가서 동태 상자처럼 내팽개쳐버렸다.

"시끄러. 술이다, 술! 술 마셔야지."

마쓰쿠라 경부보는 원래가 술버릇이 나쁜 편이었는데, 요즘 들어 일이 줄어든 만큼 주량이 더 늘어 거의 알코올 중독 상태이다. 평온한 여행을 위해 일 분이라도 빨리 취하게 해서 재워버리라는 서장과 간사의 밀명이 있었다.

"예, 술 여기 있습니다. 원샷, 원샷!"

부하들은 계장의 등을 받치고 확인사살을 위한 위스키를 내밀었다. 마쓰쿠라 경부보는 그걸 마시자마자 뒤로 벌렁 나가떨어지더니 곰보다 더 크게 코를 골기 시작했다.

"어휴, 골치야."

한 형사가 화려한 넥타이를 풀면서 내뱉듯이 말했다.

"아침까지 자게 내버려둡시다. 교대로 지켜보다가 눈을 뜨면 또 먹여버리죠, 뭐."

또다른 형사가, 의식이 있는지 확인할 양으로 발끝으로 툭 찼다.

"이러니 마누라가 도망가고 자식이 삐뚤어지지."

젊은 형사가 시체를 검시하는 듯한 자세로 얼굴을 들여다보았다.

"옛날에는 이러지 않았는데. 사쿠라회와 간사이 지역 조폭이 전쟁을 할 때는 한 달이나 경찰서에 머물렀지. 쌍방 열 명도 넘는 사망자가 나올 정도로 큰 싸움이었는데, 방탄 조끼도 입지 않고 기도 조폭 사무실 앞에서 잠복하기도 했고 말이야."

"흠, 이런 얼굴이라면 착각해서 총질을 해댔을 만도 한데."

젊은 형사는 잠에 빠진 마쓰쿠라 계장의 얼굴을 뚫어져라 내려다보았다.

까까머리의 미간에 커다란 흉터가 남아 있어서 자고 있는 인상조차 포악해 보였다. 거구를 휘감고 있는 패션 또한 대단하다. 짙은 감색의 벨벳 블레이저에 실크 새틴 셔츠. 가슴께에는 금 펜던트가 늘어져 있고, 팔에는 수갑 같은 팔찌가 감겨 있다. 다이아몬드가 박힌 롤렉스는 아마 가짜일 것이다. 이런 차림으로 한창 전쟁중인 조폭 사무실 앞에서 어슬렁거린다는 것은 제발 나를 죽여주세요, 하고 외치는 거나 다름없다.

"본인은 기운이 넘쳐나서 좋겠지만, 같이 있는 나는 사는 게 사는 것 같지가 않더라니까. 한번은 총알을 맞을 뻔하기도 했어. 간사이 쪽은 벌써 기도 조직의 오야붕을 죽인 다음이라 기세가 등등해서, 계장을 향해 총을 빵빵 쏘아대는 거야."

"우왓! 그래서 계장은 어떻게 했는데?"

선배 형사는 그 처절한 기억을 되살려내려는 듯, 펀치 파마한 머리를 뒤로 쓸어넘겼다.

"어쩌긴 어째. 왼쪽 어깨하고 발에 맞았지. 그런데도 계장은 기가 펄펄 살아서 '개새끼! 간토 지방을 얕보지 마, 내가 맛을 보여주지' 하고 총을 쏘아댔어. 워낙 솜씨가 좋다보니 간사이 쪽 저격수는 즉사, 운전사는 중태."

"그, 그런 대단한……"

"긴급피난으로 처리되어 시말서 한 장으로 넘어갔지. 그래도 그건 누가 봐도 과잉방어야. 아니, 단순한 총싸움에 지나지 않았어."

꿈이라도 꾸는 걸까, 마쓰쿠라 경부보의 다리가 부르르 떨리자 형사들은 왓! 하고 놀라며 뒤로 물러섰다.

"뭐…… 그런 사람이니까, 일거리가 없으니 술이라도 마실 수밖에."

형사들은 발소리를 죽이고 창가의 등나무 의자에 앉았다.

벌써 하얀 눈을 덮어쓴 봉우리가 눈앞에 턱 버티고 있었다. 호텔을 감싸안는 모양으로 병풍처럼 둘러선 험준한 산들은 누군가 물감을 끼얹기라도 한 듯 화사하게 물들어 있었다. 알루미늄새시 창을 열자 미지근한 유황 연기가 코를 찌르고, 계곡 쪽에서 물 흐르는 소리가 들려왔다.

"정말 좋은 곳이야. 갑자기 잡힌 계획이라 허둥지둥하더니만, 역시 와타나베 간사는 달라."

형사들은 잠시 동안 말을 잊은 채 가을 경치를 안주 삼아 맥주를 마셨다. 이다음의 스케줄이래봐야 어차피 그렇고 그런 산채요리와 퇴물 기생과 상사들의 별볼일 없는 장기자랑이 될 것이다. 그러나 세속의 때를 말끔히 씻어버리는 이런 절경을 본 것만으로도 충분히 가치 있는 여행이라고, 모두들 속으로 고개를 끄덕였다.

문득 형사 하나가 테이블 위에 놓인 안내서를 집어들었다.

"이게 뭐야. 선배님, 이것 좀 보세요. 이 호텔 마크가 사쿠라회의 문장하고 똑같은데요."

"정말 그렇군. 핫핫핫, 웃기는걸."

가죽 표지에 금빛 문자, 묘하게 고급스러워 보이는 안내서를 펼친다. 피난경로를 나타내는 평면도와 아무래도 좋을 주의사항이 적혀 있었다.

그러나 아무래도 좋을 그 주의사항을 읽고, 세 명의 형사는 눈을 휘둥그레 뜨고 말았다.

오쿠유모토 수국 호텔 안내

〈주의 사항〉

손님 각위

一. 정보수집에 만전을 기하고 있사오나, 갑작스런 강제수색이나 돌발적인 총격전이 벌어질 경우 냉정을 잃지 말고 담당자의 지시에 따라주십시오.

一. 객실 문은 철판, 창에는 방탄유리가 설치되어 있으니 편히 쉬십시오.

一. 귀중품은 프런트에 맡겨주시면 모든 책임을 지고 보관하겠습니다.

一. 파문당한 자, 절연자, 패밀리 문장이 다른 자, 그 외 수상한 인물을 발견할 시에는 즉시 프런트로 연락해주시기 바랍니다.

一. 로비나 복도에서 협객식 인사를 나누는 행위는 삼가주시기 바랍니다.

지배인 백

"손님 각위, 래. 핫핫핫……"

젊은 형사의 웃음에 응하는 사람은 아무도 없었다.

노송나무실이 침묵에 휩싸여 있을 즈음, 지배인실에서는 두 남자가 얼굴을 맞대고 긴급회의를 열고 있었다.

48

하나자와 가즈마 지배인의 안색은 새파랗게 질려 있었다. 영문도 모른 채 호텔업계의 걸리버 '크라운 호텔 그룹'에서 이곳으로 스카우트되어온 이 선량하고 성실한 지배인에게는 정신이 아득해지는 듯한 난문이었다.

"도쿄 사쿠라 친목회라기에 우리 패밀리라고 생각했지. 설마 사쿠라다몬*의 사쿠라일 줄이야…… 미안하이, 미안해, 구로다."

"미안하다고 해서 다 해결이 된다면야 경찰이 뭐 필요 있겠습니까, 지배인. 이러고 있을 때가 아니지. 저녁에는 오야붕, 아니 오너도 오실 텐데, 정말 미치겠군. 손가락이 또하나 날아가게 생겼어."

"미안하이. 앞으로는 절대로 이런 트러블이 일어나지 않도록 모든 예약은 자네에게 맡기겠네."

구로다는 어깨를 늘어뜨리고 한숨을 내쉬었다.

"일단 비자 기간이 끝난 여급들과 아직도 각성제를 애용하고 있는 종업원을 격리시켜놓긴 했지만……"

"응. 그렇지만 너무 임기응변 요법이라고 할까, 일시적인 조치에 지나지 않는 것 같은데."

"하기야 털면 먼지가 풀풀 나는 종업원들뿐이니까요. 그렇지만 현행범은 아니잖습니까."

어쨌든 이 단체가 일박 이일 묵는 동안은 완벽한 서비스로 대처

---

* 櫻田門, 도쿄 경시청이 있는 지역.

하자고, 두 사람은 입을 모아 결의를 다졌다. 호텔 자체가 위법은 아니므로 두려워할 것은 하나도 없다. 그보다는 쓸데없는 트러블을 일으켜 다른 고객에게 피해를 준다거나 호텔의 품위를 손상시키는 것이 더 문제라는 데 의견의 일치를 보았다.

하나자와 지배인은 방 배정을 확인해보았다.

"302호에서 310호까지라. 방을 착각하는 일이 없도록 삼층 고객을 이층으로 옮기도록 하지."

"예이. 311호의 여행객은 무슨 사연이 있는 것 같으니 이층으로. 그리고 오늘 도착 예정인 두 사람도 보통 사람인 것 같으니 이층으로."

"그래야겠지. 보통이라고는 하지만 우리 호텔을 선택한 만큼 어떤 험한 산을 넘은 분인지 알 수 없는 노릇이니까."

지배인의 입에서 어느새 패밀리의 분위기에 젖은 듯한 말이 흘러나오자, 구로다는 얼굴을 들고 웃었다.

"왜 그러나, 구로다."

"아닙니다. 지배인님도 이제 우리 사람이 다 되었구나 싶어서요. 산을 넘었다, 라. 흠, 웃으면 실례가 되겠지만 정말 재미있는 말인데요."

"다른 적당한 말이 있어야 말이지. 손님에 대해서는 최대의 경의를 표해야 해. 우리 호텔의 좌우명을 한시라도 잊어서는 안 돼."

"당연히 그래야지요."

감탄한 듯 고개를 숙이던 구로다가 갑자기 앗, 하고 소리쳤다.

"아, 안 돼, 큰일이다!"

평소 침착하기 그지없는 구로다가 이렇게 호들갑을 떠는 걸 보니 큰일은 큰일인 모양이다. 지배인은 구로다의 비명 소리만 듣고도 얼굴이 새파랗게 질렸다.

"갑자기 왜 그래? ……변죽만 울리지 말고 빨리 말해봐, 무슨 일인지!"

"변죽이고 본론이고, 정말 큰일이다. 오소네 오야붕이 오기로 되어 있단 말입니다!"

지배인은 몸으로 테이블을 밀치면서 벌떡 일어섰다.

"뭐라고! 오소네 일가는 모레부터 이박 예정이 아니었나?"

"아뇨, 그게…… 조금 전에 전화가 왔는데, 젊은놈 하나가 자수하기로 되어서 예정을 당겨달라고요. 잊고 있었어요. 이거 큰일났다!"

"도대체가 뭐가 뭔지 알 수가 있어야지. 그런 업계 사정은 내가 잘 모르니, 설명 좀 해봐."

"간단히 말하자면, 어떤 사건이 발각되기 전에 관련된 젊은놈 하나를 자수시키는 방법입니다. 오소네 오야붕의 형님뻘 되는 분에게 구속영장이 발부된 다음에는 이미 늦으니까 먼저 선수를 치는 거예요. 자주 써먹는 수법이죠."

"……긴급조치라는 건가?"

"과연 지배인님이십니다. 이해가 빠르시군요."

"감탄만 하고 있을 때가 아냐. 지금 당장 오소네 일가에게 연락해. 중지해달라고."

예잇, 하고 구로다는 수첩을 뒤적여 오소네 일가의 휴대폰으로 전화를 걸었다.

"우왓! 연결이 안 돼. NTT* 이 개새끼들! 어떡하면 좋지. 오소네 일가는 우리처럼 조용한 집안이 아녜요. 무장투쟁파, 강경파, '살인 전문 오소네'라고 할 정도인데……"

초조하게 왔다갔다하던 구로다의 발걸음이 뚝 멈추더니, 수화기 든 손이 맥없이 아래로 툭 떨어져내렸다.

잔뜩 긴장한 채 얼굴을 창 쪽으로 돌리는 하나자와 지배인의 귓가로 어디선가 들어본 적 있는 행진곡이 은은히 울려퍼졌다. 단풍으로 물든 산까지 울려퍼지는 그 멜로디는 분명 오소네 일가의 테마송이었다.

"이미 늦었군요, 지배인님……"

이윽고 국방색 가두선전용 버스 한 대가, 세 평 넓이의 일장기를 바람에 휘날리며 계곡길을 따라 모습을 드러냈다.

"우리는 황군, 우리의 적은 하늘과 땅이 용서하지 못할 적~"

발도대(拔刀隊)의 용감무쌍한 멜로디는 호텔 창을 뒤흔들 정도

---

* 일본에서 가장 큰 통신회사.

로 웅장했고, 가두선전차의 철망 너머로 주먹을 불끈 쥐고 신나게 합창을 해대는 오소네 일가의 얼굴은 단풍보다 더 붉게 물들어 있었다.

두 사람은 멍하니 그 광경을 바라보고 있을 따름이었다.

경시청 아오야마 경찰서 제4계, 통칭 '귀신 잡는 해병'이라 불리는 마쓰쿠라 이와오 경부보는 갑작스런 군가 멜로디에 놀라 자리에서 벌떡 일어났다.

"우왓! 어디서 나는 소리야. 이런 산속까지 차를 몰고 오다니. 자식들, 잠깐만 기다려, 지방조례법 위반으로 구속시켜버릴 테니까!"

마쓰쿠라 계장은 거구를 비틀거리며 자리에서 일어서더니, 입을 쩍 벌린 채 뻣뻣하게 서 있는 부하들을 밀치고 창 쪽으로 몸을 내밀었다.

"뭐야, 저 자식들. 일본전교조 놈들의 회합이라도 있는 거야? 어이쿠, 머리야. 으악, 머리 아파. 젠장, 도저히 참을 수 없어. 어이, 너희들, 왜 그렇게 멍하니 있어? 당장 긴급체포해, 소음방지조례법 위반 및 시위로 인한 업무방해로, 당장 가!"

계장은 그렇게 외치면서 오른손에는 맥주병, 왼손에는 유카타 끈을 잡고 달려나갔다. 말려야 할지 따라가야 할지 망설이면서 일단 복도까지 달려나간 부하들은 마쓰쿠라 경부보의 널찍하고 듬직한 등에서 타오르는 투지의 불꽃을, 그때 처음으로 분명히 보았다.

5

 내가 그 호텔로 가기로 마음먹은 것은 딱히 오소네의 권유 때문은 아니다. 나카조 삼촌과 마노 미스즈, 지금은 죽고 없는 사가라 나오키치 사이에 도대체 어떤 인연의 끈이 있었는지 그것을 알고 싶었기 때문이다.

 나오키치의 관을 전송하던 〈전사의 엘레지〉가 불길한 진혼곡처럼 귀에 달라붙어 떠날 줄 몰랐다. 이런 저주의 속박을 푸는 유일한 열쇠가 그 호텔 어딘가에 숨어 있음이 분명하다.

 여행에 나설 때마다 늘 고민하는 것이 하나 있다. 난 별로 곱게 자라지도 못한 주제에 혼자서는 아무것도 할 수 없는 타입의 남자인 것이다.

 자주적 행동이라고는 젓가락으로 음식을 집어 먹는 것과 화장실에서 뒤를 닦는 것. 그 이상의 행동에 이르면 커피 한 잔도 제 손으로 따라 마시지 못한다.

 예를 들면 칫솔에 치약을 묻혀, 여기요, 하고 내미는 여자가 없으면 영원히 이를 닦지 않을 것이다. 욕실에서 나왔을 때 새 빤쓰가 마련되어 있지 않으면 벗었던 빤쓰를 다시 주워 입는다. 내 손으로 옷장 서랍을 열어 새 빤쓰를 꺼낼 바에는 열흘이건 한 달이건 빤쓰 하나로 버티는 것이 더 낫다.

이런 나쁜 버릇이 생긴 건 나의 동거인이자 죽은 아버지의 아내인 도미에가 너무도 순종적인 여자이기 때문이다. 정확히 말하자면, 나의 나쁜 버릇이라기보다는 계모의 교육적 성과라고 해야 할 것이다.

그렇다고 해서 말단이나마 문화인 대열에 끼는 내가 집필이나 취재여행을 나가면서 도미에와 동행한다는 것은 체면상 바람직하지 않다. 보기에도 안 좋다. 무엇보다도 도미에라는 이름의 '일상'을 동반해서는 도무지 여행할 맛이 나지 않는다.

그래서 나는, 평균 한 달에 한 번 정도 떠나는 여행에는 반드시 다무라 기요코와 동행한다.

사정을 잘 모르는 사람을 위해 간단히 설명하자면, 그녀는 거의 쓰러질 것 같은 목조 연립주택에서 심장병을 앓는 어머니와 여섯 살 난 딸과 함께 빈곤에 쪼들리며 살고 있는데, 그 빈곤의 냄새마저 미모의 일부를 형성하고 있는 듯한 정말 대단히 괜찮은 여자다.

남편은 '백호의 마사오'라는 전설적인 저격수인데, 가석방된 상태에서 또 사람을 죽여버렸다. 육 년 징역 후 이박 삼일 만에 다시 감옥으로 돌아가야 했다니 정말 안된 일이지만, 나는 우연히 그 남자의 가족을 떠맡게 된 것이다. 나는 자원봉사자도 아니고 전당포 주인도 아니니까, 일단 맡은 것은 내 멋대로 사용하자는 가치관의 소유자다.

소문대로 야쿠자의 여자는 정말 괜찮았다. 백이면 백이 한 번 자봤으면 하고 침을 질질 흘릴 정도로 미인인 데다, 무엇보다 범법자의 아내답게 눈치 하나는 끝내주게 빠르고, 또한 공기 같은 존재라 절대로 남자를 피곤하게 하지 않는다.

막 출발하려는 순간에 전화를 걸었다. 기요코는 늘 대기태세를 취하고 있기 때문에 그렇게 해도 된다. 집을 비울 때도 오토 콜 기능이 있는 호출기를 갖고 다니므로, 연락을 하면 우에노건 하네다건 바로 달려온다.

그런데, 그날따라 생각지도 않은 트러블이 생기고 말았다.

기요코의 딸 미카가 전화를 받더니 이렇게 말하는 것이었다.

"할머니가 발작을 일으켰어요. 니트로글리세린도 듣지 않아요. 이번에는 심근경색일지도 몰라. 구급차가 왔어요. 선생님한테 전화 오면 걱정할지 모르니까 절대로 말하지 말라고 했지만, 아, 그만 말해버리고 말았네."

할머니의 협심증은 지금 시작된 것은 아니니 그리 걱정할 일은 아니고 걱정할 만한 관계도 아니지만, 그런 사정에 처한 기요코를 억지로 데려갈 수 없다는 게 문제다.

"음, 큰일이군. 급한 일인데……"

내게는 정말 큰일이다. 옛날부터 무슨 일이건 대용품을 마련해두지 않는 성격이었다.

"아, 일이 있군요. 원고 마감이에요? 정말 큰일, 큰일났네. 엄마에게 전화해볼게요."

56

"전화? 어느 병원인지 알아?"

"앗, 몰라요. 물어보지 않았어요."

요컨대 미카는 내 일과 어머니의 존재가 불가분의 관계에 있다는 것을 알고 있는 것이다. 그리고 아마도 가족의 생활이 나의 일에 의해 유지되고 있다는 것도.

"미안해, 선생님. 미카가 할 수 있는 일이 있으면 말해주세요. 뭐든 할게요."

가족이 없는 나는 여섯 살 난 꼬마라고는 미카밖에 모른다. 원래가 어린애를 싫어해서 알고 지낼 기회도 없었다. 그러나 어릴 적부터 고생을 많이 한 이 꼬마가 세상 일반의 꼬마보다 훨씬 더 어른스럽다는 것 정도는 안다.

아마 보통의 여섯 살 꼬마라면 할머니를 위해 죽을 끓이지도 못할 테고, 어머니가 집을 비웠다고 세탁을 하거나 방 청소를 하지도 않을 것이다. 그리고 물론 어머니의 남자가 감탄할 정도로 맛있는 커피를 끓이지도 못할 것이다.

기요코의 부재라는 돌발적인 사태에 당황한 나는 별다른 생각도 없이 하나뿐인 '대안'을 제시했다.

"그래? 음, 지금부터 여행을 떠나는 거야. 우에노 역의 날개상 앞으로 나와. 열시에서 십 분만 더 기다릴게."

"예, 선생님."

미카는 어머니를 판에 찍어놓은 듯한 순종적이고 슬픈 목소리로 그렇게 대답했다.

　약속한 시간보다 십오 분이나 빨리 왔음에도 불구하고 나카조 삼촌은 이미 날개상 뒤의 벤치에 앉아 있었다.

　건장한 보디가드 세 명이 좌우와 등뒤에 떡 버티고 서 있다. 나는 눈을 번득이며 마노 미스즈를 찾았지만 그 모습은 보이지 않았다.

　"자동차 멀미를 해서 말이야. 이렇게 피를 나눈 조카와 함께 여행하는 것도 나쁘진 않겠지."

　나카조 삼촌은 자리에서 일어서면서 변명조로 그렇게 말했다. 나카조 삼촌이 자동차 멀미를 한다는 이야기는 금시초문이다. 필시 무슨 잔소리를 늘어놓을 심산일 것이다.

　"엇, 그런데 오늘은 그 미인 비서가 보이지 않는데?"

　역시 나와 기요코의 장래에 대해 꼬치꼬치 간섭할 생각인 것 같다. 내가 방에 틀어박혀 일을 시작하면 잔소리할 시간도 없을 테니 오가는 열차 속에서 중매를 하겠다는 계산이다. 내심 어림없는 수작이라고 생각하면서, 나는 태연하게 대답했다.

　"미인? 아, 기요코 말이군요. 공교롭게도 할머니가 병이 났어요. 그 대신에 다른 사람이 오게 되어 있지요."

　나카조 삼촌은 노골적으로 불쾌한 표정을 지어 보였다.

　"뭐, 다른 여자라고……? 흥, 너도 제법이군."

　엷게 색이 들어간 편광 안경 저 안에서 나를 노려보는 나카조 삼촌의 시선을 맞받으며 나는 태연자약하게 대답했다.

"삼촌만큼은 아니에요."

내 말은 물론 나카조 삼촌과 마노 미스즈의 관계를 가리키는 것이다. 갑작스런 선전포고에 나카조 삼촌은 몸을 움찔했다.

"내가 그렇게 솜씨가 좋았던가. 훗, 사람 웃기는군. 보통 사람 정도의 솜씨만 있었어도 지금은 손자 손을 잡고 다녔을 거야."

여기서 나와 나카조 삼촌의 정신적인 관계에 대해 덧붙여 설명할 필요가 있을 것 같다.

나카조 삼촌은 그 옛날 우리 집에 자주 들락거리면서 아버지에게 용돈을 타 썼다. 그뿐만 아니라 젊은 공원들을 휘하에 거느리고 대장 노릇을 하며 나쁜 짓만 골라서 하고 다녔다.

그리고 끝내, 하필이면 나의 생모, 즉 자신의 형수가 젊은 놈팡이와 함께 도망칠 수 있도록 도와주었다. 어머니의 상대인 구로다라는 사내는 지금도 기도 조폭의 젊은 두령으로 호텔 부지배인 자리를 꿰차고 있고, 늙은 어머니는 여주인 행세를 한다.

오쿠유모토 수국 호텔은 나에게 그런 장소였던 것이다.

아버지는 일개 메리야스 장인으로 빤쓰에 묻혀 세상을 떠났다. 나카조 삼촌은 출세하여 돈을 모아 호텔의 오너가 되었고, 어머니와 구로다는 뻔뻔스런 얼굴로 그 호텔을 관리하고 있다. 그리고 어머니에게 버림받은 나는 아버지의 재혼 상대였던 도미에의 손에 자라서, 삐딱한 소설가가 되었다.

뭐, 이런 간단한 사연이다.

이윽고 북적대는 사람들 사이로 미카가 모습을 드러냈다. 자신의 몸보다 큰 여행가방은, 기요코가 즐겨 사용하는 낡아빠진 루이뷔통이었다. 작은 가방을 하나 목에 걸고, 미키마우스 인형을 가슴에 품고 있다. 헐렁한 오버올은 봄철 바겐세일 때 내가 사준 것이다. 마음에 들지 않았는지 아끼느라 그런 건지는 모르겠지만, 입고 나온 모습은 처음 본다.

나는 잠시 북적대는 사람들 틈에서 '주인님'을 기다리는 소녀의 모습을 관찰했다. 척 보기에도 온갖 고생 다 하며 사는 얼굴로 무거운 가방을 들고서, 머뭇거리며 역 광장의 시계를 올려다보는 그 모습은 어머니의 판박이다.

하얀 피부에 오똑한 콧날을 중심으로 잘 정돈된 얼굴이 서서히 일그러지면서 막 울음을 터뜨리려는 순간, 나는 미카를 불렀다.

미카는 지옥에서 부처를 만난 듯 활짝 웃었다.

"미안해, 선생님. 지각하고 말았어요. 잘 부탁해요."

나카조 삼촌은 꼬리 아홉 달린 여우에게 홀린 듯한 표정으로 나와 소녀를 번갈아 바라보더니, 갑자기 낄낄거리면서 내 어깨를 툭 쳤다.

"난 또, 누군가 했지. 역시 그랬어. 혹시 네놈이 롤리타 콤플렉스를 가지고 있나 생각했다고. 그래, 이애가 마사오, 아니 기요코의 딸이로구나. 어머니를 닮아 미인인데그래."

　나카조 삼촌은 마치 손녀를 끌어안듯이 미카를 번쩍 들어올렸다. 안경 속의 눈이 감동으로 젖어갔다. 오히려 내가 당혹스러웠다.

　"잠깐, 잠깐만, 삼촌. 내가 무슨 그런 생각으로……"

　"어이, 그렇게 부끄러워할 필요는 없어. 다른 사람이라던 게 바로 이애였군. 사람 다시 봐야겠어, 고짱. 아무나 할 수 있는 일이 아냐. 이루어질 수 없는 사람의 딸애를 여행에 동반하다니……이것도 도미에 씨가…… 너를 올바로 키운 덕분이야…… 흐흑."

　나카조 삼촌은 감정이 복받쳐 울음을 터뜨리려 하고 있었다.

　"아녜요, 이애는 기요코 대리로 밤에 커피라도……"

　"시끄러워. 아무 말 마. 알고 있어, 너의 본심은 피를 나눈 이 삼촌이 더 잘 알아."

　"글쎄, 아니라니까요. 이애는 내가 빤쓰를 갈아입을 때……"

　"그렇지, 네 아버지는 솜씨 좋은 빤쓰 장인이었어. 마음 착하고 한 우물만 파는…… 너는 누가 뭐래도 내 형님의 아들이다…… 흐흑…… 고생이 많았지. 그렇게까지 아닌 척할 필요는 없어."

　"그만두세요, 고생은 무슨 고생을 했다고."

　내가 나카조 삼촌의 품에서 미카를 받아든 것은 오직 쓸데없는 오해의 불씨를 꺼버리고 싶어서였다. 그러나 처음으로 품에 안은 미카의 몸은 만만치 않게 무거웠다. 뭔지는 모르겠지만 아직 한 번도 의식해보지 못한 '고생'이라는 놈이 귀여운 소녀의 모습으로 변신하여 내 팔에 매달려 있는 느낌이었다.

삼촌의 보디가드들이 가방을 들어주겠다고 했지만, 미카는 절대로 가방을 손에서 놓으려 하지 않았다.

"네놈들 인상이 더러워서 그래."

누구보다 제일 인상 더러운 나카조 삼촌이 그렇게 말하며 웃었다.

미카는 당혹감을 감추지 못하면서도 열심히 어른들의 이야기를 이해하려고 애썼다. 문득, 혹시 이애는 자신의 어머니보다 더 지혜롭고 영특할지도 모른다는 생각이 들었다.

승객이 별로 없는 열차 특실에 올라타고 나서도 나카조 삼촌은 여전히 착각에 젖어 있었다. 삼촌이 이렇게 즐거워하는 모습은 예전에도 본 적이 없었다.

그 대단한 관록과 독수리보다 날카로운 눈길마저 어디론가로 날려버리면서까지 미카를 무릎에 앉히고 싶어하는 그 노력은 집요할 정도였다.

그러나 자신의 사명과 입장을 너무도 잘 인식하고 있는 미카는 내 안색을 살피면서 교묘하게 나카조 삼촌의 손에서 벗어났다. 욕구불만의 나카조 삼촌은 어쩔 수 없이 미키마우스 인형을 대신 무릎에 앉혔다.

"선생님, 뭐 좀 사올게요. 맥주, 아니면 도시락?"

미카의 머릿속에는 나 이외의 인간은 입력되어 있지 않기 때문에 나카조 삼촌이나 보디가드들 몫까지는 고려하지 않는다. 나는 지갑을 건네주며 말했다.

"도시락 먹기엔 아직 일러. 맥주, 아저씨들 것도. 들 수 있겠니?"

예, 하고 미카는 고개를 끄덕이면서 오버올의 호주머니를 열어 보였다.

"이거 편리해요. 호주머니가 많잖아요. 고마워요, 선생님."

미카는 머리를 아래로 숙이고 달려갔다.

"철이 든 애로구먼."

나카조 삼촌이 감격하자 등받이에 머리를 기대고 있던 젊은이들도 일제히 고개를 끄덕였다. 마치 내가 만든 작품에 대한 칭찬을 듣기라도 한 것 같아 기분이 좋아졌다.

"고생의 질이 달라요, 질이. 기본이 되어 있죠. 젊은 시절의 고생은 보약이라고 하지 않습니까."

지당하신 말씀, 하고 젊은이들이 고개를 숙이며 동의를 표했다. 그 시점에서 나는 오해를 푸는 것을 포기하고 말았다.

"그런데 고짱. 언제까지고 저애한테 선생님으로 남을 거야? 이제 아빠라는 말을 들을 때도 됐을 텐데."

"기회를 봐서요. 삼촌이 할아버지 소리 듣게 만들어드리죠."

삼촌은 감동에 겨운 얼굴로 사람들이 북적대는 플랫폼 쪽을 돌아보면서, 손가락으로 눈꼬리를 훔쳤다.

"미카…… 기도 미카…… 흠, 나쁘지 않아. 좋은 이름이야."

불룩한 오버올의 호주머니를 흔들어대며 두 손에 차가운 캔맥주를 든 미카가 돌아왔다. 내가 좋아하는 슈퍼 드라이였다.

"와! 차가워" 하고 캔을 좌석에 내동댕이치더니 캔 하나를 집어 내 쪽으로 밀었다. 동작 하나하나가 어머니와 판박이였다.

"먼저 삼촌부터. 술은 순서를 지키는 것이 중요한 거야."

미카는 한마디만 해도 다 알아들었다. 나보다 더 높은 사람에게 맥주를 권한다는 긴장감 때문에 캔을 따는 손이 바르르 떨렸다.

이야기하느라 주의를 주지 않은 것은 어른인 나의 불찰이었다. 미카가 있는 힘을 다해 캔을 따자 맥주가 뿜어져나와 내 얼굴을 적셨다.

헛참, 하고 웃으면서 얼굴을 닦는 나를 향하여 절규처럼 외친 미카의 한마디가 나카조 삼촌의 오해를 단숨에 날려버렸다. 그 얼굴에서 독수리보다 날카로운 안광이 되살아났다.

미카는 뻣뻣하게 선 채, 돌이킬 수 없는 실수에 새파랗게 질린 얼굴로 이렇게 말했던 것이다.

"죄송합니다, 선생님. 나를 때려주세요."

소녀는 어금니를 꽉 깨물고, 눈을 감고, 창백한 볼을 앞으로 내밀고 있었다.

6

가시와기 나나는 수도 없이 그 남자를 죽여버리고 싶은 충동을 느껴왔다.

처음으로 살의를 느꼈던 것은 열일곱 살 때, 하야시 쇼타로가 매니저와 신인가수라는 관계를 넘어서 나나의 젊은 육체를 마음대로 농락할 때부터였다.

남자와 여자의 관계로 십 년의 세월이 흘렀다. 스타의 자리가 흐르는 강물처럼 멀어질수록 나나의 가슴에는 원한이 쌓여갔다. 그래도 하야시 쇼타로가 오늘날까지 죽지 않을 수 있었던 것은, 그만이 자신의 꿈을 실현시켜줄 수 있는 내비게이터라고 나나가 믿고 있었기 때문이었다.

아이돌 가수로 데뷔한 이후로 몇 장의 싱글 음반을 냈지만 아무런 주목도 받지 못했고, 시장이 시디로 바뀌고 나서부터는 신곡조차 발표하지 못했다. 동세대 가운데서는 뛰어난 가창력을 가진 편이었지만 쌍꺼풀도 없는 평범한 얼굴에다 화려하지 못한 몸매는 누가 보아도 스타로서 어울리지 않았다. 그렇다고 배우나 탤런트로 변신할 만한 뚜렷한 캐릭터도 없었다.

스물일곱이라는 성숙한 나이에 어울릴 만한 섹시함이 풍겨나오고, 힘든 인생 역정 때문에 목소리에도 윤기가 더해졌다. 그러나 그런 것들이 아무런 가치도 가질 수 없다는 것은 본인 자신이 가장 잘 알고 있었다.

그리고 그녀가 원한을 품으면서도 신뢰해온 능력 있는 매니저 하야시도, 지금은 맥도 못 추는 사십대 술꾼으로 변해버렸다.

가시와기 나나는 한숨을 쉬면서 작은 의상 케이스를 열고, 스팽글이 여기저기 떨어져나간 드레스를 꺼내 옷걸이에 걸었다.

하야시는 창가의 등나무 의자에 늘어져서 술냄새를 풀풀 풍기며 코를 골고 있다. 그 모습 하나만 봐도 매니저라는 건 이름뿐이고 그저 그런 놈팡이 기둥서방이란 것을 알 수 있다.

털북숭이 정강이를 쭉 뻗어 올려놓은 테이블 위에는 주말 스케줄표가 위스키에 젖어 있다.

에치고유자와, 아이즈, 이자카, 사쿠나미, 나루코와 도호쿠 지방의 온천지대를 돌아, 눈이 내릴 즈음에는 홋카이도로 건너가 스스키노의 스트립 극장에서 잠시 노래를 하다가, 대설산의 산기슭에 있는 호텔에서 해를 넘긴다.

그렇게 유랑가수 생활을 계속하면서 벌어들인 몇 푼 안 되는 개런티는 죄다 하야시의 술값과 빠찡꼬 자금으로 날아가버린다. 올해도 옷 한 벌 마련하지 못했다는 생각을 하자 너무 서글퍼 눈물이 솟구쳤다.

그래도 좋아하는 노래를 하며 여행하는 것만이라면 견뎌낼 수 있다. 스테이지가 끝난 뒤에는 작부 흉내를 내야 하고, 때로는 지방의 흥행주에게 하룻밤을 제공하지 않으면 안 된다.

그 가시와기 나나가 따르는 술을 마시고, 그 가시와기 나나와 하룻밤을 보냈다는 것을, 그 남자들은 평생 무용담처럼 지껄이고 다닐 것이다.

하야시는 충혈된 눈을 게슴츠레 떴다.

"나나…… 천천히 하지. 다음주부터 넉 달을 뛰어야 하잖아. 가을에 이 온천에서 목욕을 하면 겨울 동안 감기도 안 걸린대. 너무 좋은 곳이야. 푹 쉬자구."

늘어지게 하품을 하더니 하야시는 다시 코를 골기 시작했다.

넉 달. 정신이 아득해지는 시간이다. 그 시간은 필시 수치와 고통이 미어터지는 지옥 같은 겨울의 유랑이 될 것이다.

여기서 죽여버리자, 하고 나나는 다짐했다.

그렇다. 그렇게 하면 가시와기 나나의 이름은 다시 한번 스포츠 신문의 연예계 소식란을 장식할 것이고, 젊은 시절의 사진이 주간지 컬러 화보에 등장할 것이며, 텔레비전의 와이드쇼에는 십 년 전의 녹화 비디오가 나올 것이다. 그래, 다시 한번만.

기왕 일을 저지를 바에는 스타의 말로에 어울리는 화려한 칼부림이 좋겠다고, 나나는 냉정하게 마음을 다잡았다.

예쁘게 화장을 하고 스테이지 의상을 입자. 권총이라도 있으면 더없이 좋겠지만 식칼이면 또 어때.

'전 아이돌 가수, 영광의 청산!'

남자의 얼굴을 내려다보면서 그런 신문의 표제를 상상하고, 가시와기 나나는 쓸쓸히 웃었다.

그 전에 온천이나……

대욕탕은 아담한 호텔에는 어울리지 않을 정도로 크고 화려했다.

'극락탕'이라는 글자가 새겨진 주렴을 걷고 들어서자, 빛과 바람이 넘쳐나는 청결한 탈의실이 나타났다.

호텔에 들어서면서부터 계속 머리를 아프게 했던 유황 냄새도, 그 발원지인 이 장소에 이르러서는 너무 진하게 농축되어 오히려 신경에 거슬리지 않는다.

'만병에 듣는 명온천입니다. 편안한 마음으로 세속의 때를 벗겨내시기 바랍니다.'

깨끗한 삼나무 판자 위에 익살스런 글씨체로 그런 글이 적혀 있었다.

그렇지만 불행이라는 병은 낫지 않을 거야. 나나는 유카타를 벗으며 생각했다.

욕탕 문을 열려다가 문득 손길을 멈추었다. 먼저 들어온 누군가가 콧노래를 부르고 있는 것이었다.

'기분 나쁜 노래……'

그것은 홍행주들이 늘 리퀘스트하는 오래된 가요곡이었다. 신청을 받으면 반드시 불러야 하는 처지 때문인지는 모르겠지만, 노래할 때마다 늘 가슴을 무겁게 짓누르는 어두운 멜로디와 슬픈 가사가 나나는 싫었다.

안으로 들어가자 콧노래는 멈추었다.

돌을 다듬어 거창하게 꾸민 사이사이로 크고 작은 욕탕을 만들어
놓은 노천온천이었다. 희뿌연 유황 온천수가 복사뼈까지 차오르며
콸콸 넘쳐흐르고, 주위에는 마치 하얀 면 타월을 깔아놓은 듯한 부
드러운 어둠이 펼쳐져 있었다.

한 욕탕에 풍성한 머리카락을 감아올린 여인이 들어가 있었다.
나나는 조금 떨어진 작은 욕조에 몸을 담갔다. 유황물이 따갑게 피
부를 찌른다.

"실례합니다. 신경 쓰지 마시고 노래하세요."

선객의 곁에는 술이 놓여 있었다. 남의 즐거운 시간을 빼앗은 것
같아 나나는 일부러 그렇게 말을 걸었다. 말을 하고 나서, 이것도
내일이면 이 호텔에서 일어날 살인사건의 한 에피소드로 등장할 것
이란 생각이 들었다.

선객은 노송나무로 만든 탕의 가장자리에 올라앉았더니, 마치 나나
의 생각을 꿰뚫어보기라도 한 듯 후훗, 하고 심술궂게 웃었다.

"다른 사람에게 들려줄 만한 목소리가 아녜요. 게다가 술도 많이
마셔서 목이 가버렸지요."

그리고 보니 목소리가 바람 소리처럼 거칠다. 여자는 그렇게 말
하면서 쟁반을 끌어당겨 술잔을 들었다.

"아가씨도 한잔 어때?"

나나는 관계하고 싶지 않아 얼굴을 돌렸다.

"전 술 못 마셔요. 속이 울렁거리고 금방 몽롱해져버려요. 신경 쓰지 마시고 편히 드세요."

"흠, 이렇게 맛있는 것을. 난 술과 노래만 있으면 아무것도 필요 없어. 남자도, 자식도."

후훗, 하고 여자는 사람을 놀리는 듯한 웃음소리를 냈다.

"아가씨는 왜 그리 한 맺힌 얼굴을 하고 있지? 하기야 이 호텔에 오는 손님치고 사연 없는 사람은 없으니까."

술버릇이 고약하다. 깡마른 초로의 여자. 말하는 품이나 노송나무 가장자리에 올라앉은 폼이 묘하게 자연스러운 걸로 보아 아마도 이 지역의 기생일 것이다.

"온천이나 실컷 즐기고, 맛있는 요리도 먹고, 노래방에서 노래나 부르면서 천천히 쉬었다 가. 그러면 응어리진 가슴도 금방 풀릴 거야."

꽤 취한 듯, 자작을 하는 여자의 몸은 그대로 탕 안으로 빠져들 것처럼 흔들리고 있었다.

노천온천으로 통하는 유리문에 비쳐드는 불빛이 역광으로 비춰, 여자의 표정은 관찰할 수 없었다.

술잔을 입술에 대고 팔꿈치를 들어올린 채, 여자는 나나의 얼굴을 빤히 들여다보았다.

"어라…… 어딘가서 본 얼굴인데. 어디서 봤지, 이름이 뭐더라…… 그래, 나나. 가시와기 나나 맞지?"

귀찮다는 생각이 들었지만 나나는 억지로 웃어 보였다. 늘 그렇 듯 웃기만 할 뿐 말은 하지 않았다.

그러자 여자는 잠시 생각하더니 갑자기 깔깔거리며 웃기 시작했 다. 여자라고 믿기 어려운 그 걸걸한 웃음소리는 밀림의 야수의 포 효처럼 넓은 욕탕 안으로 울려퍼졌다.

"하하하, 그렇지. 역시 아까 로비에서 본 남자는 하야시였어. 너 무 늙어서 사람을 잘못 봤나 했는데, 역시 맞았어."

"네? 하야시를 아세요?"

"알다마다. 미사키 프로덕션의 간판 매니저였으니까. 스타 못지 않게 폼을 잡고 다녔더랬어. 그래, 그래. 너를 데리고 나가서 독립 했었지. 하지만 이 바닥은 그렇게 만만한 게 아냐."

나나는 놀라기 전에 겁이 났다. 하야시 쇼타로가 미사키 프로덕 션의 황금알이었던 자신을 데리고 독립한 경위를 알고 있을 정도라 면 단순한 연예계 마니아는 아니다. 게다가 그 결과, 십 년이 지난 지금 자신은 여기에 이런 몰골로 있는 게 아닌가.

"하야시 짱이 그런 야심을 품은 것도 무리는 아냐. 그만큼 수완이 대단했으니까. 그렇지만 이 바닥에서는 힘이 필요해. 천하의 미사 키 프로덕션을 향해 칼날을 빼들었으니 이 바닥에서 제대로 견뎌낼 수가 없지. 불쌍한 건 하야시가 아니라 한창 피어날 나이에 시들어 버린 자네야."

"저…… 누구시죠?"

정체를 모르니 대답을 할 수도 없는 노릇이다. 여자는 하야시와 나나의 어리석음을 조소하는 듯한 웃음을 흘리면서, 잔을 내려놓고 나나 곁으로 다가왔다.

왠지 자신의 마음속에 감춰져 있는 마성이 여자의 몸을 빌려 나타난 것 같은 느낌이 들었다. 나나는 욕탕 끝으로 슬슬 뒷걸음질을 쳤다.

여자는 비쩍 마른 몸과는 어울리지 않는 커다란 가슴을 문어처럼 물 위에 둥실 띄우고, 나나를 똑바로 쳐다보았다.

"당신은……"

일순, 꿈인가, 하고 생각했다.

"그래. 세상이 나를 잊어버릴 참에 쓸데없는 일로 다시 유명해진 사람이야. 한물간 가수지."

"이걸 어쩌나, 죄……죄송합니다. 설마 마노 선생님이실 줄이야……"

나나는 당혹스러워하면서 그렇게 말했다.

갓 데뷔했을 즈음, 딱 한 번 텔레비전 방송국의 대기실로 마노 미스즈를 찾아간 적이 있었다. 리허설을 하는 동안 카메라 곁에 단정히 앉아 품평을 하는 듯한 시선으로 자신의 스테이지를 바라보고 있던 대가수의 화려한 모습을, 나나는 바로 어제의 일처럼 떠올렸다.

"감사합니다. 저를 기억해주셔서. 저, 그때 마노 선생님이 스튜

디오까지 찾아주셔서, 너무 감격해서, 가사를 잊어버리고 말았더
랬어요."

마노 미스즈는 술기운을 물리치려는 듯 뼈가 앙상한 노인의 손으
로 얼굴을 문질렀다.

"인사를 하러 온 신인의 노래를 들어주는 것이 선배의 예의니까.
젊은이에게는 그게 힘이 될 수도 있는 거야. 자네는 꽤 괜찮은 목소
리를 가지고 있었지. 그래서 그때 하야시에게 말해주었어. 이애는
싹이 보인다고. 내가 쓸데없는 말을 했는지도 몰라. 그런데……"

마노 미스즈는 말을 하면서 어깨가 무너질 만큼 깊은 한숨을 내
쉬었다.

"앞으로는 선생님이라고 부르지 마. 이 모양 이 꼴이 되어버렸으
니까."

쓸쓸하기 짝이 없는 그 대사에 나나는 가슴이 미어지는 것 같았다.

가수로서 이미 과거의 인간이 되어버린 것은 물론이고, 최근에는
하나밖에 없는 자식이 각성제 투여로 체포되고 말았다. 필시 사람
의 눈을 피해 이 산골짜기 온천에 숨어 있는 것이리라.

위로의 말을 하려고 몇 번이나 망설이다가, 나나는 생각나는 대
로 솔직하게 물었다.

"이제 노래는 안 하세요?"

"노래? 노래는 하지. 내게는 노래밖에 없으니까. 이렇게 온천에
들어와 있어도 내 레퍼토리 레슨은 열심히 하고 있어."

"레슨이요?"

"응, 남의 노래를 잘 부르는 건 간단해. 그렇지만 자신의 레퍼토리를 잘 부르려면 끝이 없어. 노래할 때마다 더 나아져야 하니까."

"선생님의 레퍼토리는 아주 많잖아요."

"하긴 그래. 삼백사오십 곡. 모차르트와 비슷한 정도지."

"삼백오십! 우왓! 그걸 전부 기억하고 계세요?"

마노 미스즈는 이상하다는 눈길로 나나를 바라보았다.

"기억하는 게 당연하지 않니. 제 노래인데."

나나는 꾸지람을 들은 듯한 기분이 들었다. 자기 자신의 노래는 네 곡밖에 없었다. 그것도 이제는 정확히 기억하지 못할 정도이다.

"아이돌 시절의 노래는 정말 창피해서……"

변명하듯이 나나는 중얼거렸다.

"내가 〈전사의 엘레지〉를 부른 것이 열여덟 살 때였어."

대답할 말이 없었다. 마노 미스즈는 유일하게 화장기가 있는 붉은 입술을 오므리며 낮게 웃었다.

"넌 지금 억지로 노래를 하는구나."

욕탕 안에서 칼을 맞은 듯한 기분이 들어 나나는 몸을 움츠렸다.

"딱히 그렇지는……"

"싫으면 그만두면 돼. 하야시도 아직 마흔 정도겠지. 결혼해서 아이를 갖는 것도 그리 나쁜 인생은 아냐."

"우리, 그런 사이는 아녜요."

74

흥, 하고 마노 미스즈는 어이없다는 듯 나나를 내려다보더니 몸을 일으켰다.

"아무래도 내 눈이 틀린 모양이야. 좋은 가수가 될 것 같았는데."

"지금 보시는 대로예요. 아무리 노래를 잘해도 더이상 어떻게 해볼 도리가 없어요."

나나는 입술을 깨물고 마노 미스즈를 노려보았다.

탕에서 몸을 일으킨 마노 미스즈는 그 문어 같은 가슴을 난폭하게 휘저으며, 무슨 생각을 했는지 미소라 히바리의 〈에치고 사자의 노래〉를 큰 소리로 불렀다.

거지반은 노래라 할 수도 없는 거친 목소리였다. 높은 음도 심하게 흔들리고 있었다.

"히바리가 죽을 때까지 스타일 수 있었던 것은 노래를 잘 불렀기 때문이야. 내가 이렇게 별볼일 없어진 것은 노래를 못해서이고. 이 목소리를 들어보면 알 것 아냐. 그것 말고 무슨 이유가 있겠어."

뚫어져라 나나를 바라보며 마노 미스즈는 탕을 박차고 일어서더니, 거친 몸짓으로 욕탕을 빠져나갔다.

7

하나자와 지배인은 로비가 내려다보이는 층계참에 한쪽 무릎을 끓고 마쓰쿠라 형사의 길을 막고 있었다.

"제발 조용히 넘어가주십시오. 수상한 점도 많은 줄 압니다만, 지배인인 저를 봐서라도 한 번만 부탁드립니다."

턱시도 차림으로 양손을 크게 벌리고 마쓰쿠라에게 사정하는 지배인의 안광에는 처절함이 배어 있었다. 마쓰쿠라 형사는 수런거리는 로비 쪽을 손가락으로 가리켰다.

"뭐야, 저놈들은? 여기는 어디야, 도대체 어떻게 된 거야!"

고주망태가 되어 방 안으로 들어서자마자 쓰러진 것까지는 기억이 난다. 시끄러운 군가에 놀라 술에서 깨어났다. 오랜 조폭 담당 형사의 습성으로 군가와 구호 소리를 들으면 파블로프의 개처럼 민감하게 반응하고 만다. 야근이 끝나고 술에 취해서 지나는 길에 그런 노래를 듣고는 화가 치밀어 죄없는 빠찡꼬 가게를 엉망으로 만들어버린 적도 있다. 동네 축제의 가마꾼들과 집단 싸움을 벌이다가 경찰서에 현행범으로 체포된 적도 있다.

'꿈인가……'

아냐, 그렇지 않아. 시절에 어울리지 않는 군가가 아직도 현관 쪽에서 쾅쾅 울려나오고 있다.

자신들이 우연히 우익단체와 동숙하게 되었다는 사실만은 지끈거리는 머리로도 이해할 수 있었다.

"젠장맞을. 이런 데까지 선전차를 몰고 오면 어떡하란 거야? 조례위반이야. 무력시위에다 업무방해라고."

"아닙니다. 손님. 저건 저희 호텔에서 손님을 맞이할 때 쓰는 놈입니다. 그냥 폼이죠, 폼. 그런 멋없는 말씀은 제발 접어두시죠."

지배인은 성실한 호텔맨의 표정으로 웃음을 띠며 그렇게 말했다. 아무리 '귀신 잡는 해병'이라 불리는 형사 중의 형사, 사천왕 같은 거구에다 인상 더러운 마쓰쿠라 경부보라 해도 이런 성실한 태도에는 약했다.

"하기야 멋대가리 없는 말이긴 하지만…… 저놈들은 어느 모로 보나 일반인은 아닌데. 대체 어디서 온 놈들이야?"

숨겨서는 안 된다고 판단한 지배인은 솔직히 모든 것을 고백했다.

"넵, 오소네 일가들입니다."

"뭐, 오소네! 사쿠라회의 오소네? 어이, 이 호텔은 폭력단도 받아주는 곳인가?"

지배인의 온화하던 표정이 딱딱하게 굳었다.

"손님, 그런 차별적인 표현은 삼가주시기 바랍니다. 협객단체라고 해주십시오."

"흥. 제법 성깔 있는 지배인이로군. 하기야 자네들은 장사하는 입장이니까 어쩔 수 없겠지. 이런 불경기다보니 그 마음은 이해하네만……"

마쓰쿠라는 거구를 숙여 계단 아래를 내려다보았다.

"그렇지만 지금은 세상이 모두 힘을 합쳐 폭력단을 쫓아내려는 시절이 아닌가. 저런 손님을 당당하게 접대한다는 것은 좋지 않아.

무엇보다도 다른 손님에게 피해를 줘. 보통 사람이 보면 얼마나 기분이 나쁘겠어?"

"그런 점이라면 걱정하지 않으셔도 됩니다. 보통 손님은 거의 찾아오지 않으니까요."

"……그건 또 무슨 뜻이야?"

아차, 하고 지배인은 서둘러 입을 닫았다. 잠시 생각하다가 마쓰쿠라 형사는 털북숭이 손으로 지배인의 어깨를 끌어당겼다.

"그렇군, 이제 알았어. 덜미를 잡혀 빼도 박도 못하는 신세로군. 불쌍하게도 야쿠자에게 휘둘리다가 그만 보통 손님은 모두 놓치고 말았다는 말이지. 어이, 그렇게 벌벌 떨고만 있지 마. 경찰은 늘 서민들의 편이니까."

"아니…… 저…… 딱히 그런 게……"

지배인은 코를 찌르는 오드콜로뉴 냄새에 질식할 것 같았다.

"흔히 있는 일이지. 용기를 내봐. 뭣하면 내가 경찰서까지 동행해줄 수도 있어."

"손님의 호의만은 깊이 간직하겠지만, 덜미를 잡혀 어쩔 수 없이 야쿠자를 받는 그런 사정인 건 절대로 아닙니다. 예, 그렇고말고요."

그 이상은 설명할 자신이 없었다. 지배인은 마쓰쿠라 형사와 나란히 서서 계단 난간에 팔꿈치를 대고 계단 아래를 손가락으로 가리켰다.

"자, 잘 보세요. 정답은 저 풍경 속에 있습니다."

설명할 수 없는 현실은 눈으로 이해하는 편이 빠르다.

마쓰쿠라는 갑자기 깊은 생각에 잠긴 듯한 표정을 지었다. 우연이지만, 그는 아는 사람은 다 아는 퀴즈 마니아였다. 당직근무를 설 때면 주간지의 퀴즈난을 이 잡듯이 훑어서 응모하는데, 과거에 당첨되어 손에 넣은 여행권, 도서상품권, 일 년 치 생활필수품만 해도 헤아릴 수 없을 정도이다. 특히 '크로스워드 퍼즐'이나 '일곱 가지 틀린 그림 찾기'와 같은 고전적인 퀴즈를 주특기로 하는 그에게, 하나자와 지배인의 말은 무시할 수 없는 매력을 가지고 있었다.

마쓰쿠라 형사의 깨끗이 면도된 얼굴에서 핏줄이 불끈 솟아올랐다.

"응? ……뭐야, 이 풍경 속에라…… 으음, 힌트는 없어?"

"힌트 없이 단번에 정답을 맞혀주세요. 어서."

마쓰쿠라 형사는 살인현장을 조사하듯 숨을 멈추고 미간에 주름을 지으며 계단 아래의 흰소를 관찰하기 시작했다.

제일 먼저 눈에 들어오는 것은 화려한 장식품들이다. 투구와 갑옷 같은 무기류. 달을 보고 울부짖는 호랑이 박제. 무소의 뿔. 오 엔 동전으로 쌓아올린 오층 탑. 화려한 비단 커버의 소파. 대리석 테이블 위에 놓인 쓸데없이 커다란 크리스털 재떨이와 우승 트로피 모양의 라이터.

관광호텔로서는 좀 특이한 분위기지만 그의 기질에는 잘 맞았다.

'멋진 센스로군……'

마쓰쿠라는 그렇게 생각하면서 중얼거렸다.

다시 눈을 부릅뜬다. 천장에서 아래로 매달려 있는 극락조와 공작. 멋지다. 유리 케이스에 들어 있는 황금으로 된 칠복신과 미끈한 일본도. 온몸이 저릴 정도로 아름답지 않은가. 문턱 위에 슬쩍 걸쳐져 있는 창. '지성통신(至誠通神)'이라 씌어진 액자. 화려한 그림이 그려진, 사람 키만한 항아리. 심오하다.

"이제 아시겠죠, 손님."

제발 좀 알아주세요, 지배인은 속으로 간절히 외쳤다.

"으음…… 모르겠어. 그러나 멋지군."

"예. 우리 호텔에 오시는 분들은 하나같이 그렇게들 말씀하십니다."

"그럴 거야. 누구 아이디어야? 분명히 유명한 인테리어 코디네이터의 작품이겠지. 미쓰코시? 다카시마야인가?"

"아닙니다. 오너의 취미입니다."

"그래? 멋진 센스를 가진 사람이군. 소박한 점도 또 좋고."

지배인은 낙담한 표정으로 마쓰쿠라의 화려한 넥타이와 수갑 같은 팔찌를 바라보았다.

"음, 완벽해. 이건 절대로 아마추어의 취미가 아냐."

이제 조금만 더, 하고 지배인은 안달을 했다.

"힌트 한 가지. 카펫과 기둥에 그려진 저희 호텔의 로고를 잘 보세요."

마쓰쿠라의 미간에 새겨진 주름이 더 깊어졌다.

"응, 멋진 사쿠라로구먼. 일본을 상징하는 꽃이지. 경찰도 사쿠라, 자위대도 사쿠라, 니혼 대학도 사쿠라."

"그렇습니다. 또하나, 업계의 유명한 상징이기도 하지요."

"그래, 맞았어. 간토 사쿠라회의 문장도 사쿠라였지."

저도 모르게 정답을 말하고 마쓰쿠라는 얼굴을 번쩍 치켜들었다. 이윽고 정사각형의 큰 얼굴에 음울한 그림자가 지더니 눈은 점처럼 줄어들고 두터운 입술이 힘없이 축 늘어지는 것을, 하나자와 지배인은 보았다.

"으으…… 사쿠라회 직영……? 말도 안 돼!"

갑자기 으아아아, 하고 마쓰쿠라가 짐승처럼 울부짖었다.

"와타나베 이 할방구, 뭐? 최고의 간사라고? 죽여버리겠어!"

지배인은 마쓰쿠라의 팔을 부여잡았다.

"잠깐만요, 손님. 절대로 접대에 소홀한 점은 없을 것입니다. 무엇보다 풍류가 있어야 하지 않겠습니까. 제발 한 번만, 눈 딱 감으시고, 한 번만요."

뒤를 돌아보는 마쓰쿠라 형사의 눈앞에는 거대한 동상이 하나 서 있었다. 앞에 향이 수북하게 쌓인 그것은 간토 사쿠라회 팔대 총장 사가라 나오키치의 동상이었다.

'선생, 그렇게 빡빡하게 구는 게 아니라오.'

마쓰쿠라는 내심 존경해 마지않던 희대의 노협객이 마치 그렇게 중얼거린 듯한 기분이 들었다.

마쓰쿠라 제4계장과 하나자와 지배인이 그런 승강이를 벌이고 있을 즈음, 약관 삼십 세의 사사키 히로유키 서장은 혼자서 느긋하게 노천욕을 즐기고 있었다.

제복을 벗으면 절대 경찰관으로 보이지 않는 사람이다. 트레이드마크인 무테 안경을 벗어던진 그 얼굴은 어딘지 모르게 좀 멍청해 보였다.

"우리는 황군, 우리의 적은 하늘과 땅이 용서하지 못할 적~"

시끄러운 군가가 계곡을 쩡쩡 울리며 메아리치고 있다. 그러나 고급 주택가의 귀한 집안에서 자라나 세상 물정도 모르고 사회인식도 없는 그는 조금도 이상하게 생각하지 않고 있다.

노천탕의 대나무 담 위로 일장기가 통과해가도 그저 군인 단체가 온 모양이라고 생각할 따름이다. 즉, 경찰이 오는데 옛날 군인은 못 오라는 법도 없지 않느냐는 너무도 단순한 추리에 사로잡혀, 주위에서 일어나고 있는 이상한 낌새를 느끼지 못하고 있는 것이다.

좋아, 오늘밤 연회장에서는 고풍스런 군가 한 소절을 멋지게 뽑아야지, 하고 생각하는 사사키였다.

노천탕 위에는 발갛게 물든 단풍나무가 천장 역할을 하고 있었다. 빼곡 들어찬 단풍잎들이 바람에 살랑살랑 흔들릴 때마다 푸르른 가을하늘이 언뜻언뜻 엿보였다. 서장은 마침 등뒤에 턱 버티고 앉은 바위에 머리를 기대고, 탈의실에 안경을 두고 온 것을 후회하고 있었다.

　내탕의 문이 열리더니 몇 사람이 들어섰다. 작은 목소리로 이야기를 주고받으며 찰박찰박 물소리를 내면서 얌전하게 몸을 씻는 예의 바른 행동으로 봐서는 아무래도 부하 경관들은 아닌 것 같았다.

　이렇게 앉아서 노인들의 옛날 무용담을 듣는 것도 나쁘지 않겠다고 서장은 생각했다.

　과연, 예전의 상관이었을 듯한 남자가 향수에 젖은 목소리로 옛날 이야기를 시작하는 것이었다.

　"그 전쟁 때는 말이야, 정말 사는 게 사는 게 아니었어. 언제 목이 달아날지 알 수가 있어야지. 아이들은 이층에 재워두고, 가슴에는 권총을 품고, 손에는 식칼을 들고 아침까지 신경을 곤두세우면서 살아야 했어."

　그렇지, 이건 분명히 종전이 가까워질 무렵 만주에서 어려운 지경에 처했던 군인의 이야기야. 관동군은 민간인을 버리고 도주했다고 역사책에 씌어 있지만, 여자와 아이를 지키면서 싸웠던 위대한 군인도 있었던 것이다.

　사사키 서장은 머리를 기댄 채 이야기의 주인공을 돌아보았다. 시력도 별로 좋지 않은데 뜨거운 김까지 무럭무럭 피어올라 앞이 하나도 보이지 않았다.

　"내가 살던 섬*은 격전지였으니까 말이야. 평소에도 분쟁이 많았는데 그런 전쟁 때였으니 오죽했겠어. 이제 모든 게 끝장이라고. 난 각오를 했지."

아니, 만주가 아니었어? 섬? ……필리핀이었나. 평소에도 분쟁
이 끊이질 않는 국경의 섬이라.

"하아. 그래서, 적군들은 왔어요?"

"아, 물론 왔지. 겁대가리 없는 젊은놈 둘이 권총 두 자루를 턱 차
고서, 한밤중에 갑자기 나타난 거야."

이거 대단한데. 적은 마적일까, 아니면 게릴라?

"그 자식, 배에 다이너마이트를 감고 있어서 말이야, 이쪽이 위
험할 테니 총을 쏠 수가 있어야지. 그래서 바로 정면으로 덮쳐 올라
타고는 눈알을 겨냥해서 그냥 갈겼지. 봐, 이게 바로 그때 생긴 총
상이야."

우왓! 하고 곁에서 이야기를 듣던 사람이 탄성을 질렀고, 이야기
를 엿듣던 서장도 우왓! 하고 비명을 질렀다.

문득, 다른 사람이 듣고 있다는 것을 알고, 두 사람은 부끄러운
듯 갑자기 입을 꼭 다물었다.

"아, 실례했군요. 엿들을 생각은 없었습니다. 그건 그렇고 정말
대단한 체험을 하셨군요. 평소 저희가 싸우면서 잠복하는 것과는
하늘과 땅 차이예요. 신경 쓰지 마시고, 말씀 나누시죠."

서장은 약간의 경의를 표하면서 그렇게 말했다.

---

* '구역'을 뜻하는 은어.

잠시 음산한 침묵이 흐른 다음 남자들은 온천 속을 헤엄치듯 걸어서 다가왔다.

이야기의 주인공은 눈을 똑바로 뜬 채 낮은 목소리로 말했다.

"선객이 계신 줄도 모르고 이렇게 소란을 떨어 죄송합니다. 문장이 다른 파벌의 여행객이신 것 같습니다. 이렇게 같은 숙소에 다리를 펴게 된 것도 인연. 먼저 자기 소개를 해주시면 고맙겠습니다."

남자들은 가까이 다가와 일제히 일어서서 무릎에 손을 대고 허리를 굽혔다. 때마침 불어온 가을의 산들바람이 뜨거운 온천장의 김을 날려버리자, 갑자기 밝아진 서장의 눈앞으로 문신을 가득 새긴 네 명의 건장한 남자의 알몸이 적나라하게 드러났다.

그것은 절대로 군인의 모습이 아니었다.

바위 아래 그늘까지 물러난 서장을 향해 남자는 수상쩍다는 어투로 다시 말했다.

"먼저 그쪽부터 소개를 해주시지요."

"아…… 먼저, 그쪽부터……"

"아닙니다. 사양하지 마시고 먼저 말씀하시지요."

서장은 비틀거리며 자리에서 일어서서, 떨리는 목소리로 대답했다.

"머, 먼저. 사양치 마시고. 그쪽부터."

그러자 남자는 마음을 굳힌 듯 낭랑한 목소리로 읊기 시작했다.

"그럼 실례를 무릅쓰고 먼저 소개드리기로 하겠습니다. 기도 가문의 오야붕과 안주인의 명예를 걸고 말씀 올립니다. 제가 태어난

곳은 도쿄 아사쿠사, 간토 사쿠라회 팔대 총장 사가라 나오키치 님
께 직접 입문을 허락받은 젊은이입니다. 이름은 오소네 쓰토무. 우
리 기도 나카조 오야붕과는 의형제의 인연을 맺고 있고, 초대 오소
네 일가로 독립하여 사쿠라 문장을 이어받았습니다. 보시는 바처럼
부족하기 짝이 없는 몸이옵니다만, 오늘 이렇게 선생을 만나 많은
가르침을 받게 되었습니다. 자, 그럼 그쪽도 소개를 해주시지요."

입만 멍하니 벌리고 있는 사사키 서장을 잠시 노려보다가, 오소
네는 갑자기 몸을 일으켜세웠다.

"어이, 젊은 친구. 사람이 인사를 하면 예의를 지켜야 할 것 아냐.
평소 싸우고 잠복하고 한다더니 왜 이러는 거야, 응? 일반인은 아
닌 것 같은데. 도대체 어디서 온 놈이야?"

"아, 예, 저는 아오야마의……"

이윽고 자기 소개를 하려다 사사키 서장은 너무 겁을 먹은 나머
지, 그만 오소네의 팔에 그대로 푹 꼬꾸라지며 기절하고 말았다.

8

방으로 돌아온 가시와기 나나는 샛문에 몸을 기댄 채 오랫동안
하야시 쇼타로의 얼굴을 멍하니 내려다보고 있었다.

가을 햇살은 이미 산 너머로 기울었지만, 아직도 잔광이 비쳐드

는 다섯 평 남짓한 방은 마치 오래된 그림처럼 짙은 갈색으로 물들어 있었다.

하야시는 등나무 의자에 몸을 기대고 방석을 베개 삼아 여윈 몸을 동그랗게 말고 있다. 창 가득히 펼쳐지는 아름다운 풍경과 호화로운 장식품 속에 파묻힌 그 모습은 마치 태아처럼 보였다.

'이 남자와 결혼을 하라고? 남의 일이라고 그렇게 쉽게 말하는 게 아냐!'

나나는 마노 미스즈가 미웠다. 단 한 번 찾아온 그때의 찬스를 놓쳐버리고 전국의 온천장을 돌며 노래하는 신세로 전락한 이 고통을 누가 알아준단 말인가. 더욱이 몇십 년이나 스타의 자리에서 영화를 누렸던 마노 미스즈가, 눈 깜짝할 사이의 영화밖에 누리지 못한 자신의 슬픔 따위를 어떻게 알 수 있단 말인가.

하야시는 얄팍한 가슴을 올렸다 내렸다 하면서 체격에 어울리지 않게 크게 코를 골고 있다. 때로는 취기 때문에 한기를 느끼는지 몸을 부르르 떨기도 하면서, 다리와 머리를 더욱 밀착시키고 있다.

세상에 이렇게나 처량하고 별볼일 없는 남자가 또 있을까. 나나는 새삼 생각에 잠겼다.

여자의 피를 빨아먹는 것도 모자라 흥행주의 침실로 밀어넣기를 주저하지 않는 남자. 두 번이나 낙태수술을 했지만 그 다음날이 되면 어김없이 마이크를 들이밀면서 스테이지로 내모는 악마 같은 남자. 이놈은 인간의 가면을 쓴 짐승이다.

증오심을 불태우면서도 이불장에서 담요를 꺼내는 자신이 너무 서글펐다. 오랜 유랑생활을 하는 사이에 이런 짐승 같은 남자를 상전으로 모시는 것이 습관이 되었다.

'제발 죽어, 쇼짱. 다들 저편에서 널 기다리고 있어.'

영문도 모르고 죽어갔던 아기들을 위해 나나는 잠시 기도를 올렸다.

몸에 올라타고 목에 두 손을 갖다댄다. 술에 절어 시들어버린 이런 남자라면 힘으로도 이길 자신이 있었다. 이대로 기마 자세를 취하고 힘을 넣으면, 하야시는 정신을 차릴 틈도 없이 조용히 저세상으로 갈 것이다.

그때 문득, 꿈이라도 꾸는 듯 남자의 손이 나나의 목덜미를 끌어당겼다. 술냄새에 전 입술이 다가오더니 혀를 밀어넣었다. 얼굴을 돌릴 틈도 없이 나나의 몸에서 힘이 쭉 빠져나갔다.

하야시의 섬세한 손가락이 마술사 같은 동작으로 유카타를 헤치고 가슴팍으로 파고들었다.

"좋은 냄새야, 나나. 머리 감고 왔니?"

반쯤 꿈에 잠긴 채 하야시가 속삭였다. 늘 이런 식이다. 이 남자의 손길은 여자의 분노와 슬픔을 한꺼번에 날려버린다. 그러나 사랑한다느니 좋아한다느니 하는 말은 절대로 하지 않는다.

그것이 그 우스꽝스런 삶을 유지하기 위한 그의 직업적인 행위의 하나에 지나지 않는다는 것을 알면서도, 나나는 하야시를 거부할 수 없었다.

결국 자신은 하야시의 장난감인 것이다. 노래하고, 춤추고, 술을 나르는, 편리한 꼭두각시 인형.

"나중에 식사가 오면 깨울게. 그때까지 편히 쉬어."

겨우 남자의 입술에서 벗어난 나나는 하야시의 귓가에다 그렇게 속삭였다.

하야시의 손은 나나의 목덜미에서 힘없이 떨어지고, 그는 다시 깊은 잠에 빠져 들어갔다.

이렇게 어중간하게 해서는 안 된다. 아까 생각했던 대로 남자가 손을 놀리기 전에 일거에 찔러 죽이자.

나나는 흐트러진 유카타를 벗어던지고, 알몸 위에 스테이지 의상을 걸쳤다. 핏빛 스팽글의 광택이 노을진 방을 장식했다.

늘 하야시의 손을 빌려야 했던 등뒤의 지퍼를 힘들게 올리면서, 조금 살이 쪘나, 하고 나나는 속으로 중얼거려보았다.

아카사카 크라운 호텔의 젊은 간판 요리사 핫토리 마사히코가 영문도 모른 채 이 산골짜기 온천장으로 좌천되어온 지도 이제 꼭 반년째다.

총요리장의 일갈이 있었다. 좌천 이유는 핫토리가 담당한 연회에서 식중독 환자가 나왔다는 것인데, 식품의 신선도에 늘 만전을 기하는 핫토리로서는 도저히 믿을 수 없는 일이었다.

"자네도 참 답답한 친구로구면. 텔레비전이나 잡지에 나오는 핫토리 요리사라면 일본의 모든 요리사들이 다 아는 이름인데 말이야. 이런 온천장 따위 그만둬버리고 제국호텔이나 오쿠라에 가면 되잖아. 그런데 뭐 하러 이런 데서 썩고 있어?"

주방에서 일하는 제자들을 나무라면서 가지 헤이타로 주방장은 '고집'이라는 두 글자가 씌어 있는 듯한 얼굴을 핫토리 쪽으로 돌렸다.

핫토리는 묵묵히 양배추를 썰고 있다.

여기 온 이후로 단 한 번도 파리에서 키워온 솜씨를 마음껏 발휘해보지 못했다. 고작 장기 투숙자를 위한 간단한 런치를 만들거나, 모양새 나는 디저트를 만드는 정도였다. 그것 말고는 그냥 말없이 양배추나 썰고 있을 따름이다.

물론 본의는 아니다. 그럴 마음만 먹으면 일류 호텔이 삼고초려로 자신을 맞아주리라는 것도 잘 알고 있다.

여기에 머물고 있는 이유는 단 하나. 입 밖에 낼 수는 없지만, 이 가지 헤이타로라는 주방장의 솜씨에 반해버렸기 때문이다. 약관 삼십 세로 명문 아카사카 크라운의 요리장에 오른 핫토리 마사히코가 머리를 숙일 수밖에 없었던 유일한 요리사였다.

가지 헤이타로가 만들어내는 연회 요리의 믿을 수 없는 독창성, 어디서도 볼 수 없는 음식 디자인, 그리고 한 입 맛을 보면 별세계로 이끌어가는 그 깊은 맛은 양식이니 일식이니 하는 차원을 넘어

핫토리를 감탄하게 만들었다.

"천하의 크라운 호텔이란 놈도 별볼일 없구먼. 고작 총회꾼의 협박으로 저 멋진 지배인과 일본 최고의 요리사를 고스란히 내주고 말다니 말이야."

총회꾼이라 함은 이 호텔의 오너인 기도 나카조를 가리키는 것이다. 물론 그렇게 부르는 가지의 어투에는 조금의 악의도 없다.

잠시 핫토리의 손놀림을 보고 나서 가지 주방장은 실처럼 멋지게 채 쳐진 양배추를 손가락으로 집었다.

"솜씨는 좋은데 도구가 좋지 않아. 그것 좀 보여줘봐."

핫토리는 칼질을 멈추었다. 그것은 예전에 파리의 고급 레스토랑의 요리사가 이별의 선물로 준 독일제 명품이었다. 도구가 나쁠 리없다.

가지 주방장은 수건으로 칼날을 닦더니 형광등의 불빛에 비춰보았다.

"그럼 그렇지. 나쁘다고 할 수는 없지만, 이건 힘센 서양 사람이나 사용하는 물건이야. 자네 손에는 맞지 않아. 칼날이 무뎌."

잘 잘리지 않는다는 의미인 것 같은데, 물론 칼질에 대해 그런 지적을 받기는 난생처음이었다.

어이, 하고 가지는 제자 하나를 부르더니 선반 위를 손가락으로 가리켰다. 제자는 가늘고 긴 상자를 정중히 들고 와서 가지 앞에 받쳐들었다.

"초보자에게는 무리지만 자네라면 괜찮을 거야. 한번 써봐."

뚜껑을 열자 하얀 천에 싸인 일본제 식칼이 나타났다. 가지는 마치 일본도를 칼집에서 빼내기라도 하는 듯한 조심스런 동작으로 흰 천을 풀었다.

"이건……?"

핫토리는 마른침을 삼켰다. 손에 잡기도 전에 칼날에서 미풍이 불어나와 볼을 간질이는 것 같은 느낌이 들었다.

"알아? 이것이 치요즈루가 단금질한 칼이야."

"엣, 치요즈루…… 치요즈루 고레히데(千代鶴是秀) 말입니까!"

자신에게 건네주는 그 칼자루를 잡아야 할지 말아야 할지, 핫토리는 망설였다.

그것은 메이지 시대의 폐도령*으로 일을 잃어버린 에도 시대의 명장, 조운사이 쓰나토시(長運齊綱俊)가 후에 '고레히데'라는 이름으로 만들었다는 전설적인 칼이다.

보통 '치요즈루'라고 불리는 귀한 칼인데, 핫토리는 언젠가 한번 니혼바시의 유명한 가게의 쇼케이스 안에 진열된 것을 본 적이 있을 뿐이다.

핫토리는 목에 두른 냅킨을 벗고 손을 닦고 나서 조심스럽게 칼을 잡았다.

---

*廢刀令. 군인, 경찰, 대례복을 입은 자를 제외한 모든 사람은 검을 휴대할 수 없도록 정한 법령.

"그렇게 긴장할 필요는 없어. 이것도 도구에 지나지 않는 거니까."

니혼바시의 가게에 있던 것에는 '비매품'이라고 적혀 있었다. 핫토리가 가격을 물어보자, 가게의 노주인은 너무도 자연스런 어투로, '일억 엔을 줘도 팔지 않아요'라고 말했다.

"대단해…… 이건 식칼 차원이 아냐."

명공이 정성들여 단금질한 그 칼은 심연처럼 깊고 흐르는 물처럼 유연했다. 칼의 광택도 백 년의 세월을 느끼게 하지 않는다. 그 유장한 기품과 품격에 핫토리는 몸을 부르르 떨었다.

"나도 그렇게 자주 사용하지는 않아. 왕년에 사쿠라회의 사가라 총장이 오셨을 때 사용하고는 그대로 보관해두었지. 처음 자네가 인사를 하러 왔을 때 한번 사용하게 해봐야지란 생각을 하긴 했었어. 자, 한번 시도해보게."

핫토리는 '치요즈루'라는 명(銘)을 응시한 채 잠시 망설였다.

"왜 그러나. 겁먹었어?"

"아닙니다. 해보겠습니다."

도마에 칼을 놓기 전에 가볍게 휘둘러본다. 절묘한 균형감각이다. 손목마저 칼자루가 된 것 같은 일체감이 느껴졌다.

양배추 위에 칼날을 올리는 순간, 수만 가닥의 천연섬유가 결에 따라 한꺼번에 잘려나가는 소리를, 핫토리는 손가락 끝으로 선명히 느낄 수 있었다.

"생선을 잘라보면 잘 알 수 있지. 이 칼을 맞은 물고기는 제 살이 잘린 줄도 모르고 오래오래 숨을 쉬어."

　두세 번 양배추를 자르고 핫토리는 손길을 멈추었다. 한 번 칼질을 할 때마다 자신의 몸이 조여드는 듯한 착각에 사로잡혔다.

　"저에겐 아직 무리인 것 같아요. 정말 고맙습니다."

　가지 주방장은 칼을 받아들면서 이상하다는 듯이 핫토리의 얼굴을 살폈다.

　"그래? 스스로 그렇게 생각해버리는 것 아냐?"

　"아닙니다. 기술이나 솜씨가 문제가 아니라, 아직 주방에서 고생을 더 해야 할 것 같습니다. 이제야 겨우 눈이 뜨이는 것 같아요."

　칼을 닦으면서 가지는 미소지었다.

　"과연 천재 요리사라 불릴 만하구먼. 역시 크라운 호텔은 사람 보는 눈이 있어. 자네의 솜씨를 안다면 호텔 하나를 공짜로 준다고 해도 바꾸지 않을 거야."

　"그건 또 무슨 말인가요?"

　"이 칼의 감각을 안다는 것 자체가 자네의 솜씨가 어느 정도인지 말해주기 때문이지. 나도 자네 나이 때 선대의 주방장에게 이 칼을 받았을 때 자네와 똑같은 말을 했더랬어. 주방 수업이 부족하다는 것을 잘 알았습니다, 하고 말이야."

　핫토리는 가지 주방장의 완고한 얼굴을 멍하니 바라보았다.

　빨간 드레스를 입은 여자가 주방에 나타난 것은 바로 그때였다. 주방 사람들은 마치 꿈에서 깬 것처럼, 화려한 스팽글을 두른 침

입자를 돌아보았다.

"저어…… 칼 좀 빌려주시겠어요. 사과를 깎으려 하는데, 잘 드는 칼로……"

여자가 정상이 아니라는 것은 한눈에 알아볼 수 있었다. 차림새도 이상했지만, 창백한 작은 얼굴에 눈만 특이하게 빛나고 있었다.

가지 주방장은 여자를 뚫어질 듯 쳐다보다가 놀라운 말을 했다.

"예, 이게 좋을 겁니다."

가지는 하얀 천에 감싸인 치요즈루를 들고 여자에게 다가갔다. 당황하면서 흰 제복 소매를 잡는 핫토리의 손을 뿌리치고, 주방장은 칼을 여자에게 건네주었다.

"아, 이런 좋은 칼이 아니어도……"

"아닙니다. 주방 칼은 잘 드니까, 큰 게 좋습니다. 원하신다면 저희가 가서 깎아드릴 수도 있고요."

"아, 아녜요. 이걸로 됐습니다. 그럼 잠시 빌리겠습니다."

여자는 칼을 잡더니 황급히 주방을 빠져나갔다.

"주방장, 무슨 생각이세요. 사과를 깎는 데 왜 저걸…… 그리고 저 손님, 상태가 좀 이상해요."

"알고 있어."

주방장은 통명스럽게 대답했다.

"구로다 대장이 그러더군. 저 커플은 정상이 아니라고 말이야."

"그렇다면 왜……"

그 커플이 도착했을 때 핫토리는 구로다와 함께 인사를 하러 갔다. 남자는 고주망태가 되어 있었는데, 보기에도 인생을 포기한 사람 같았다. 여자는 시종 심각한 표정으로 말이 없었다.

"대장 말로는 오늘밤 안에 칼부림이 날지도 모른다고 했어. 그 사람 직감은 틀린 적이 없어. 사정은 모르겠지만, 그래서 일부러 칼을 빌려준 거야."

"잠깐, 잠깐만요, 주방장."

핫토리는 일단 말을 멈추고 주방 바깥을 살펴보았다. 여자는 칼을 든 팔을 늘어뜨리고 복도 저쪽으로 걸어가고 있었다. 다리가 땅에서 붕 떠오른 것처럼 비틀거리며 반걸음씩 겨우 떼고 있었다.

"여기 오는 손님들은 하나같이 사연이 있다는 건 알고 있지만, 그렇다고 해서 그 칼을……"

가지 주방장은 망설임 없이 말했다.

"그래서 저 칼을 빌려준 거야. 잘 들지도 않는 칼에 찔리면 얼마나 아프겠어?"

더이상 망설여서는 안 된다. 가시와기 나나는 벽에 붙어 걸어가면서 자신을 향해 끊임없이 그렇게 중얼거렸다.

마음먹고 칼을 빌리러 갔더니 고맙게도 이렇게 커다랗고 잘 드는 칼을 빌려주었다.

하야시는 술에 취해 정신도 없다.

욕탕에서 마노 미스즈를 만난 것도 결코 우연이 아니라, 누군가가 나의 비참한 미래의 모습을 대신 보여준 것이다. 떠들썩한 단체 손님들이 몰려와 있어서 비명도 새어나가지 않을 것이다. 종업원들도 바빠서 눈치를 채지 못한다.

그래, 이건 분명 신이 마련해준 기회야. 나의 라스트 신을 위해서.

구름 위를 걷는 것처럼 발걸음이 둥실둥실 허공을 맴돌았다. 하야시 쇼타로와의 유랑생활이 주마등처럼 뇌리를 스쳐갔다. 나나는 오랜 유랑생활의 마지막 발걸음을 내디디며 천천히 걸어갔다.

몇 번이나 숨을 고르고, 취객이 곁을 지나칠 때마다 칼을 등뒤로 감추면서 나나는 계단을 올랐다.

이윽고 방문 앞에 섰을 때, 가시와기 나나는 어떤 스테이지에서도 느껴보지 못한 긴장에 몸을 부르르 떨며, 다시 한번 자신을 향해 되뇌었다.

'해치우는 거야, 나나. 단숨에, 네 인생을 수렁 속에 밀어넣은 그 악마를 찔러 죽이는 거야!'

9

가시와기 나나는 칼자루를 꼭 쥐고 방문을 열었다.

있는 힘을 다해 당겨야 할 정도로 무거운 철문이었다.

체크인하면서도 느낀 점이지만, 이 호텔은 전체적으로 무척 튼튼하다.

험준한 산봉우리를 배경에 두고, 겨울의 폭설과 눈보라와 비바람에도 꿈쩍도 하지 않을 정도로 견고하게 설계되어 있다.

창이라는 창에는 모두 철망이 쳐져 있고, 문은 두터운 철제로 되어 있으며, 문 안쪽에는 어떤 도구로도 자를 수 없을 만큼 굵은 체인이 걸려 있다.

화려한 인테리어와 장식품이 분위기를 중화해주지 않았더라면, 아마도 콘크리트와 쇠붙이로 만든 요새를 연상시키는 건물이 되었을 것이다.

그러나, 그런 밀폐된 객실이 지금 살인을 하려는 나나에게는 더없이 적합한 환경을 제공해주고 있다.

방문을 연다. 하야시 쇼타로는 변함없이 세상 모르고 잠들어 있다.

망설일 이유는 하나도 없다. 자신과 마찬가지로 하야시 쇼타로의 미래 또한 암울하다. 스캔들이 될 만한 가치가 있을 때, 연예계 사람답게 드라마틱하게 죽는 것이 오히려 하야시에게는 행복한 것이 아닐까.

하야시는 머리 끝까지 담요를 뒤집어쓰고 몸을 동그랗게 말고 있다. 등에서 심장까지 단숨에 찔러버리자. 비명을 지르며 벌떡 일어서면 올라타고 앉아 가슴을 마구 찔러버리자. 그래, 술에 절어 '포기한 인생'이라 적어놓은 듯한 이 얼굴을, 남이 알아볼 수 없을 정도로 난도질해버리자.

자신이 생각해도 이상할 정도로 냉정하게 수순을 생각하며, 나나는 오른손에 칼을 잡고 왼손으로 그 손목을 받쳤다.

최초의 일격이 중요하다.

나나의 시야에는 하야시의 둥그런 등과 칼끝밖에 보이지 않았다.

한번 심호흡을 하고 천천히 발소리를 죽여, 나나는 민첩한 짐승처럼 남자의 등을 덮쳤다.

순간, 담요가 불쑥 움직이는가 싶더니 주위가 어두워졌다. 남자의 손이 담요 채로 칼을 잡은 나나의 손목을 낚아챈 것이다. 도저히 저항할 수 없을 만큼 강한 힘이 나나의 손목을 비틀어 칼을 떨쳐버리더니, 눈앞에 하야시가 아닌 건장한 남자의 얼굴이 나타났다.

인상이 포악해 보이던 그 부지배인이었다.

"손님, 아무리 그래도 그렇지 매너가 너무 나쁘지 않습니까. 다들 편히 쉬려고 찾아오는 이런 온천 호텔에서 사극 배우도 아니고 칼부림을 하시다니, 행실이 영 안 좋으시구먼."

부지배인은 눈을 부릅뜨고 위압적인 목소리로 말했다.

나나는 남자의 손을 뿌리치고는 담요를 부여잡고 엎드려 울었다. 떨어진 칼을 주워들고 부지배인은 말했다.

"도대체가 골때리는 주방장이란 말이야. 하필이면 이런 칼을 주다니. 제발 날 좀 살려주세요, 살려줘."

"경찰을 불러주세요."

나나는 그렇게 외쳤다.

남자는 입을 꾹 다문 채 침착한 손놀림으로 칼을 수건으로 쌌다.

"제발, 경찰을 불러주세요."

다시 한번 나나가 말했다. 남자는 기가 차다는 듯 한숨을 쉬었다. 마치 아이들 장난에 질렸다는 듯한 어투로 말했다.

"부르긴 뭘 불러요, 손님. 앞방 옆방 모두 경찰 손님인데. 그래서 좀 불편하실 것 같아 아래층으로 옮겨드리려고 하는데, 귀신 같은 표정으로 주방으로 들어가는 여자가 있더란 말입니다. 그래서 이런 순발력을 발휘한 겁니다."

"……대단한 순발력이로군요. ……남자는 어디 있어요?"

"아, 죽다 살아난 동행 말씀이시라면 젊은 종업원들이 들쳐메고 아래층으로 갔습니다. 아무것도 모르고 아직 자고 있을 걸요. 정말 운이 좋은 사람입니다그려."

한텐 자락을 감아올린 팔뚝에는 시퍼런 문신이 새겨져 있고, 한 쪽 새끼손가락 끝이 잘려나가고 없었다.

"주방장 자식, 이 손님을 조심하라고 그렇게나 말해두었는데."

"주방장 책임이 아녜요. 사과 깎을 칼 좀 빌려달라고 거짓말을 했으니까요."

"그래도 그렇지. 그럼 과일칼을 빌려줘야 할 것 아니오. 이 칼이라면 소라도 잡을 거요."

"프로의 칼은 너무 잘 드니까, 과일 깎기에는 이렇게 큰 칼이 좋다고 하면서……"

부지배인은 코웃음을 쳤다.

"헛참, 그런 의미가 아니란 말이오. 주방장 그놈, 소고기하고 사람고기 구별도 안 가는 모양이지. 그건 그렇고 정말 대단하시더군요. 방금 그 칼부림에 잘못 걸렸다간……"

부지배인은 나나의 얼굴을 찬찬히 뜯어보았다. 죽다 살아난 사람치고는 묘하게 침착하다. 마치 이것도 서비스의 하나라고 말하는 듯한 얼굴이다.

필시 수많은 고비를 넘으며 살아온 전직 야쿠자일 것이라고, 나나는 생각했다.

"서비스가 대단하네요, 이 호텔."

눈물을 닦으면서 일부러 투정부리듯 말했다.

"아니오, 아직 부족한 점이 많소이다."

그러면서 남자는 까까머리를 숙였다. 후두부에는 갈퀴에 긁힌 듯한 흉터가 있었다.

"이 정도면 충분해요. 자, 경찰에 신고해주세요. 제발요."

부지배인은 팔짱을 끼더니 잠시 생각에 잠긴 듯 눈을 감았다.

"그렇지만 손님. 그러면 여자의 몸을 던져 당신이 하려 했던 일이 수포로 돌아가고 말잖습니까."

"수포로…… 네, 그건 그렇지만요……"

"흠, 그럼, 어떻게 할까…… 어쨌든 사람을 죽이려 할 정도니 나

름대로 사정이 있었겠지요. 언뜻 보기에도 같이 온 남자는 술주정
뱅이인 것 같고…… 어떻게든 좀 도와주고 싶긴 한데…… 저희가
손을 빌려드리는 건 간단합니다. 그런 일에는 익숙한 놈들도 있으
니까. 그렇지만 역시 손대지 않는 게 좋겠어요."

나나는 험상궂기 짝이 없는 부지배인이 자신의 처지를 이해해주
려는 것을 보고 마음이 움직였다. 이 사람은 나를 처음 보는 건데도
내 처지를 동정하고 있다.

"적잖이…… 고생도 많았겠소이다. 젊은 나이에…… 으윽."

부지배인은 슬픈 눈길로 나나를 바라보면서 목멘 소리로 말했다.

"어떻게…… 처음 보는 분에게…… 저, 나는……"

신세타령이라도 하려는데 부지배인은 새끼손가락이 없는 손을
나나 쪽으로 내저으며 말했다.

"아니오, 아무 말도 하지 마시오. 사람 목숨을 끊으려고 했던 사
정을 입에 담으면 너무 가벼워지고 말지 않소. 듣는 쪽도 괴롭소.
알았소이다, 도와주지는 못하겠지만 이거라도."

부지배인은 허리춤으로 손을 돌리더니, 검게 윤이 나는 권총 한
자루를 불쑥 나나의 눈앞으로 내밀었다.

"이걸 써보시오. 아, 사양 마시고."

이즈음, 하나자와 가즈마 지배인은 외아들 시게루에게 프런트 업
무를 지도하느라 정신이 없었다.

폭주족 시절에 밀어버린 눈썹이 아직도 다 자라지 않은 철딱서니 없는 아들을 이곳에 취직시킨 후 반년도 안 되어 프런트맨 자리에 앉혔으니, 요즘 유행하는 말로 내부거래 내지는 정실인사라는 비판을 들어도 어쩔 수 없다. 그러나 표준어를 마스터하고, 눈을 곧잘 치켜뜨던 태도를 교정하고, 다른 사람에게 머리를 숙이는 예절을 가르치기 위해서는 이런 자리가 가장 적절하다고 아버지는 생각했다.

"어이, 대장. 이 턱시도, 어떻게 좀 할 수 없어? 친구 놈들이 보면 배를 잡고 웃겠다."

"앞으로는 대장이라고 부르지 마. 몇 번이나 말해야 알아들어? 일단 직장에 들어서면 지배인이라고 불러, 알았어!"

"예이, 지배인님. 그럼 잘 부탁해요!"

"예이가 아냐. 예! 라고 해야지."

오토바이만 몰고 다니던 놈팡이 아들놈이 어쨌든 땀을 흘리면서 일을 배우고 있다. 부지배인에게 쥐어박히면서 청소를 하고, 목욕탕을 닦고, 음식을 나른다. 첫 월급을 타자 오랜만에 오토바이를 타고 번화가로 나가서 어머니의 샌들 한 켤레를 사들고 왔다. 카바레의 여급들이나 신을 법한 광택이 번쩍번쩍한 물건이었지만, 그날 밤 부부는 웃다가 울고, 울다가는 다시 웃었다.

그 한 가지만으로도 명문 크라운 호텔을 버리고 이 호텔로 온 보람이 충분하다고, 하나자와는 흡족하게 생각하고 있었다.

겉보기에는 별다른 차이가 없지만, 아들의 내면에서 분명 뭔가

변화가 일어나고 있다.

"잘 들어, 시게루. 프런트는 호텔의 얼굴이야. 손님은 우선 프런트맨의 태도로 호텔의 등급을 판별한다는 사실을 알아야 해."

"예이, 아, 아니지, 예!"

"그와 동시에 프런트는 호텔의 안테나다. 늘 손님의 얼굴을 눈으로 살펴보아야 하는 거야. 바로 그 때문에 프런트는 현관과 로비를 한눈에 볼 수 있는 위치에 있는 거야."

"과연! 그러니까, 위험한 놈이라든지, 뭔가 경력이 좋지 않아 보이는 놈이라든지, 거들먹거리는 놈을 잘 살피라는 말이겠지, 뭐."

"다시 말해봐."

"아, 미안. 에, 그러니까, 즉, 위험하게 보이는 손님, 어떤 사정이 있는 듯한 손님, 안색이 좋지 않은 손님, 뭐, 그런 걸 세심하게 살피라, 이런 말씀이겠죠."

"바로 그거야. 호텔이라고 해서 제멋대로 놀다 가라는 게 아니란 거야. 호텔은 공적인 그릇이다. 늘 불특정다수가 출입하고 있어. 거기에는 늘 다양한 인간들이 오가고, 때로는 범죄의 온상이 되기도 해. 예를 들면,"

지배인은 목소리를 낮추며 로비 구석에 멍하니 앉아 있는 손님 쪽으로 시선을 돌렸다.

"예를 들면, 아까 싸리나무실로 옮기신 저 손님. 혼자 여행을 와서 삼박하시는 분이셔."

시게루는 데스크에 놓인 숙박객 리스트를 들춰본다.

"오호! 이거 굉장한데. 와세다 대학 문학부 조교수잖아. 텔레비전 퀴즈 프로그램에도 나오나?"

"그런데, 좀 냄새가 나. 범죄자는 여행지에서 대학교수나 소설가라고 둘러대는 경우가 많거든."

"오호! 왜?"

"방에 틀어박혀 있어도 아무도 의심하지 않으니까. 혼자 오래 투숙해도 의심을 받지 않잖아. 그래서 숙박계에 이런 직업이 적혀 있으면 일단 주의해서 봐야 해. 이것이 바로 프런트 업무의 상식이야."

수상쩍어 보이는 손님은 그로부터 삼십 분 이상이나 정원을 향해 있는 소파에 앉아 생각에 잠겨 있다. 논문 구상이라도 하는 거라고 생각하면 그만이겠지만, 가슴속을 들여다볼 수도 없으니 함부로 단정할 수는 없다.

확실히 겉보기에도 지적인 풍모를 지니고 있다. 그러나 도수 높은 안경을 끼고, 흰머리가 드문드문 난 머리카락을 올백으로 넘기고, 콧수염만 적당히 기르면 누구든 그렇게 보일 것이다.

"그 다음은 감이야. 내가 보기에 저 손님은 뭔가 사연이 있는 사람인 것 같아."

"그렇다면 쓸데없이 시간 끌지 말고 경찰에 신고하면 되잖아. 단체로 와 있으니까."

"그건 안 돼."

지배인은 아들을 상냥한 목소리로 타일렀다.

"범죄를 신고하는 건 호텔맨의 본분이 아냐. 설령 어떤 이유가 있다 하더라도 손님의 프라이버시를 침해해서는 안 돼. 주의해서 살피라는 것은 호텔 내에서 이차적인 범죄를 일으키거나, 자살하거나, 다른 손님에게 피해를 끼치지 않도록 주의하라는 뜻이야."

시게루는 감복했다는 듯이 아버지를 올려다보았다.

"우왓! 대단해. 범죄자도 손님이란 거잖아. 프로야, 대장, 역시 대단해!"

아들에게 칭찬을 받은 지배인의 가슴에는 작은 감동의 물결이 일었다.

시계를 본다. 이제 슬슬 오너가 도착할 시간이다. 이윽고 이 장소에서, 보통 호텔에서는 절대로 있을 수 없는 의식이 거행될 것이다.

이번만큼은 숙박객을 고려하여 중지할 생각이었지만, 구로다는 절대로 그럴 수 없다고 격렬하게 반대했다. 의식을 의식으로 거행하는 것이 그들의 정체성을 확인하는 일이란 것을 이해하고 지배인도 마음을 굳혔다.

사무실의 젊은이에게 방송을 명했다. 차임벨이 울리고, 김이 샌 듯한 탁한 음성이 볼륨을 잔뜩 올린 마이크를 통해 울려퍼졌다.

"업무연락! 이제 곧 오야붕이 도착하십니다. 호텔 전 종업원 및 업계 관계자는 지금 즉시 로비로 모여주시기 바랍니다."

방송이 채 끝나기도 전에 부지배인, 여급, 주방장이 로비 쪽으로 모여들기 시작했다. 오늘은 오너의 동생뻘인 오소네 일가도 와 있어서 환영 인파가 보통 때보다 더 많다.

　로비에 멍하니 앉아 있던 손님은 도망치듯 자리를 떠버렸다.

　현관 입구에는 여급들이 늘어서고 남자들은 나란히 무릎을 꿇고 앉는다. 부지배인 겸 종업원의 우두머리인 구로다는 정면에 엎드려 있다.

　이윽고 리무진이 미끄러져 들어왔다.

　지배인은 차창 너머로 몸을 들이밀고 나지막이 속삭였다.

　"오너, 사실은 좀 불편한 일이 생겼습니다."

　하필이면 아오야마 경찰서의 단체 손님을 받고 말았다고, 지배인은 짤막하게 보고했다.

　오야붕은 아무런 동요도 보이지 않았다. 입술을 비죽이며 웃을 뿐이다.

　"그래서, 무슨 문제라도 있나? 손님은 손님이야. 편히 쉴 수 있게 배려해주도록 해. 그분들도 많이 피로할 거야."

　이 사람은 어쩌면 호텔왕이라 불리는 크라운 호텔 체인의 오너보다 훨씬 더 대단한 사람인지도 모른다. 하나자와 지배인은 감탄하면서 그렇게 생각했다.

　"먼 길 오시느라 얼마나 노고가 많으셨습니까. 오야붕이 안 계시는 동안 불미한 일 없이 모든 것이 원만합니다."

구로다의 이 한마디에, 일제히 "먼 길 오시느라 수고가 많으셨습니다" 하고 외쳤다.

보디가드들과 함께 보기 흉할 정도로 긴 머리카락을 휘날리는 소설가와 커다란 여행가방을 질질 끌듯 끌어안은 조그만 여자애가 내렸다.

"오, 별탈 없다니 다행이구먼. 나는 신경 쓰지 말고 손님들에게 정성을 다해. 어떤 이유도 필요 없어. 행불행, 남녀노소, 가난뱅이 부자 할 것 없이 모두 한결같이 모시도록 해."

기도 나카조는 무대에 들어서는 주인공처럼 폼을 잡으며 그렇게 말하고는, 무슨 영문인지 미키마우스 인형을 품에 안은 채 학처럼 마르고 긴 몸을 일동을 향하여 휙 돌리는 것이었다.

10

호텔은 한창때를 맞은 단풍으로 붉게 물들어 있었다.

초여름에 방문했을 때도 가을이 오면 꽤 괜찮은 경치일 것 같다고 상상은 했지만, 이 정도일 줄이야.

온천가에서 산길로 접어들었을 때 나는 벌써 할말을 잃었고, 내가 소설가라는 사실조차 잊어버리고 말았다.

그 옛날 한 시인이 절경을 앞에 두고 아! 하는 감탄사만 연발하고 그 뒷말을 잇지 못했다는 말이 있는데, 나는 이제야 그 심경을 알수 있었다. 자연의 힘이란 바로 그런 것이다.

고갯길에서 내려다보면 호텔은 가을빛으로 물든 이부자리 위에 놓인 하얗고 조그만 상자처럼 보일 것이다. 그 상자의 내용물을 상상하는 순간, 내 눈은 이제 막 잠에서 깨어난 아이처럼 말갛게 반짝이기 시작했다.

두번째이기는 하지만 예의 그 호들갑스런 환영의식을 받은 후, 그 역겹고 어색한 기분을 억누르느라 몸을 부르르 떨면서 미카와 나는 스위트룸 '단풍실'로 들어섰다.

"기요코 씨, 딸, 베리 프리티. 엄마 쪽 닮아써."

종업원 곤잘레스는 큰 키를 굽혀 손가락으로 미카의 볼을 콕 찔렀다.

"선생님, 참 상냥하세요. 좋은 아빠야."

그렇게 말하고 나와 미카의 얼굴을 번갈아 바라보던 여급 아니타는 커다란 눈에 눈물을 글썽였다.

딱히 나의 선행에 감동해서가 아니다. 고향에 두고 온 자식 생각 때문일 것이다.

자랑은 아니지만 태어나서 여태 '상냥하다'는 말을 들어본 적이 없었던 나는 문득 기분이 유쾌해졌다가, 갑자기 또 불쾌해졌다. 누가 봐도 못생긴 여자가 아양 잘 떠는 남자에게 '예쁘다'는 말을 들었을 때의 그런 기분이라고나 할까.

"이제 됐어. 수고했어. 물러가."

나는 가능한 한 싸늘한 어조로 말하고, 천 엔짜리 지폐를 한 장씩 던져주었다.

"와! 선생님, 기분파. 돈을 그냥 줘버리는 거예요?"

팁을 기대하고 있었던 듯 두 사람이 만족스런 표정으로 자리를 뜨자, 미카는 작은 손으로 능숙하게 차를 따르면서 말했다.

"주는 게 아니라, 팁이란 거야. 일을 해줬으니까."

"팁?"

"저 사람들은 가난해서 월급을 몽땅 고향집에 보내. 그래서 저런 팁을 받아서 자기 옷도 사고, 과자도 사 먹는 거지."

"응…… 불쌍해요……"

"네 엄마랑 똑같아."

미카는 문득 손길을 멈추고 창밖을 바라보며 생각에 잠겼다.

"너도 줄까?"

천 엔짜리를 내밀자, 미카는 푸핫! 하고 웃다가 금방 정색을 하면서 손을 탁자 밑으로 숨겨버렸다.

"왜, 안 받니?"

"나…… 저 사람만큼 불쌍하지 않으니까요."

이 자식이. 나는 속으로 중얼거렸다. 사양하는 것이 아니라, 자신은 어머니와는 다르다는 의사표시를 하는 것 같은 느낌이 들었다.

이애는 기요코의 복사판이 아니라는 사실을 깨닫자, 나는 이 여섯 살 소녀를 증오하며, 여행에 동반한 것을 후회했다.

"와아! 예뻐. 꼭 옛날 항아리 같아."

이 자식. 나는 다시 속으로 중얼거렸다. 미카는 두 손에 가을 경치를 끌어안는 시늉을 하며 베란다 쪽으로 달려갔다.

"옛날 항아리? 네가 그런 걸 어떻게 알아?"

"그건 말이죠."

미카는 차를 홀짝이는 내 앞으로 조르륵 달려오더니 가방을 뒤적여 스케치북과 크레용을 꺼냈다. B4 용지 가득히 옛날 엽차 항아리를 하나 그리더니, 눈 깜짝할 사이에 그 빈 공간에 원색의 무늬를 잔뜩 그려넣는 것이 아닌가.

이 자식, 하면서도 나는 당황하고 말았다. 아무리 봐도 노노무라 닌세이*의 그림 항아리를 그리고 있는 것 같았기 때문이다.

"아니, 너, 그걸 어디서 봤어?"

나는 더듬더듬 물었다. 그러자 미카는 깜찍한 얼굴을 자랑스럽게 치켜들더니 이렇게 말했다.

"박물관이요."

괴이쩍은 일이다. 분명 이애는 저격수 '백호 마사오'와 그의 여자 '호스티스 기요코' 사이에서 난 자식인데.

---

* 野野村仁淸, 17세기 중엽에 활동하던 도공으로 특히 금을 사용한 차 항아리로 유명하다.

미카는 단풍잎 사이를 둥글고 빨간 꽃으로 메웠다. 난 아직 닌세이의 홍엽도는 보지 못했다. 아마도 그 유명한 〈색회매월도차호(色繪梅月圖茶壺)〉를 흉내낸 것일 터이다. 계절을 착각하는 걸 보니, 아는 척하지만 역시 아이는 아이다.

나는 빙긋 웃었지만 금방 입술은 얼음처럼 굳어버렸다. 이 자식, 정말 웃고 있어.

"박물관? 어, 어떻게 그런 델 다 갔어?"

"동물원은 이제 지겨워져서 옆에 있는 박물관에 간 거예요."

"혼자서?"

"네. 미라 같은 건 무서웠지만, 옛날 장난감, 옷, 너무 예뻤어요."

"정말 징그러운 아이로군."

내 말이 너무 심했는지, 미카는 어머니를 빼닮은 부챗살 같은 속눈썹을 아래로 내리깔면서 변명을 늘어놓았다.

"사실은 디즈니랜드에 갈 생각으로 김밥을 싸서 갔는데, 입구에 도착해보니 너무 복잡해서, 전부 어른들뿐이고, 게다가 돈도 많이 들고, 안에서는 김밥을 먹으면 안 된다고 쓰여 있어서…… 미키마우스만 하나 사서 우에노에 간 거예요. 미안해요, 선생님."

미카는 그때의 가슴 졸이던 기억이 되살아나는지 아랫입술을 삐죽 내밀었다.

"어이, 울지 마. 울지 말라니까. 남이 보면 내가 애를 학대하는 줄 알잖아."

미카는 고개를 끄덕거리며, 슬픔을 속으로 간직하겠다는 듯 미키 마우스를 꼭 끌어안았다.

이건 너무 희한한 일이 아닌가, 하고 나는 생각했다.

잊고 있었지만, 나는 달동네의 빤쓰 공장 사장의 아들이었다. 어머니를 웬 젊은놈에게 빼앗기고 아버지를 재봉틀에게 빼앗긴 나는, 때로 보잘것없는 주먹밥 하나만 달랑 들고는 하염없이 길을 떠나던 소년이었다.

호주머니에 든 동전 한 닢 거머쥐고 아사쿠사 달동네 거리와 사창가를 헤매고 다니다가, 우에노로 가서 동물원 구경에도 지치면 그 옆 박물관에 들어갈 때도 있었다. 물론 닌세이의 작품에 감동한 적은 없지만, 분수가에서 먹던 서글프고 짭짤한 주먹밥 맛은 아직도 기억에 생생하다.

"다 쓸데없어, 이런 건."

나는 문득 영문 모를 분노에 사로잡혀 스케치북의 그 페이지를 난폭하게 찢어버렸다. 미카는 벌벌 떨고 있었다.

"좀더 어린애다운 그림을 그려봐. 그래, 아빠 얼굴을 그리는 거야. 사람을 죽이고 감옥에 들어가 있는 네 아빠 얼굴 말야."

내 얼굴을 찌를 듯이 쏘아보던 미카의 눈에 커다란 물방울이 맺히더니 볼을 타고 아래로 뚝뚝 떨어져내렸다.

"왜 그래, 잊었어? 너를 낳기만 해놓고 무책임하게 나한테 맡기고 가버린 아빠의 얼굴 말이야."

"응…… 그럴게요. 그렇지만……"

미카는 손등으로 눈두덩을 비비고 입술을 깨물더니 크레용을 잡고 더듬더듬 얼굴 윤곽을 그리기 시작했다.

이윽고 '미카의 아빠'라고 아래에 제목까지 써넣은 아빠의 초상에는 당연히 눈도, 코도, 입도 없었다.

바로 그때 문을 쾅쾅 두드리는 소리가 들렸다. 폭력적이고 성급한 노크 소리에 나도 모르게 미카를 끌어안아 탁자 밑으로 밀어넣었다.

체인을 걸어놓지 않았다는 사실을 깨닫는 순간 내 정신은 내 정신이 아니었다. 이런 데서 맞아 죽어서야 조폭소설 작가로서 후세에 면목이 서지 않는다. 다자이 오사무가 다마가와 강 상류에서 자살을 할 때나 미시마 유키오가 배를 가르고 저세상으로 갈 때와는 도무지 다르지 않느냐고, 나는 순간적으로 생각했다.

이윽고 인기척이 나면서 바닥 위를 걷는 발소리가 들려왔다. 얼굴을 들자 스팽글이 빼곡 붙어 있는 붉은 차이나드레스를 입은 여자가 하염없이 울며 서 있는 것이 아닌가. 그녀의 오른손에는 권총이 들려 있었다.

영문도 모른 채 나는 머릿속으로, 만일 이 위기를 벗어날 수만 있다면 하드보일드 작가로 전향하리라 다짐했다.

"아, 방을 착각했어요."

여자는 그렇게 말했다. 방을 착각하긴 했지만 사람을 착각하지 않았다는 것이 내게는 행운이었다.

"그러세요? 어휴, 살았다."

그러면서 여자를 올려보는 순간, 앗! 하고 나는 경악했다.

틀림없다. 가시와기 나나다. 십 년 전, 한창 혈기왕성하던 스물다섯 시절, 원고도 쓰지 않고 밤이면 밤마다 그 뒤를 쫓아다니던 나의 아이돌, 우상, 가시와기 나나!

"가시와기, 가시와기 나나 씨죠, 그렇죠?"

권총을 들고 남의 방으로 쳐들어올 정도이니 심각한 사연이 있는 건 분명하지만, 그런 게 무슨 상관이란 말인가. 스물다섯 청년이었던 나는 잠자리에서는 그녀의 꿈을 꾸었고, 대낮에는 그녀의 환영을 보았다. 적어도 나의 소설가 데뷔를 확실히 삼 년은 지연시키고 수명을 오 년은 줄여버린 저 가시와기 나나 본인이, 지금 내 눈앞에 서 있다니!

가시와기 나나는 자신의 이름을 듣고 제정신을 차린 듯 권총을 등뒤로 감추었다.

"저를…… 아세요?"

가시와기 나나는 그 옛날에 보았던 잡지의 핀업 사진 모습과 똑같은 미소를 보내며, 그 자리에 그냥 주저앉아버렸다.

"제 팬이었다니 좀 특이한 분이시네요. 보통은 세이코라든지, 아키나를 좋아하는데……"

"제 취향이 어디 보통이라야 말이죠. 전 처음부터 나나 만세였어요. 와! 이걸 어째, 이거 정말 생방송이네."

나는 정신을 가다듬고 집필용 안경을 걸쳤다.

"저 아시죠?"

"에? 우리 어디서 만났던가요?"

"아니, 만나고 만나지 않고가 아니라, 전, 기도 고노스케라고 합니다. 『의리의 황혼』이라고, 모르세요?"

"모르겠는데요."

나는 힘없이 어깨를 늘어뜨렸다. 백만 명의 독자를 잃은 것보다 더 슬펐다.

"저, 제정신이 아닌 모양이에요. 이런 거나 들고, 방을 잘못 들어오지를 않나…… 정말 죄송해요, 옛날 팬 앞에서……"

나나는 권총을 탁자 위에 놓더니 얼굴을 가리고 울음을 터뜨렸다.

"선생님, 어떡해요. 언니 울잖아요."

미카가 미키마우스와 함께 얼굴을 내밀었다.

"시끄러워, 저쪽으로 가 있어. 언니는 지금 아주 곤란한 지경에 빠진 거야. 나는 그보다 더 곤란한 지경에 빠졌고."

예, 하고 미카는 작은방으로 들어갔다. 나는 일단 냉장고에서 맥주를 꺼내 나나에게 권했다.

"이거 정말 영광입니다. 오해하지는 마세요. 저애는 이웃집 아이랍니다. 저는 지금 집필여행중이라고나 할까요. 매스컴이 워낙 시끄럽게 굴어놔서, 우헤헤헤."

나나는 웃지 않았다. 눈물을 닦으면서 맥주를 벌컥벌컥 들이켜고, 옆으로 다가서는 내게 잔을 건넸다.

"저를 기억해줘서, 정말 고마워요."

"기억이라니요. 당신은 제게 영원과도 같은 존재입니다. 내 소설의 히로인은 모두 당신을 묘사한 것이라 해도 과언이 아니죠. 당신 얼굴만 생각하면서 밤이면 밤마다 원고지와 씨름했으니까요."

"그래요…… 저를 생각하면서…… 매일 원고지와…… 정말 기뻐요……"

가시와기 나나는 내 어깨에 얼굴을 기대면서 손을 꼭 잡았다. 나나의 새하얀 손가락이 잉크로 얼룩지고 펜대를 잡느라 굳은살이 박인 내 손가락 마디마디를 사랑스럽게 만지는 모습을, 나는 마치 꿈을 꾸는 듯한 심정으로 바라보고 있었다.

"이렇게 굳은살까지 박이셨네요. 아직 혼자세요?"

맥주잔을 밀쳐버리고 나나는 내 귓불을 깨물 것처럼 뜨거운 입김을 불며 속삭였다. 눈알이 핑글핑글 돌고 목이 타오르기 시작했다.

"안아줘요……"

"네엣? ……이렇게, 말인가요."

달달 떨리는 손을 드레스의 어깨에 살포시 대자, 나나는 그녀의 표정 가운데서도 가장 매혹적인 자태로 입술을 약간 벌리고 애달픈 눈빛으로 나를 향해 얼굴을 내밀었다.

"그게 아니라……"

"이, 이렇게 말인가요."

그녀를 끌어안은 순간, 나나는 마치 굶주린 짐승처럼 내 몸을 넘어뜨렸다.

"안아줘, 나를 죽여줘! 이게 바로 당신이 꿈에서 본 가시와기 나나의 몸이란 말이야. 자, 마음껏 짓밟아줘!"

나나는 발광하면서 내 스웨터를 벗기고, 셔츠의 단추를 마구 풀어헤쳤다.

입술을 짓누르며 또하나의 성기처럼 안으로 밀고 들어온 혀가 그 가시와기 나나의 것이라는 생각이 드는 순간, 내 몸에서 모든 상식과 힘이 빠져나갔다.

내 손은 감아올린 나나의 머리카락을 풀어헤치고 손가락으로 마구 헤집으며, 다른 한손으로는 등뒤의 지퍼를 내렸다. 그 순간, 마치 곤충이 허물을 벗고 새로운 모습으로 변신한 듯 풍성하고 하얀 나신이 내 몸 위에 꿈처럼 둥실 떠올랐다.

"좋아, 너무 좋아, 사랑해. 자기, 안아줘, 사랑한다고 말해줘."

나나는 마치 주문이라도 외듯이, 좋아, 좋아, 좋아를 연발했다. 벌써 제정신을 잃은 내게는 그런 말조차 곤충의 날갯짓 소리처럼 기분 좋게 들렸다.

나나의 몸을 아래로 눕히고 그 위에 올라타려는 순간, 작은방 문이 열리면서 미카가 얼굴을 빼꼼히 내밀었다.

"선생님, 엄마가 불쌍해요…… 제발 부탁이에요."

나는 빤쓰를 구석으로 집어던지며 외쳤다.

"저리 가지 못해! 어이, 용돈 줄 테니까 주스나 사 마시고 게임이라도 하고 있어!"

지갑을 던졌지만 미카는 허공에 풀풀 날리는 지폐에는 눈길 한번 주지 않고 밖으로 뛰쳐나가버렸다.

나의 허망한 내면을 채워주려는 듯, 활짝 열린 베란다 너머로 발갛게 물든 단풍 산이 펼쳐져 있었다. 흑단 테이블 위에는 권총이 거무스름한 빛을 발하고 있고, 천장과 난간에는 벗어던진 스팽글의 무수한 조각들이 물 밑의 요염한 조개들처럼 흐트러져 있었다.

"떨어질 수 있을 데까지 떨어져보겠어……"

나나의 희열에 찬 표정이 고뇌에 찬 표정으로 비치는 것은 나의 착각일까.

나는 가시와기 나나의 몸을 탐하면서 이 프리즌 호텔이 나를 위해 마련해준 의외의 선물에, 그리고 앞으로 일어날 일들에 대한 불안에 몸을 흠칫 떨어야 했다.

11

"하나자와 씨, 난 역시 그만둬야겠어요. 이제 와서 인사라니 마음이 내키지 않아요."

　간곡한 설득에 못 이겨 지배인실을 나서는 순간, 안주인은 마음을 바꾼 듯 발걸음을 멈추었다.

　"그애와 나를 화해시키려는 하나자와 씨의 마음은 너무 고맙지만, 이제부터는 우리 일에 간섭 마시고 호텔 일에나 신경 써주세요."

　안주인은 간곡하게 말하고는 지배인에게 머리를 숙였다. 감아올린 윤기 흐르는 까만 머리카락은 곱기 그지없지만, 평소에는 결코 보이지 않던 당혹감에 찬 표정은 그녀가 자식을 둔 한 늙은 어머니에 지나지 않는다는 것을 말해주고 있었다.

　목덜미로 언뜻언뜻 보이는 염색이 덜 된 흰 머리카락이 더욱 애처로웠다.

　"마담, 너무 깊이 생각하지 마세요. 그저 단풍실의 손님에게 인사를 가는 것뿐이지 않습니까. 그렇게 생각해주세요."

　"그렇다고는 하지만…… 가서 무슨 말을 해야 좋을지……"

　"오너의 배려도 좀 고려해보세요. 두 분이 조금이라도 가까워지시라고 바쁘신 중에도 일부러 동행하지 않으셨습니까. 자, 용기를 내세요."

　"그애, 또 난폭하게 굴면 어떡하죠?"

　"괜찮습니다. 오늘은 비교적 안정되어 있는 것 같고 눈길도 그리 사납지 않았습니다."

　"주간지 두 군데에 동시연재를 하고 있다고 해요. 하나는 별로 재미도 없고, 다른 하나는 '작가의 급환으로 연재를 잠시 쉽니다' 라고 적혀 있던데, 아마 일이 잘 풀리지 않는 것 같아요. 나에 대한 원한 때문에, 신경이 날카로워져서……"

"마담" 하고 부르다 말고 지배인은 그만 입을 다물고 말았다.

자책감 때문에 괴로워하면서도 이 어머니는 매주 한 번도 빠지지 않고 아들 기도 고노스케의 소설을 읽고 있는 것이다. 어릴 적에 버린 아들이 저명한 작가가 되었다. 자책감과 슬픔을 영원히 가슴에 끌어안고 살아갈 수밖에 없는 한 자식의 어머니, 그런 생각이 들자 지배인은 함부로 말을 할 수가 없었다.

"이건 저희의 임무입니다. 고객의 취향에 맞는 서비스를 제공하는 것이 저희가 할 일입니다. 선생님은 마담을 만나기 위해서 여기에 온 것입니다. 다른 어떤 이유가 또 있겠습니까. 선생님은 지금도 아마 목을 길게 빼고 마담을 기다리고 있을 겁니다."

안주인은 그 한마디에 마음을 정한 듯 등을 곧게 펴고 걸어가기 시작했다. 그런 강건한 모습이 오히려 하나자와의 가슴을 아프게 했다.

"그러고 보니 그애, 어린아이를 하나 데리고 왔던데요?"

"아, 기요코 씨의 딸입니다. 언젠가는 가정을 꾸릴 것이라고 오너께서 말씀하시더군요."

"애 딸린 여자와 말인가요…… 더더욱 얼굴을 들 수 없게 되었군요."

"훌륭하지 않습니까. 과연 오너의 핏줄은 다릅니다. 아무나 할 수 있는 일이 아닙니다. 의협심이 있는 분이십니다."

말 하나하나에 세심한 주의를 기울여야 했다. 기도 고노스케를 칭찬하는 것은 동시에 안주인을 비판하는 것이나 마찬가지기 때문이다.

"사실은 정말 마음이 여린 아이였어요. 조폭소설보다는 달콤한 연애소설이 더 어울릴 것 같은데…… 그렇지만 그런 말 할 자격도 없겠지요."

발걸음을 옮기면서 안주인은 겸연쩍게 말했다.

"그래요…… 내가 그애의 어머니라는 사실에는 변함이 없으니까요. 그리고 또 한 아이의 할머니이기도 하고…… 갑자기 아들하고 손녀를 같이 보다니, 나한테 정말 과분하군요."

"단풍실에 인사를 하신 다음 국화실과 싸리나무실도 부탁드립니다. 삼층에서 이층으로 옮기시게 했으니까 한마디 사과 말씀이라도 전해주세요. 그쪽을 먼저 들르시겠습니까?"

"아뇨, 아들 쪽을 먼저 가겠어요. 중간에 마음이 바뀔 수도 있으니까. 그런데 그애, 어린애를 데리고 와서 대체 뭘 하려는 걸까요?"

"좋은 아빠가 되겠다는 거겠죠, 뭐. 필시 작문이라도 가르쳐주고 있을 겁니다. 아니면 프로레슬링 놀이라도."

쿡, 하고 안주인은 즐거운 표정으로 웃었다.

"그애가 벌써 아빠가 되었군요. 남편도 자식에게만은 성실한 사람이었는데. 눈에 선해요."

단풍실의 문은 살짝 열려 있었다.

"실례합니다."

문을 여는 순간, 갑작스럽게 터져나온 고함 소리에 지배인과 안주인은 얼이 빠져 멍하니 멈춰 서고 말았다.

"시끄러! 실례하지 말고 빨리 꺼져, 이 멍청이들! 어때, 나나, 여기? 응, 여기라구?"

지배인은 자신의 눈을 의심했다. 안쪽에서 열심히 아래위로 왕복운동을 하는 털북숭이 엉덩이가 보였던 것이다. 거친 숨소리와 여자의 톤 높은 신음 소리가 들려왔다. 방에는 남녀의 체액 냄새가 가득했다.

앗, 하고 작게 비명을 지른 채 입을 다물지 못하고 뻣뻣하게 굳어버린 안주인을 부축하며, 하나자와 지배인은 재빨리 복도로 나왔다.

"프, 프로레슬링 놀이로군요. 그래요, 그럴 겁니다. 핫핫핫."

지배인의 이마에는 유리구슬 같은 땀방울이 맺혔고, 안주인의 표정은 얼어붙었다.

"저렇게 성실한 아이일 줄이야……"

"그래요, 저런 식으로 기초부터 가르치는 겁니다."

지배인의 말에는 전혀 설득력이 없었고, 오히려 의구심만 더해줄 따름이었다.

"그렇지만…… 저렇게 막무가내인 버릇은 제 아버지를 쏙 빼닮았어…… 으악, 끔찍해!"

몸을 부르르 떨면서 안주인은 지배인의 팔에 쓰러지고 말았다.

지나쳐가던 여급에게 안주인을 맡기고 지배인은 층계참의 난간에 기대어 가쁜 숨을 몰아쉬었다. 구역질이 올라왔다.

'이전부터 정상은 아니라고 생각했지만, 설마 롤리타 콤플렉스일 줄이야……'

도대체 이런 사정을 오너와 구로다에게 어떻게 설명하면 좋단 말인가, 하고 지배인은 고민했다.

그런데 바로 그때, 로비에서 미키마우스를 끌어안고 놀고 있는 여자애의 모습이 눈에 들어왔다. 지배인은 안도의 한숨을 내쉬었지만 곧 다시 고민에 빠졌다.

'가만…… 그렇다면 상대 여자는 도대체 누구……'

다시 한번 확인해볼 용기는 나지 않았다. 어쨌든 저 삐딱한 작가가 호텔에 도착하자마자 난잡한 짓을 벌이고 있다는 것만은 분명한 사실이다.

갑작스럽게 저런 관계를 맺으려면 여자 쪽도 결코 맨정신은 아닐 것이다. 그렇다면……

'아오야마 경찰서의 여경!'

지배인은 저도 모르게 합장하고 염불을 외었다.

다시 정신을 가다듬은 하나자와 지배인은 국화실 문을 두드렸다.

호텔의 방음은 완벽하여 옆방에서 아무리 소동을 벌여도 절대로 눈치채지 못한다.

"실례합니다."

문을 열어보니 남자 손님은 술에 취해 이불 위에 뻗어 있었다. 그 베갯머리에서 문신이 새겨진 두 팔을 문지르며 눈을 부릅뜨고 지켜보고 있는 그 얼굴은 틀림없이 기도 조폭 넘버원, 일본제 프랑켄슈타인, '총알받이 야스'였다. 부임해온 지 반년, 일에 거의 다 익숙해졌지만 이 얼굴만은 도무지 친숙해지지가 않는다. 아직도 얼굴을 마주치면 비명을 지르기도 한다.

"아, 야스 씨, 수고가 많으시군요. 편히 쉬세요. 그런데 여자 분은요?"

"예이. 권총을 들고 어디론가 가버렸소. 나더러 여기서 총알받이나 하고 있으라더군요, 구로다 지배인이."

불상처럼 무표정한 얼굴로 야스는 말했다. 지배인의 얼굴에 식은 땀이 흘렀다.

"권총, 이라구요? 그, 그건 또 무슨 말입니까. 애인과 함께 오신 분이 왜 권총 같은 걸 가지고 있어요?"

"그게 말이오, 여자 몸으로 칼은 너무 불리하다고 매니저가 총을 빌려준 모양이오. 그런 다음에 다시 생각해보니 그렇게 되면 이쪽이 너무 불리할 것 같으니 대신 나더러 총알받이를 하라는 거 아니겠소. 나도 이런 짓 하기 싫은데, 으음. 핸디를 주다니 참 좋은 생각이야. 과연 부지배인은 달라."

야스는 크게 하품을 하면서, 슬쩍 가슴팍을 열어 안을 보여주었다. 카키색 방탄조끼가 엿보였다.

"부지배인한테는 비밀로 해주시오. 난 십 년이나 오야붕의 총알받이를 해온 몸이라 죽지 않을 자신은 있지만, 나이도 나이고 아픈 것도 싫으니까요."

"그, 그렇습니까. 아무튼 조심하세요."

"예이, 이래봬도 '총알받이 야스'라는 별명을 가진 전사가 아닙니까. 마음 놓으십쇼."

그러나 마음을 놓지 못한 채, 지배인은 국화실을 뒤로했다.

다시 정신을 차리고 옆방 싸리나무실을 노크했다. 문 너머로 사람이 일어서는 기색이 느껴지더니 체인이 걸린 채 조용히 문이 열렸다.

이 방의 손님은 대학교수를 자칭하는 수상쩍은 여행객이다.

"쉬시는데 죄송합니다. 이 호텔의 지배인입니다. 갑자기 부탁드릴 말씀이 있어서 이렇게 찾아뵈었습니다."

"아니, 괜찮소. 신경 쓰지 마시오."

남자는 낮고 서늘한 어투로 말했다. 잠시 안을 들여다보아야겠다고 지배인은 생각했다.

"정말 죄송한 말씀이지만 비품을 잠시 점검해봐야겠습니다."

"비품이라니, 어떤 거 말이죠? 딱히 불편한 점은 없소만."

거절하는 품도 역시 수상쩍다. 지배인은 다시 말했다.

"각 방마다 화재경보기와 방재 용구를 점검하고 있습니다. 귀찮으시겠지만 협조 바랍니다."

남자는 순순히 체인을 벗겨주었다. 지배인이 방 안으로 들어서자 남자는 마치 얼굴을 숨기려는 듯 창가 쪽으로 돌아서 걸어갔다. 그러나 안경을 벗은 남자의 맨얼굴을, 지배인은 한순간이지만 똑똑히 뇌리에 새겨두었다.

"흠, 소화기는 괜찮고, 피난도구도 괜찮고, 그럼 스프링클러를."

천장을 올려다보는 척하면서 지배인은 재빨리 방 안을 살폈다.

일부러 탁상 위에 펼쳐놓은 듯한 원고지는 하얗게 비어 있고, 그 대신에 포르노소설이 한 권 놓여 있다. 앉은뱅이 의자가 텔레비전을 향해 놓여 있는 것은 축구중계를 보기 위해서일 것이다. 그런 주제에 안경은 방구석의 금고 위에 놓여 있다.

"소란을 떨어 죄송합니다. 아무 이상 없습니다."

탁자를 닦으면서 지배인은 슬쩍 상대를 떠보았다.

"사실은 저도 와세다 대학 출신인데, 정말 반갑습니다."

아니나 다를까, 남자의 어깨가 약간 움찔했다. 대답은 돌아오지 않았다.

"그렇다면 역시 졸업도 와세다에서 하셨겠군요. 몇 학번이신지? 보기에는 저와 비슷한 연배인 것 같은데요."

대학교수라고 해서 반드시 그 대학 출신이어야 한다는 법은 없지만 일부러 그렇게 물었다. 지배인은 사실 니혼 대학 출신이라 와세다 출신이라는 말이 사실이라면 좀 곤란한 사태가 벌어지겠지만, 절대로 그렇지 않으리라는 자신이 있었다.

"아, 꽤 오래 전 일이라. 자네는?"

제법 잘 피하는데, 라고 생각하면서 지배인은 이렇게 물었다.

"저는 65학번이지요. 경영학부 관광학과를 나왔습니다."

"오, 경영학부라. 그렇다면 나보다 몇 년 후배뻘이구만."

이것으로 남자의 거짓말은 명확히 드러났다. 1965년도에 와세다 대학 경제학부에 응시했다가 떨어져 재수를 했던 지배인은 잘 알고 있었다. 와세다 대학에는 경영학부도, 관광학과도 없다.

"용건을 마쳤으면 그만 자리를 비켜주게. 급하게 쓸 논문이 있어서 말이야."

"아, 제가 쓸데없이 시간을 빼앗았군요. 실례했습니다. 자, 그럼 편히 쉬십시오."

약간 고개를 숙여 인사를 받아주는 남자의 귀 뒤편에는 콩알만한 점이 하나 있었다.

복도로 나섰다. 흉악한 인간은 아니면 좋겠는데, 하고 지배인은 속으로 바랐다. 외모가 반드시 그 사람의 본성을 이야기해주지는 않는다는 것을 이 호텔에 부임한 이후 처절히 느껴왔다. 그래, 오히려 그 반대일지도 모른다. 마음이 약하고 본성이 상냥한 사람은 그것을 가리기 위해 늘 얼굴을 찡그리고 어깨를 치켜세우고 다닌다.

흉악하고 포악한 인간일수록 자신의 본성을 숨기기 위해 더욱더 신사임을 가장한다. 알고 보면 그렇다.

바로 그때, 단풍실의 문이 열리더니 흐트러진 차이나드레스 차림의 여자가 나오는 것이 아닌가.

지배인은 그 짧은 찰나에 이 복잡기괴한 상관관계도를 머릿속에 그려보았다. 서둘러 야스와 취객이 있는 국화실 앞을 가로막고 선다.

"제 일행은 어디, 어디에 있어요?"

음울한 목소리로 여자가 물었다.

"같이 오신 분이라면 아까 계곡 쪽으로 산책을 나가셨는데요."

여자는 멍한 눈으로 얼이 빠진 사람처럼 그 자리를 떠났다.

소설가가 묘하게 상쾌한 표정으로 모습을 드러냈다. 상쾌한 것은 얼굴뿐만이 아니었다. 러닝 셔츠 하나만 걸치고 아랫도리는 그대로 훤히 드러내고 있었다.

"어이, 나나 씨. 너무하잖아. 끝나자마자 굿바이라니, 이건 남자와 여자의 역할이 바뀐 거라고."

소설가는 지극히 천박하고 비문화적인 목소리로 여자를 불렀다. 지배인은 소설가를 방 안으로 밀어넣었다.

"선생님, 팬티만이라도 입고 나오셔야죠."

"그런 건 필요 없어. 빤쓰란 놈은 수치심을 온존시키는 주머니에 지나지 않아. 나는 원래가 수치를 모르는 놈이라 빤쓰 같은 건 절대로 입지 않아."

술주정을 하고 있군, 지배인은 생각했다. 그 다음 순간, 마치 저 혼자 살아 있는 생물이라도 되는 듯 지배인의 주먹이 뻗어나가 소설가의 턱을 날려버렸다. 불의의 일격을 받고 이불 위에 쓰러진 소설가의 얼굴 위로 지배인은 방바닥에 나뒹굴고 있던 팬티를 집어던졌다.

"무슨 말씀 하시는 겁니까. 이 팬티는 당신 아버님께서 혼을 담아 만든 일본 최고의, 아니, 세계 최고의 팬티가 아닙니까. 그것을 지금 수치심을 온존시키는 주머니라고 하셨나요?"

코피를 닦으면서 소설가는 비굴한 얼굴을 들었다.

"흥, 제법 아는 척하는군. 네놈이 우리 아버지의 위대성을 어떻게 알아. 아버진 말이야, 육십 년간 마누라가 도망을 치건 자식 놈이 울건 공습경보가 울리건 절대 재봉틀 앞을 떠나지 않았어. 아무리 세월이 흘러도 변하지 않는, 비단같이 부드러운 빤쓰를 만들어오셨어. 네놈이, 슈퍼의 싸구려 빤쓰만 입는 너 같은 놈이 알 리가 없지."

이 소설가는 아직도 자신의 과거와 싸우고 있나보군, 하고 지배인은 생각했다. 지배인은 말대꾸를 하는 대신 턱시도의 벨트를 풀고 바지를 내렸다.

"아세요? 이 상표."

소설가의 입가에서 비굴한 웃음이 사라졌다.

"나는 이십 년이나 이 팬티를 애용하고 있어요. 히가시칸다 기도 의료근제. 이건 호텔맨의 성심을 감싸는 주머니, 이 따스함과 부드러움과 긴장감이야말로 나의 자랑입니다."

12

아오야마 경찰서 제4계의 형사 세 명은 사태가 이상하게 돌아간다는 것을 깨달은 다음부터 죽은 듯이 노송나무실에 틀어박혀 있었다.

그렇다고 겁을 먹은 것은 아니다. 방을 나가서 돌아오지 않는 마쓰쿠라 계장의 명령을 기다리고 있는 것이다. 뼛속까지 서열주의를 신봉하는 그들은 상사의 지시가 없으면 절대로 자주적으로 움직이지 않는다.

엄중하게 자물쇠를 걸고, 두터운 흑단 탁자를 문에 기대세워놓고, 창의 커튼을 내리고, 활동성을 높이기 위해 세 명 모두 유카타의 엉덩이 부분을 위로 걷어올려 끈을 X자 모양으로 묶었다.

주물 재떨이나 맥주병을 든 모습은 보기에도 우스꽝스럽지만, 그 표정은 무술 대결에 임할 때처럼 잔뜩 긴장되어 있다.

"이상해. 서장도 간사도 방에 없어. 벌써 나간 지 삼십 분이나 지났는데 말이야."

내선 전화의 수화기를 놓고, 그 옛날 지하철 마루노우치 선 묘가다니 역 부근에서 공부보다 가라테 단련에 정진했던 역사를 가지고 있는 형사가 말했다.

"그건 그렇고 너무 조용해서 오히려 음침해. 소리 하나 안 들리잖아."

세타가야 선 부근에서 사 년간 유도만 하다 대학을 졸업한 동료가 말했다.

"아까 단체객이 도착할 때는 그렇게 시끄럽더니 대체 어떻게 된 거야."

주오 선 아사가야 역 부근의 도장에 얹혀살면서 대학 졸업장을 딴 형사는 초조한 표정으로 벌떡 자리에서 일어나더니 기둥에 주먹을 한 방 먹였다. 이어서 두세 번 다리를 들었다 놨다 스모 동작을 한 다음 이상하다는 표정을 지었다.

"선배님, 조용할 수밖에 없네요. 벽이고 바닥이고 꼼짝도 하지 않아요. 철판이라도 깐 모양입니다."

형사들은 새삼 실내를 둘러보았다. 겉보기에는 아무런 특징도 없는 방이지만, 듣고 보니 묘하게 밀폐된 듯한 느낌이 들지 않는 것도 아니었다.

비유해서 말하자면, 지금 당장 옐친이 화가 치밀어 핵 버튼을 누른다 해도 이 호텔만은 광야에 홀로 우뚝 서 있을 것 같은 기분이 들었다.

"정찰을 나가볼까. 어이, 네가 가봐."

"엣, 저 말인가요. 전 늘 중간이었잖아요. 선배님은 전국체전에서 늘 우승의 선봉에 섰잖습니까."

"그거하고 무슨 상관인데?"

"상관 있죠. 전 압박을 받으면 맥을 못 써요. 그렇지만 선봉이 넘어지면 반드시 제가 막아냅니다. 지난번에도 이 손으로 기동대를 막아내지 않았습니까. 우리 경찰서의 승리 패턴은 늘 그러니까요."

"이건 시합하고 달라. 그럼 좋아, 모두 같이 가지 뭐. 나는 개인전에는 약하지만 단체전에는 누구보다 강하니까."

도저히 논리적으로는 말도 안 되는 소리지만, 어쨌든 만장일치로 합의를 본 세 명의 형사는 한몸 한덩어리가 되어 문 쪽으로 나아갔다. 감독 없는 팀은 이렇게 처량하다.

"출발! 기죽지 마."

숨을 죽이고 자물쇠를 벗기는 순간, 갑자기 거대한 그림자 하나가 문을 박차고 들어섰다. 우왓! 하고 부하들은 방 안으로 도망쳤다.

"왜 그래? 나야, 나."

순간적으로 자객이라도 뛰어들었나 했는데, 자세히 보니 마쓰쿠라 경부보였다.

"앗, 계장님. 맞은편에서 보는 건 처음인데 정말 대단한 박력이로군요. 가택수색인지 총격전인지 구별이 안 갑니다. 이러니 야쿠자가 권총을 겨눠야 할지 감춰야 할지 망설이게 되지요, 핫핫핫, 어휴, 정말 깜짝 놀랐네."

"웃을 때가 아냐. 당장 회의다, 회의!"

마쓰쿠라 계장은 단단히 자물쇠를 잠그고 탁자로 다시 바리케이

드를 친 다음 방 중앙으로 부하들을 소집했다.

"흠, 너희들도 상황을 파악하고 있는 모양이군. 즉시대응, 아주 잘하고 있어."

"예, 아까 창을 통해 보았는데, 제 눈이 틀리지 않았다면 그건 오소네 조직 놈들입니다. 이 호텔은 그놈들 전용이고요."

선임형사는 움직일 수 없는 물적 증거라 할 수 있는 '호텔 안내'를 손가락으로 가리키면서 말했다.

"흠, 그것뿐만이 아냐. 지금 지배인의 자백을 듣고 오는 길이야. 잘 들어, 듣고 놀라지 마. 이 호텔로 말할 것 같으면, 간토 사쿠라회 직영이다."

"켁! 사쿠라회 직영. 뭐, 뭐라구요!"

"아무튼 이 호텔의 오너는 사쿠라회 오인방의 우두머리 격이자, 차기 총장으로 유력한, 그 유명한 기도 나카조다."

부하들의 네모진 얼굴은 계장이 처음 그 말을 들었을 때와 똑같이 입을 멍하니 벌리고 침을 질질 흘리는 모습이었다.

"기, 기도 나카조!"

"그렇다. 일대 협객으로 칭송받던 사가라 나오키치의 오른팔, 거물 중의 거물이지. 재기 넘치는 책사에다 불퇴의 용맹을 자랑하는 전사이기도 하고."

"계장님, 가능한 한 그런 적절치 못한 표현은 삼가세요. 주간지를 너무 열심히 읽으셨군요. 그런데 어쩌다 이런 사태가 벌어지고 말았을꼬. 아무튼 112로 전화를 걸어서 지원을 받도록 합시다."

수화기 쪽으로 뻗어나가는 부하의 팔을, 마쓰쿠라 계장이 덥석 잡았다.

"이 멍청이, 그만둬. 천하의 경시청이 이런 시골 경찰에게 지원을 요청하다니 말이나 돼? 무엇보다 아직 아무 일도 일어나지 않은 상태야. 서둘지 마. 왜 이리 벌벌 떨고 있어!"

"말대답해서 죄송하지만, 계장님, 그렇게 체면을 차리다가 옛날처럼 실패하면 어떡합니까. 옛 상처를 건드려서 죄송합니다만."

"입 닥쳐. 내 일은 내가 알아서 처리할 거야. 관할에서 일어나는 일은 그 관할에게 맡긴다. 그것이 지자체 경찰제도의 원칙이야."

"그럼 야쿠자하고 다를 게 뭐 있습니까."

그 순간 권총 자루가 부하의 얼굴을 쳤다. 마쓰쿠라 경부보는 절간의 사천왕상처럼 험악한 얼굴에 눈꼬리를 위로 치켜올리고 부하들을 내려다보았다.

"잘됐어! 놈들이 사쿠라 문장을 사용하는 협객이라면 우리도 사쿠라 문장을 이어받은 경찰이다. 하늘 아래 두 개의 사쿠라 문장이 있어서야 되겠어? 이번 기회에 확실히 흑백을 가려야지. 좋아, 시작!"

뭘 시작하는지는 모르겠지만, 이건 분명 확신범적인 행위라고 부하들은 생각했다.

"그건 그렇고…… 돌대가리 서장하고 와타나베 간사 놈은 이런 시국에 어디로 가버린 거야?"

봉우리 끝으로 기울어지는 저녁 햇살이 발갛게 물든 산허리를 잘게 잘라내고 있다.

창에서 떨어져내린 단풍잎 하나를 탕 위에 둥실 띄우고, 와타나베 순사부장은 주름진 얼굴에 물을 끼얹었다.

'난 왜 이리도 재수가 없을까……'

사십이 년에 걸친 오랜 근무기간 동안 탄식처럼 뱉어냈던 그 말을, 와타나베는 다시금 마음속으로 되뇌고 있었다.

용감무쌍한 무용담이라고는 하나도 없다. 손자들에게 자랑스럽게 들려줄 이야기도 없다.

개밥의 도토리처럼 여기저기 지역 경찰서를 떠돌다가, 끝내는 파출소 근무로 정년을 맞이하게 되었다. 그 덕분에 어느 골목에 어떤 안내판이 서 있는지에 대해서는 누구보다 잘 알지만, 그런 게 앞으로 남은 인생에 무슨 소용이 있을까.

상을 받지 못한 대신에 벌을 받은 적도 없는 반생이었지만, 이번 일만큼은 시말서 한 장을 써야 할 것 같다. 그것도 이번 일박 이일의 여행 동안 아무 사고가 일어나지 않는다는 전제하에. 무슨 일이건 한 건만 터져도 — 하기야 안 터질 리가 없겠지만 — 감봉 아니면 정직처분을 받게 될 것이다.

그렇게 되면 근속표창도 정년 경부보의 계급장도 물거품이 되고

136

만다. 퇴직금에도 영향을 끼칠지 모른다. 반세기 가까이 자신이 경찰관이었다는 증거라고는 그것밖에 없는데…… 그런 생각을 하면서 와타나베 간사는 문득 불평 한마디 없이 고락을 같이해주었던 부인의 얼굴을 떠올렸다.

그러나 이제 손쓸 방법이 없다. 야쿠자가 경영하는 호텔에 머문 것도 모자라 야쿠자 단체와 한솥밥을 먹어야 할 지경에 빠지고 말았다. 이런 돌발적인 사태를 수습할 수 있을 정도였다면, 애초부터 '만년 간사'라는 명예롭지 못한 이름을 얻을 일도 없었다.

여닫이문 여는 소리가 들리더니 인기척이 났다. 뜨거운 김이 서린 물을 헤치면서도 소리 하나 없이 발가락 끝부터 들어서는 걸로 봐서는 필시 노인일 것이다.

가까운 바위에 머리를 기대고 한숨을 돌린 다음 그 노인은 물로 안경을 씻었다.

"와타나베 선생, 오랜만이야."

"아…… 나카조 씨."

옆얼굴을 보면서, 이 사람도 많이 늙었군, 하고 와타나베는 속으로 중얼거렸다.

"간지라는 이름을 듣고, 혹시 와타나베가 아닐까 하고 생각했었지."

"창피한 일이지만 이 나이 먹도록 위로여행 간사라네. 달리 잘하는 게 없으니까 말이야. 그나저나 손님을 잘못 받아서 자네도 고생이 많겠어."

"고생? 무슨 소릴 그렇게 하나. 이건 장사라네. 고맙다고 인사를 해도 모자랄 판인데."

"여행안내소 사람이나 종업원들을 나무라지는 말게. 내가 부주의해서 그런 거니까."

두 사람은 잠시 아무 말 없이 창밖의 가을 경치를 바라보았다. 정신이 아득해질 정도로 긴 시간이 뜨거운 김 위에 환영처럼 비쳐나고 있었다.

"사가라 선생, 돌아가셨다더구먼."

"아, 다행히 방에서 조용히 극락왕생하셨다네. 나도 그렇게 가고 싶어."

"자네라면 그럴 수 있을 거야. 내가 보증하지."

와타나베의 말에 나카조 오야붕은 볼의 흉터를 씰룩이며 웃었다.

"아무리 자네가 보증해준다 해도 난 너무 험한 시대를 살아온 사람이 아닌가. 이렇게 느긋하게 온천을 즐기고는 있지만 언제 총알이 날아와 박힐지 알 수 없는 노릇이야."

"이제 슬슬 은퇴할 때도 된 것 같은데. 그 나이에 뭐 고생할 필요가 있나."

"그건 그렇지만 원래 타고난 팔자가 고생보따리라서 말이야. 사실 내게는 여관 지배인이 가장 잘 어울려. 그런데 어쩌다 길을 잘못 들어서 묘한 인생을 살게 되었다네."

체온과 비슷한 온천물이 가슴을 따스하게 해주었다. 나카조의 말이 와타나베의 심금을 울렸다.

"정말 자네와는 질긴 인연이야. 암시장이 아직 남아 있을 때였으니까, 사십 년, 아니 더 오래 전인가."

"사십이 년일세. 내 말 들어보게, 오야붕. 나도 이제 석 달 후면 정년퇴직이야."

나카조 오야붕은 문득 감회에 젖은 듯 천천히 고개를 들어 천장을 올려다보았다.

"그래. 암시장 파출소 뒤에서 말린 정어리를 굽던 그 신참 순경이 벌써 육십이라니. 헛참, 나도 나이를 먹었군."

"둘째 놈이 내년에 대학을 졸업하는데, 검도를 잘해. 그래서 경관이 되겠다는군. 아무리 말려도 안 돼. 젠장, 이 일을 어쩌나."

"오, 잘된 일이야. 야쿠자 뒤를 잇는 것보다야 훨씬 낫잖나. 아주 좋은 일이지."

"글쎄…… 난 순경이 될 바에는 당신에게 맡겨서 멋진 사나이로 키우는 게 차라리 나을 것 같은데."

농담으로 한 말이었지만 마치 자신의 본심인 것처럼 들려, 와타나베는 스스로 놀랐다. 그 정도로 자신의 인생에 대한 회한이 깊고 깊었던 것이다.

와타나베는 노천탕을 벗어나 돌바닥 위에 걸터앉았다.

"그런데 좀 마음에 걸리는 일이 있어."

"뭔가? 재미없는 이야기라면 그만뒀으면 좋겠어. 내가 자네를 위해 해줄 만한 말이라고는 하나도 없으니까."

"그런 게 아니라, 아까 복도에서 언뜻 보았는데, 그게 분명……"

"마노 미스즈 말인가?"

와타나베가 품고 있던 오랜 의문이 풀리는 순간이었다.

"역시 그랬군. 정말 그리운 얼굴이야. 난 이래봬도 〈전사의 엘레지〉를 무척 좋아한다네. 지금도 노래방에 가면 가장 즐겨 부르는 레퍼토리지."

"정말 운이 없는 여자야. 그렇게 이름을 팔면서 노래하다가 남자들의 노리갯감이 되고 말았지. 게다가 눈에 넣어도 아프지 않을 아들놈이 그 모양이니."

기회를 틈타 와타나베는 오래 전부터 궁금해하던 일을 입에 담았다.

"도대체 당신과 마노 미스즈는 어떤 관계인가?"

갑작스런 질문에 나카조는 언뜻 시선을 돌렸다가 결심한 듯 입을 열었다.

"스타와 보디가드의 관계지, 뭐. 미국영화 같지 않나?"

"사십 년 넘게 이어져온 사이가 아닌가?"

"그만두게. 그 사람 패트론은 항상 정재계 거물급이었어. 나 같은 것한테는 순서도 돌아오지 않아. 난 그저 마노 미스즈가 죽을 때까지 스타로 남아 있어주기를 바랄 따름이야."

"나카조 씨."

와타나베는 가슴속에서 우러나오는 목소리로 불렀다.

"당신, 정말 멋진 사내야."

산 너머로 해가 떨어지자, 창밖에 가득한 단풍이 잉걸불처럼 타올라, 바람이 불어갈 때마다 일제히 빨간 불덩이를 뒤집으며 춤을 추었다. 저녁별이 반짝이기 시작했다.

"어때, 와타나베. 나중에 미스즈를 불러 한잔 하는 게."

"괜찮아? 옛날 생각이 날 텐데."

"옛날 이야기도 안주가 될 수 있지. 오래될수록 맛이 깊어지는 법이야."

나카조 오야붕은 색 바랜 문신을 드러내며 온천에서 일어서더니, 갑자기 와타나베의 등을 밀어주기 시작했다.

"어어, 오야붕, 갑자기 왜 이래."

"어허, 피하지 마. 아무도 보지 않는데 뭘. 사십이 년분의 때를 내가 벗겨주지."

등을 내맡기면서 와타나베는 묘하게도 확신에 찬 상상을 해보았다. 이 특이한 야쿠자는 어쩌면 늘 이렇게 손님들의 때를 밀어주고 있는 건 아닐까, 하고.

그리고 그 손님들은 오랜 징역생활을 마치고 사바세계로 돌아온 사내들이거나, 또는 세상의 눈을 피해 이 호텔로 숨어들어온 유랑자일 것이다.

"고생이란 건 말일세, 어차피 나 혼자 짊어지고 갈 수밖에 없는 게 아닐까 싶어. 자네건, 마노 미스즈건, 이곳을 찾는 누구라도. 남에게 내가 해줄 수 있는 거라곤 고작 손이 닿지 않는 등을 이렇게 밀어주는 것뿐이라네. 정말 고생이 많았어, 와타나베. 자네는 정말 좋은 경찰이었어."

와타나베는 등을 돌린 채 할말을 잃고 조용히 머리를 숙였다.

13

화려한 샹들리에 불빛에 사사키 히로유키 경시정은 눈을 떴다.

로비의 소파 위였다.

'꿈이었을 거야…… 필시 온천에 너무 오래 있어서 노곤해졌던 거야.'

이십이만 명의 전 경찰관 중에서 겨우 오백 명밖에 없는 역량 있는 커리어, 연간 열 명 내외로 채용되는 이른바 선택받은 엘리트 중의 엘리트인 그가 야쿠자의 위협에 놀라 기절했다는 것은 참을 수 없는 수치였다.

이 세상을 늘 희망과 긍정으로 바라보고, 좋은 환경에서 자라왔고, 원하는 것은 무엇이든 하나하나 착실하게 성취해온 엘리트 서장은 이건 틀림없는 꿈이라고 생각했다.

그러나 다음 순간, 그의 희망적인 관측은 태어나서 처음으로 산산이 부서지고 말았다.

안경을 벗은 시야 속에 희미하게 비쳐들어온 것은 어김없이 꿈속에서 보았던 그 야쿠자들의 얼굴이었다. 해골 같은 금테 안경 속의 옴팡눈과 금으로 덮은 유니크한 뻐드렁니. 예각으로 가파르게 깎아올린 스포츠 머리. 누가 보아도 험악하고 위험한 얼굴이다.

"이걸 어째. 어디서 본 놈인가 했더니, 아오야마 경찰서의 젊은 서장님일 줄이야…… 어이, 서장. 정신 차려. 이런 데서 죽으면 당신 인생이 너무 허망하잖아. 우리하고는 달리 그 자리에 앉을 때까지 얼마나 돈을 들였겠어! 불효자식이 되고 싶어?"

오소네가 어깨를 흔들자 마치 제트코스터를 탄 듯 세상이 빙글빙글 돌았다. 사사키 서장은 흰자위를 번득였다. 유원지의 시설물 가운데서도 특히 빙글빙글 돌아가는 기구에 약한 타입이었다. 제트코스터는 물론이고 회전목마 같은 간단한 놀이기구에도 견디지 못해 토하는 등 야단법석을 떨다가 여자에게 차이고 만 쓰라린 추억도 있다.

"안 돼, 손님, 죽으면, 노, 보스, 곤란해."

필리핀 출신 여급이 젖은 수건으로 서장의 얼굴을 닦고 성호를 긋고 하면서 외쳐대고 있다. 그래, 나는 더욱 곤란하지. 사사키 서장은 속으로 중얼거렸다.

"오소네 씨, 서장 씨에게 무슨 짓 했어요? 때렸어, 찼어?"

오소네의 눈을 째려보면서 아니타가 질책하듯이 말했다.

"아무 짓도 안 했어. 노천탕에서 내 소개를 했더니 쓰러진 것뿐이야."

오소네…… 오소네 일가?…… 간토 사쿠라회의 특공대, 목숨을 아끼지 않는 강경 투쟁파, 살인 전문 오소네!

겨우 제정신을 차렸던 서장의 의식은 다시 아득히 멀어져갔다. 비유해서 말하자면, 제트코스터보다는 '마법의 양탄자' 같은 공포였다.

"앗, 안 돼, 서장씨. 죽으면, 노!"

황급히 내미는 컵을 손으로 받아들 기력도 없었다. 그러자 아니타는 잠시도 망설이지 않고 입에 물을 머금더니, 서장의 목덜미를 끌어당겨 입에서 입으로 물을 넣어주는 것이었다.

당연히, 사사키 서장의 의식은 되살아났다.

"다행이야, 눈이 새까매졌네. 엥, 이쪽도 커졌어."

아니타는 텐트를 친 유카타의 하반신 쪽을 흘끗 보고 히히힛, 하고 천박하게 웃었다.

"오, 높은 사람치고는 아직 젊구만. 정말 부럽군, 부러워. 다행이야. 만에 하나 죽기라도 했으면 요즘같이 힘든 세상에 우리 신세가 어떻게 되었을지 생각만 해도 소름이 돋아, 어휴."

진정하자, 이래선 안 돼. 서장은 자신을 향해 외쳤다. 뭐 두려워할 게 있다고 그러는 거야, 여행지에서 야쿠자 오야붕과 우연히 한

144

지붕 아래 들게 된 것, 단지 그것뿐이잖아.

"……자네들 말이야, 딱히 온천에 오지 말라든지, 여행하지 말라든지, 그런 말은 내 하지 않겠지만, 이런 델 오면 조금은 보통사람처럼 행동해야 하지 않겠나. 일반인들이 놀라지 않도록……"

서장은 용기를 내서 몸을 일으켰다. 오소네와 그 쫄따구들은 소파에 가만히 앉아 경청하고 있다.

"여긴 말이야, 현 관광협회에서 추천한 모범호텔이란 걸 알아둬. 경찰들이 위로여행을 올 정도로 견실한 호텔이란 것도."

"예이…… 잘 알고…… 있습니다."

오소네와 쫄따구들은 얼굴에서 식은땀을 흘리고 있었다. 볼의 근육은 너무 긴장한 나머지 팔딱팔딱 경련을 일으키고 있었다.

"아니, 그렇게 겁먹을 것까진 없어. 내가 딱히 자네들의 인권을 침해하려는 건 아니니까. 다만 조용히 남의 눈에 띄지 않게 지내라는 말이야, 응?"

쫄따구 중의 하나가 더이상 참지 못하고 풋, 하고 웃음을 터뜨렸다. 그것을 신호로 남자들과 여급들은 모두 의자에서 굴러떨어져 카펫을 마구 쥐어뜯으면서 데굴데굴 구르기 시작했다. 너무 우습다 못해 얼굴이 고통스럽게 일그러지고, 눈물을 줄줄 흘리는 사람도 있었다.

"왜 그래, 어이, 울지 마. 내가 뭐 심한 말이라도 했어?"

"우는 게 아냐, 우스워서, 아아, 숨 막혀!"

너무 우스워서 웃음소리도 내지 못하고, 오소네는 금이빨을 징그럽게 드러낸 채 허공을 딱딱 씹어대고 있었다.

　"어, 왜, 뭐가 그리 우스워? 얘기해봐, 모르니까 나만 바보 된 것 같잖아."

　오소네는 간신히 숨을 몰아쉬고 서장을 손가락으로 가리키고, 쫄따구들을 돌아보며 "바, 아, 보" 하고 겨우 소리를 냈다. 겨우 바닥에서 일어서려 하던 쫄따구들은 다시 배를 잡고 바닥에 나뒹굴며 고통스러워한다.

　"저기, 봐…… 이곳의 오너…… 기도 오야, 오야, 오야…… 으윽, 숨이!"

　하필이면 그때 노천탕으로 이어지는 복도 구석에서 머리에 수건을 두른 나카조 오야붕이 나타났다. 바닥에서 일어서려던 쫄따구들은 다시 산소결핍으로 벌렁 나자빠지고 말았다.

　"오너? 아, 이 호텔의 경영자로군."

　희미하게 초점이 잡히지 않는 서장의 시야에 훤칠한 키에 유카타를 걸친 깡마른 남자가 다가오고 있었다. 물씬 풍겨나는 그 관록의 무게에 서장의 사타구니는 금방 졸아들었다.

　"어허, 이게 누구신가, 아오야마 서장 선생. 정말 오랜만이로군요."

　"누, 누구야, 자네는?"

　"어허, 잊으셨나요? 폭력방지법 청문회 때 만나지 않았습니까.

146

기도입니다. 총장을 대신하여 찾아뵈었던 사쿠라회의 기도 나카조 올시다."

일순 아득해져가는 의식을 있는 힘을 다해 부여잡고, 서장은 소 파 쪽으로 뒷걸음질치며 큰 소리로 외쳤다.

"어이, 마쓰쿠라! 도와줘, 누가 마쓰쿠라 계장을 불러줘!"

서장이 보기에 '귀신 잡는 해병' 마쓰쿠라 이와오 제4계장이야 말로 이 자리에 가장 잘 어울리는 부하였다.

나카조 오야붕은 당혹스러워하는 서장의 얼굴 앞으로 묘한 표정 을 들이밀었다.

"아, 마쓰쿠라 선생도 오셨구먼. 인사라도 드려야 할 텐데. 어이 지배인, 마쓰쿠라 씨는 지금 어느 방에 계신가?"

일이 돌아가는 모양을 프런트 안에서 시종일관 지켜보고 있던 하 나자와 지배인은 퍼뜩 제정신을 차리고 말했다.

"예, 마쓰쿠라 님 외 세 분은 노송나무실에 묵고 계십니다만, 실 은……"

"응? 실은, 뭔가?"

"안에서 자물쇠를 걸고 전화도 받지 않으십니다. 창에도 이불을 쌓아놓고 탁자를 세워 바리케이드를 쳐두었습니다."

"그건 또 무슨 사연이야."

"그러니까, 뭐라고 해야 할까요, 농성중이라고 할까요."

으억, 하고 외마디 비명을 지르더니, 사사키 서장은 다시 소파 위에 쓰러져 의식을 잃고 말았다.

　가지 주방장과 핫토리 요리사는 조리대를 사이에 두고 말이 없다. 제자들은 다소곳한 태도로 멀리서 두 사람을 바라보고 있다.
　조리대 위에는 두 종류의 저녁상이 놓여 있었다.
　"주방장, 평소 하는 말과는 도무지 다르지 않습니까. 맛있는 건 돈으론 살 수 없다, 음식은 하늘의 선물이다, 라고 입이 닳도록 말했잖아요. 그런데 이게 뭡니까."
　가지 주방장의 표정이 평소와는 다르게 풀이 죽어 있다. 그도 그럴 것이 자신이 차린 상과 핫토리가 차린 상이 하늘과 땅만큼 차이가 나, 스스로도 어이가 없었기 때문이다.
　"어쩔 수 없는 일 아닌가. 예산이 너무 다르니까. 한쪽은 회비가 오만 엔, 게다가 아까 오소네 씨가 여기까지 찾아와서 모자라면 쓰라고 십만 엔을 더 주고 가지 않았나. 그럭저럭해서 한 사람당 육만 엔의 회비니, 대충 넘어갈 수는 없잖아."
　핫토리 요리사는 새삼 '회비 육만 엔'의 상을 바라보았다. 정말 대단하다.
　돔을 가늘게 썰어 거기에 성게알을 곁들인 초밥, 계절의 진미를 끌어 모은 오늘의 안주. 돔과 왕새우에 소금을 살짝 뿌려 구울 준비를 갖춘 가마, 생선과 야채를 함께 졸인 것, 식초에 절인 해초, 두부요리, 송이버섯 튀김, 은어와 송이버섯 구이, 은행밥, 붕장어국, 향기로운 교토 특산 채소절임, 거기에다 과일 모듬. 회를 실은 배는 거의 나룻배만하고, 술은 최고급 에치고 특산 일본주다.

"이렇게 상을 차렸어도 육만 엔에 걸맞게 뭔가를 더 얹고 싶은 심정이야. 그에 비해……"

주방장은 서글픈 눈으로 다른 한쪽의 초라한 상을 바라보았다. 정말 서글픈 풍경이다.

은어 소금구이에 참치와 문어 회, 산채튀김, 소고기찌개가 든 조그만 뚝배기, 생선조림과 단무지. 그 정도이다. 껍질이 파란 귤이 하나씩 곁들여져 있지만, 그것이 오히려 밥상을 더 서글퍼 보이게 했다.

"처음부터 무리였어. 회비 일만오천 엔으로 관광버스를 제공하고, 호텔에서 하루 재우고, 기생까지 제공하고, 돌아가는 길에는 관광명소를 구경시키다니, 이건 누가 봐도 좀 심해. 저녁식사 예산이 고작 삼사천 엔이야. 더이상 뭘 낼 수 있겠어, 응?"

그러고 보니 그런 것 같기도 하다. 온천 여관의 요금 차이는 곧 요리의 차이로 나타난다.

"그렇지만 말예요, 연회장은 칸막이 하나를 사이에 두고 나란히 있어요. 어쩌다가 보기라도 하면 어떡합니까. 차이가 이렇게 심해서야. 오너도 손님 대접에는 차이를 두지 말라고……"

"육만 엔하고 삼천 엔인데 어떻게 차이를 두지 않을 수 있어? 아, 싫다, 싫어. 상상만 해도 소름이 끼쳐. 게다가 조폭 야유회와 경찰의 위로여행은 분위기가 완전히 다르다고."

"어떻게 다른데요?"

"간단해. 한쪽은 점잖고, 한쪽은 개판이지."

"그건 어쩔 수 없잖습니까, 장사가 장사이니만큼요."

가지 주방장은 이 세상 물정 모르는 놈, 하고 코웃음을 쳤다.

"잘 들어. 자네가 생각하는 거하고 정반대야. 반대니까 어렵다고. 요리가 화려한 쪽이 점잖고, 서글픈 쪽이 개판이라는 거야. 야쿠자란 하루하루를 축제처럼 보내는 사람들이라 이런 자리에 오면 철저하게 예의를 지켜. 서열도 확실하고, 서로의 체면을 생각해서 절대로 취해서 자세를 흐트러뜨리는 법이 없어. 그런 점에서 평소 접대라고는 모르는 경찰은 최악이지. 이런 말 알아? 학교 선생, 의사, 경찰. 이른바 삼대 개판."

"설마…… 그런 말도 안 되는 일이……"

"말이 되는지 안 되는지 이제 곧 알게 될 거야. 그런데 자네, 좋은 아이디어 없나? 여기 있는 재료들로 그럴듯하게 보이려면."

핫토리는 잠시 생각하더니 고개를 끄덕였다.

"퐁뒤가 어떨까요. 도구는 있으니까."

"치즈는 단가가 높은데."

"오일을 사용하면 됩니다. 오일 퐁뒤. 세 사람당 냄비 하나, 채소와 고기만 있으면 됩니다. 꼬치를 일렬로 세워놓으면 요리가 두 배는 많아 보이죠."

가지 주방장은 눈을 번쩍 뜨더니 제자들에게 들리지 않게 작은 목소리로, 과연 파리 유학파다워, 하고 감탄했다.

주방은 갑자기 분주해졌다.

호화로운 육만 엔 상을 삼십 개. 소박한 상을 오십 개. 핫토리 요리사는 퐁뒤 냄비를 늘어놓고, 몇 종류의 오일을 미묘하게 조합한 특제 오일을 만든다. 주방은 그야말로 전장을 방불케 했다.

"어때, 잘돼가고 있어? 인간의 원한 중에서도 음식 한이 제일 세다고 하지. 이게 쌓이고 쌓이면 살인이 일어나! 핫핫핫, 생각만 해도 우습구먼."

걸걸한 목소리로 소리를 지르며 구로다가 들어섰다. 아무래도 이 부지배인은 트러블이 일어나는 게 즐거운 모양이라고 핫토리 요리사는 생각했다.

구로다는 저녁상을 보고 알았다는 듯이 고개를 끄덕인다.

"과~연. 퐁뒤라니, 정말 멋진 아이디어군! 적은 비용에 양은 많아 보이니까."

"그보다, 구로다 씨."

주방장은 손길을 멈추지 않은 채 입을 열었다.

"적군과 아군이 칸막이 하나를 두고 대치하는 비상사태가 아닙니까. 제발 소동이 일어나지 않게 좀 해주세요. 한쪽에는 기름이 부글부글 끓어오르는 냄비가 주르륵 늘어서니까요."

이크, 큰일이다, 그런 점은 고려하지 않았어. 핫토리 요리사의 얼굴이 새파랗게 질린다.

"크하히핫, 그렇다면 얼음을 준비해두면 돼. 그러나 만일의 사태에 대비해서 방금 특별기동대를 대기시켜놓았지. 오해하지는 마. 지원병을 부른 건 아니니까. 중재자야, 중재자. 그래, 칸막이 너머로 기름 냄비라도 집어던지면 큰일이지. 그래서 프랑켄슈타인 야스하고 곤잘레스를 동원시켜놓을 거야. 걔네들 얼굴은 기름에 범벅이 된들 별 차이가 없으니까. 핫핫핫, 어때, 완벽하지 않나?"

주방은 정적에 감싸였고, 다만 사각사각 채소를 써는 소리만 들려올 뿐이다.

"이제 몰라, 난……"

가지 주방장은 곁눈질로 핫토리를 보았다.

"그런 눈으로 보지 마세요. 난들 어떡하겠어요."

"자네가 퐁뒤라고 했으니까 그렇지. 그러니까 파리 같은 데서 공부를 해와봐야 아무 소용 없다니까. 구급차나 대기시켜둬."

그렇게 속닥거리는 요리사들 곁에서 구로다는 뭐가 그리 신이 나는지 몸을 흔들며 주방을 나서다가 문득 발걸음을 멈췄다.

"아, 그렇지. 필시 퐁뒤 같은 세련된 음식을 먹어본 적도 없을 테니, 요리사 자네가 회식 자리에 가서 서빙을 해주게. 그리고 주방장은 칼하고 도마를 들고 가서 그 자리에서 생선회를 뜨고."

사각사각 야채를 써는 소리가 동시에 뚝 멈췄다. 젊은 제자들이

몰려 서 있는 냉동고 문에서 차가운 공기가 흘러나와 주방을 겨울
로 만들어버렸다.

"요리사…… 구급차 예약, 해둬……"

"예……"

자, 시작! 하고 구로다는 왕년의 건달처럼 어깨를 으쓱거리며 주
방을 나섰다.

14

스위트룸 단풍실 욕탕에 몸을 담그고 나는 잠시 명상의 시간을
보냈다.

고야 산의 노송나무로 만든 멋진 욕탕이다. 적당한 온도의 온천
수가 철철 넘쳐흐르고, 특종 노송나무의 우아한 향기에 유황 냄새
가 뒤섞여 내 마음을 음울하게 한다.

이윽고 나의 추한 육체, 더러운 피가 온천수 속에 녹아들어 나는
한 알의 진주가 된다. 남자라는 것도, 인간이란 것도 잊어버리고,
그냥 마음속에 떠오르는 대로 아무 의미도 없는 말을 중얼거리는,
소설가라는 이름의 보석이다.

옛날 어느 지방에 살던 위대한 선생 한 분이 예술가는 늘 금욕적
이어야 한다고 했는데, 그건 거짓말이다, 라는 것이 내 생각이다.

다른 사람은 어떻게 생각할지 모르겠지만, 적어도 내 경우는 육욕이 충족되는 순간부터 창작욕이 솟구쳐오른다.

예를 들면 배터지게 밥을 먹으면 머리 회전이 둔해진다는 말은 내게는 적용되지 않는다. 그 음식이 즉시 에너지로 전환되어 맹렬한 기세로 펜을 움직이게 한다. 소설은 마치 식후의 똥처럼 넘쳐흐른다.

마찬가지로 깊은 잠에서 깨어나자마자 책상 앞으로 날아가서 일을 시작한다. 이 경우도 역시 이야기는 아침 똥처럼 밀려나온다.

충족된 다음 창작한다. 이것이 나라는 인간의 메커니즘이다.

언젠가 모 출판사의 노회한 편집장에게 이런 말을 했더니 감탄했다는 듯이 "과연 자위대 출신답군요"라고 말했다. 무서울 정도로 명쾌한 대답이었다. 적잖이 자존심에 상처를 입은 나는 과분한 향응을 제공받고 집필 약속을 했음에도 불구하고, 그후 그 출판사의 전화는 모두 자동응답기로 대처했다. 그리고 때로 깊은 밤에 일이 지겨워지면 그 편집장의 집에다 무언의 전화를 걸었다.

그렇게, 욕구가 충족된 후에 갑자기 일 욕심을 부리는 내가, 여자를 안은 후 어떻게 될 것인지는 명백하다.

볼품없이 쪼그라든 하반신과는 정반대로 마음은 김을 뿜어내는 온천처럼 끓어오르고 있다. 나는 온천 속에서 조용히 연마된 진주를 가슴에 품고서, 엿차 하고 기합을 넣으며 벌떡 일어섰다.

"하하하, 『의리의 황혼』 같은 소리 하네! 베스트셀러가 뭐 어쨌다고? 조폭소설 작가는 먹고살기 위한 나의 겉모습, 언젠가 나는 예술원 회원이 되어 문화훈장을 받을 거다!"

나는 큰 소리로 그렇게 외치고 욕탕을 뛰쳐나와, 유카타를 단정하게 차려입고, 긴 머리카락을 문화인답게 쓸어올렸다.

테이블 위에 원고지를 펼친다. 가시와기 나나 덕분에 내 머릿속은 명경지수처럼 고요하고 맑다.

별다른 고민도 하지 않고, 나는 진행중인 달콤한 연애소설을 스스슥 갈겨쓰기 시작했다.

스스슥, 바람이 갈대숲을 뚫듯이 써나갈 것이다. 왜냐하면 이 소설은 천사 같은 아이돌 가수와 그녀가 고향에 두고 온 순박한 농촌 청년의 달콤하고도 슬픈 사랑 이야기인데, 숨길 것도 없이 주인공의 이미지 모델은 다름아닌 저 가시와기 나나인 것이다.

나는 신에게 감사하면서, 농촌 청년 쇼타가 가시와기 나나의 콘서트장을 방문하는 장면을 쓰기 시작했다.

쇼타는 꽃다발 대신 고생해서 가꾸어 수확한 사과를 한 보따리 들고 있다.

스포트라이트가 눈부시게 교차하는 가운데 화려한 드레스를 펄럭이며 나나는 라스트 송을 부른다. 노래가 끝나자 팬들이 무대 위로 뛰어올라 손에 손에 든 꽃을 내민다. 박수와 갈채. 나나는 웃음 띤 얼굴로 꽃다발을 골라든다. ―좋아, 이렇게 가는 거야.

마지막 팬 한 사람이 내미는 묵직한 꾸러미 하나를 받아드는 순간, 나나는 그 선물의 감촉에 깜짝 놀랐다.

서치라이트 조명을 등뒤로 받고 있어서 소년의 얼굴이 보이지 않는다. 그러나 빛을 반사하는 까까머리의 윤곽을 보는 순간 나나는 무대에 우뚝 멈춰 섰다.

"쇼타!"

뻗어나가던 손을 거둬들이고 나나는 입을 막았다. 쇼타는 나나가 자신을 알아봐준 것만으로도 만족한 듯 혼자 고개를 끄덕이더니, 천천히 어둠 속으로 뒷걸음질쳐간다. 둥그런 그림자가 슬프게 웃는다.

막이 내리고 나서도 나나는 계속 얼굴을 가리고 있었다.

"나나 짱, 앙코르 들어갈 거야!"

무대 구석에서 프로듀서가 손을 들었다.

"왜 그래, 빨리 웃어야지!"

가슴에 안은 꾸러미가 풀리면서 빨간 사과가 무대 위로 흩어졌다.

"됐어요, 줍지 말아요. 노래할게요, 막을 올리세요."

"괜찮니? 잠시 시간을 끌까?"

"빨리 올리세요. 막이 오르면 웃을게요."

천장이라도 뚫어버릴 듯한 팬들의 환성 속에서, 막이 오를 때까지의 겨우 십여 초 동안 나나는 목소리를 높여 울었다. 이 환성

156

을 대신하여 자신은 너무도 많은 것을 버려야 했다. 콘서트장은 다시 조용해졌다. 한 줄기 스포트라이트가 어둠을 뚫고 나나를 향해 뻗어나갔다.

얼굴을 감싸고 울고 있는 나나의 모습에 관중들은 술렁였다. 나나는 울면서 발아래 떨어진 사과 한 알을 주워들었다.

마이크를 안고, 어릴 적 쇼타와 둘이서 그랬던 것처럼 사과를 한입 깨물자, 눈물이 그치고 힘이 솟구쳤다.

"여러분 감사합니다. 예쁜 꽃과, 귀여운 인형, 그리고…… 이렇게 맛있는 사과를 주신 여러분. 나나는, 나나는 당신을 사랑합니다. 결코 잊지 않을 겁니다. 고마워요!"

나나는 그렇게 외치고 몸을 돌리더니 밴드를 향해 손을 번쩍 치켜들고는, 멋진 발라드를 부르기 시작했다.

'좀 감상적인가……'

나는 만년필을 놓고, 팔짱을 긴 채 중얼거렸다.

바로 그때 노크 소리가 들려왔다. 나는 백일몽에서 깨어나 불쾌한 목소리로 예! 하고 대답했다.

종업원이나 여급이라면 한방 날려주려고 준비하고 있는데, 안녕하세요, 하며 문을 열고 들어선 것은 두 명의 젊은 아가씨였다. 어, 누구지?

둘 다 둘째가라면 서러울 호박들이었다. 하나는 둥그런 검은 테 안경을 낀 천의무봉의 폭탄이고, 다른 하나는 방금 욕탕에서 나온 듯 주근깨가 가을 단풍보다 더 화려하게 핀 경천동지의 못난이였다.

연애소설의 클라이맥스에 도취되어 있는 작가 앞에 왜 이런 애들이 나타나야 한단 말인가. 흥을 깨버린 신에게 저주가 있기를.

"무슨 일로……?"

나는 한껏 거드름을 피우며 앉은뱅이 의자를 삐걱거리면서 몸을 돌렸다. 가만히 보고 있자니 토악질이 올라왔다. 목욕을 한 여자는 더 아름다워 보인다는 학설은 거짓말이다. 화장이 지워지고 피부가 분 만큼, 못난이는 더 못난이가 된다.

"기도 고노스케 선생님이시죠."

안경을 낀 폭탄이 나를 빤히 바라보면서, 왠지 모르게 심문조로 말했다.

"『의리의 황혼』의 기도 선생님이시죠? 틀림없이 그렇죠?"

마치 자백하라는 듯한 어조로, 주근깨 호박이 말했다.

"그렇긴 한데…… 무슨 일로?"

"우리, 선생님 팬이에요. 여기 머물고 계신다고 아까 여급이 그러더라구요. 그래서 만나 뵈려고요. 아, 이 감격!"

여급 이년들을 모두 죽여버리겠다고 나는 결심했다.

"하나도 무섭지 않네요. 의외예요. 그냥 보통 소설가 같아요."

"……"

"사인해주세요. 아, 펜, 펜."

펜이고 뭐고, 여자들은 욕탕에서 막 나온 듯 젖은 타월만 들고 있었다. 게다가 명백하게 취해 있다. 세상에 무슨 이런 무례한, 위반 딱지 떼는 여경같이 싸가지 없는 년들이 다 있담, 하고 생각했다.

"잠깐, 아가씨들. 나는 문화인이지 연예인이 아니오. 소문만 믿고서, 게다가 이렇게 취해서 사인을 해달라니, 좀 비상식적이라고 생각지 않습니까."

보통 때도 호박에 대해서는 냉혹하기 짝이 없는 나는 주물 재떨이로 뻗어나가려는 오른손을 왼손으로 꽉 눌러 자제해야 했다.

"하여튼 사인해주세요. 그 종이로 하셔도 좋아요."

분노로 몸에 난 털이란 털은 한꺼번에 일어섰다. 그 종이라니. 이 원고지는 요즘 세상에 유행하는 워드프로세서로 장편을 급조하는 작가들에 대해 내가 은밀히 자부심을 가지고 사용하고 있는, 한 장에 팔 엔이나 하는 '마스야'의 최고급 원고지가 아닌가. 저 노벨상 작가 가와바타 야스나리 선생도 사용했다는 바로 그 영광의 원고지인 것이다.

"이건 사인하기 위해 만든 종이가 아닙니다. 종이는 종이지만 언어의 영이 머무는 신성한 종이, 간단히 쓰레기통에 버리는 물건이 아니란 말이오. 그냥 돌아가세요."

"아뇨, 그럴 수는 없습니다. 일단 사인부터 해주세요."

억지스런 빠른 어투로, 마치 그렇게 하도록 법률에 정해져 있기라도 하다는 듯 안경 폭탄이 말했다. 나의 험악한 말투에 겁을 먹기는커녕 오히려 반격을 가할 기세로 어느새 웃음을 거두고 험악한 표정을 짓고 있다. 게다가 눈길을 돌리려 하지도 않고 뚫어져라 응시하고 있는 게 아닌가. 나는 생각을 바꾸어 껄껄 웃었다.

"그럼 이렇게 합시다. 빤쓰를 주세요. 목욕을 하고 나온 당신들이 가진 물건이라고는 그것밖에 없을 테니까."

내가 한 말이지만, 이 무슨 해학, 이 무슨 센스 넘치는 멋진 유머인가 하고 감탄했다. 이것은 필시 대문호 기도 고노스케의 젊은 시절의 에피소드로 후세에 길이길이 전해질 것이다.

과연 두 호박은 몸을 움찔하면서, 너무도 어려운 사건이라는 듯한 표정으로 서로의 얼굴을 빤히 쳐다보았다.

"알겠습니다. 그렇게 하지요."

주근깨 호박이 의연히 말했다. 놀라운 결단력이었다.

말릴 틈도 없이 두 사람은 벌떡 일어서더니, 무슨 영문인지 절도 있는 동작으로 오른쪽으로 돌아 내 눈앞에 새하얀 면 빤쓰를 내밀었다. 나의 당혹감, 나의 놀라움을 어떻게 인간의 언어로 표현할 수 있을까.

자신들의 행위를 모두 정의라고 믿는, 거의 신앙에 가까운 그 결단에 대체 어떻게 대응해야 한단 말인가.

"자, 여기. 여기에요. 꽉 눌러서 사인해주세요."

두 사람은 유카타의 허리춤을 걷어올리고 엉덩이를 손가락으로 가리켰다. 정중하지만 위압적인 말투였다.

나의 말투가 기분 나빴을 것이다. 그러나 아무리 기분이 나빠도 그렇지. 실수야 어떤 사람이라도 하는 건데 관대하게 봐주면 또 어때. 갑자기 기가 죽어 나는 머리를 긁적였다.

"제발 참아주세요. 그냥 갑자기 오기가 나서 그랬을 뿐이니까요. 사과할게요. 이렇게."

"안 됩니다. 자, 사인하세요."

나는 사고정지 상태에 빠진 채, 교정용 빨간색 볼펜으로 두 개의 엉덩이에 '기도 고노스케'라고 적었다. 농담으로 했다면 에피소드가 되겠지만 진짜로 사인을 해버렸으니 이건 스캔들 감이다. 패배감이 밀려들었다. 다음부터는 조심해야겠다고 마음을 가다듬었다.

"아, 수고하셨어요."

"수고? 감사합니다, 라고 해야 하는 거 아닌가요?"

여자들은 얼굴을 마주 보고 후후후 웃었다. 그건 뭐라고 형용할 수 없이 음험하면서도 저의가 있는 웃음이었다.

"우리는 고마워요나 죄송해요 같은 말에는 익숙지가 않거든요."

"그래도 하자, 고맙습니다."

두 사람은 어색하게 머리를 숙였다.

"내 소설에 여성 독자는 별로 없는데."

"그렇지 않아요. 야쿠자 세계를 리얼하게 묘사해주니까 자료로 사용하고 있어요."

"자료? ……그건 또 무슨 말이오."

"우리 서에서 돌려가며 읽어요."

"서? 뭐뭐뭐, 뭐라고? 설마 당신들……"

여자들은 입을 꼭 다물고 쓸데없는 말을 했다는 듯이 금방 자리에서 일어섰다.

"잠깐만 기다려. 당신들이 왜 이 호텔에 왔지? 안 돼. 이건 정말 말도 안 돼."

"말이 안 되다니, 왜요? 우리는 위로여행을 온 거라고요. 나머지 요원들은 지금도 주차위반을 단속하고 있을걸요."

당혹스러워하는 나를 남겨두고 술에 취한 두 여경은 방을 나섰다.

나는 잠시 동안 자신이 지금 무슨 행동을 취해야 할지 생각해보았다. 나카조 삼촌은 이런 비상사태를 알고나 있는 걸까.

나는 방을 나섰다. 복도를 달려서 층계참의 난간을 잡고 로비 쪽을 내려다보았다.

별다른 변화는 없는 것 같다. 아마도 경찰관인 듯한 남자가 노천탕에 들어갔다 나왔는지 젖은 타월을 얼굴에 두른 채 소파에 누워 있고, 여급 아니타와 오소네의 쫄따구들이 무슨 영문인지 그 주위에서 깔깔대며 배를 잡고 웃고 있었다.

방금 목욕을 마쳤는지 발갛게 상기된 얼굴의 나카조 삼촌이, 소파에 누워 있는 사람을 걱정스럽게 내려다보고 있다.

"삼촌…… 잠깐, 잠깐!"

나는 목소리를 낮추어 나카조 삼촌을 손짓으로 불렀다.

"왜 그래, 고짱?"

로비에서 이층을 올려다보던 나카조 삼촌은 내 안색이 좋지 않은 걸 알고 미간을 찌푸렸다.

"어이, 골치 아픈 이야기는 다음에 해. 오늘은 경찰 손님들이 투숙하고 계시니까."

아무렇지도 않게 말하는 나카조 삼촌의 목소리를 듣고, 나는 온몸에 힘이 빠져 난간을 잡은 채 그 자리에 주저앉고 말았다.

15

계단 아래서 부르는 소리를 듣고 나는 머리를 들었다.

"선생님, 도쿄에서 전화 왔습니다."

무선 전화기를 들고 지배인이 계단을 올라왔다. 나는 조금도 방심할 수 없는 이 호텔의 종업원들, 예를 들자면 인상 험악한 종업원들, 시끄러운 외국인 여급들, 폭주족 출신의 프런트맨, 꽉꽉한 주방장들 가운데서도 이 하나자와 지배인이 가장 무서웠다.

은근한 태도, 의장병을 방불케 하는 꼿꼿한 자세, 바보가 아닌가 하는 생각이 들 정도로 성실한 근무 태도에는 입을 다물 수밖에 없다.

"수화기에다 경의를 표할 필요는 없잖소."

지배인은 대답 대신에 미소를 지으며 수화기를 신전 앞에 올리는 공물처럼 내밀고는, 너무도 자연스럽게 복도에 떨어진 쓰레기를 줍기 시작했다. 방해가 안 될 정도의 거리를 두었다가 통화가 끝나면 즉시 수화기를 회수해갈 생각인 것이다. 마치 무대 위에서 배우의 시중을 드는 심부름꾼 같다.

"설마 출판사는 아니겠지."

스위치를 누르기 전에 그렇게 묻자, 지배인은 마음 놓으라는 뜻으로 손을 내저었다.

만에 하나 출판사라면 계단 아래로 집어던져버리겠다고 다짐했는데, 수화기에서 들려오는 목소리는 기요코였다.

"선생님, 선생님이시죠? 큰일났어요."

"그래? 드디어 할머니가 죽었군."

"아니, 미카가, 미카가 없어졌어요!"

없는 게 당연하지. 생각해보면 기요코가 놀라는 것도 무리는 아니다. 심장발작을 일으킨 노인을 데리고 구급차에 올라탔다가, 죽었는지 살았는지는 모르겠지만 아무튼 급한 불을 끄고 집으로 돌아와보니 날도 저물었는데 아이가 없다, 그런 상황이다.

"그런데, 할머니는 어떻게 됐어? 아직 살아 있어?"

"당분간 입원해야 된대요. 그보다 미카가, 미카가…… 어떡해요, 유괴당한 걸까요?"

기요코의 당혹감을 실감할 수 없는 자신이 서글펐다. 나는 가족의 일로 마음고생을 한 경험이 없는 것이다.

"그런 꼬맹이를 유괴해서 뭘 하겠어. 잘 들어, 기요코, 유괴란 대체로 돈을 노리거나 롤리타 콤플렉스를 가진 변태가 하는 거야. 그러니까 그런대로 차려입은 아이를 노리는 거지. 그렇게 못생기고 돈도 없어 보이는 아이를 누가 유괴하겠어?"

"그렇지만, 있잖아요…… 저번에 '숨겨둔 자식과 놀고 있는 베스트셀러 작가'라는 기사가 났었잖아요. 그러니까 혹시……"

주간지를 보았을 때의 그 굴욕감이 되살아나 나는 악마로 변했다. 편집부로 달려가 적당한 대가를 지불해주긴 했지만, 공원에서 미카와 놀고 있는 볼품없는 내 모습이 아직도 뇌리에 생생하다. 내일은 하루 종일 편집부에 무언의 팩스를 보내줄 테다.

"내 자식으로 착각해서 유괴했다는 말이야?"

"착각, 인가요…… 그렇지만……"

기요코는 나의 냉담한 반응에 실망했는지, 거의 착란상태에 빠져 울음을 터뜨렸다.

야쿠자의 여자에다 병든 노모와 어린 자식을 부양하면서 내게 정성을 들이고 있으니, 세상에 이렇게 강한 여자도 없을 것이다. 늘 눈물 대신에 피가 밸 정도로 세차게 입술을 깨물며 웃기만 하는 기요코가 갑자기 소리내어 울음을 터뜨리자, 냉혹한 나도 반성하지 않을 수 없었다.

"안심해. 딸은 내가 데리고 있으니까."

"……네?"

"여기로 데려왔어. 혼자 내버려둘 수가 있어야지."

기요코는 울음을 그치고 금방이라도 쓰러질 사람처럼 길고 긴 한숨을 내쉬었다.

"그애 지금 뭐 하고 있어요? 목소리라도 듣게 해주세요. 제발."

역시 이야기가 잘 먹혀들어가는 여자다. 그런데, 미카는 대체 어디로 가버린 거지.

"괜찮아. 나는 성실한 사람이라 가혹하게 부려먹지 않아. 밤중에 커피를 타라든지 빤쓰 가지고 오라든지 그런 말도 안 해. 물론 불평도 하지 않고, 화도 내지 않아."

"……아, 그런데 그애, 지금 뭘 하고 있어요?"

주위를 둘러보는데, 지배인은 마치 우리의 대화를 듣기라도 한 듯, 마담과 산책이요, 하고 속삭였다. 영락없이 배우가 잊어버린 대사를 읊어주는 보조역 꼴이다.

"아아, 지금 말이야, 마담, 아니 어머니하고 같이 나갔어. 눈[目] 안에서 놀고 있을 거야."

"엣, 눈 안에서! 그러면 얼마나 아프겠어요. 그래도 될까요?"

"……아프지 않을 정도로 귀여우니까 그렇지. 그러니까, 그렇게 알고 마음 푹 놓고 할머니 간병이나 잘 해."

기요코와 대화하는 것은 소설 쓰는 것보다 더 피곤한 일이라, 나는 전화를 딸깍 끊어버렸다.

수화기를 가슴에 안은 채 얼이 빠져 퍼질러 앉아 있을 기요코의 모습이 떠올랐다.

그런데 저 멍청한 어머니에게서 어떻게 미카 같은 아이가 태어날 수 있을까. 필시 그애는 열악한 가정환경 아래서 살아남으려 발버둥치다보니 저절로 특수한 능력을 갖추게 되었을 것이다. 가령 어머니에게 버림받고 과묵한 빤쓰 장인인 아버지의 손에 자란 내가 소설가라는 의외의 모습으로 진화했듯이.

"어머니도 참, 그렇다면 그렇다고 한마디 해주어야 할 것 아냐."

나도 모르게, 어머니, 라는 말을 내뱉는 순간, 지배인의 얼굴이 활짝 퍼지는 것 같았다. 그러고는 금방 원래의 성실한 호텔맨의 표정으로 돌아갔지만, 나도 서둘러 입을 다물어버렸다.

"개천에서 가재를 잡아주겠다고 하시더라고요. 어쨌든 첫 손녀니까요."

"그렇군, 첫 손녀라…… 흠, 그러고 보니 그렇긴 하군…… 일종의 속죄 행위겠지."

나는 개운치 못한 기분을 날려버리고 싶어 큰 소리로 노래를 부르며 현관을 나섰다.

계곡으로 내려가는 갈림길에 멈춰 서서 위를 올려다보았다.

어둠침침하다. 오후의 햇살을 받아 반짝이는 단풍도 아름답지만, 어렴풋한 빛에 감싸인 나무들의 색깔은 그야말로 압권이었다.

외국의 어느 저명한 화가가 일본인의 미의식의 진수는 봄의 벚꽃보다도 가을의 단풍에 있다고 했는데, 지당하신 말씀이다.

벚꽃의 화려함이나 아름다움과 달리, 어렴풋이 엷게 물들기 시작해서 서서히 색이 바래가는 가을산. 정말 그 말대로다.

오솔길을 내려갈수록 분홍색은 층을 이루며 짙어지고, 물가에 서자 거기에는 마치 꿈인가 싶은 심홍색의 계곡이 펼쳐졌다. 물도 풀도 바위도 붉게 타오르고 있다.

물가에서 두런거리는 말소리가 나서 나는 바위 뒤로 숨었다.

"미스즈 씨, 우리 모두 이 나이가 되도록 왜 이리 마음고생이 심한지 모르겠어."

어머니의 목소리였다. 흥, 제가 자초한 고생을 다른 사람에게 불평하다니. 나는 어이가 없었다.

"무슨 소릴 하니, 치에코. 당신 아들은 훌륭한 소설가잖아. 그런데 우리 아들놈은 각성제 같은 데나 손을 대고, 도저히 비교도 안 돼."

낮고 허스키한 미스즈의 목소리였다. 두 사람의 대화는 친밀했고, 게다가 나이에 어울리게 은은하고 원숙한 맛이 났다. 필시 오랫동안 알고 지낸 사이일 것이다.

혹시 나카조 삼촌과 마노 미스즈의 관계를 알 수 있을지도 모른다는 생각에, 나는 귀를 쫑긋 세웠다.

"그렇지만 버린 아들이 저렇게 되었으니, 그애가 출세하면 할수록 가슴이 편치 못해. 정말 죽어버리고 싶어."

호오, 꽤 겸허한 구석도 있군. 근본이 효자인 나는, 그렇다면 어머니가 목을 매달고 죽어버릴 정도로 출세해주겠다고 다짐했다.

바위 뒤에서 슬쩍 엿보았다.

화사한 주황색 기모노를 입은 어머니와, 얇은 비단 드레스 위에 커다란 숄을 어깨에 두른 마노 미스즈가, 말라죽은 나무 등걸에 나란히 앉아 있었다.

그것은 한 폭의 종교화였다. 우아하고 단정한 모습의 어머니는 신비로운 빛에 감싸여, 수면에서 반사되는 빛 때문인지 몸의 테두리가 황금빛을 발하고 있다.

이야기를 나누면서 원숙한 그 눈길은 머리 위를 뒤덮고 있는 붉은 하늘로 향하고 있다. 마치 기도하는 듯한 모습이다.

"할머니, 움직이면 안 돼. 이제 다 됐어."

물가의 돌에 걸터앉은 미카는 스케치북을 펼쳐놓고 있다.

"그래, 그래."

어머니는 웃었다. 나는 바위 뒤에서 나갈 용기가 나지 않았다.

"그런데, 나카조가 어쩐지 힘이 없어 보이네. 나오키치 씨를 잃은 게 무척 충격이 컸던 모양이야."

미스즈의 입에서 갑자기 삼촌의 이름이 나와서, 나는 몸을 움찔했다.

"무리도 아니지. 총장은 나카조 씨에게는 아버지 같은 사람이었으니까. 이런 말 하긴 뭣하지만, 감당 못할 아이를 야쿠자 오야붕에게 맡기는 관습이 옛날에는 종종 있었던 모양이야."

"요즘 야쿠자는 그런 짓도 못 해. 우리 놈팡이 아들놈도 나카조에게 맡겼더라면 이런 일은 없었을 텐데."

"나카조 씨는 열다섯 때부터 나오키치 오야붕 집에서 살았으니 친아버지 이상일 거야. 그 구로다도 나와 도망친 다음부터 나카조의 술잔을 받고 의지해왔으니까. 만일 나카조 씨에게 만에 하나 무슨 일이라도 일어나면, 저 사람은 살아갈 수 없을 거라는 생각이 들 때도 있어."

"흠…… 나카조도 참 괴로웠을 거야."

마노 미스즈는 감회에 젖은 목소리로 말했다. 말도 안 돼, 하고 나는 중얼거렸다.

구로다와 어머니가 도망치도록 도와준 것은 나카조 삼촌이다. 다시 말해 쭐따구의 행복을 위해서 피를 나눈 형과 조카를 희생시켜놓고 이제 와서 괴롭다니 말도 안 된다.

어머니는 하늘을 올려다보며 말을 이었다.

"이런 말을 하면 뭣하지만, 미스즈 씨. 난 아직도 나카조 씨 생각을 잘 모르겠어. 왜 그렇게까지 나와 구로다를 보살펴주었는지."

"글쎄, 나카조에 대해서는 나도 모르겠어. 나와 나오키치의 관계만 해도 그렇고……"

엣, 뭐라고? 도대체 어떻게 된 거야. 화제가 일거에 핵심으로 달려가는 바람에 나는 당황했다. 그러나 마노 미스즈의 허스키한 목소리는 신경을 곤두세워 귀를 기울일수록 물소리에 뒤섞여버렸다.

"미스즈 씨, 이제 그런 이야기는 그만 해. 오야붕도 말없이 죽었으니 당신도 그런 말을 해서는 안 돼."

뭐 저런 도움도 안 되는 어머니가 다 있어. 나를 버린 일은 이 자리를 빌려 용서해줄 수도 있지만 아들의 관심사까지 방해하다니, 젠장맞을.

말해, 미스즈, 나는 합장을 하고 염력을 보냈다. 효과는 즉시 나타났다.

"난 분명 사가라 나오키치의 여자였지. 그 사람의 눈길 한 번에. 옛날 연예계란 게 다 그랬으니까. 내가 스타가 된 것도 모두 나오키치 씨 덕분이야. 그렇지만……"

잠시 망설이다가 미스즈는 말을 이었다.

"그렇지만 내가 딱히 나오키치 씨에게 반했던 건 아냐. 좋은 사람이었지만 나이 차도 너무 많았고 해서. 잊혀지질 않아. 처음 만났을 때, 난 열일곱, 나오키치는 마흔여섯, 나카조는 스물셋. 신주쿠의 암시장이었어."

"참 옛날 이야기네……"

그렇게 말하면서 어머니는 상념에 잠긴 듯 잠시 틈을 두었다.

"미스즈 씨. 혹시 당신, 나카조 씨를……"

갑자기 마노 미스즈의 처량한 웃음소리가 계곡을 울렸다.

"그건 너무 심한 비약이야, 치에코. 나카조는 나와 나오키치 사이에 있었을 뿐이야. 사랑의 큐피드, 숨은 매니저지. 생각해보면 너무 신세를 많이 졌어."

"의리 있는 사람이니까. 나와 구로다도 평생 보살펴줄 생각인 모양이야. 그 사람, 사람들 앞에서는 치에코라고 부르지만, 둘만 있을 때는 지금도 형수라고 불러. 그때마다 괴로워."

"응, 우리 아들놈도 그렇잖아. 이건 비밀이지만 그애, 나오키치의 아들이잖니. 오야붕의 아들이니까 이번 사건만 해도 좋은 변호사를 구해주기도 하고 경찰에 머리를 숙이고 찾아가기도 하고. 난 나카조를 볼 면목이 없어."

게다가 매스컴이 조용해질 때까지 이 호텔에 숨어 있게 배려도 해주었다. 나카조 삼촌도 대단해. 나는 감탄하지 않을 수 없었다. 하기야 나와 나카조 삼촌은 혈족이니까 새삼 의리와 인정에 대해 감탄할 일도 아니지만 말이다.

"다 됐어, 할머니. 봐."

오버올의 옷자락을 질질 끌며 미카가 어머니에게 달려갔다.

"아, 멋져라. 어떻게 이런 그림을 다 그리니. 미카 짱은 나중에 화가가 되겠네."

미카는 자랑스럽게 작은 몸을 흔들더니 갑자기 울적한 표정을 지으며 스케치북을 돌려받는 게 아닌가.

"화가가 되고 싶다고 했더니 엄마가 화냈어."

"왜? 멋지잖니."

"그건…… 화가가 되려면 어릴 적부터 학원에도 다니고 대학에

172

도 가야 하는데…… 돈이 너무 많이 들어."

"돈이라면 아빠가 마련해줄 거야."

"아빠? 그건 무리야. 아빠는 징역 살고 있는걸."

갑자기 주위의 빛이 사라지고 밤의 장막이 드리워졌다. 발소리를
죽이고 슬그머니 몸을 돌리는 나의 등뒤로 미카의 새된 목소리가
날아왔다.

"그렇지만 미카는 반드시 화가가 될 거야. 대학에 안 가도 화가가
될 수 있을까?"

어머니의 목소리는 당황해하고 있었다.

"될 수 있고말고. 봐, 선생님도 대학 안 나왔는데 소설가가 되었
잖니. 반드시 되겠다고 생각하면, 어린이는 뭐든지 될 수가 있는
거야."

나는 나무 사이에 숨어 미카를 돌아보았다. 먼 옛날, 전찻길에서
갈 곳을 몰라 우두커니 서 있던 내 모습을 보는 것 같았다.

"엄마도 할머니도 미카도 선생님의 도움을 받고 있는걸. 그러니
까 미카, 화가가 되어 선생님 책의 삽화를 그리는 거야. 많이, 많이.
선생님 책을 봐, 글자만 빼곡해서 재미도 없잖니."

미카가 그린 눈도 코도 입도 없는 아버지의 초상이 갈림길을 뛰
어오르는 내 머릿속을 가득 메웠다.

16

연회 준비에 여념이 없는 주방이나 여급들과는 달리 하나자와 지배인과 프런트맨 견습생 시게루는 카운터 아래에 웅크리고 있었다.

손전등을 비추어 발아래 붙어 있는 지명수배자의 인상을 살펴보고 있다.

보통 이런 종류의 전단은 사람들 눈에 잘 띄는 곳에 붙여두지만, 이 호텔에서는 일부러 보이지 않는 장소에 붙여둔다. 이유는 간단하다. 그 전단지의 '본인'이 체크인할 때 불쾌감을 주지 않기 위해서다.

물론 전단의 게시에 대한 당국의 특별한 지시사항은 없다. 새로운 전단이나 방범 포스터는 헬멧과 방탄조끼로 무장한 신참 순경이 잔뜩 움츠러들어서 가져온다. 수배 전단은 서비스상 필요하기 때문에 보이지 않는 곳에 붙여두지만, 방범 포스터는 보기에도 추접스러워서 도착 즉시 불태워버린다.

"대장, 손님의 정체나 전과 경력을 살펴서는 안 된다고 오야붕이 말했잖아. 그만둬, 왠지 찜찜해."

"다시 말해봐, 시게루."

"에? 앗, 그렇지. 지배인님, 손님의 프라이버시나 경력을 물어서는 안 된다고, 오너께서 말씀하셨습니다. 그만두는 게 좋을 것 같습니다. 무섭기도 하고요."

174

어색하긴 하지만 꽤 숙달된 표준어로 시게루가 말했다.

"알고 있어. 그러나 오늘만큼은 특별해. 경찰 단체손님과 협객 단체의 손님들이 함께 숙박하고 있잖아. 트러블을 예방하는 것이 우리들의 임무야."

"그렇지만, 예를 들어 싸리나무실의 학자 선생이 흉악범이라고 해요. 그렇다고 해서 이놈이 범인이라고 신고할 수는 없잖아요."

"물론이지. 설령 어떤 경우에 처한 사람이라도 숙박객인 이상 최선의 서비스를 제공해야 해. 그것이 우리 호텔의 모토니까."

"그렇다면 정체를 조사한들 아무 소용 없잖아요."

"아직도 모르겠어? 정보를 정리해두면 결정적인 트러블이 일어났을 때 대처할 수 있는 방법을 찾아낼 수 있는 거야. 잔소리하지 말고 닮은 얼굴이나 찾아봐."

"그렇군. 그치만 너무 어려워. 수염을 깎고 안경을 벗은 얼굴이라니. 상상이 안 가. 흠…… 응?"

"왜 그래, 있어?"

손전등의 둥근 불빛 속에 도저히 범죄자로는 보이지 않는 나약하고 성실한 분위기의 중년 남자 얼굴이 떠올랐다.

"분위기가 비슷하군요. 가가와 신스케, 46세, 절도 등 전과 3범. 신장 백칠십 센티미터, 마른 편."

나이보다 훨씬 젊어 보이는 것은 사진이 오래된 것이기 때문일 것이다. 그러나 지적인 느낌을 주는 얼굴만은 과연 싸리나무실에 투숙하고 있는 손님과 닮았다.

"앗, 알아. 이놈은 그 수금강도야."

"뭐야, 그 수금강도라는 건?"

"엥, 대장. 아니, 지배인님. 텔레비전을 안 보니까 그렇지. 혼자 사는 여자 방에 가스 점검이니 전기 검침이니 하는 고전적인 수법으로 들어가서, 안에서 문을 잠그고 돈 내놔, 하고 협박하면, 여자는 겁에 질려 천 엔이나 이천 엔 건네주게 돼. 그러면 그걸 갖고 그냥 가는 거야. 아주 올챙이 같은 놈이지."

"오호, 그런 놈이 어떻게 흉악범과 함께 전국에 지명수배를 당했는지 모르겠군."

"너무 잔챙이라서 수금강도라고 하는데, 하는 짓이 재미있으니까 여성주간지나 텔레비전 와이드쇼의 아이돌이 되었어. 경찰도 그런 화제성이 있는 범인은 오기로라도 잡으려 하는 거야."

지배인은 다시 한번 사진을 들여다보았다. 모든 특징이 싸리나무 실 손님과 일치했다. 게다가 목덜미에 콩알만한 점. 틀림없다고 생각하는 순간, 지배인은 저도 모르게 안도의 한숨을 내쉬었다.

"이건 내 담당이로군."

지배인은 혼잣말로 중얼거렸다.

부임한 지 반년도 안 되는 사이에 비슷한 경우가 몇 번이나 있었다. 숙박객이 수배범이라는 사실이 판명되어도 이 호텔에서는 절대로 경찰에 신고하지 않는다. 그 대신에 고독한 손님을 위해서 구로

176

다 부지배인과 안주인과 하나자와가 제각기 인생경험을 살려 카운슬링 서비스를 한다.

다른 호텔에서는 절대로 있을 수 없는 이 서비스는, 가지 주방장의 일품요리와 함께 호텔의 간판과도 같다.

타이밍을 봤다가 오늘중으로 말을 걸어보자고 하나자와 지배인은 생각했다.

"실례, 아무도 없나?"

그때 갑자기 머리 위의 카운터에서 들어본 적이 있는 음성이 아래로 떨어져내렸다. 지배인과 그 아들은 머리털이 곤두서는 것 같았다.

하나자와 지배인은 태연한 표정으로 일어서서 옷매무시를 고쳤다. 당황해하는 시게루를 사무실 안으로 밀어넣고, 지배인은 구름 한 점 없는 웃는 얼굴로 가가와 신스케를 바라보았다.

"기다리게 해서 죄송합니다. 무슨 일로?"

가가와는 안경을 손으로 잡고 열심히 주위를 살폈다.

"미안하지만, 갑작스런 용건이 생겨서 바로 출발해야 하니까 계산을 해주게."

"네? 지금 당장 말인가요."

경찰단체가 와 있다는 것을 알아차린 모양이라고 생각했다. 타월을 들고는 있지만 온천에 들어간 것 같지는 않았다. 들어서다가 술취한 경관들의 이야기를 듣고 서둘러 돌아왔을 것이다.

"공교롭게도 단체 손님이 두 팀이나 투숙하시는 바람에 차를 내드릴 여유가 없습니다. 그리고 다른 사정이 좀 있어서 택시도 이 호텔에는 오지 않습니다."

"그건 아무래도 상관없어. 차가 없으면 걸어가면 되니까."

"역까지는 육 킬로미터가 넘는 산길입니다. 해가 떨어지고 난 다음에 걸어가시는 것은 좀 위험합니다."

"그런 건 신경 쓰지 말고 빨리 계산이나 해주게. 빨리!"

가가와는 목소리를 쫙 깔면서 절규했다. 표정에는 긴박감이 흐르고 있다. 기회다, 하고 지배인은 생각했다.

"손님."

하나자와 지배인은 카운터에 몸을 기대고 속삭였다.

"이 호텔은 지역 경찰의 주요경계지 중 한 곳입니다. 산길에는 때로 경찰차가 잠복해 검문을 하기도 합니다. 위험하다는 건 바로 그런 걸 두고 하는 말입니다."

가가와의 얼굴이 딱딱하게 굳어졌다.

"……그게 무슨 말인가, 자네."

지배인은 더욱 목소리를 낮췄다.

"이런 말씀 드려서 죄송하지만, 손님. 손님께서 가가와 신스케 님이란 걸 알고 있습니다."

"무슨 말을 하는 거야. 나는 그런 사람이 아냐. 이런 실례가 어딨어!"

"아닙니다. 부디 조용히 말씀해주십시오. 마음 놓으시고요. 저희
는 절대로 손님의 뜻에 반하는 일은 하지 않습니다. 가가와 님의 소
재를 신고하거나 소동을 일으킬 생각은 없습니다. 제발 냉정하게,
큰 배에 탔다 생각하시고……"

"뭐, 뭐라고. 그건 또 무슨 뜻이야. 자네는 누구야. 이 호텔은 또
뭐야?"

좀 특이한 사람이라는 생각이 들었다. 자신의 정체가 밝혀졌는데
도 도무지 인정하려 들지 않는다. 그뿐 아니라 어투나 행동이 여전
히 대학교수 그대로라는 것은, 그것이 바로 이 연속강도범의 본모
습이라는 사실을 말해주고 있다. 도대체 원래가 교양 있는 사람이
강도짓을 한 것인지, 아니면 강도에게 교양이 있는 것인지, 아무튼
특이한 타입이었다.

지금까지 겪어보지 못한 타입이지만, 지배인은 이론대로 하기로
마음먹었다.

그렇다, '성실, 애정, 겸허'. 크라운 호텔에 입사했을 때 마음에
새겨두었던 호텔맨의 좌우명을 단 한순간도 잊은 적이 없다.

하나자와 지배인은 더없는 성의와 애정을 드러내 보이며, 겸허하
면서도 자부심 강한 호텔맨의 웃는 얼굴로 가가와를 바라보았다.

"손님에게 만족스런 서비스를 제공하는 것이 저희의 임무입니
다. 그 외에는 아무런 이유도 없습니다."

"……정말 기분 나쁜 작자로군……"

로비에는 연회를 기다리는 손님들이 모여들기 시작했다. 가가와의 태도는 점점 더 안정을 잃어갔다.

"내일 아침 반드시 역까지 모셔다드릴 테니 마음 푹 놓으시고 하룻밤 지내시지요."

가가와는 새파랗게 질린 얼굴을 어둠이 내린 현관 쪽으로 돌렸다. 가을 햇살이 갑자기 저물어버렸다.

"어서 오십시오."

소설가가 침울한 표정으로 산책에서 돌아왔다. 가가와는 황망히 얼굴을 돌리더니 어쩔 줄 모르고 겁먹은 목소리로 속삭였다.

"그럼 자네, 나더러 대체 어떡하라는 거야."

"이제 곧 저녁식사 시간이니 그냥 방에서 식사를 하십시오. 노련한 여급을 보내드릴 테니 이야기 상대로 삼으시고요. 나중에 틈이 나면 제가 올라가도록 하겠습니다."

"이래놓고 신고할 생각이지. 그래, 지금 이 자리에서 저 경찰 손님들에게 말하지그래? 그러면 되잖아."

이제 모든 것을 단념한 듯 가가와가 눈을 치켜올리면서 그렇게 말했을 때, 지배인은 정말 슬펐다. 자신의 진심을 알아주지 않는 것이 슬펐다. 또한 이 손님은 타인의 성의를 절대로 믿지 못하는 인생을 살아온 것이라는 생각에, 가슴 아릿한 슬픔이 눈꼬리를 타고 흘러내렸다.

"왜 그래, 자네…… 왜 자네가 우는가? 거참, 이상한 사람이로군."

지배인은 새하얀 손수건으로 눈두덩을 닦으면서 낮은 목소리로 말했다.

"손님의 처지를 생각하니 너무 가슴이 아파서…… 제발 부탁입니다. 다시 한번 생각해봐주세요. 경솔한 행동은 오히려 손님의 입장에 안 좋을 따름이니……"

부탁입니다, 손님, 하고 지배인은 깊이 머리를 숙였다.

"아니, 아무리 그래도 자네……"

가가와는 카운터 위로 떨어져내리는 지배인의 눈물을 의아한 눈길로 바라보고 있었다.

"내게는 그럴 만한 여유가 없네. 그 정도는 잘 알 텐데."

"아닙니다. 설령 어떤 죄를 범하셨다 하더라도 손님의 인생은 손님 혼자서 짊어지고 가야 하는 것입니다. 고귀하고 그 무엇과도 바꿀 수 없는 자기만의 인생입니다. 우연히 길거리에서 마주친 경찰차에 내맡길 수야 없지 않겠습니까."

지배인의 말이 약효를 발휘하기 시작했다. 가가와는 그제야 마음을 굽힌 듯 어깨를 푹 늘어뜨리고 깊은 한숨을 쉬었다. 그것은 이제 끝장이라는 체념의 한숨이 아니었다. 도피행의 고독한 지옥에서 구원받았다는 안도감의 표현이었다.

"제가 갈 때까지 달구경이라도 하시면서 천천히 쉬세요."

"정말 자네 혼자서 와줄 건가? 나를 배신하는 건 아니겠지."

"물론입니다. 중요한 일 중 하나니까요."

아마도 지난 몇 달 동안 이 손님은 타인에게 마음을 연 적도, 무릎을 맞대고 이야기를 나눈 적도 없었을 것이다. 오늘밤은 철야를 해야 할지도 모르겠다고 지배인은 마음을 다잡았다.

"어이, 시게루. 뭘 하고 있어. 손님을 싸리나무실까지 모셔다드려. 온천을 하고 나오신 것처럼 수건으로 얼굴을 가리고, 알았지?"

시게루는 예, 하고 프런트의 작은 문을 빠져나왔다.

"손님, 제 어깨를 잡으시고 수건으로 입을 가리세요. 그래요, 좋아요. 자, 갑니다."

가가와는 부축이라도 받지 않으면 걸을 수도 없을 정도로 안절부절못하고 있었다.

엘리베이터 안에서 가가와 신스케는 소년에게 물었다.

"처음부터 좀 이상하다고는 생각했는데, 이 호텔, 어딘지 모르게 보통 호텔하고 다른 것 같군."

마치 남의 옷을 빌려 입은 듯 턱시도가 어울리지 않는 소년은 눈을 빛내면서 말했다.

"보통 호텔입니다. 다른 곳이 보통이 아니니까 그렇죠."

"다른 곳이라면, 다른 호텔 말인가?"

"호텔뿐 아니라, 산 아래 있는 세상이 보통이 아니라는 겁니다."

가가와는 천장을 올려다보며 생각에 잠겼다.

"그 지배인, 아주 성실한 사람 같아 보이던데."

"성실, 성실 말이죠. 그게 아주 골치 아파요. 그러니까 크라운 호텔의 변두리만 전전하며 일만 죽어라 하는 호텔맨 신세였지요."

"아, 크라운에 계셨구만. 어쩐지 자세가 꼿꼿하더니만."

"그 크라운 호텔에서 해고되어 여기로 온 겁니다. 꼴에 성질은 있어서 정치가의 모금 파티를 거절했대요. 그런 주제에 지방 양로원에서 온 도쿄 관광객에게는 스위트룸을 제공했지요. 리조트 호텔에서 근무할 때는 학생이 내미는 신용카드 결제를 거부하고, 게다가 그 자리서 설교까지 했답니다. 요컨대, 성실 그 자체가 턱시도를 입고 걸어다닌다고 보면 됩니다."

"……대단해."

문이 열리자 시게루가 먼저 내려서 복도에 아무도 없는 것을 확인한 다음, 가가와를 방으로 안내했다.

"어쩐지 그 지배인, 남 같지 않다는 생각이 들었어."

"네에. 사실은 나도 요즘 들어 그 사람이 남 같지 않다는 느낌을 받아요. 전에는 뭐 저렇게 패기도 없는 사람이 다 있나 했는데, 알고 보니 꽤 근성이 있는 사람이었어요."

"근성? 애정이 아니라?"

"근성과 애정은 친척간이라고 오너가 그러더군요."

"오너라는 사람도 아주 대단한 것 같구먼."

"그야 저런 지배인을 스카우트하는 것만 봐도 알 수 있잖아요. 그런데, 손님, 이거 한 가지만 좀 알아주세요. 사실 나쁜 쪽은 지배인이 아니라 크라운 호텔이라는 것을요."

방 앞까지 와서 소년은 뒤를 돌아보며 까맣게 나기 시작한 눈썹을 치켜올리고, 자랑스런 표정으로 이렇게 말했다.

"오쿠유모토 수국 호텔, 촌스러운 이름이죠? 그렇지만, 마을 사람이나 이 지역 형사들은 이곳을 '프리즌 호텔'이라고 해요. 어때요, 좋은 이름이죠? 멋있잖아요!"

17

여섯시 십 분 전.

하나자와 가즈마 지배인은 연회장으로 향했다. 가지 주방장과 핫토리 요리사의 솜씨를 못 믿는 건 아니지만, 오늘밤의 연회상만은 반드시 눈으로 직접 확인해두고 싶었다.

칸막이 하나를 사이에 두고 연회장 한쪽에는 예산 육만 엔의 간토 사쿠라회 오소네 일가, 또다른 한쪽에는 예산 일만 엔의 경시청 아오야마 경찰서 일행이 앉는다.

손님을 차별하지 않고 접대한다는 것이 기도 오너의 경영 방침이지만, 의리를 생각해서 지불한 육만 엔의 숙식비와, 인정을 봐서 받아들인 일만 엔의 숙식비가 똑같은 접대로 나타난다면, 그것은 차

184

별 없는 접대의 차원을 떠나 불공평 그 자체라 해야 할 것이다.

요컨대 아마추어의 눈에는 똑같아 보이면서도 사실은 현격한 차가 있는 메뉴를 마련하는 것이 이상적이다.

그러나 그건 정말 어려운 일이다. 아무리 뛰어난 주방장이라 해도 거의 기적에 가까운 솜씨를 발휘하지 않으면 안 된다.

일단 한번 살펴볼 셈으로 동쪽 연회석으로 들어선 지배인은 앗, 하고 비명을 질렀다.

대단하다. 산해진미가 상다리가 부러지게 차려져 있다. 손님 간의 간격이 좀 먼 것이 흠이긴 하지만, 그렇게라도 하지 않으면 상을 배열할 수 없으니 어쩔 수 없는 노릇이다.

말 그대로 진수성찬. 왕을 둘러싼 영주들의 회식도 이렇게 화려하지는 못할 것 같다는 생각이 들 정도였다.

상좌의 뒤에는 최고급 일본주가 생수통보다 더 높이 쌓여 있었다. 중앙에는 회를 담은, 그대로 물에 띄워도 나룻배로 쓸 수 있을 만큼 커다란 배가 한 척 놓여 있다. 그 곁에 마련된, 선착장을 방불케 하는 도마는 가지 주방장이 직접 와서 회를 뜨기 위해 준비해둔 것이다.

주방의 젊은이 세 명이 거대한 참치를 낑낑대며 들고 왔다. 오소네 일가가 늘 단체로 즐기는 참치 한 마리. 화려함만이 미덕인 협객 단체에 더없이 잘 어울리는 호방한 요리가 아닌가.

"우와, 주방장. 정말 대단한데."

가지는 평소에도 잘 웃지 않는 성격이지만, 오늘따라 더욱 심기가 불편해 보였다. 회칼을 정돈하면서 홀끗 지배인을 바라보는 눈길에는 어쩐지 원망이 가득 차 있다.

"당연히 대단해야지. 이 몸이 만들었으니까. 것보다도 지배인, 난 당신이 원망스러워."

"에? 아, 아아, 미안, 미안. 정말 고생이 많았네. 메뉴를 생각하느라."

"물론, 정말 힘들었어. 어쩌다 보니 이렇게 되긴 했는데, 난 이렇게 도망칠 곳도 없는 배 안에서 펄펄 끓는 기름 세례를 기다리고 있어야 하는 신세라고. 젠장, 핫토리 그 자식, 쓸데없는 말을 하는 바람에……"

"기름? 무슨 소리야, 그게?"

주방장은 머리를 한손으로 쥐어싼 채 원망스런 눈길로 칸막이를 가리켰다. 대답은 저기에 있다는 듯한 몸짓이었다.

지배인은 가슴을 두근거리며 두 연회석을 가르는 칸막이를 열어젖혔다.

"오! 이거 좋군. 오일 퐁뒤라니, 너무 멋진 아이디어!"

번쩍번쩍 닦인 적동색 퐁뒤 냄비가 늘어서 있고, 큰 대나무 쟁반에는 신선한 채소와 아무 데서나 잘 자라는 버섯과 산채가 가득하다. 이건 비용이 적게 들어도 보기에는 정말 화려한 메뉴다.

"과연 대단해, 핫토리 셰프. 보기에도 화려하고, 이 정도면 연회 기분도 충분히 낼 수 있겠어. 그래, 무제한 뷔페로 하자구. 말만 하면 얼마든지 더 먹을 수 있게."

핫토리 요리사는 부루퉁한 표정으로 금속제 꼬치를 놓고 있다. 눈에는 긴장감이 감돌고 있다.

문득 나무 손잡이가 달린 날카로운 금속 꼬치를 보더니 핫토리는 입술을 바르르 떨었다.

"음, 그리고 보니 이것도 좀 위험하겠는걸. 충분히 흉기가 될 수 있겠어."

핫토리는 천천히 몸을 돌리더니 금속제 꼬치를 집어던졌다. 꼬치는 화살처럼 지배인 곁을 스쳐 회를 담은 배의 선수에 꽂혔다.

주방장은 놀라지도 화를 내지도 않고, 핫토리를 향해 거의 종교적인 미소를 보냈다.

"왜 그러나, 자네들. 메뉴 때문에 싸우기라도 했어?"

"아뇨!"

두 사람이 동시에 대답했다.

"주방장은 저쪽에서 참치를 썰고, 나는 여기서 오일 퐁뒤 서비스를 한다는, 그런 내용입니다."

"그거 괜찮은 생각인데. 좋았어, 아주 좋았어."

"좋긴 뭐가 좋아!"

두 사람이 또 동시에 외쳤다.

지배인은 그제야 사태의 심각성을 깨달았다. 주위를 둘러보니 어느새 칸막이를 사이에 두고 곤잘레스와 총알받이 야스가 우뚝 서 있는 것이 아닌가. 둘 다 침울한 표정이다.

"지배인…… 나, 오랫동안 오야붕의 총알받이 역할을 해왔지만 기름받이는 처음이라오. 참 세상 살기 힘들어졌어."

상처투성이 얼굴을 찡그리며 야스가 탄식했다. 곤잘레스는 은 십자가를 들고 뭐라고 주문을 외우면서 가슴에 성호를 긋고 있다.

뒤를 돌아보니 복도에는 인상 험악한 젊은이들이 늘어서 있다. 하나같이 일본전교조의 총회를 앞둔 사람처럼 긴장한 채, 요즘에는 그 의미도 퇴색해버린 '반공애국'이란 문구를 써넣은 거창한 머리띠를 두르고 있다.

그때 거구를 흔들며 구로다가 나타났다.

"점검! 어이, 너희들, 머리띠 풀어. 특공복은 괜찮지만 그 위에 한텐을 입어, 한텐을! 쓸데없이 자극하면 안 돼."

옛, 하고 젊은이들이 대답했다. 어쩐지 구로다가 흥분하고 있는 것처럼 보이는 것은 선입견 탓일까.

"잘 들어, 너희들은 지원병이 아니니까 적극적으로 나서지 않아도 돼. 절대로 손 대지 말고 몸을 내밀어. 자위대처럼 말이야."

옛, 하고 젊은이들이 합창했다.

"너희들은 수비만 하는 방위, 요컨대 손님들의 총알받이다. 나중 일은 걱정하지 마. 산재에도 가입되어 있고, 버터와 얼음도 미리 준비해뒀어. 어머니가 계신 사람은 미리 편지라도 써둬."

젊은이들의 표정이 투지로 불타올랐다. 이윽고 상황을 이해한 지배인은 서둘러 구로다 앞을 가로막았다.

"구로다, 이건 좀 너무한 거 아니오? 정말 말도 안 돼. 만에 하나 부상자라도 나오면……"

"미안하지만 지배인. 사망과 부상은 우리 전공 분야라오. 중재를 위해 몸을 던지다가 목숨을 잃는다면, 그야말로 영광스런 사나이의 길이 아니겠소."

"그러니까, 굳이 몸을 던질 필요는 없잖은가 말이야."

구로다는 지배인의 무지가 한심하다는 듯 힘이 잔뜩 들어간 눈으로 쏘아보았다.

"사나이는 언제든 몸을 던질 준비가 되어 있어야 하는 거요. '피를 흘리지 않고 승리하려는 자는 반드시 패배한다'고, 그 유명한 클라우제비츠도 말하지 않았소이까. 자, 여긴 내게 맡기세요. 절대로 상황을 안 좋게 만들지는 않을 테니까."

안 좋게 되리란 것이 눈에 선히 보였다. 성질 급한 손님들이 벌써부터 로비로 모여들기 시작했다.

"만일 나한테 무슨 일이라도 생기면 오야붕을 잘 부탁드리오. 그럼 지배인은 싸리나무실 손님을."

"아, 그렇지. 카운슬링 서비스를 해야지. 왠지 전장에서 도망치는 기분이지만 뒷일을 잘 부탁하네. 오로지 참고 참고 또 참아주게."

"예잇, 명심하겠나이다. 절대로 손을 대지 않겠소이다. 전원 부동자세로…… 오오, 이 감격. 이것이 사나이의 길이야."

"……자네, 혹시 이런 상황을 즐기고 있는 건 아닌가? 어쩐지 좀 흥분하고 있는 것 같은데……"

"아니오, 절대로. 투지에 불타고 있을 뿐이지요."

변명처럼 들리기는 하지만, 이 확신범적인 야쿠자의 변명에는 신기할 정도로 설득력이 있었다.

묘한 표정을 지으면서 지배인은 연회장을 뒤로했다.

가을 밤하늘은 짙은 군청색이다.

봉우리에 걸린 구름 사이로 달이 얼굴을 내밀자, 파르스름한 빛과 그림자 속에 가을 풍경이 둥실 떠올랐다.

"불 끄고 달구경하세요, 손님."

외국인 여급이 방의 전등을 껐다.

"자네도 이런 곳에 와 있는 걸 보니 사연이 많겠구먼."

촛대를 쪽빛 기모노 품에 끌어안고, 여급은 창에 가득한 밤하늘을 올려다보았다.

"누구나 다 그렇죠. 죽는 데는 이유가 없지만, 사는 데는 이유가 필요한 거예요."

인생의 단맛 쓴맛을 다 본 사람의 말이라고 생각하며 가가와 신스케는 감탄했다.

"일본어 정말 잘하는군. 어디서 배웠나?"

"할아버지. 아니타의 할아버지. 일본 군인. 필리핀에 남아서 결혼했어요."

"하아, 전쟁이 끝난 후에도 돌아오지 않았어?"

"그래요. 죽을 때까지 이야기했어요. 일본인은 필리핀의 산과 들을 불태웠다고. 그래서 매일, 산에 나무를 심고, 밭을 갈고, 때로는 뼈를 주우러 갔어요. 비가 오는 날에도 바람 부는 날에도. 죽을 때도 밭에 앉아서 머리를 숙이고 있었어요."

"동쪽을 향해서, 정말 눈물 나는군."

"노, 아녜요. 서쪽을 보고. 마닐라 쪽을 바라보며. 할아버지 훌륭한 사람, 사무라이."

노을이 불타는 이국의 들녘에서, 오래 전 자신이 침략했던 나라의 수도를 향하여 머리를 숙이고 죽어가는 노병의 모습을 상상하면서, 가가와는 감동했다기보다 소름이 끼쳤다. 분명 대단한 사람이다. 그러나 그 노인의 긴 삶의 여정을 생각할 때, 솔직히 존경할 수 없는 점도 가슴에 남았다.

"일본에 이제 그런 남자는 하나도 없다네. 이 나라에서는 돈과 지위와 학력만이 인간의 가치를 결정하니까."

"노, 아녜요, 손님."

아니타는 둥근 얼굴 속의 둥근 눈을 동그랗게 뜨고 가가와를 바라보았다. 창으로 비쳐드는 달빛을 한꺼번에 폭발시키듯 비춰내는 눈동자였다.

"이 호텔 사람, 모두 사무라이. 오너도, 매니저도, 모두 할아버지
와 똑같아요."

노크 소리가 났다.

"아, 사무라이가 온 모양이에요."

아니타는 너무도 자연스런 동작으로 일어서더니 체인을 풀었다.
지배인은 입구에서 옷매무시를 매만지고, 방 안에서는 어울리지 않
는 호텔맨 특유의 자세로 인사를 했다.

"달구경하고 계셨군요."

"아, 어서 오세요. 기다리고 있었소."

가가와는 진심으로 지배인을 기다리고 있었다. 이유는 모른다.
그저 견딜 수 없을 정도로 누군가와 이야기를 나누고 싶었다.

이 남자라면 자신의 신세타령을 진심으로 들어줄지도 모르겠다
고 생각했다. 남이 들으면 아마도 제멋대로 사는 난폭한 '도둑의
논리'에 지나지 않겠지만.

"수고 많았어. 이제부터는 내가 상대해드릴 테니 그냥 물러가게."

지배인이 재촉하자 아니타는 방을 나갔다. 손가락 세 개로 바닥
을 짚고 문을 닫으면서, 이 말 한마디는 꼭 해야 되겠다는 듯 아니
타는 미소지으며 말했다.

"손님, 힘을 내세요. 올 라이트, 괜찮아요. 고생한 만큼 행복이 기
다리고 있으니까요."

이 무슨 시건방진 소리냐 싶어, 가가와는 어이가 없었다.

잠시 달빛을 감상하다가 가가와는 술을 따랐다. 지배인은 아무도 흉내낼 수 없는 성실한 얼굴에 미소를 가득 머금고 가가와의 잔을 받았다.

"이런 말씀은 실례인 줄 알지만, 어디를 보나 완벽한 대학교수 얼굴이로군요, 손님."

가가와의 얼굴을 빤히 들여다보며 지배인이 말했다.

"내가? 농담 그만두게. 나는 그런 인텔리를 동경하는 전과자일 뿐, 교양이라고는 눈곱만큼도 없는 도둑이야."

"거짓말이라는 걸 알면서도 몇 번이나 착각했는지 모릅니다. 학창 시절의 은사님 생각이 나서요."

가가와의 권유에 따라 지배인은 긴장을 풀고 편히 앉았다. 지배인의 웃음 가득한 눈이 가가와의 얼굴을 떠날 줄 몰랐다.

사람이 가장 마음을 열어젖히기 쉬운 각도에서부터 교묘하게 파고드는 남자다.

"한 가지만 물어보고 싶은데?"

"말씀하세요."

"우선 자네를 믿는다고 쳐. 그러나 아무리 생각해도 알 수가 없어. 나를 이렇게 숨겨준다고 대체 자네에게 무슨 이익이 있지?"

지배인은 당혹스런 표정을 지었다. 무슨 평계를 찾으려는 것은 아니었다. 오히려 그런 걸 왜 묻느냐고 말하고 싶어하는 얼굴이다.

"이익은 손님께서 지불하시는 숙박비에 들어 있지요. 저는 호텔맨으로서 당연한 서비스를 할 따름입니다."

"내가 무섭지 않은가. 전국에 지명수배된 강도인데."

"하나도 무섭지 않습니다. 익숙하니까요."

"익숙하다고?"

"예. 이십 년이나 호텔에서 근무하다보면 많은 일들을 겪게 됩니다. 살인사건, 자살, 마약과 각성제 중독, 정치가의 밀담이나 기업의 담합, 호텔에서의 인질사건. 그런 손님들에 비한다면 가가와 님은 양식 있는 신사지요."

"그건…… 그렇겠지만."

도대체 이놈의 정체는 뭐야, 하고 가가와는 생각했다. 그런 한편으로는 앙금처럼 가슴에 가라앉아 있는 생각을 이 남자에게 털어놓고 싶은 절실한 바람이 솟구쳐올랐다.

깊은 맛이 나는 술잔을 비우고, 가가와는 마음을 정한 듯 그 누구도 마음을 열고 들어주려 하지 않았던 그의 과거를 찬찬히 이야기하기 시작했다.

"난 말이야, 이른바 집단취직이라는 명목으로 도호쿠 지방의 한 촌에서 도쿄로 상경했더랬지. 배낭을 짊어지고 보따리를 끌어안고서 눈이 쌓인 야간열차를 타고. 오미야, 우라와, 아카바네, 역마다 친구들이 하나 둘 내렸지. 창 너머로 손을 마주 잡고 열심히 살자고 말하면서. 삼십 년 전, 어두운 시절의 일이었어."

가가와 신스케는 안경을 벗더니 창에 걸린 둥근 달을 감회에 젖은 눈으로 바라보았다.

18

"난 말이야, 비틀스에 푹 빠진 적은 없었지만, 사카모토 큐 짱의 노래는 늘 따라 불렀어. 가야마 유조의 사나이 시리즈는 지겨웠지만, 요시나가 사유리의 청춘영화는 저금통을 털어서라도 보러 갔었지. 자네는 어땠나?"

하나자와 지배인은 갑작스런 질문을 받고 잠시 생각했다. 가가와 신스케가 말하는 음악이나 영화가 서로 비슷한 시기의 것들이 아닌 것 같았기 때문이다.

그러나 곰곰 생각해보니 그건 분명 하나자와가 중학생이던 시절에 새로운 시대의 물결과 혼재하던 문화의 한 스타일이었다. 분명, 그랬다.

고작 그 말 한마디에 가가와 신스케가 모든 것을 이야기해버린 것 같은 생각이 드는 것도 참 이상했다.

"저는 정반대였지요. 비틀스는 열심히 들었지만, 사카모토 큐 짱은 좀……"

이야기에 장단을 맞춰줄 생각으로 그런 말을 하다가 갑자기, 앗!

하고 지배인은 입을 다물었다.

창에서 비쳐드는 달빛이 두 사람의 사이를 갈라놓고 있었다.

"그렇군, 역시."

가가와는 너무도 아쉽다는 듯 한숨을 몰아쉬었다.

"같은 시대를 산 사람이 같은 기억을 가지고 있지 않다, 대체 이걸 어떻게 생각해야 하지."

지배인은 심술궂은 둥근달을 올려다본다. 가가와의 모습은 어둠에 잠겨 있다. 그리고 자신은 정면에서 빛나는 달빛을 받고 있다.

"아, 이야기를 계속하시죠. 저는 손님을 이해하고 싶습니다."

"정말 특이한 사람이로군, 자네는."

가가와는 가느다란 콧수염을 실룩거렸다.

"같은 세대인 자네와 내가 같은 기억을 가지고 있지 않다는 게 얼마나 잔혹한 일인지 자네는 모를 걸세. 이야기를 더 하면 투정밖에 안 되겠지만."

"아닙니다. 이해합니다. 그러지 못하면 전 살아갈 수 없습니다."

오! 하고 가가와는 거지반은 감탄하고, 거지반은 조롱하듯 중얼거렸다. 한마디라도 놓칠세라 지배인은 탁상 위로 몸을 내밀었다.

"청춘의 빛과 그늘, 그런 영화가 있었지. 도쿄에는 빛과 그림자, 두 종류의 세계가 있다는 것을 나는 상경하자마자 뼈저리게 느껴야 했어. 집단취직으로 달동네의 도매상에 살게 된 우리는 도회적인 부르주아인 자네들과는 완전히 다른 도쿄에서 산 게야."

가가와는 더이상 망설이지 않았다. 명석한 학자 같은 어투로 이어지는 그의 이야기에는 가끔 지우지 못한 상처의 딱지 같은 북쪽 지방의 사투리가 섞여 나왔다.

"나는 말이야, 내 입으로 이런 말 하는 건 좀 뭐하지만 어린 시절부터 공부를 잘했어. 그렇지만 우리 집은 농지해방과는 무관한 소작농이어서 다섯 형제의 차남인 나를 고등학교에 진학시킬 형편이 못 되었어. 게다가 아버지는 겨울철에 돈을 벌러 나갔다가 그만 부상을 당하고 말았지. 그 공사장이 바로 도호쿠 올림픽 고속도로였어. 수도 고속도로의 발판 위에서 떨어진 거야. 아버지는 나를 객지로 보낼 때 한 맺힌 목소리로 이런 말을 했었지. 이래서는 옛날과 조금도 다르지 않다고, 올림픽이고 고도성장이고 우리와는 아무 상관이 없다고 말이야. 그 심정 알겠어? 옛날에는 남동생들을 군대에 보내고 여동생은 공장에다 팔아야 했던 그 아버지가 취직 열차의 창을 바라보며 울었어. 신스케, 아무리 고생스러워도 야간학교는 꼭 가야 해, 공부를 해야 해. 아버지는 불편한 다리로 눈 쌓인 플랫폼에 버티고 서서 열차를 향해 두 손을 모았어. 지면 안 돼, 신스케, 지면 안 돼, 하고 말야. 난 불효막심한 놈이야."

이야기를 하는 가가와의 표정에서 지적인 분위기가 사라지지 않는 것은 또 무엇 때문일까. 생각하고 또 생각하고 고뇌해온 그 힘이 딱지처럼 얼굴을 덮고 있기 때문일 것이라고 지배인은 생각했다.

"그래서, 고등학교에는 갔나요?"

"다행히 고용주가 이해심이 많은 사람이었어. 중학교 은사님이 애써 그런 직장을 찾아주었는지도 모르고. 이 년 일하고 나서 삼 년째 봄부터 도립고등학교 야간반에 갈 수 있었지. 가게의 선배들도 모두 그렇게 공부를 하고 있었어. 야간반을 사 년 다니는 동안 고향에 돈을 보내느라 저축을 할 수 없어서, 육영회의 장학금으로 대학에 진학했지. 와세다는 아니었지만."

"정말 대단하십니다. 드릴 말씀이 없군요."

"그렇게 생각해주니 고맙네. 하긴 그래. 내가 생각해도 정말 잘해낸 것 같아. 법률을 배워서 변호사가 되려고 했지. 노력 하나만은 누구에게도 지지 않았으니까. 삼 년이나 늦은 야간학부였지만 어쨌든 열심히 공부했더랬어. 그런데……"

가가와 신스케는 자작으로 술잔을 비우고, 처음으로 갈 길 잃은 소년 같은 나약한 표정을 지었다.

"어느 날 밤, 학교에 가보니 캠퍼스가 개판이 되어 있더군. 책상과 의자는 바리케이드로 변하고, 영문 모를 구호가 캠퍼스에 메아리치고, 한구석에서는 불길이 치솟고 있었어. 교정은 폐허나 마찬가지였지. 누가 그런 짓을 했을까? 우리는 아냐. 부모에게 학비 받으면서 아침 햇살을 받으며 학교에 오는 놈들이었어. 대단한 말들을 하더군. 일본제국주의 타도, 안보반대, 체제분쇄라고 말이야. 제국주의가 대체 어디 있는데. 안보가 어쨌단 말이야. 그런 게 나와 무슨 관계가 있어. 허리까지 차는 눈길을 헤치고 고향을 떠나 개처럼 일을 해서 이제 겨우 대학이라는 문을 뚫고 들어왔는데. 즐거움이라고는 고작해야 일요일 밤에 신주쿠의 라이브 찻집에서 고함 한 번 질러보는 것밖에 없었던 나한테 제국주의니 안보니 하는 게 무슨 상관이 있냐 말이야. 그렇지 않나? 자네는 어떻게 생각해?"

가가와는 이야기를 하면서 조금씩 흥분하기 시작했다. 흥분을 가라앉히려고 애쓰느라 새나오는, 이를 가는 듯한 단정한 목소리에는 허무의 기운이 잔뜩 배어 있었다.

"그런 일들이 계속 반복되었지. 기동대가 오면 놈들은 이리저리 흩어져 도망치기에 바빴어. 농성이 해제되고, 신문에 게재되는 수업재개 기사를 기다리다가 나는 학교로 갔지. 그런데 첫 시간이 시작되기도 전에 놈들이 헬멧을 쓰고 몽둥이를 들고 교실로 난입하는 거야. 그러고는 영문도 모를 연설을 하고는 다시 농성. 그런 생활이 반복되었던 걸세. 야간부 학생들은 모두 공부를 하고 싶어했지만, 하나같이 오기가 없어서 놈들이 계단 교실의 아래위를 점령하고 턱 버티고 서면 모두 입을 다물어버리고 말았어. 하지만 나는 가만있을 수 없었네. 물론 내게 논리라는 게 있을 리 없지. 그냥 솔직하게 생각한 것을 말했을 뿐이야. 나는 공부하러 여기 와 있다고. 그건 내 권리라고. 그 권리를 빼앗을 권리가 너희들에게 있느냐고. 어때, 내 말이 틀렸어? 틀리지 않았지?"

"물론입니다. 절대로 틀리지 않았습니다. 올바른 주장입니다."

지배인은 살벌한 계단 교실의 한구석에 앉아 한 학생의 저항을 조용히 지켜보는 듯한 기분을 느꼈다.

가가와 신스케는 계속 말을 이었다.

"논리적으로 내 주장을 반박하는 놈은 하나도 없었어. 있을 리 없지. 내 말이 정론인 데다 놈들의 논리는 그야말로 의미불명의 히스테리에 지나지 않았으니까. 놈들은 남의 이론을 빌려와서 가면처럼 덮어쓰고 있었던 것뿐이야. 나에게 반박을 당한 놈들은 나를 기회주의자, 체제 순응주의자라고 제멋대로 죄명을 갖다붙이더니 복도로 질질 끌고 나가더군. 그때 생각했지. 이건 누가 봐도 폭력이라고. 아니, 차별이라고. 돈도 시간도 넘쳐날 듯 많아서 앞날의 인생을 고민할 필요도 없는 놈들이 필사적으로 인생을 살아가려는 나에게 꼴 보기 싫다며 폭력을 가하는 거라고. 그런 말도 안 되는 폭력에 굴복할 수는 없었어. 그 순간, 나는 눈앞에 보이는 쇠파이프를 빼앗아들고 놈들을 마구 후려쳤지."

"……그쪽 사람들이 더 많았을 텐데요."

"물론. 꼭 사회의 구성비율과 똑같을 만큼. 그러나 놈들의 분노라고 해봐야 남의 목숨을 빼앗을 만큼 고급스럽지가 못했어. 쇠파이프와 헬멧과 몽둥이는 그저 패션이었을 뿐이야. 그러나 내게는 그것을 제대로 사용할 만큼의 정의감이 있었어. 나는 황망히 도망치는 놈들의 얼굴을 겨냥해서 쇠파이프를 휘둘렀어. 막다른 골목에 몰린 위원장이란 놈이 그때 벌벌 떨면서 무슨 말을 했는지 알아? 폭력은 그만둬, 위험하잖아. 흥, 정말 웃기고 있어."

"말리는 사람은 없었습니까?"

"누가? 내가 바로 정의였는데. 정의는 전능하지. 그렇지 않다면 인간사회는 존재할 수 없어. 죽여도 된다고 생각했지. 아니, 죽여야만 한다고 생각했어. 제발 살려만 달라고 애걸하는 놈을 향해 나는 외쳤지. 체제란 무엇이냐? 그것은 태양이다. 햇빛이 드는 길만 골라 걸으며 온갖 혜택이란 혜택은 다 받은 주제에 이제 와서 햇빛이 너무 뜨겁다고 불평하는 네놈이야말로 진정한 체제주의자다, 라고, 있는 힘을 다해 두세 방 내리쳤더니 꼼짝도 않고 뻗어버리더군. 헬멧이 날아가고 머리에서 피가 흘러내렸어."

"설마, 죽지는 않……"

"애석하게도 반신불수로 그쳤지. 지금 생각해봐도 참 묘한 일이지만, 그놈을 내려치면서 나는 눈이 쌓인 플랫폼에서 두 손을 모으던 아버지 얼굴만 생각했어. 아버지가 그런 몸이 되도록 공사장에서 번 돈을 그놈들이 모두 날려버린 듯한 느낌이 들었던 거야. 나는 쇠파이프를 내려치면서 미친 듯이 외쳤지. 나는 절대로 지지 않아! 나는 공부할 거야! 변호사가 될 거야! 그것은 아버지가 세상을 떠난 지 한 달도 채 안 되어 일어난 일이었어. 나는 아버지의 임종을 지키지 못했고, 장례식에도 갈 수 없었어. 아버지의 바람이 무엇인지를 알고 있었기 때문이야. 어때, 내가 어디 잘못한 거라도 있어?"

가가와 신스케는 식어버린 청주를 지배인의 잔에 따랐다. 이 남자는 자신이 행한 일을 후회하지 않고 있다. 외모에서 범죄자의 기운이 떠돌지 않는 것도 그런 내적 확신 때문일 거라고, 지배인은 생각했다.

"그런데 말이야, 나의 불행은 반신불수가 된 그놈이 엄청난 집안의 도련님이었다는 데 있었어. 여당 현의원의 아들이었지. 게다가 근교의 공단지대에 사원 천 명이나 거느리고 있는 큰 회사의 오너 아들. 사건이 일어난 지 사흘 후에 형사가 와서 나를 상해용의로 체포하더군. 그것으로 나의 청춘은 끝나고 말았어."

"왜요? 얼마든지 자기 주장을 할 수 있지 않습니까. 정당방위이고, 무엇보다 때릴 이유가 있었으니까요."

가가와는 슬픈 표정으로 침묵을 지키다가, 홍, 하고 코웃음 쳤다.

"나도 그렇게 생각했지. 그러나 현실에서 법과 정의는 달라. 신만이 알 수 있는 정의라도 법을 어기면 그대로 죄인이 되는 거야. 그것이 인간이 만들어낸 법이란 놈의 피할 수 없는 숙명이란 거지. 법률은 공평하지가 못해. 피해자는 우수한 변호사를 내세워 나를 사회에서 말살하려 했어. 내게는 돈도 없고 증인으로 나서줄 사람도 없었어. 가난한 인간은 법정에서도 고독한 법이야. 결코 자신의 죄를 인정하려 하지 않는 내게 일 년 육 개월의 실형 선고가 내려졌어. 정의는 법률에 패하고 만 거야. 내가 모든 것에 환멸을 느낀 순간이기도 했지."

"그렇지만 그것하고 수금강도, 아니, 그후의 일은 어떤 관계가 있는 겁니까?"

202

지배인의 노골적인 질문에도 가가와는 조금도 흔들리는 기색을 보이지 않았다. 출소한 직후부터 시작된 도둑생활 또한 정당한 행위였다고 가가와는 단호하게 말했다.

　"수금강도는 나의 사명이야. 공부할 생각은 아예 않고 밤이면 밤마다 디스코에서 몸을 흔들다 집으로 돌아가는 놈들을 골탕 먹이는 거야. 그 당시의 데모꾼들이 지금에 와서는 그런 식으로 모습을 바꾸고 있다는 사실을 알게 되었으니까."

　"그럼 왜 여성만을 골라서?"

　"이유는 간단해. 첫째, 범죄를 지속할 수 있다. 둘째, 세상의 화제에 오른다. 나의 목적은 돈이 아니었어. 세상의 시선을 모아서, 미워할 수 없는, 애달픈 아이돌 도둑이 되고 싶었지. 이렇게 된 이상 이 세상의 여론을 내 편으로 만들 수밖에 없지 않느냐 말이야. 언젠가 잡히면 내 주장이 매스컴을 탈 수 있는 그런 범죄자가 될 생각이었어. 그래서 수금원으로 가장하고 수금액 정도의 돈밖에 훔치지 않았어. 삼만 엔을 내밀면 이만 엔은 두고 왔어. 일부러 그런 이상한 행동을 계속했지. 그 덕분에 와이드쇼에서도 주간지에서도 인기 만점의 수수께끼 수금강도가 된 거야. 어때? 난 조금도 잘못되지 않았다고 생각하는데."

　그렇게 말하면서 가가와 신스케는 너무도 학자스러운 가죽가방에서 두터운 봉투를 하나 꺼냈다. 달빛 아래서 내미는 그 방대한 서간에는 신문사나 방송국이나 출판사의 주소가 적혀 있었다.

"머지않아 나는 자수할 거야. 여기에는 완전히 초법적인 '빼앗는 자의 논리'가 적혀 있어. 아까 경찰의 단체여행객을 보고 내가 당황한 것은 이걸 부칠 기회를 잃어버릴 것 같았기 때문이야."

거기서 가가와는 목이 메는지 고개를 숙였다.

"아무도 상대해주지 않을 테지. 잘 알고 있어. 그러나 나는 도박을 하고 싶어. 그 시대를 살아온 나의 동지가 어느 신문사의 데스크에 앉아 있어주기를. 그래, 반드시 어디 한곳 정도에는 있을 거야."

지배인은 편지 다발을 가슴에 품었다.

"돌려주게. 자네에게 더는 폐를 끼치고 싶지 않아."

"아닙니다. 이것은 저희 호텔이 책임지고 부쳐드리겠습니다. 우편 서비스는 당연한 거죠."

가가와는 부드러운 눈길로 고개를 끄덕였다.

"그렇다면 고맙네. 무사히 여기를 빠져나갈 수 있다면 나는 그 길로 도쿄 지방검찰에 출두할 거야. 이제 미련도 없어."

"공판 때는 반드시 방청하러 가겠습니다. 필요하다면 증언대에 설 수도 있습니다. 사식도요."

"헛참, 자네, 그건 좀 지나친 서비스가 아닐까. 게다가……"

가가와는 달빛이 비치는 방 안을 둘러보았다.

"아무래도 이 호텔 사람이 변호석에 선들 별 도움이 될 것 같지는 않군. 그저 같은 족속으로 취급하고 말지 않겠어."

가가와는 즐겁게 웃었다. 칭찬하는지 조롱하는지 알 수 없지만, 어쨌든 이 손님은 우리 호텔의 방침을 이해하고 있다는 판단이 섰다.

"자네 말대로 누구의 것도 아닌 오로지 나의 인생이야. 의미 있게 살고 싶네."

앞으로 내민 가가와 신스케의 손을, 지배인은 만감이 교차하는 심정으로 꼭 잡았다. 사람 손이 이렇게 클 수가 있나 하는 생각이 들었다.

전화벨이 울렸다. 불길한 예감과 함께 수화기를 든 지배인의 귀에 시게루의 새된 목소리가 다급하게 울려퍼졌다.

"대, 대장! 큰일났어. 연회가, 연회가 시작됐어. 와앗! 살려줘, 사람 살려! 안 돼, 안 돼!"

격한 고함 소리와 함께 전화가 탁, 끊어졌다.

19

자칭 '최고의 간사' 와타나베 순사부장은 속옷을 갈아입고, 과거의 어떤 출동 때보다 더 긴장한 마음으로 각오를 굳히고 연회장으로 향했다.

우연히 그렇게 되었다고는 하지만, 광역폭력단 간토 사쿠라회 직영의 온천 호텔에 경찰서의 모든 요원을 이끌고 온 것만은 엄연한 사실이다.

게다가 연회석에서 소란을 피우지 말라는 것은 희망사항 중 하나에 지나지 않는다. 연회의 매너는 일상생활 태도와 반비례하므로 술자리의 '의사, 선생, 경찰'은 개판의 대명사와도 같은 것이다.

매년 다른 손님들이나 숙박업소의 종업원들과 벌어진 분쟁을 원만히 수습하면서 명간사로 이름을 날렸지만, 이번만큼은 자신이 없다. 그 무엇보다 호텔의 종업원은 모두 기도 조직의 구성원이고, 칸막이 하나를 사이에 둔 건너편은 간토 사쿠라회 산하에서도 '살인군단'으로 이름을 날리는 강경무장파 오소네 일가의 연회석이 아닌가.

오로지 홀로 일반인의 면모를 풍기는 지배인은 서비스에 만전을 기하고 있으니 맘 푹 놓으라고 하지만, 상황이 상황인 만큼 도저히 마음이 놓이지 않는다. 대체 어떤 서비스를 해줄 건지, 어떤 준비에 만전을 기했다는 건지, 와타나베는 불안스러울 뿐이었다.

거기에다 경찰들은 버스 안에서 거의 고주망태가 되어버렸다. 상황을 인식하지 못하고 평소의 그 개차반 같은 버릇을 그대로 드러내면 정말 골치 아파진다.

근속 사십이 년, 행운인지 불행인지 골치 아픈 사건에 휘말리지 않아 목숨을 걸고 공을 세운 적도 없는 노순경이, 정년을 눈앞에 두고 목숨을 건 임무를 맡게 된 셈이다.

옆방의 오소네 일가의 얼굴들은 한 방이 한 팀인 듯, 다섯 명씩 무리지어 무더기로 들어서고 있었다. 마치 주요 인물의 장례식에라도 참가하는 분위기였다.

그에 비해 경찰관들은 정각에서 이십 분이나 지나서야 하나 둘씩 어슬렁거리며 오합지졸로 모여들어, 로비와 계단은 시장바닥처럼 북적거렸다.

"어이, 연회장으로 들어가. 바로 앞에 있는 방. 건너편은 다른 사람들이야. 실수로라도 잘못 들어가면 안 돼."

와타나베는 여기저기 굴러다니고 있는 참치들, 소파에 퍼질러 앉아 방송금지용어를 연발하고 있는 문어들, 로비까지 내려오지도 못해 계단에서 퍼져버린 고주망태의 명태들을 향하여 그렇게 말했다.

"잘 봐. 거기가 아냐. 여기야, 여기!"

와타나베는 다리가 풀려 비틀대는 경찰 한 사람 한 사람을 잡고 일일이 타이르듯이 말했다.

연회장 앞에는 긴장된 표정의 젊은 종업원들이 실수로라도 연회장을 착각하지 않도록 일렬종대로 늘어서 있다.

문어와 참치들이 한 마리씩 연회장으로 기어들어올 때마다, 그들은 마치 그물을 걷는 어부처럼 잔뜩 톤을 높인 탁한 목소리로 외쳤다.

"어서 옵쇼!"

외국인 여급들이 상냥한 손길로 문어들을 자리에 앉혔다.

"뜨거운 냄비가 있으니까 조심해."

그런 주의를 주다가 순간, 와타나베는 움찔했다.

이건 그냥 보통 냄비가 아니다. 기름이 보글보글 끓어오르고, 끝이 예리한 쇠꼬챙이가 주욱 늘어서 있는 오일 퐁뒤!

와타나베는 불을 조절하는 요리사의 손을 잡으며 황망히 물었다.

"자네, 이건 곤란해. 이건 안 돼."

요리사의 눈은 어둡게 내리깔렸다. 와타나베는 직감적으로 이건 우연이 아니란 것을 알 수 있었다.

"이게 얼마나 맛있는데요, 손님. 제가 보장하겠습니다."

"그, 그게 아냐. 맛있고 맛없고의 문제가 아니라니까."

요리사는 냉혹한 느낌을 주는 얇은 입술을 일그러뜨리며 웃었다. 그러나 눈만은 웃지 않았다. 어떤 계획적인 범행 냄새가 났다.

"요컨대, 불에 기름을 붓는 거나 다름없다, 그런 말씀이시겠지요."

요리사는 싸늘하게 웃음을 거두더니 날카로운 쇠꼬챙이 끝으로 금빛 칸막이 저편을 가리켰다.

옆방은 이상할 정도로 조용하다. 그때, 업계에서 웅변가로 소문이 자자한 오소네 오야붕의 목소리가 낭랑하게 울려퍼졌다.

"에, 여기 소개하는 우리 가문의 젊은이, 다케모토 아사오 군은 이번에 가업상의 이유로 인하여 온몸을 던져 불구대천지 원수에게 철퇴를 내렸습니다. 그야말로 협객도의 거울, 귀신도 울고 갈 쾌거였던 것입니다. 그뿐 아니라 말보다 실천이 앞서 결코 어둠 속에 숨지 않고 내일 스스로 출두하여 사직 당국의 포박을 받으려 하는 그 의기를 높이 기려 오늘날 여기 이 자리에 환송연을 마련한 것이옵니다. 이 사건의 경위에 대해서는 여러분도 신문잡지 등을 통하여 잘 알고 계실 줄 믿습니다만, 여기서 다시 한번 새롭게 강조하는 의미에서 상세하고 자세하게 말씀드리자면……"

더이상 못 마시겠다며 바닥에 쓰러져 있던 젊은 순경 하나가 비틀거리며 몸을 일으켰다.

"왜 이리 시끄러워! 옆집, 야쿠자 쫄따구들이야, 응? 오소네? 설마 간토 사쿠라회의 오소네는 아니겠지."

와타나베는 재빨리 그 순경의 목을 졸랐다. 단숨에 기절시켜놓고 가능한 한 큰 소리로, 이윽고 자리를 잡고 앉은 경관들을 향해 말했다.

"자, 여러분, 노래다, 노래. 바로 들어가지 뭐, 바로. 자자, 서장님, 먼저 한 곡조 뽑으시죠."

평소라면 시키지 않아도 자리를 박차고 나가 십팔번인 〈울지 마라 사무라이〉를 개나발처럼 불어댈 서장이 어쩐 일인지 상좌에 앉은 채 밀랍 인형처럼 꼼짝도 하지 않는다.

서장에 이어 두번째로 뛰쳐나갈 제4계의 형사 일행도 긴장된 표정으로 구석 자리에 동그마니 앉아 있다. 유카타의 엉덩이를 걷어올려 X자로 띠를 매고 수건으로 머리띠를 질끈 동여맨 걸로 보면 분명 이들의 명곡 〈우리가 가는 길에 조폭은 없다〉를 열창할 차림이긴 한데……

"그럼 흥을 돋우는 의미에서 손뼉과 함께 꿍짜라자짜 삐약삐약으로 들어가겠습니다. 자, 손을 올리고, 얼씨구, 좋다. 손뼉 치고,

쿵짜자쿵짝 쿵짜라자짜 쿵짝, 쿵짝짝, 짝짝, 쿵짜라자짝, 짝짝, 보리짝, 화투짝……"

와타나베는 필사적이었다.

오소네 오야붕의 등뒤에서 구로다가 귀에다 대고 속삭였다.

"오야붕, 이유는 묻지 마시고, '사건의 경위'는 생략해주시지요."

연설 삼매경에 빠져 있는데 찬물을 끼얹자 오소네는 눈을 동그랗게 뜨고 구로다를 노려보았다.

"뭐야! 네놈이 지금 누구에게 이래라 저래라 지랄이야!"

"예입. 무례인 줄은 알지만, 오야붕, 지금부터 고생하러 가는 젊은이가 한 일을 건너편 사람들이 들으면……"

구로다는 엄지를 세워 쓰잘데없이 화려하기만 한 금박 칸막이 저편을 가리켰다.

오소네의 곁에는 아직 여드름이 남아 있는 총알받이 하나가 커다란 국화 한 송이가 그려진 옷을 멋지게 차려입고 우뚝 서 있었다.

"젊은이가 이제 사나이가 되려고 세상의 거친 파도를 헤치고 나가겠다는데 뭘 생략하란 말이야?"

"그것을 어쨌든 좀 적당히 조절해서, 정 안 된다면 너무 박력 있게 묘사하지 않는 방향으로……"

오소네는 현재의 위급상황을 떠올리고 일단 고개를 끄덕이긴 했지만, 금방 받아들이기 힘들다는 표정으로 그 유명한 트레이드 마

210

크인 금빛 번득이는 뻐드렁니를 스윽 드러냈다.

"젠장. 천하의 구로다 아키라도 이런 산골짜기에 오더니 간이 콩알만해졌구먼그래. 잘 들어. 섬으로 유배를 떠나는 가문의 젊은이를 온갖 음식을 차려 환송하는 것이 우리의 오랜 전통이야. 그것을 나무라고 방해할 정도로 사쿠라다몬이 쩨쩨하진 않다고."

"그건 좀 시대착오적인 발상이 아닐까요. 폭력방지법만 봐도 알 수 있듯이 오늘날의 경찰은 의리도 인정도 없소이다. 다시 한번 생각해주세요, 오야붕. 국가의 성숙과 함께 법률이 도덕을 지배하게 되었다고 저 유명한 철학자 쇼펜하우어도 말한 바 있지 않습니까."

논리를 싫어하는 오소네는 마이크 끝으로 구로다의 까까머리를 탁 쳤다.

"어이, 아키라. 분쟁이 일어나면 중재를 서는 것이 자네의 임무 아닌가? 아무 일도 일어나지 않았는데 왜 손님에게 이러쿵저러쿵 말이 많아? 순서가 틀렸잖아."

단도직입, 직설법을 사랑하는 고전적 스타일의 야쿠자 오소네의 논리는 늘 명쾌하다. 구로다는 할말을 잃고 고개를 푹 떨궜다.

거물 총회꾼인 기도 오야붕은 하는 말이나 행동거지가 복잡기괴한데, 오소네 오야붕의 말은 어쩌면 이리도 단순명쾌하고 알아듣기 쉬운 걸까. 구로다는 묘하게 감탄했다.

"제가 쓸데없는 짓을 한 것 같습니다. 그럼 마음껏 즐기시죠. 뒷일은 제게 맡겨주십시오."

그러더니 구로다는 그 말을 가슴에 깊이 새겼다는 듯 칸막이 곁으로 물러나서 '총알받이 야스'에게 눈짓을 했다. 보기만 해도 무서운 만신창이 야스의 얼굴에는 여기가 바로 죽을 자리임을 각오하는 긴박감이 감돌았다.

각오를 굳힌 것은 딱히 구로다와 야스뿐만이 아니었다.

나무배 곁의 거대한 선착장 같은 도마를 앞에 두고 가지 주방장은 목이 탔다. 머리띠에는 진땀이 배어나오기 시작했다. 빚 때문에 가족 동반자살을 한 선대 경영자 시절부터, 다시 말해 이 호텔이 평범한 온천여관이었던 시절부터 유일하게 자리를 지키고 있는 그에게는 너무도 가혹한 현실이었다.

열심히 탈출 경로를 가늠해보았다. 그러나 공교롭게도 복도에는 특공대복 차림의 젊은이들이 죽 늘어서 있고, 게다가 모든 사람의 눈은 칼을 든 자신의 손길을 주목하고 있다.

그는 도마 앞에 서기 이전에 '사나이'였다. 예전에 기도 조폭이 호텔로 밀려들어왔을 때도 자살한 경영자 일가의 위패를 배에 감고 한손에 칼을 든 채 도마 앞에서 시위를 벌였던 '사나이 중의 사나이'였다.

'무서워 죽겠네…… 그렇다고 여기서 등을 보일 수야 없지, 사나이가……'

자진해서 그 역할을 대신하겠다고 나서는 제자들을 물리치며, 앞날이 창창한 너희들을 죽음의 길로 내몰 수는 없다고 호방하게 선

언한 이상, 이제 와서 주방으로 도망칠 수야 없는 노릇이다. 이렇게 되고 보니 그 문제의 메뉴를 생각해낸 프랑스 유학파 셰프를 칼로 찔러 죽이고 싶었다. 가지 주방장은 떨리는 손으로 칼을 잡았다.

그때, 옆방에서 괴상망측하게 요란스런 소리가 들리기 시작했다. 구로다와 가지는 일단 안도의 한숨을 쉬었다.

아무리 그렇지만 연회 시작 전에 연설도 건배도 없이 갑자기 박수를 치면서 쿵짜라작작 삐약삐약이라니, 대체 어떻게 돼먹은 사람들인가.

오소네 오야붕은 다시 전열을 가다듬고 연설을 계속했다.

"에, 여기 소개하는 다케모토 아사오 군은 간토 사쿠라회의 일익을 담당하는 정치결사 대일본황도의숙의 생도이며 반공애국의 뜻에 불타오르는 우국의 용사이옵니다. 이번에 감히 우리의 황실을 중상 비방하는 대죄를 범한 일부 매스컴에 대해 내 몸을 돌보지 않고 단신공격을 감행하여 편견에 사로잡힌 작가 놈들을 쓰러뜨리고 죄의 온상인 워드프로세서를 파괴한 것은 그야말로 세상을 놀라게 한 의거라고 아니할 수 없지 않을까 생각하는데, 여러분은 어떻게 생각하십니까?"

"옳소!"

일동은 목소리를 높여 우레 같은 박수로 범인의 쾌거를 찬양했다.

"원래가 대일본국은 만세일계의 오로지 한 분이 지배하는 나라. 세계에 그 이름도 아름다운 야마토 민족의⋯⋯"

옆방의 뽕짝 메들리는 점점 더 저속하고 시끄러워져서 이쪽의 목소리가 들리지도 않을 정도였다. 좋아, 아주 잘 돼가고 있어. 구로다는 쾌재를 불렀다.

한편, 칸막이를 사이에 둔 다른 한쪽에도 모든 게 순조롭다고 쾌재를 부르면서 더욱 분위기를 돋우는 사람이 있었다. 이대로 앞뒤도 없고 영문도 모르게 끝나버리면 만사형통이라고, 와타나베는 기도하는 마음으로 사회를 보고 있었다.

와타나베는 무대 위로 뛰어올라가 젓가락을 휘둘러대면서 스스로 목이 터져라 노래를 불러댔다.

"칠월이라 칠석, 얼씨구나 방아를 찧자, 울고 있는 아가씨와 그짓을 할 때는 어르고 달래면서 해야 한다네. 팔월이라 대보름, 얼씨구나 방아를 찧자, 야쿠자의 딸하고 그 짓을 할 때는……"

저도 모르게 입에 담고 만 그 가사에 와타나베는 움찔하지 않을 수 없었다. 그러나 지휘하는 젓가락질은 멈춰도, 갑자기 노랫소리가 잠잠해질 리가 없다.

"죽을 각오로 해야만 한다네! 앗싸! 방아를 찧자, 찧자, 쿵덕, 쿵덕!"

거의 자포자기한 심정으로 와타나베는 고함을 질러댔다.

바로 그 순간, 딸 셋을 둔 아버지이기도 한 오소네는 갑자기 연설을 중단하고 미간을 찌푸렸다. 일행들이 의외로 냉정한 자세를 보인 것은 물론 그들의 인내심이 강해서가 아니라, 이 호텔 오너의 이름 때문이었다.

오소네는 동요하지 않고 연설을 계속했다.

"다시 말해, 황실을 숭배하고 그 번영을 기원하는 충성심이 오늘의 주인공 다케모토 아사오 군으로 하여금 이번 의거를 결행……"

옆방 무대 위에서 광란의 지휘를 하고 있던 와타나베 순사부장은 자신이 무서우리만치 중대한 사실을 잊고 있었다는 걸 깨달았다. 그는 새파랗게 질려 외쳤다.

"그만, 거기까지! 모두 그만둬!"

그러나 이미 흥이 오를 대로 올라 대합창에 박수를 치며 춤을 추는 그들을 중지시킨다는 것은 불가능한 일이었다.

"구월이라 중양절, 얼씨구나 방아를 찧자, 황후와 그 짓을 할 때는……"

최악의 사태는 갑자기 찾아왔다.

"아, 안 돼……"

와타나베는 무대 위에 그대로 주저앉아버렸고, 핫토리 셰프는 이어지는 가사를 따라 흥얼거리다가 갑자기 그 자리에서 뻣뻣하게 굳어버렸다.

칸막이 건너편도 갑자기 물을 끼얹은 듯 조용해졌다. 불온한 기운이 바늘처럼 허공을 찌르면서 경관들도 하나 둘 입을 다물기 시작했다. 낮은 신음 소리와 함께 컵을 찌그러뜨리는 소리가 들려왔다.

영원처럼 느껴지는 한순간의 침묵이 흐른 뒤, 갑자기 칸막이가 휙 젖혀졌다. 거기에는 오소네의 험악한 인상이 떡 버티고 서 있었다.

"네놈들, 더이상 용서할 수 없다!"

벌떡 자리에서 일어나 오소네에 맞선 사람은 마쓰쿠라 제4계장이었다.

"오호, 제법인데, 용서할 수 없다면 어쩔 거야? 어이, 오소네!"

"뭐라고! 너같이 별볼일 없는 형사놈에게 잔소리 들을 정도로 내가 호락호락해 보여? 엉!"

그 순간 모든 상황이 밝혀졌다. 모두가 거짓말처럼 제정신을 차렸다.

"오야붕, 위험해!"

갑자기 UFO처럼 날아오는 퐁뒤 냄비 제일탄을 '기름받이 야스'가 멋지게 가슴으로 받았다.

"위험해, 손님!"

마쓰쿠라 형사를 가로막고 선 곤잘레스의 얼굴에 뜨거운 술병이 부딪혀 깨졌다.

연회장은 아수라장으로 변했다. 경찰의 대륙간탄도미사일급 퐁뒤 냄비와 미사일급 쇠꼬챙이에 맞서 야쿠자 팀도 응전하기 시작했다. 파괴력은 적었지만 예산이 넉넉한 만큼 던질 그릇도 많았다.

그만둬, 라는 노도 같은 고함 소리와, 죽여라, 라는 고함 소리. 이 상황에서 그 두 말은 의미상 별 차이가 없었다.

갑자기 한 발의 총성이 울려퍼진 것은 바로 그때였다.

직업상 그게 무슨 소리인지 너무도 잘 알고 있는 두 팀은 일제히 우왓! 하고 비명을 지르며 그 자리에 엎드렸다.

20

일제히 바닥에 엎드렸다가 제정신을 차리고 얼굴을 든 사람들의 눈에 들어온 것은, 빨간 드레스를 입고 연기가 피어오르는 권총을 든 여자의 모습이었다.

"모두 죽여버리겠어! 술 처먹고 떠들고 싸우는 놈들이 제일 싫엇!"

가시와기 나나는 야쿠자와 경찰이 한 덩어리가 되어 웅크리고 있는 한구석을 향해 두 발째의 방아쇠를 당겼다. 사람들은 비명을 지르며 일제히 연회장 바닥 위를 벌벌 기었다.

다행히 대형 자동권총의 반동력으로 여자의 가느다란 팔이 위로 치켜올려지는 바람에, 탄환은 퍽! 소리를 내며 천장에 박혔다. 금박 조각이 그들의 등 위로 떨어져내렸다.

나나는 거의 착란상태에 빠져 있었다. 권총은 결코 위협하기 위한 것이 아니었다.

직업이 직업인 만큼 흉기의 위력에 대해서는 진저리가 날 정도로 잘 알고 있는 그들은 손가락 하나 까딱할 수 없었다.

"쇼짱은 어디 있어! 어디 숨었어? 빨리 나와!"

나나는 권총을 사람들 쪽으로 겨냥한 채 스팽글을 번쩍이며 하야시 쇼타로를 찾고 있었다.

"거기냐!"

세 발째 총탄이 칸막이를 꿰뚫었다. 수많은 덩치들은 너무 두려워 비명도 못 지르고 그저 등만 움찔할 뿐이었다.

"술주정뱅이가 제일 싫엇! 네놈들이 모두 나를 이렇게 만들었다고!"

아무도 나나의 말을 이해할 수 없었다. 물론 이해하려고 하는 사람도 없다.

죽여버리겠어, 죽여버리겠어. 그 말만 주문처럼 중얼거리면서 나나는 천천히 총구를 움직였다.

"……어이, 아키라…… 어떻게 된 거야…… 저 여자는 대체 뭐 하는 여자야……?"

마쓰쿠라 경부보는 엎드린 자세로 구로다의 소맷자락을 끌어당겼다.

"내가 어떻게 알아요…… 그냥 일반 손님이지."

"일반 손님? ……말도 안 되는 소리 하지 마, 일반 손님이 어떻게 권총을 가지고 있어? 왜 연회장으로 뛰어들어와 총질을 하는 거냐고……"

"거기에는 깊은 사연이…… 앗, 이런. 이쪽을 겨냥하고 있어."

야쿠자와 형사는 어금니를 꽉 깨물고 머리를 감쌌다. 네 발째 총탄은 무대의 벽을 맞고 튕겨나갔다.

"우왓! 죽겠군, 죽겠어…… 그런데, 아키라, 그 사연이란 게 대체 뭔데?"

"멍청하긴, 이렇게 위급한 시국에 수첩은 왜 꺼냅니까? 취조는 나중에 해도 되잖아요."

"……으음, 그거야 그렇지만…… 그래도 여기서 이렇게 죽는 건 절대 납득 못 해. 개죽음에도 정도가 있지……"

넙죽 엎드린 자세로 까까머리를 마주한 두 사람은, 누가 먼저랄 것도 없이 손을 꼭 부여잡았다.

"동기도 모르고, 누군지도 모르고, 귀신처럼 갑자기 나타난 걸 어쩌라고…… 그렇지, 아키라."

"댁이나 나나 고생만 죽도록 했군요, 형사님."

"아아, 다시 태어나면 경찰은 죽어도 안 할 테다."

"그래, 나도 야쿠자만은 그만두겠습니다. 으앗, 탄도가 점점 아래로 내려가고 있어. 권총이 벌써 손에 익은 거야. 형사님…… 이젠 이쪽으로 날아올지도 몰라요."

다섯 발째 총알은 바람을 느낄 수 있을 정도로 아슬아슬하게 두 까까머리 위를 스치고 지나갔다.

하나자와 지배인은 계단을 뛰어내려갔다. 시게루가 로비 구석에 머리를 박고 있다.

"아, 아버지! 가면 안 돼, 가면 죽어, 가지 마!"

시게루는 아버지의 다리를 부여잡았다. 연회장에서 총성이 울린 것은 바로 그때였다.

"이게 대체 무슨 일이람……"

지배인의 입이 쩍 벌어졌다.

"가지 마, 아버지. 나, 말 잘 들을게. 죽으면 안 돼."

하나자와는 겁에 질려 울먹이는 아들의 어깨를 끌어안았다.

"잘 들어, 시게루. 지금은 자신의 목숨을 돌볼 때가 아냐. 손님이 곤경에 빠져 있잖니."

"안다구, 아버지가 대단한 사나이란 건 잘 안단 말이야. 그러니 제발 죽지 마. 엄마가 울 거야."

"엄마는 울지 않아. 늘 엄마를 울리기만 하던 네가 이런 말을 할 정도로 어른이 되었잖니. 그러니 이제는 네가 엄마를 잘 돌봐드려."

지배인이 그렇게 말하고 자리에서 일어서는 순간, 사무실 문이 스르르 열리면서 나카조 오야붕이 얼굴을 내밀었다. 오야붕은 딱히 놀라는 기색도 없이 근엄한 표정을 약간 찡그리며 혀를 끌끌 찼다.

"정말 어처구니없는 작자들이로군. 하기야 다들 프로니까 사망자는 나오지 않겠지만."

시게루는 일단 일어섰다가 다시 허리를 숙이고 말했다.

"그, 그런데 말입니다, 오너. 지금 총질을 하는 건 야쿠자도 아니고 경찰도 아닙니다. 뭐라고 하더라, 옛날의 무슨 아이돌 가수……
그 여자가 갑자기 연회장에 나타나서……"

나카조 오야붕과 지배인은 서로의 얼굴을 빤히 쳐다보았다.

"뭐…… 뭐라고? 권총을 쏘는 사람이 협객단체도 경찰도 아니
라고?"

"이것 큰일났군. 좋아, 내가 가봐야지."

"아닙니다, 오너. 제가 가겠습니다. 제 책임입니다."

나카조 오야붕은 지배인을 밀치고 성큼성큼 걸어가기 시작했다.

"손님들끼리 싸울 수야 있지만 화살에다 총알이 날아다닌다니,
이건 이미 자네 영역을 벗어났어. 물러서게."

큰 키를 구부정하게 약간 앞으로 기울이고 걸어가는 오야붕의 팔
에는 마치 손녀를 끌어안은 듯 미키마우스가 안겨 있었다. 사무실
문틈으로 안주인과 미카가 불안한 표정으로 엿보고 있다.

지배인은 오야붕의 뒤를 따랐다.

"정히 따라오고 싶다면 내 등뒤에 숨어 있어. 총알을 맞을 만큼
만만한 몸이 아니니까."

걸으면서 오야붕은 아무렇게나 슬리퍼를 벗어던지고 유카타의
한쪽 팔을 걸었다. 거기에는 구슬을 물고 하늘로 올라가는 용의 눈
이 하나자와를 바라보고 있었다.

"이 문신 아래에는 암시장 시절에 맞았던 총알 두 발이 그대로 들
어 있지."

하앗! 하고 기합을 넣더니 나카조 오야붕은 기세 좋게 연회장의 칸막이를 열어젖혔다.

그때 얼굴을 든 사람들은 모두 똑같은 감정에 사로잡혔다.

'악(惡)'의 원초적 모습 그 자체라 할 수 있는 어떤 거대한 괴물이 금박 칸막이를 열고 턱 버티고 서 있는 느낌이었다.

그들 가운데 연극 구경을 취미로 가진 몇 사람은 무서운 표정에 화려한 의상을 걸치고 등장하는 사극의 한 주인공을 떠올렸다. 괴력을 가진 슈퍼 히어로가 무대에 서서 은근한 위세를 부리는 것 같았다.

"오야붕!"

건너편에서 누군가가 소리쳤다. 야쿠자의 목소리와 경관의 목소리가 동시에 울리면서 한데 어우러졌다.

"오지 마! 쏠 거야!"

나나는 총구를 돌렸다. 그러나 나카조 오야붕은 간발의 틈도 주지 않고 유카타를 입은 몸을 반쯤 꺾더니, 껴안고 있던 미키마우스를 정면으로 불쑥 내밀고 주위를 날카로운 시선으로 둘러보았다.

모든 사람의 귀에 경고음이 울려퍼졌다.

"쏠 거야, 정말 쏠 거야!"

"그럼 쏴보시오. 어차피 늙어 죽을 이 목숨, 이렇게 멋진 아가씨의 손에 죽을 수 있다면야 이 또한 사나이의 멋이 아니겠나. 염려하지 말고 쏘시오. 자, 어서."

오야붕이 그렇게 말하면서 앞으로 나아가자, 나나는 그 기백에 눌린 듯 뒤로 슬금슬금 물러나기 시작했다.

"진짜 쏠 거야, 당신, 죽는 거란 말이야!"

"그런 건 나도 알고 있어. 험악하게 살아온 칠십 년, 이 늙은 몸한테는 납탄이 정말 눈깔사탕보다도 더 그립다네. 빨리 죽고 싶네, 빨리 죽고 싶어. 이런 기회를 내가 놓칠 수야 없지 않겠나. 자, 빨리!"

모두가 온몸에 털을 곤두세우고 주먹을 불끈 쥔 채 눈을 왕방울만하게 뜨고 있다. 나카조 오야붕은 누가 봐도 총알을 피할 수 없는 절체절명의 거리 안으로 다가서고 있다.

벽까지 밀려간 나나가 팔에 힘을 주고 두 눈을 꼭 감았을 때, 다른 사람들도 모두 눈을 감고 말았다.

총성이 울려퍼졌다.

총성의 여운이 벽과 천장으로 꼬리를 내리며 사라지자, 호텔은 가을바람에 떨어지는 낙엽 아래 고요히 묻혀 적막에 감싸였다. 프런트맨 소년의 울부짖음이 멀리서 들려왔다.

복도에 엎드린 채 멈칫멈칫 눈을 들어올린 하나자와 지배인은 사천왕처럼 우뚝 선 나카조 오야붕의 모습을 보았다.

가시와기 나나는 벽에 등을 기댄 채 멍하니 앉아 있었다.

지배인은 재빨리 바닥에 떨어진 미키마우스 인형의 목을 줍더니 나나에게로 달려갔다.

"손님, 상처는 없으십니까. 나머지 일은 걱정 마시고 잠시 쉬도록 하세요. 피곤하시죠."

나나는 앞으로 내민 지배인의 손에 얌전히 총을 올려놓았다. 숙박객이 프런트에 키를 건네주는 듯한 동작이었다.

"……당신은 왜 웃는 거야?"

어깨를 축 늘어뜨린 채 나나는 이상하다는 듯이 지배인을 올려다보았다.

손님을 보고 웃는 것은 호텔맨의 기본 자세이다. 그러나 그것만으로는 대답이 될 수 없다.

"웃지 않으면 저도 이걸 쏴버릴 것 같아서요. 지금까지 사람을 죽이지 않고 살아온 것도 이 웃음 덕분입니다."

나나는 그 말의 의미를 되새기는 듯 지배인의 얼굴을 빤히 쳐다보다가 결국! 울음을 터뜨렸다.

"도대체 너라는 놈은 알다가도 모르겠군."

나카조 오야붕은 기가 차다는 듯 하나자와의 손에서 권총과 인형의 목을 빼앗아들었다.

"다치신 데는?"

오야붕은 대답도 하지 않고 인형의 목과 몸체를 맞추더니 크게 한숨을 쉬었다.

"나보다는 그 아가씨가 더 걱정스럽다는 거야? 헛참, 대단한 부하를 두었군."

"저는 오너의 부하가 아닙니다. 이 호텔의 지배인이죠."

나카조 오야붕은 익숙한 솜씨로 권총에 안전장치를 걸고 흐트러진 유카타를 끈으로 단정히 묶더니 큭큭 하고 이상한 소리로 웃었다.

"그건 그렇다 치고, 아무리 생각해도 내가 수지맞은 장사를 한 것 같아. 자네 말이야, 자네."

"예?"

"크라운의 그 멍청이 사장이, 주주총회를 앞두고 겁에 질려갖고는 아카사카도 좋고 긴자도 좋고 교토도 좋으니 호텔 하나를 그냥 주겠다고 하더군. 그런 건 다 필요 없고 하나자와 가즈마라는 만년 프런트맨을 달라고 했더니 여우에게 홀린 표정을 지었지. 그러나 역시 잘한 장사였어."

이 어처구니없는 오야붕에게 물어보고 싶은 말은 한두 가지가 아니다. 아마 평생을 두고도 다 물어보지 못할 질문 가운데, 딱 하나만은 이 자리에서 물어보고 싶었다.

"제가 할 수 있는 일은 아무것도 없습니다. 이번의 트러블만 해도…… 그런데, 왜 저를?"

"아냐, 자네에게는 사람을 행복하게 해주는 힘이 있어."

나카조 오야붕은 여전히 인형 목을 몸체에 끼우면서, 말뜻을 이해 못 하고 멍하니 있는 지배인을 향해 다시 한번 말했다.

"정말 모르겠나? 호텔맨이 줄 수 있는 건 고작 일박 이일의 행복이야. 그렇지만 하나자와, 자네는 사람을 평생 행복하게 만들어주는 사람이야."

팔에 안기듯이 기대어 있는 가시와기 나나의 몸이 점점 더 무겁게 느껴지고 있었다.

나카조 오야붕은 주위에서 멍하니 지켜보고 있는 사람들을 둘러보더니 아무 일도 없었다는 듯이 말했다.

"아무래도 여흥이 너무 지나쳤던 것 같구먼. 자, 이제 칸막이도 없어졌으니 여기서는 딱딱한 이야길랑 집어치우고 신나게 한번 놀아봅시다. 곁에 있는 사람이 누구면 또 어떻소. 어이! 술, 술 가져와. 술이고 안주고 있는 대로 몽땅 가지고 와!"

예잇, 하고 여급들이 먼저 웃음을 되찾고 달려나갔다.

까까머리를 맞댄 채 손을 꼭 잡고 있던 구로다와 마쓰쿠라 계장은 자리에서 벌떡 일어나, 무슨 오물이라도 만진 듯 손을 털고는 어이없다는 표정을 지으며 얼굴을 돌렸다.

저도 모르게 서장을 끌어안고 있던 오소네는 앗! 하고 정신을 차리고는 손을 놓았다.

특공대의 가슴에 매달려 있던 여경은 갑자기 남자의 볼을 쳤다.

회를 담을 나무배 아래서는 가지 주방장과 핫토리 셰프가 나란히 얼굴을 내밀었다.

모두가 서로 의지하고 있던 옆 사람을 보고 인상을 찡그렸다.

총알받이 야스가 새빨갛게 부어오른 얼굴을 무섭게 찡그리며 말했다.

226

"에, 상처가 나신 분은 우선 온천으로. 우리 호텔의 유황천은 화상, 창상, 자상에 특효가 있습니다."

묘하게 설득력 있는 말이었다. 몇 사람이 야스의 인솔하에 우르르 몰려나갔다.

"이대로 난장 파티라니…… 역시 좀 문제가 되지 않을까."

젊은 서장이 모기 날개 소리만한 목소리로 말했다.

"딱히 문제가 될 건 없지요. 접대받는 것도 아니고, 우리 돈은 우리가 지불했으니까요."

얼빠진 목소리로 마쓰쿠라 경부보가 말했다.

"그렇지만…… 권총을 쏘았으니, 일단 현행범으로……"

자신 없는 목소리로 서장이 그렇게 말하자 여기저기서 비난의 목소리가 터져나왔다.

"그럼 우리 모두 현행범이게요."

"그래, 아까 건 장난감이었잖아."

"그래, 장난감이었어. 거의 마술사 수준에 가까운 솜씨였지."

"꿈이에요, 서장. 꿈, 꿈. 자, 다시 마십시다."

여급들이 이런저런 안주를 산더미처럼 들고 왔다.

무대 위에 퍼질러 앉아 있던 와타나베 순사부장은 긴장이 풀린 연회장을 멍하니 내려다보고 있었다.

술잔이 돌면서 웃음소리가 여기저기서 터져나왔다. 마구 뒤섞여 앉아 있는 야쿠자와 경찰. 옛날 이야기에 여념이 없는 구로다와 형사.

이것이 화해다, 하고 와타나베는 생각했다.

그렇다, 이건 화해다. 남에게 털어놓을 수 없는 고뇌와 슬픔, 피로에 전 몸과 참고 참았던 분노, 그 수많은 스트레스에 눌려 미칠 지경에 빠져 있던 자기 자신과의 화해다.

간사로서의 임무를 소홀히 하고 있는 것은 아닌가, 하는 생각에 와타나베는 재빨리 사람들 틈 속으로 파고들었다.

"와타나베 씨."

나카조 오야붕이 무대 아래서 손짓을 했다.

"우린 자리를 옮겨서 한잔 어때. 노인네는 노인네끼리, 사이좋게."

21

'예정이 뒤틀렸어……'

나는 원고지 위에 예정표를 펼쳐놓고 생각했다.

본질적으로 쾌락주의자인 나는 자기 관리의 의미로 매년 정월에 연간 예정표를 작성한다. 쓸데없이 커다란 모조지에 연재물과 단행본 원고의 예정매수를 날짜에 따라 빼곡하게 적어넣은, 얼핏 보면 역에 걸린 신칸센의 시간표같이 생긴 놈이다.

물론 '정월 초하루의 맹세'에 지나지 않는다. 따라서 그 계획은 잘 해야 정월 한 달, 못 가면 초이틀부터 뒤틀어져버린다. 그런 다음에는 생각나면 한 번씩 바라보면서 꼭 했어야 했던 일을 확인하는 데 사용할 따름이다.

그러므로 가을도 끝나가는 이런 계절에 이르러 예정이 뒤틀렸다느니 탄식할 것까지야 없지만, 올해 안에 이것만은 꼭 해두어야겠다고 수정한 예정표까지 이 며칠 사이에 마구 뒤틀려졌으니 정말 통탄해 마지않을 일이다.

어느 누구의 탓도 아니다. 그러나 그렇게 생각하면 할수록 속이 쓰려 당장이라도 독배를 마시고 싶어지므로, 이런 경우에는 누구든 다른 사람 탓으로 돌리는 게 좋다.

바로 그때 공교롭게도 호텔의 안주인이자 내 어머니이기도 한 여자가 미카를 데리고 방으로 들어섰다. 문을 열자마자 나의 냉랭한 눈길과 딱 마주친 두 사람은 흡 하고 숨을 멈추었다.

"노크 정도는 해야지. 앞에서 얼쩡대니 정신 사나워서 아무 일도 못 하겠잖아."

미카를 핑계로 내게 접근하려는 어머니의 의도는 명백했다. 작전 계획에 차질이 발생하자 어머니는 준비해둔 모든 말을 잊어버리고 벙어리처럼 우뚝 서 있기만 했다.

"미카, 넌 뭘 하러 여기 왔는지도 몰라?"

되바라진 이 소녀는 적어도 안주인보다는 총명하다.

"예. 죄송해요, 선생님. 뭐든 말씀하세요. 커피 가져올까요? 빤쓰 갈아입을 거예요?"

"커피. 아, 어머니는 나가주세요. 관계없는 일이니까."

"응? ……아아, 미안해. 바쁜 줄도 모르고…… 그럼 미카 짱, 나중에 봐."

어머니는 풀죽은 표정으로 쓸쓸히 방을 나섰다.

"죄송해요, 선생님. 대연회장의 손님들이 싸움을 해서 위험하니까 방으로 가자고, 미카가 할머니를 데려왔어요. 할머니에게 화내지 마세요."

"저 사람은 네 할머니가 아냐. 네 할머니는 이제 곧 저승으로 갈 심장병에 걸린 할머니잖아."

"그렇지만…… 할머니는 선생님의 엄마잖아요."

"맞아. 그래서 어쨌다는 건데? 내 어머니가 왜 네 할머니냐?"

내 머릿속에는 얼굴 윤곽도 눈도 코도 입도 없는 '미카의 아빠'의 초상이 불에 덴 자국처럼 달라붙어 있었다.

내가 한 말을 어디까지 이해했는지 미카는 풀이 죽어버렸다. 어깨를 축 늘어뜨린 모습은 그야말로 고난에 찬 인생의 한 시절을 보낸 여인의 자태였다.

"그렇게 나에게 맞을 각오를 하는 모습도 어쩌면 그렇게 네 어머니를 닮았는지, 원. 일단 커피를 타와. 알지? 입술이 비틀어질 정도로 쓰게."

예, 하고 미카는 어머니를 빼닮은 비굴한 하녀의 몸짓으로 보스턴백을 뒤적여 비닐봉지에 담아둔 커피세트를 꺼냈다.

"부엌에 가서 타올게요. 뜨거운 물을 얻어서요."

달려가는 미카의 오버올의 끈을 잡았다. 등이 뒤로 젖혀지면서 미카의 작은 발이 허공을 짚었다.

"잠깐. 일층은 위험하다며."

"예. 손님들이 술 취해서 무서워요. 총을 가지고 있대요."

"초, 총!"

"또, 기름 냄비랑 칼이 날아다녀요. 얼굴 껍질이 벗겨지고 피투성이가 되어서 왔다갔다해요."

"……그러면 안 되지. 포트에 있는 물로 해. 여기서."

"뜨거운 물로 해야 한다고 했는데, 엄마가……"

"그냥 시키는 대로 해."

미카는 다소곳이 앉아 내 쪽으로 등을 보인 채 커피를 탔다.

"커피가 잘 타지지 않아, 물이 미지근해, 어떡하면 좋지…… 엄마."

베란다를 뒤덮은 나뭇잎들 사이로 비쳐든 달빛이 소녀의 어깨를 빨갛게 물들였다. 커피 필터에 물을 가득 붓고, 미카는 어쩔 줄 몰라 하며 유리창 너머로 밤의 단풍을 올려다보았다.

"예뻐…… 애기손들이 만세를 부르고, 달님은 웃고 있어."

나는 이 소녀의 풍성한 감성에 움찔했다.

그와 동시에 어린 시절의 자신도 그렇게 멍하니 사물을 관찰하고 감동하는 어린아이였다는 것을 떠올렸다.

어머니에게 버림받고, 아버지에게 무시당하고, 늘 고독했던 나는 현실에서 눈을 돌리고 싶어 가로수잎이나 전찻길, 역 앞의 인파, 탁하게 흐르는 강물을 지칠 줄도 모르고 멍하니 바라보았던 것이다. 내가 소설가라는, 평생 꿈을 꾸는 직업을 가진 것도 아마 그런 어린 시절의 환경 탓인지도 모른다.

적어도, 재능이라곤 눈곱만큼도 없다는 것은 본인인 내가 가장 잘 알고 있다.

"헛소리하지 말고 빨리 해!"

나는 화를 냈다. 그렇다, 이 무슨 쓰잘데없이 서글픈 습성이냐는 생각이 들었다. 설령 결과적으로 그것이 부와 명예를 보증한다 해도.

"고짱, 있니?"

나카조 삼촌이 갑자기 문을 열고 얼굴을 들이밀었다. 다행이다. 어쨌든 미카를 때리지 않고 넘어갈 수 있게 되었으니까.

"시비는 결판이 났어요?"

갑작스런 나의 물음에, 어떻게 알고 있느냐는 듯 나카조 삼촌은 묘한 표정을 지었다.

"아, 다 끝났으니 걱정할 거 없어. 그건 그렇고, 고짱, 우리 별실에서 한잔 어때?"

그러고 보니 일곱시가 지났는데도 저녁상이 오지 않고 있다. 필시 별실에 상을 마련해두었을 것이다.

"미카는?"

"미카 짱은 할머니와 먹으면 돼. 그렇지, 미카 짱? 그렇게 해."

응, 하고 미카가 살았다는 표정으로 자리에서 일어서자, 나카조 삼촌은 품에서 미키마우스를 꺼내려다 도로 집어넣고 성큼성큼 복도로 나섰다. 인형의 목이 떨어져나가 있다.

"삼촌, 그건 왜 그래요?"

"아, 그게 좀…… 나 대신 총알받이가 돼서…… 미카에게 설명해주려 했는데 보이지 않는 게 좋겠어. 이걸 보물처럼 품고 다녔으니까."

나카조 삼촌은 가족 중의 누군가가 죽어도 그러지 않을 정도로 당혹스러워했다.

복도 끝에서 비상계단을 타고 내려가 달빛이 가득한 조릿대숲을 빠져나가서, 낮은 대나무 담이 쳐진 골목길을 걸어 별채로 향했다.

달빛에 비치는 거망옻나무와 단풍나무숲 속에는 사람을 깜짝 놀라게 할 만큼 정취 있는 다실이 서 있다.

사람을 깜짝 놀라게 한다는 것은 물론 나카조 삼촌의 취향으로는 상상도 할 수 없는 것이라는 의미이다. 아마도 이 호텔의 전 경영자는 상당한 멋쟁이였을 것이다.

"어때, 괜찮지. '무량암(無量庵)'이라고, 정치가나 재계의 거물들을 이런 데로 데리고 와서 슬슬 조이는 거야. 다시 말해, 세상을 개혁하는 방이지."

힛힛, 하고 나카조 삼촌은 요괴처럼 웃었다.

"그런데 소설가 선생, 무량암이 무슨 뜻이지? 중량이 별로 안 나
간다는 뜻인가? 아니면 관록이 없다는 뜻?"

"글쎄요, 지갑이 비었으니 돈 좀 달라는 뜻이겠지요."

나무들 사이로 전모를 드러낸 다실의 아름다움은 나를 그 자리에
우뚝 멈춰 서게 했다.

일순, 이것은 혹시 오다 우라쿠사이*가 사랑했던 '조안(如庵)'이
아닐까 하고 생각했던 것이다.

노송나무 껍질로 덮은 지붕, 황토색 옻칠, 창의 배치나 빛을 통과
시키는 천장까지, 국보급 다실 '조안'의 외관 그대로였다. 그러나
처마에 걸린 액자에는 그렇게 달필이랄 수 없는 글씨체로 '무량암'
이라 적혀 있었다.

"이거 정말 대단한데…… 꽤 오래된 거로군요. 어디서 옮겨온 건
가요?"

나카조 삼촌은 내 말뜻을 몰라 멍하니 입을 벌리고 있었다.

"그런가, 그렇게 오래된 거야? 그러고 보니 전 주인이 목을 매기
전에 보물을 썩히고 있다고 울상을 짓더군. 난들 어떡하겠어. 이런
걸 담보로 설정했으니…… 그런데 어느 시대 거냐? 이차대전 후,
아니면 전?"

---

* 織田有樂齋, 오다 노부나가의 동생으로, 도쿠가와 이에야스가 정권을 잡자 은거하
여 조용히 차를 즐기는 생활을 했다.

"……그야 전이지요. 세키가하라*의."

"뭐, 뭐라고, 세키가하라! 그럼 러일전쟁 이전이란 말이냐."

"……그렇지요. 모모야마 시대**."

"헉! 그게 정말이냐. 미, 믿을 수가 없군. 그 친구, 너무 서둘렀네."

"설마 그러지야 않았겠지만, 삼촌, 쓸데없이 손을 대고 그런 건 아니겠지요?"

"많이 손댄 건 아냐. 약간 합리화했지."

"합리화? 예를 들면?"

"에…… 시스템키친을 들이고, 작은 욕탕을 달았지. 앞으로는 바닥도 손볼 생각이었지만 관둬야겠어. 그랬군. 어쩐지 분위기가 좋더라 했지."

나카조 삼촌은 현관으로 들어서서 손바닥만한 정원에 면한 작은 방문을 열었다.

등불처럼 은은히 비치는 전등이 달린 한 평 반 정도의 작은 방이었다. 술과 안주를 담은 소박한 상을 앞에 두고, 마노 미스즈와 초로의 대머리 남자가 앉아 있었다. 오래된 삼나무 기둥으로 나뉜 옆방에는 진짜로 시스템키친이 붙어 있어서 나를 경악케 했다.

---

* 1600년 도쿠가와 이에야스 진영과 이시다 미쓰나리 진영이 도요토미 히데요시 사후 패권을 놓고 벌인 대규모의 전투.
** 1537년경부터 1603년경에 이르는 시기로, 오다 노부나가와 도요토미 히데요시가 일본의 통치권을 잡고 있던 시대.

"내 조카야. 알고 있을지 모르겠어. 그 유명한 기도 고노스케 선생이라네."

사람 좋아 보이는 초로의 남자는 작은 방문으로 기어들어오는 나를 눈을 가늘게 뜨고 바라보았다.

"이분은 와타나베 씨라고, 나와는 오랜 친구야. 순경이지."

내 이름을 들으면 대부분 겁부터 먹는 게 순서인데, 무슨 영문인지 이 남자는 가볍게 고개를 끄덕일 뿐 태연자약했다.

필시 경시총감 아니면 관할지역 국장급의 위인일 것이다.

상 앞에 앉으니 마작 테이블을 둘러싸고 앉은 것처럼 거리가 가까웠다. 어쩐지 농담이 통할 것 같지 않은 이 분위기로 봐서는 서로 노려보면서 밀담을 나누기에 안성맞춤일 성싶었다. 눈을 돌리고 싶어도 주위에는 황토색 벽과 격자창뿐이다. 밀실공포증이라도 있는 인간이라면 분명 발광하다 죽고 말 것이다.

이 밀실에서 나카조 삼촌이 '사장, 사실 오늘 하고자 하는 이야기는……' 하고 낮은 목소리로 속삭이면, 누구든 등줄기가 오싹해질 것이다.

"뭐, 여기서 아줌마 아저씨들 옛날 이야기라도 들어두면 소설의 좋은 소재가 되지 않겠어?"

그 말에 건성으로 대답하는 나에게 술을 따르면서 마노 미스즈는 씁쓸하게 웃었다. 텔레비전에서 보던 것과는 너무도 다르게, 도저히 클로즈업의 대상이 될 수 없을 만치 늙은 얼굴이다.

236

나는 문득, 이번에 이 호텔에 온 본래의 목적을 떠올렸다. 나카조 삼촌과 마노 미스즈가 어떤 관계인지를 탐색하려 했던 것이 아니었던가. 작가의 입장이라기보다는 유일한 혈육으로서, 나는 그 사실 관계를 밝혀두고 싶었다.

노을 지는 계곡에서 엿들었던 두 여자의 대화가 떠올랐다.

'나는 열일곱, 나오키치는 마흔여섯, 나카조는 스물셋, 신주쿠의 암시장이었어.'

나의 경이로운 기억력에 따르면 미스즈는 분명 그렇게 말했다. 그후 마노 미스즈는 간토 사쿠라회 총장 사가라 나오키치를 패트론으로 삼아서 스타의 길을 걸었던 것이다.

"이런 나이가 되고 보면 참을성이 없어지는 모양이야. 난 사가라 오야붕만한 인물이 못 돼나서 아무 말도 남기지 않고 죽을 수는 없을 것 같아. 이야기가 이야기인 만큼 와타나베와 고짱이 들어주면 가슴에 맺힌 응어리가 풀릴 것 같아서 말이야."

쳇, 괜히 폼 잡고 난리야, 냄새나는 할방구 주제에. 나는 속으로 투덜거렸다. 그러자 나카조 삼촌은 내 속이 훤히 들여다보인다는 듯 나를 뚫어져라 바라보았다.

"그런 표정 짓지 마, 고짱. 절대 재미없는 이야기는 아닐 거야. 무대 뒤에서 배우의 등을 통해 보았던 연극 같은 거니까."

그 순간, 내가 그 강직하고 성실한 지배인의 얼굴을 떠올린 것은 왜일까. 그렇다, 나카조 삼촌은 줄곧 사가라 나오키치라는 희대의 협객의 조역이었다. 강직하고 성실한 자세로 어둠의 세계를 지배하는 보스와 정재계 인사들 사이를 오가는 메신저. 때로는 연예인과의 패트론 관계도 서포트하는 그림자 같은 매니저.

그런 확신을 가지는 순간, 나는 낙담하고 말았다.

기도 조폭이 경영하는 이 호텔이 사실은 나카조 삼촌 그 자체 같다는 느낌이 들었던 것이다. 징역을 살다 나온 사람들에게 휴식처를 제공하기도 하고, 사연 있는 손님에게는 의논 상대가 되어주고, 폭주족 소년을 갱생시키기도 한다. 하지만 그런 건 허울 좋은 말에 불과하고, 실상은 기도 나카조라는 대악당의 에고이즘의 성채이자 기업이나 정치가나 힘깨나 쓰는 야쿠자에게서 돈을 뜯어내는 거대한 수금 장치가 아닐까.

"네놈에게 오해받는 것만은 가만 두고 볼 수 없지."

다시 내 마음을 꿰뚫어보기라도 한 것처럼, 나카조 삼촌이 말했다.

22

오쿠유모토 수국 호텔, 통칭 프리즌 호텔의 밤은 비단 같은 가을에 감싸여 점점 깊어가고 있었다.

호텔을 둘러싼 거망옻나무와 단풍나무는 창가의 불빛을 받아 한층 더 붉고, 산자락을 뒤덮은 계수나무, 너도밤나무, 모밀잣밤나무

거목이 달빛 아래 노랗게 타오르고 있다. 서리가 내리는 고갯길에 가지런히 늘어선 낙엽송들은 어둠 속에서도 눈이 부실 정도로 황금빛을 발하고 있다.

호텔 안에서 일어나고 있는 다양한 애증의 드라마를 나무들은 부드럽게 감싸안고 숨겨준다.

대연회장에서는 경찰과 야쿠자가 평소의 은원을 잊고 술잔을 주고받는다.

성실한 지배인은 부상자를 돌보느라 여념이 없다.

주방에서는 요리사와 주방장이 마음껏 솜씨를 부려 안주를 만들어내고, 사무실에서는 늙은 안주인과, 피 한 방울 섞이지 않은 그녀의 첫 손녀가 후르륵 소리를 내며 라면을 먹고 있다.

적막이 깔린 객실에서는 조폭의 중간 보스 격인 부지배인과 조폭 담당 형사가 타락한 전직 아이돌 가수에게 열심히 설교를 늘어놓고 있고, 그 옆방에서는 아래층의 소동도 모른 채 고주망태가 된 전직 연예인 매니저가 코를 드르릉 골고 있다.

또 그 옆방에서는 대학교수를 가장한 지명수배범이 홀로 술잔을 기울이고 있다.

그리고 숲속 별실에서는 나카조 오야붕이 오랜 친구인 노순경과 왕년의 대가수와 삐딱한 소설가를 상대로 옛날 이야기를 시작하고 있었다.

"생각해보면 무슨 운명을 타고 태어났는지 정말 힘든 시대를 살았어. 대지진으로 다 불타버린 동네에서 응애~ 하고 첫울음을 터뜨렸는데, 이제 세상 좀 알 만한 나이가 되고 보니 그때가 바로 대공황이더란 말이야. 요즘도 대단한 불경기라고는 하지만 그것과는 비교가 안 되지. 은행이 아무 힘도 못 쓰고 줄줄이 쓰러져버릴 정도였으니까. 여기저기서 예금을 인출하려는 소동이 일어나고, 세상은 그야말로 공황상태였지. 너도 알다시피 메리야스 도매상을 하고 있던 기도 집안도 그런 와중에 파산하고 말았어. 네 아버지는 속옷 장인의 제자로 입문했지만 난 지긋이 앉아 그런 걸 만들고 있을 만한 성격이 아니라 여기저기 돌아다니면서 나쁜 친구들과 어울려 술, 도박, 여자, 온갖 짓을 다 하다가 결국 소년원에 들어갔지. 이젠 도저히 감당할 수 없다는 걸 깨달았는지 어머니와 소년과의 형사가 의논해서 사가라 오야붕에게 넘겨버렸어. 내가 열다섯 살이었으니까, 오야붕은 서른일곱이나 여덟. 나이는 젊지만 벌써 사쿠라회의 뒤를 이을 거란 소문이 돌 정도로 일가의 간판 격인 젊은 오야붕이었지."

"잠깐만요, 삼촌."

나는 이야기 내용을 이해할 수 없어 말을 끊었다.

"할머니와 형사가 의논해서 야쿠자에게 넘겼다니, 대체 그건 또 무슨 소리예요?"

아무래도 나만 이해하지 못하는 것 같았다. 세 사람은 서로의 얼

240

굴을 쳐다보고는 나의 무지를 조소하는 듯 빙긋 웃었다.

"옛날의 야쿠자는 그런 역할도 했더랬어. 다시 말해, 불량한 젊은이를 갱생시켜줄 만한 시설이 아예 없었던 시대였던 거야. 그래서 그 지역의 오야붕이 그 역할을 맡았지. 오야붕이 약장수면 시장에서 장사하는 법을, 도박장 사장이라면 손님 접대부터, 세상살이를 하나하나 가르치는 거지. 다른 사람한테 머리 숙이는 법부터 가르치는 거야. 나는 오야붕의 집에 들어가 살면서 걸레로 바닥 닦는 것부터 배웠어. 인간이 되었다 싶으면 일반인으로 돌아가도 되고, 그냥 거기서 머물러도 돼. 복지라는 말이 없던 시대니까, 아주 중요한 역할이었다고 할 수 있어."

"그렇다면…… 엣? 야쿠자 오야붕이, 말하자면 자원봉사자!"

"아주 멋진 말이군, 과연 소설가야. 그래, 자원봉사자. 민간재활시설. 그러니까 야쿠자가 오야붕이니 누님이니 숙부니 형제니 하고 부르는 것도 멋이나 호기 때문이 아냐. 말 그대로 가족이니까."

어때, 이제 알았어? 하며 나카조 삼촌은 가슴을 쭉 펴고 단숨에 술잔을 들이켰다.

나이 든 경찰관이 술을 따르면서 말했다.

"요즘은 그런 전통도 사라지고 없지. 그러나 여긴 달라. 아까 문득 그런 사실을 깨달았어."

나카조 삼촌은 잠시 생각하다가 고개를 갸우뚱하더니 킬킬거리며 웃었다.

"아, 그 프런트의 꼬맹이 말이군. 그애는 딱히…… 아니, 뭐, 비슷하다고도 할 수 있겠군."

"그래. 구로다에게 일을 배우는 그 소년의 얼굴을 보고 옛날에 어떤 집에 살던 한 녀석을 떠올렸어. 신발을 다소곳이 들어 정리하는 태도 말이야. 손님 기분을 상하게 해서는 안 된다고 잔뜩 긴장하고 있었지."

만일 그것이 사실이라면, 나는 다시 한번 이 호텔의 실체와 존재 이유에 대해 생각해보아야 한다.

"그런데, 와타나베. 어머니와 형사가 나를 두고 떠나갈 때는 얼마나 겁을 먹고 가슴을 졸였는지 아나? 그런 점에서 그 시게루라는 녀석은 누구랑 닮았어."

나카조 삼촌은 쓸쓸하게 웃고, 마노 미스즈와 노경관은 소리 높여 웃었다. 나는 왠지 신선과 현자들이 담소하는 자리에 끼어든 기분이 들었다.

"아직도 눈에 선해. 그 사가라 오야붕의 부루퉁한 표정하곤. 그 시절의 협객을 그림으로 그려놓은 듯한 과묵한 인물이었어. 그렇지? 미스즈 씨."

마노 미스즈는 노경관이 건네주는 잔을 받고 먼 곳을 바라보며 중얼거렸다.

"그래. 무슨 말을 해도, 아아, 오오, 라고밖에 대답을 안 했지. 늘 눈으로 말을 하는 거야. 주위 사람들은 힘들었겠지만…… 대단한 사람이었어. 뒤끝이 없고, 의리와 인정이 두텁고, 순수하고, 어린애처럼 곧은 사람이었어. 그 아아, 오오, 하는 대답만으로도 국회의원이건 사장이건 모두 고개를 숙였으니까."

"맞아, 그랬어. 그런 그릇은 이 세상 어디에도 없을 거야. 그런 주제에 아내도 자식도 없이 사치 한번 하지 않고 살다 죽어버렸어. 사가라 나오키치, 진정한 최후의 협객이야."

두 사람의 대화를 들으면서 나카조 삼촌은 뭔가 어색한 듯 어깨를 으쓱했다.

"그때 오야붕은 화톳불 앞에서 팔짱을 끼고 삼십 분이나 아무 말이 없었지. 그러다가 내가 도저히 견디다 못해 꿇어앉은 다리를 펴는 순간 곰방대로 머리를 탁 치면서 '참을성이 없어!' 하고 외치더군. 알겠니? 고짱, 그 말의 의미를. 그 한마디의 의미는 원고지 백 매로 풀어봐도 모자라."

요즘 들어 별볼일 없는 소설만 끼적여대는 나는 면목이 없어 어깨를 움츠렸다.

더듬더듬 이어지는 세 사람의 추억담은 옛 시절의 바람과 태양을 머금은 마른 조개 같은 맛이 났다. 핥을수록 은은한 향기가 나고 오래 씹을수록 깊은 맛이 난다. 가만히 듣고 있어도 결코 지겹지가 않았다.

"내가 처음 만났을 때 나카조는 벌써 멋진 형님이 되어서 신주쿠의 암시장 거리를 떡 벌어진 어깨로 바람을 가르며 걸어다녔지."

"나카 도령."

와타나베라는 경찰관이 암호처럼 불쑥 한마디를 뱉어냈다.

"나카 도령?"

내가 묻자, 와타나베 씨는 나카조 삼촌의 허락을 받으려는 듯 얼굴을 흘끗 쳐다보고, 경찰다운 은근한 표정으로 나를 바라보았다.

"이 사람은 말일세, 아주 멋쟁이였어. 지금도 그렇지만 말이야. 여름에는 하얀 아마 양복에 파나마모자, 겨울에는 올이 굵은 양복에다 코트. 그리고 볼사리노를 쓰고, 늘 단정하게 넥타이를 매고 다녔지. 그 풍모가 너무도 귀공자 같아서 암시장에서 '나카 도령'이라 불렸었어. 게다가 젊은 주제에 도박장의 분위기를 잘 알아서 나카봉(中盆)* 역할을 했더랬어."

전문용어가 마구 쏟아져나왔다. 마치 자막 없이 서양영화를 보는 것 같아, 나는 나카조 삼촌에게 통역을 부탁해야 했다.

"일반인들은 잘 모르겠지. 도박 수업에도 단계가 있어. 우선 '보초'라고 해서 경비 겸 안내역을 해야 해. 이건 체력으로 하는 일인데, 도박장 밖에서 하루 종일 서 있어야 하니까 겨울에는 특히 고생이 심하지. 그 다음이 '신발 당번'. 이 정도만 돼도 비바람을 피할 수 있으니 괜찮아. 몇 년 그런 생활을 하고 나서야 비로소 사다리를

---

* 도박장 전체를 관리하는 사람.

244

오를 수 있지. 차와 음식을 나르고, 재떨이를 갈아주고, 그런 다음에야 승부가 벌어지는 하얀 천을 깐 그 노름판을 엿볼 수 있게 되는 거야."

"그러니까, 몇 년은 지나야 비로소 일다운 일을 할 수 있다는 거로군요."

"그렇지. 거기까지가 아주 힘들어. 나카봉이란 중앙에 앉아서 승부를 감독하는 이른바 진행역이야. 거, 왜, 영화에도 자주 나오잖아. '뒷말, 앞말, 뒷말에 일만 부족합니다. 자, 이제 앞뒤가 맞았습니다. 승부!' 이런 식으로. 아주 어려운 역할이지. 나카봉의 솜씨에 따라 판이 무르익기도 하고 식어버리기도 하니까. 머리회전이 빠르고, 계산도 빠르고, 손님의 생각이나 지갑 사정까지 읽어낼 수 있는 눈썰미를 지녀야 해. 도박계 야쿠자는 떡고물로 먹고사는 거니까, 빈털터리가 되어 돌아가는 손님이 없도록 판이 골고루 잘 돌아가게 배려할 수 있어야 하는 거지. 내 입으로 말하기는 좀 뭣하지만, 나는 그런 점에서는 뛰어난 테크닉을 가지고 있었어. 그 반대로 판을 잘 이끌지 못하는 나카봉을 뽕꾸라, 즉 돌대가리라고 하고."

나는 감탄하지 않을 수 없었다. 야쿠자가 기술자 집단이었다니 이건 정말 놀라운 발견이다.

마노 미스즈가 말했다.

"그래. 수완 좋은 나카봉에다 꼴사나운 도련님 같은 형님. 신주쿠에서는 모르는 사람이 없었어."

나카조 삼촌은 문신을 감추려는 듯 흐트러진 유카타의 가슴께를 가다듬고, 군살이 박인 주먹을 펴서 손가락으로 젓갈을 집어먹었다. 좀 겸연쩍어하는 것 같았다.

대화가 잠시 끊어졌다. 그 일순간의 침묵이 나카조 삼촌과 마노 미스즈의 비밀을 이야기해주는 것 같은 느낌이 드는 것은 나의 쓸데없는 상상일까.

술기운을 빌려 내가 물었다.

"그런데 삼촌과 미스즈 씨는 대체 어떤 관계세요?"

마치 눈앞에 있는 사람이 가슴에 칼을 들이밀기라도 한 것처럼 나카조 삼촌의 눈썹이 꿈틀 움직였다. 나의 질문은 이야기의 진행상 당연히 나올 만한 것이었다. 자기가 먼저 시작한 옛날 이야기에 이제 와서 놀랄 것까지야 없지 않느냐는 생각이 들었다.

그 대신에 마노 미스즈가 술에 전 허스키한 목소리로 말했다.

"아마 요도바시 주니소의 도박장이었지, 나카조."

"으응."

나카조 삼촌은 내 눈길을 피하면서 대답했다.

"미스즈 짱은 내가 나카봉을 하고 있던 사가라 조직의 도박장에 내가 잘 아는 어떤 놈팡이를 따라왔더군. 열예닐곱이나 되었을까, 인형 같은 아가씨였어. 돈을 너무 많이 잃어서 얼굴이 벌겋게 달아오른 그 남자 곁에서 겁먹은 표정으로 승부를 지켜보고 있었지."

"난 그때 그 남자의 알선으로 미군 캠프를 돌아다니고 있었어.

말하자면 초대 매니저라고 할까. 아주 미친놈이었어. 내가 번 돈을
그렇게 도박장에 쏟아붓는 거야. 내가 돈을 달라고 하면 몸으로 갚
아주겠다고 으름장을 놓는 그런 사내였어."

순간 나카조 삼촌의 표정이 일그러지는 것을 나는 놓치지 않았
다. 미스즈는 말을 이었다.

"화장실에 가려는데 나카조가 다른 사람에게 도박장을 맡기고
나를 따라오더라고. 여관의 좁은 복도를 걸어서 빨래가 널린 곳으
로 나를 불러내서는, 정수장 위로 올라가 달을 바라보며 이렇게 말
했어. '당신, 혹시 그놈에게 당하고 있는 건 아냐? 쓸데없는 간섭
인지는 모르겠지만, 당신의 고운 노래로 번 돈을 도박에다 쏟아붓
다니 말도 안 돼'라고. 그때 난 이 사람이 꼭 영화 주인공 같다고 생
각했어. 마음이 따뜻해지더군. 나한테 그렇게 상냥하게 대해주는
남자는 처음이었으니까. 게다가 사다 게이지와도 닮았고."

"으흠, 그런 쓸데없는 소리는 그만 해…… 그런데, 미스즈 짱, 정
말 기억력이 좋네."

나카조 삼촌은 겸연쩍어했다.

"사다 게이지는 누구예요?"

"당시 영화계의 간판 스타. 교통사고로 요절했지."

와타나베가 주석을 달아주었다.

"닮았어, 정말로. 키가 크고, 코가 오뚝하고, 기름을 바른 앞머리
도 너무 닮았어. 도박장에서 봤을 때부터 정말 멋진 아저씨라고 생

각했더랬지. 넥타이를 매고 나카봉 하는 사람도 처음 봤고."

"난 외국의 딜러 흉내를 낸 거야. 고리타분한 건 딱 질색이었으니까. 야쿠자보다는 갱이 되고 싶었지. 생각해보면, 위대한 오야봉에 대한 반항이었을 거야."

나카조 삼촌은 농담인지 진담인지 알 수 없는 말을 했다.

"그래서, 어떻게 됐어요? 그 놈팡이를 묵사발로 만들어버렸나요?"

"그건 안 돼. 아무리 그래도 손님은 손님이니까. 그런데 공교롭게도 그날 밤에 사건이 터졌어."

나카조 삼촌은 나의 주의를 끌려는 듯 잠시 말을 멈추고, 와타나베를 흘끗 바라보았다.

"아, 그날 밤 일 말이로군."

문득 자기 차례임을 알아차린 배우처럼 와타나베는 얼굴을 치켜들었다. 어느 모로 보나 관록 있는 경찰총장이었다.

"그랬었군. 그러면 나와 나카조와 미스즈 씨가 다들 같은 날 밤에 처음 만났던 셈이로군. 그건 나도 모르고 있었네."

"그런 걸 인생극장이라고들 하지. 오랜 인생을 돌이켜보면 주인공들이 한꺼번에 등장하는 명장면이 있는 법이야. 그날 밤이 바로 그랬어. 그 장면을 경계로 내 인생의 시나리오가 바뀌어버렸어."

"내 인생도 그래."

나카조 삼촌이 불쑥 말했다.

"그건 나도 마찬가지야."

와타나베가 감개에 젖은 목소리로 말하자, 나카조 삼촌과 마노 미스즈는 얼굴을 마주 보며 잠깐 생각하다, 동시에 아아! 하고 탄식에 가까운 소리를 질렀다.

"무, 무슨 말이에요? 세 사람끼리만 고개를 끄덕이면 어떡해요. 사람 애간장 태우지 말고 빨리 한번에 말해봐요, 한번에. 그날 밤에 무슨 일이 있었는데요?"

"듣고 싶어?"

나카조 삼촌은 부채로 얼굴을 가린 무희처럼 심술궂게 웃더니 소외감을 느끼고 있는 나를 향해 갑자기 심각한 표정을 지으며 입을 열었다.

"수색이 있었어. 요도바시 경찰서에서 사쿠라회의 도박장을 급습한 거야."

23

나카조 삼촌은 말을 이었다.

"어쩐지 그날따라 불길한 예감이 들었지. 당시에는 이미 전후(戰後)의 혼란이 일단락되어, 경찰이 굳이 우리 야쿠자의 힘을 빌리지 않아도 될 정도가 되어 있었어. 치안이 혼란스럽던 시절에는 나를

'나카 형님'이라고 부르던 요도바시 경찰서 형사들의 태도도 바뀌어서 그때부터는 '기도'라 부르기 시작했으니까. 그래, 갑자기 개들이 마구 짖어대더라고. 그래서 부하에게 정찰을 보내려고 하는 참이었는데 사다리 아래서 발소리가 어지럽게 들리더니, 형님, 수색입니다! 하고 외치는 소리가 들리더군."

나카조 삼촌은 두 팔의 문신을 그대로 드러내고 손짓을 섞어가며 이야기 삼매경에 빠져들었다.

"대, 대단해! ……그저 그런 수색하고는 다른 거로군요. 삼촌, 지금 오버하는 건 아니겠죠?"

"바보 같은 소리 집어치워. 아무리 내 머리가 좋다기로서니 이렇게까지 이야기를 지어낼 수는 없잖아."

"그렇지만 삼촌은 나와 한 핏줄이니까……"

나카조 삼촌은 지겹다는 표정으로 말을 멈추더니 갑자기 허공을 맴돌던 손으로 와타나베 경찰관을 가리켰다.

"그럼 증인을 내세우지. 이원 중계, 아니 미스즈 씨까지 넣어서 삼원 중계로 하지. 와타나베 씨, 부탁하네."

대단한 관록의 소유자이지만 그 관록의 무게 때문에 오히려 둔중하게 보이는 노경관은, 갑자기 시선이 자신에게로 쏠리자 다소 당혹스러워하는 것 같았다.

이 남자는 분명 그날 밤의 수색팀에 속해 있었던 것이다, 하고 나는 추측했다.

"그랬지. 그러고 보니 그날 밤 골목길 입구에서 보초를 서고 있던 애가 쓰토무였었어."

"쓰토무? 쓰토무라면, 오소네 쓰토무?"

나는 경악했다. 그 한마디에, 그 이야기가 어김없는 진실임이 명백해졌다.

"이런 이야기를 해도 되는 걸까, 나카조?"

노경관은 나카조 삼촌에게 물었다.

"아무 상관 없어. 사십여 년 전의 이야기니까. 시효는 이미 지났어."

와타나베는 마음이 놓인다는 듯이 웃더니 내 눈을 바라보며 이야기를 계속했다.

"그 당시의 경찰은 엄청 난폭해서 질문이고 뭐고 없어. 그 자리에서 바로 쓰토무, 아니 오소네 씨에게 수갑을 채우고 오랏줄로 묶어 트럭에 태워버렸지. 경찰이 스무 명 정도나 될까. 마치 쿠데타 군이 습격하듯 현관을 부숴버리고 들어가는 거야. 수색이라기보다는 습격이라 해야겠지. 아직 신참 순경이었던 나는 처음 겪어보는 일이라 오줌을 질금거릴 지경이었어. 영장도 없이 실탄을 장전한 권총에 헬멧 차림이었으니 저쪽에서도 칼을 빼들고 대들더군."

"우와! 저항을 했단 말입니까."

"그야 당연하지. 적이고 아군이고 얼마 전까지 진짜 전장에서 뛰놀던 사람들이었으니까. 사다리 위에서도 너덧 명이 뛰어내려 경찰을 가로막더군. 그 사이에 위에서는 전깃불을 끄고 손님들을 도주시키는 거야. 하우스를 여는 여관에는 대체로 비상 탈출구를 만들어둬. 거기는 어디에 구멍이 뚫려 있었나, 나카조?"

새삼 궁금하다는 어투로 와타나베가 물었다.

"그 여관은 아주 잘 만들어져 있어서 이불을 넣는 방에서 창을 열면 옆집 지붕과 이어져. 그 집도 우리 오야붕 구역이었으니까 얼마든지 피신이 가능했던 거야."

젠장, 그랬군, 하고 와타나베는 유카타의 목덜미를 쓰다듬었다.

"그렇다면 그날 밤 옆집에서 술상을 벌이고 있던 사람들도 역시……"

"물론 손님들이지. 어차피 다음날 아침 노름이 끝나면 그 집에서 술판이 벌어지게 되어 있었으니까 술이고 안주고 미리 다 준비되어 있었어. 거기서 술이나 마시고 있으면, 그게 피난이나 마찬가지야."

"완패였지. 결국 그날 밤은 젊은이 대여섯 잡는 걸로 끝나고 말았으니. 하지만 그놈들도 저희들끼리 노름판을 벌였을 뿐이라고 우기는 데야 어쩔 수 없지. 기도 나카조만은 절대로 놓치지 말라는 명령이었는데 말이야."

"정말 위험할 뻔했어."

나카조 삼촌은 마노 미스즈의 얼굴을 바라보며 의미심장하게 말했다.

"와타나베 씨는 알고 있었겠지?"

미스즈의 질문에 와타나베는 글쎄, 하고 얼버무리며 술잔을 비

252

웠다.

"난 새카만 어둠 속에서 겁에 질려 벌벌 떨고 있었어. 남자들은
모두 도망쳐버리고. 그랬더니 나카조가 돌아오더군. 이불 방으로
도망치면 되겠지만 이웃으로 연결되는 사다리는 벌써 치워져버렸
더라고. 그랬더니 나카조는……"

"그, 그만 해."

나카조 삼촌이 황급히 끼어들었다. 그러자 와타나베가 이야기를
이어나갔다.

"젊은이들의 저항을 물리치고 겨우 이층으로 올라갔더니 도박장
은 벌써 텅 비어 있더군. 당시의 법률로는 도박은 현행범이 아니면
체포할 수 없었거든. 그래서 우리는 팀을 나누어 여관을 샅샅이 뒤
졌지. 손님들 사정이야 우리 알 바 아니라는 식으로. 우리가 노리는
건 사가라 조직의 나카봉, 기도 나카조 단 한 사람이었으니까. 권총
을 빼들고 방을 하나하나 뒤지기 시작하니……"

"그만둬, 와타나베. 조카 앞에서."

겸연쩍어하는 나카조 삼촌의 표정이 재미있다는 듯 마노 미스즈
는 깔깔거리며 웃었다.

"이리 와, 빨리, 하며 나카조가 나를 재촉해서 한 방으로 들어가
더니 바닥에다 이불을 휙 펴는 거야. 그러더니 나를 발가벗기고는
자신도 빤쓰까지 홀라당 벗어버렸어. 번개처럼 빠르게."

목이 말라왔다. 주전자째 술을 벌컥벌컥 들이켰다.

"그러자 수색, 수색입니다, 하면서 와타나베가 들어온 거야."

와타나베 씨는 문을 열었던 때의 당혹스런 상황이 떠오른 듯 으음, 하는 신음 소리를 내며 팔짱을 꼈다.

"그땐 열여덟밖에 안 된 견습 순경이었으니까, 실례했습니다, 하고 나도 모르게 경례를 하고 말았어. 그런데 말이야, 남자의 등에는 살아 있는 듯 꿈틀대는 용 문신이 새겨져 있는 거야. 어디를 보나 기도 나카조였어."

"핫핫, 그때는 내가 부주의했어. 보름달이 떠 있다는 것도 모르고 말이야."

"그런데도 나카조, 정말 침착하더군. 앗, 싼다, 싼다! 누군지는 모르겠지만, 제발 나가줘, 제발, 하고."

모두 배를 잡고 웃었다. 그러나 웃을 일이 아니었다. 나는 물었다.

"그래서, 쌌어요?"

갑자기 분위기가 어색해졌다.

"에, 에, 에…… 내가 그랬었던가, 미스즈 짱."

무슨 시치미를 다 떼느냐고 관록의 마노 미스즈도 신인 아나운서처럼 당황했다.

"……그랬지, 세 번이나."

분위기는 더 어색해졌다.

"세 번! ……무, 무슨 짓이에요, 삼촌."

"……그게 말이야, 흠, 순경들이 계속 여관을 지키고 있었다고."

"남의 탓으로 돌리지 말아요, 삼촌. 그 얘기가 아니잖아요."

"아니, 세 번이라고는 하지만 그 과정은……"

"과정이 문제가 아니잖아요."

"아니, 그, 그러니까…… 두 사람 다 젊었으니까."

삼촌의 변명은 앞뒤가 맞지 않았다. 우연찮은 이야기로 나카조 삼촌과 마노 미스즈의 관계가 드러나고 말았다.

"그랬군요. 역시 그랬던 거군요. 오래오래 무용담을 들려준다 했더니 결국 이런 이야기였군요. 실례했습니다."

화낼 필요도 없는 일이었지만, 나는 나카조 삼촌의 자기 변명이 역겨워 견딜 수 없었다.

"선생, 그런 식으로 말하는 게 아니오. 옛날 이야기잖소."

와타나베 씨는 그런 말로 나카조 삼촌을 옹호했다. 화를 내며 작은 문으로 빠져나오면서, 문득 나는 왜 이렇게 삼촌의 약점을 잡지 못해 안달하는 거지, 하는 생각이 들었다. 동시에 내가 이 호텔에 온 목적도 바로 거기에 있다는 것을 깨달았다. 혈족에 대한 정당한 호기심도, 작가의 관심사도 아니었다. 나는 기도 나카조라는 남자의 아킬레스건을 찾아 악마처럼 무작정 헤매고 있었던 것이다.

작은 문을 난폭하게 닫고 딸그락딸그락 게다 소리를 내면서 나는 그 자리를 떠났다. 비밀을 밝혀냈다는 시원한 감정과 남의 비밀을 알고 말았다는 회한이, 눈으로 파고드는 밤하늘의 무수한 나뭇잎처럼 내 가슴속에서 어지럽게 교차했다.

모밀잣밤나무의 열매가 게다 사이에 끼어 뒤뚱거렸다. 게다 끈이 끊어졌다. 다실 앞의 돌로 된 물통에 손을 짚고 웅크리고 앉은 나의 귓가로 나지막한 목소리가 들려왔다.

"그때 생긴 애니까…… 바쁜 인생을 살아왔으니 무리도 아니지, 나카조."

"하긴 그래. 그렇지만 오야붕에게 정말 살아서는 갚지 못할 신세를 지고 말았어. 오야붕은 나의 장래를 생각해서……"

"내가 나빴어. 그 남자에게 돌아가고 싶지도, 노래도 그만두고 싶지도 않았으니까. 어쨌든 스타가 되고 싶었어."

"정말 대단한 분이셨어…… 나카조 씨를 남자로 만들어주고, 미스즈 씨를 스타로 만들어주고, 당신들 자식을 자기 자식처럼 키워주고……"

나는 맨발로 땅을 밟으며 그 자리를 떠났다.

머릿속이 새하얘졌다. 비상구에서 노천탕 앞까지 뒤뚱뒤뚱 걸어가 빨간 양탄자가 깔린 평상에 앉아 이 지방의 명물 조릿대잎차를 벌컥벌컥 마셨다. 당뇨에 잘 듣는다는 이 풀냄새 나는 차에는 진정 작용도 있는 모양이다.

징역을 살고 있는 마노 미스즈의 아들이 사실은 나카조 삼촌의 자식이라니. 침착해야 해, 하고 나는 나 자신에게 속삭였다.

내가 혼란을 일으킨 이유는 나와 나카조 삼촌 외에 기도 가문의 피를 이은 인간이 있다는 사실이 가져다주는 공포 때문이었다. 유산이라든지, 제사 문제라든지, 그런 사소한 이야기가 아니다. 있을 리 없는 혈족이 이 세상에 하나 더 있다는 움직일 수 없는 사실이 가져다준 어지러운 불안 때문이다.

늘 기도 가문 최후의 존재라는 의식을 갖고 있던 나에게, 그것은 놀라움이기에 앞서 하나의 공포였다.

여탕의 주렴을 걷으며 술에 취한 여경 두 사람이 모습을 드러냈다. 저녁나절 내 방을 찾아와서 교통순경이 딱지를 떼듯이 사인을 강요했던 두 사람이다.

둘은 정신이 말짱한 척 나에게 가볍게 인사를 하고는 건너편 툇마루에 앉아 머리를 빗기 시작했다.

"명간사라는 와타나베 씨도 나이를 먹으니 옛날 같지 않나봐."

"그건 그래. 하필이면 야쿠자 호텔에 위로여행을 오다니 말이야. 이게 우연일까?"

"글쎄. 사십여 년이나 장승처럼 파출소에 붙박여 있었으니 옛 친구도 있을지 몰라."

"그러고 보니 아까부터 안 보이던데, 어디 갔을까."

"아까 이곳 오너랑 같이 나가더라. 아마 어디서 한잔 하고 있을 거야. 옛날 이야기라도 나누면서 뒷돈이라도 받아챙길지 모르지. 쳇, 경찰관 체면이 말이 아냐."

나는 슬며시 그 자리를 떠났다. 와타나베라는 그 남자를 욕하는 여경들의 목소리가 복도 끝까지 길게 따라왔다.

그 남자는 경찰총장이 아니라 아오야마 경찰서의 일개 순경에 지나지 않았다. 그렇다면 인간의 내면을 묘사하는 걸 직업으로 삼고 있는 나의 눈에 비친 그 대단한 관록은 도대체 어디서 나오는 것일까.

사가라 조직의 도박장 사건 하나로 인생이 변했다고, 세 사람은 이구동성으로 말했다.

나카조 삼촌은 그 이래로 사가라 나오키치의 부하로서, 돌아올 수 없는 다리를 건너 고독한 인생의 외길을 걷기 시작했다. 마노 미스즈는 나카조 삼촌을 남몰래 흠모하면서도 사가라 나오키치의 여자가 되어 스타의 길을 걸었을 것이다. 그건 잘 알겠다.

그러나 저 와타나베라는 순경의 인생은 그날 밤의 사건을 계기로 뭐가 어떻게 변했단 말인가.

한껏 분위기가 무르익은 연회장 옆을 지나, 나는 로비의 소파에 걸터앉았다.

생각에 잠긴 내 앞에 지배인이 커피를 내밀었다.

"일은 잘 되어가고 계십니까?"

"아뇨. 벽에 부딪혔습니다. 정말 어려운 게 인간이네요."

지배인은 몸을 숙이며 무대 위의 조역처럼 사라졌다.

그렇다. 나는 고개를 끄덕였다.

그날 밤, 사가라 조폭의 나카봉 기도 나카조를 눈앞에 두고 와타나베는 수갑을 채우지 못했다. 처음 맞닥뜨린 먹잇감을 두고 망설인 그 자세가 평생 그 남자를 순경 직위에서 벗어나지 못하게 만들었을 것이다.

그 주저는 또 무엇이었을까. 아마도, 하고 나는 모든 능력을 동원하여 상상해보았다.

그것은 아마도, 법의 이름으로 타인의 권리를 침해하려는 그들의 직업적인 숙명을 바로 그때 와타나베가 깨달았기 때문일 것이다. 경찰관인 이상 누구든 넘어서지 않으면 안 될 첫번째 허들을, 그리고 누구든 별다른 고민 없이 넘어서는 최초의 장애물을 앞에 두고, 그는 멈춰 서버리고 만 것이다. 아마도 그 결과 그는 남에게 내세울 만한 어떤 공도 세우지 못하고 한직으로 떠밀려, 여행 간사로 정년을 맞이하게 된 것이다.

이 대담한 가설에 대해 나는 이상할 정도로 확신을 가졌다. 모든 것이 딱딱 맞아떨어진다. 오로지 하나, 그 남자의 부드러우면서도 바위처럼 움직이지 않는 관록만은 예외로 쳐야 하지만.

나는 암담한 기분에 빠져들었다. 도대체가 바닥이 보이지 않는 불가사의한 인생의 심연을 엿보는 기분이었다.

이 호텔의 종업원들이나 이 호텔을 찾는 사연 있는 손님들과 마찬가지로, 단순한 착오로 왔을 따름인 경찰관 한 사람 한 사람조차 여기서는 본래의 얼굴을 드러내고야 만다.

나는 커피 잔을 든 채 샹들리에의 불빛을 따라 통풍구가 뚫린 천장을 올려보았다.

여기는 어딘가. 누구에게도 이야기할 수 없는 고뇌를 짊어지고
온몸에 들러붙은 악연을 질질 끌면서 찾아오는 곳. 나는 그 순간에
야 비로소 '프리즌 호텔'의 의미를 깨닫게 되었다.

24

화장실에 가려고 연회실 밖으로 나온 마쓰쿠라 이와오 경부보는,
서늘한 복도로 나서는 순간 정체를 알 수 없는 허탈감에 사로잡혔다.

얼굴은 싸늘하게 굳어버렸고 요의도 어느새 사라지고 말았다.

술에 잔뜩 취한 것처럼 비틀걸음으로 로비까지 걸어나와 소파에
털썩 몸을 던졌다. 야쿠자와 경관들의 노랫소리가 자신을 조롱하
고 있는 듯한 느낌이 들어 마쓰쿠라는 까까머리를 두 손으로 감싸
안았다.

폭력방지법 시행 이래로 야쿠자가 마피아로 변신하는 사태를 경
계해왔던 마쓰쿠라로서는 이 호텔의 존재방식을 도저히 믿을 수 없
었다.

간토 사쿠라회의 핵심조직으로 늘 집중단속 대상이었던 기도 조
직이, 고스란히 산 구석의 온천 호텔로 변신해 있는 것이다. 그렇다
고 그들이 일반인이 된 것도 아니고, 간판을 내린 것도 아니었다.

모든 인간이 두려움에 떠는 총구 앞에서 가슴을 열고 서 있던 기

260

도 나카조의 모습이 마쓰쿠라의 뇌리에서 사라질 줄 몰랐다. 로비를 장식하는 번잡한 인테리어나 선대 총장의 동상, 여기저기 걸려 있는 사쿠라 문장을 바라보고 있자니 마쓰쿠라는 숨쉬기도 싫어질 만큼의 피로감을 느꼈다.

바로 옆 소파에는 머리를 길게 기른 남자가 앉아 멍하니 천장을 올려다보고 있다. 자신과 똑같은 표정과 동작으로 주변을 둘러보다가 눈이 마주치자 묘한 동료의식을 느꼈는지 가볍게 인사를 한다. 남자의 얼굴 역시 피로에 절어 있었다.

길게 찢어진 눈과 뾰족한 매부리코를 보고, 마쓰쿠라는 라이터의 불빛을 비추면서 물었다.

"당신, 이 호텔의 관계자요?"

남자는 불빛이 비치자 좀 귀찮다는 표정으로 예에, 하고 대답했다. 약간 어깨를 늘어뜨리고 생각에 잠긴 시선으로 담배연기를 좇고 있다.

"닮았나요?"

"아, 아주 닮았어. 볼품없는 얼굴까지."

남자는 노골적으로 불쾌한 표정을 지었다. 담배를 문 입술을 일그러뜨리면서 조롱하듯 웃는 느낌도 기도 나카조의 표정 그대로였다.

"볼품이 없다니요? 멋지다는 말을 잘못한 건 아닌가요."

남자는 날카롭게 노려보며 그렇게 말했다.

"아들인가?"

"어림없는 소리. 기도 나카조의 외아들은 지금 징역을 살고 있습니다. 나는 그런 불량배와는 달라요. 문화인이죠. 그『의리의 황혼』의 기도 고노스케입니다. 알고 있겠지요?"

분명 친척쯤은 되지만 그런 사람하고 비교하다니 말도 안 된다며 남자는 정색을 했다. 마쓰쿠라는 책을 즐겨 읽지는 않았지만 그 작가의 이름 정도는 알고 있었다.『의리의 황혼』은 영화로 보았다. 물론 순수한 취미로.

소설가는 변명이라도 하듯 제풀에 이야기를 계속해나갔다.

"우연히 쓴 조폭소설이 묘하게 히트쳐서 오히려 당혹스러워요. 나오키 상 후보에 두 번이나 올랐었는데, 알죠?『니시다마 군의 다리』와『당신은 타인』이라고, 둘 다 정통 연애소설인데……"

이야기를 하면서 문득 쓸데없는 말을 했다는 걸 깨달았는지 남자는 입을 다물었다.

"흠, 본의 아니게 조폭소설을 썼고, 그것 때문에 나오키 상을 놓쳤다, 그런 말씀이시군. 사실은 이러려던 게 아닌데…… 그러나 선생, 이럴 리가 없는데, 라고 생각하는 사람은 딱히 당신 혼자만은 아냐. 인생의 반을 넘게 산 사람이면 누구나 그렇게 생각하는 법이라오."

"당신네들 인생하고 함부로 비교하지 말아주세요. 내가 지불한 희생은 그런 보통 사람들하고는 달라요."

"희생이라면 나도 지불했소이다. 아내는 도망치고 자식은 타락

하고 죽을 고비를 넘긴 것도 한두 번이 아니오. 문화인이 뭐 그리 대단하다고. 나도 이런 식으로 정년을 맞이하면 훈장 하나쯤은 받을 만하단 말이오."

홍, 하고 코웃음을 치더니 남자는 자리에서 일어섰다. 도망치듯 사라지면서 그는 역시 기도 나카조처럼 앞으로 꾸부정하게 몸을 기울이고 복도 끝을 손가락으로 가리켰다.

"과연 그럴까요. 그 잘난 훈장 하나 받을 가능성도 없는 당신 선배가 오고 있네요. 그런 신세타령은 동료들끼리나 하시죠."

남자는 그렇게 말하고 늦가을의 찬바람 같은 웃음을 남기고 계단을 뛰어올라갔다.

뒤를 돌아보자 와타나베가 어색한 표정으로 서 있었다.

"와타나베 부장, 저 사람하고 아는 사인가? 대단하군."

"아니, 그런 건 아니고 조금 전에 기도 씨에게 소개받았을 뿐이야. 조카라더군."

와타나베는 대머리를 손바닥으로 쓸면서 소파에 앉았다.

"기도 씨, 라고?"

"어허, 그리 심각하게 반응하지 말게, 계장. 개인적인 원한은 아무것도 아니야. 씨, 라고 하면 또 어때."

상대가 와타나베만 아니라면 그냥 한방 날렸을 것이다. 그러나 그는 누가 뭐래도 그 옛날 신참 시절에 파출소 근무의 기본을 가르쳐주었던 선배가 아닌가.

타고난 체력과 근성을 발휘하여 경부보로 승진한 마쓰쿠라가 고향과도 같은 아오야마 경찰서로 돌아왔을 때도, 와타나베는 시간이 정지된 세계에 살고 있는 사람처럼 순사부장 자리를 지키며 아오야마 일번가의 파출소에 변함 없이 앉아 있었다. 머리가 벗어진 것만 달랐을 뿐, 그 상냥한 심성은 이십여 년 전과 조금도 다르지 않았다.

그 화석과도 같은 불변성을 마쓰쿠라는 이해할 수 없었다.

자신은 수많은 건수를 올려 '귀신 잡는 해병'으로 위명을 떨쳤고, 나름대로 출세도 했다. 그러나 마흔을 넘기고 험난했던 자신의 인생 역정을 돌이켜보면, 그 동안 줄곧 파출소 앞에서 아오야마의 길 안내를 해온 이 늙은 순경을 다른 동료들이 그랬던 것처럼 바보 취급할 수만은 없었다. 오히려 자신으로서는 흉내도 낼 수 없는 인생을 살아온 사람이라는 느낌이 강하게 들었다.

마쓰쿠라는 담배를 문 채 얼굴을 찡그리며 용기를 내서 말했다.

"그래도 와타나베 부장, 젊은이들 앞에서는 그런 말은 삼가게. 물론 젊은 서장 앞에서도."

"알고 있네."

와타나베는 예전 견습 순경에게 그랬듯이, 마쓰쿠라의 다부진 옆얼굴을 눈을 가늘게 뜨고 바라보았다.

"아무리 혼자서 농땡이만 치던 나라고 해도 그 정도 눈치는 있으니 걱정 말아."

와타나베 부장이 결코 농땡이를 친 게 아니라는 사실은 잘 알고 있다. 그러나 연공서열이 아니라 선발시험으로 승진하는 경찰기구 안에서는 늘 뒤에서 욕만 얻어먹는 그런 사람이다. 와타나베 부장은 늙은 개처럼 눈을 약간 아래로 깔고 조용히 중얼거렸다.

"서글픈 이야기야. 정년을 맞이하는 주제에 젊은이들에게 남길 말도 없으니."

"그렇지 않아."

말은 했지만, 그 뒷말은 젊은것들이 자주 하는 농담밖에 생각나질 않았다.

"위로여행의 핵심을 누군가에게 전수해주어야지. 그렇지 않아? 와타나베 부장."

바로 그때, 두 사람은 생각지도 않은 장면을 목격했다.

화려하게 채색된 술병을 들고 그 남자가 엘리베이터에서 나타났을 때, 마쓰쿠라와 와타나베는 동시에 창밖으로 눈길을 돌렸다.

"자꾸 쳐다보지 마, 계장."

와타나베는 입술만 달싹거리며 말했다.

"……아, 이거 정말 놀랄 노자로군. 도대체 이 호텔은 어디서 뭐가 튀어나올지 도무지 짐작도 안 가."

마쓰쿠라는 어두운 창에 비치는 남자의 모습을 주시하며 일부러 하품을 했다.

가가와 신스케. 두 사람이 목격한 사람은 틀림없이 전국지명수배 중인 강도범이었다. 안경을 쓰고 콧수염을 기르고 있지만, 마쓰쿠

라는 거의 동물적인 형사의 직감으로 그가 바로 경시청의 위신이
걸린 현상범이란 것을 알아차렸다.

가가와는 취해 있었다. 주방에 가서 그 술병에 술을 채워올 생각
인 것 같았다.

"분명해. 한눈에 알아보다니 과연 대단하군, 와타나베 부장."

와타나베는 강도의 뒷모습을 지켜보다가 휴, 하고 숨을 내쉬었다.

"그게 바로 관록이란 거야. 그런데, 대체 어떻게 된 노릇인지 모
르겠군."

일어서는 마쓰쿠라 형사의 무릎을 와타나베 부장은 가만히 붙잡
았다.

"그렇게 서둘지 마시게. 옛날에 내가 가르쳤을 텐데. 긴급할 때
일수록 한번 심호흡을 하라고 말이야."

그건 잘 알고 있다. 그러나 그 순간의 심호흡이 이 남자의 일생을
순경의 직위에 머물게 한 것 또한 사실이다.

"그렇지만 와타나베 부장, 우리의 정체를 알면 도망칠 텐데. 호
텔 밖으로 나가면 이 지역 경찰의 공으로 돌아가버린다고."

"그러니까 서둘지 말라고 하잖아."

와타나베는 태연자약하게 마쓰쿠라에게 담배를 권했다.

"적어도 이 호텔은 그 사실을 알고 방을 내준 거야. 쓸데없이 시
끄럽게 하면 또 아까 같은 소동이 벌어지게 돼."

그것도 일리가 있다. 아니, 확실히 그럴 것이다. 마쓰쿠라는 끓어

오르는 기혈을 억누르며 담배를 빨았다.

"마쓰쿠라 계장, 이 세상에서 범죄를 없앤다는 건 불가능한 일이야. 공을 세우기 위해 잡지 않아도 될 사람까지 잡아들이는 건 별로 좋은 일이 못 돼. 경찰이 일부러 죄인을 만들 필요는 없다는 거지. 침착하게 가가와 신스케만 슬쩍 체포할 방법을 생각해봐."

그때 문득 마쓰쿠라는 어떤 생각이 떠올랐다. 혹시 와타나베 부장은 마음만 먹었다면 얼마든지 공을 세울 수도 있었던 게 아니었을까?

"그게 무슨 말이야? 대체 나더러 어떻게 하라고."

"내가 기도 씨와 의논해보겠어."

"허참, 기가 찰 노릇이군. 도둑의 오야붕에게 이 도둑을 어떻게 하면 좋겠냐고 묻겠다는 거야?"

와타나베는 분연히 일어서려는 마쓰쿠라의 어깨를 부드럽게 어루만졌다.

"괜찮아. 기도 씨는 절대로 도둑의 오야붕이 아니니까. 게다가 나는 그 오야붕에게 받을 빚이 있어."

"빚? 당신이, 저 기도 나카조에게? 하핫, 그것 참 웃기는 일이군."

갑자기 와타나베의 손이 마쓰쿠라의 멱살을 잡았다. 웃음이 사라졌다. 와타나베 부장은 여태까지와는 완전히 다른 어투로 마쓰쿠라의 귀에 대고 속삭였다.

"어이, 마쓰쿠라. 네놈이 그 별것도 아닌 출세 좀 했다고 까부는 모양인데, 별 수보다 밥그릇 수가 낫다는 말도 있어. 잔말 말고 내가 시키는 대로 해."

마쓰쿠라는 경악하기보다 이십여 년의 시간을 단숨에 건너뛰어 옛날로 돌아간 것 같은 생각에 사로잡혔다.

"와타나베 씨……"

"시끄러. 사쿠라회의 기도 나카조는 너 같은 애송이 형사에게 당할 정도로 어수룩하진 않아. 여기는 나에게 맡겨. 자네 공으로 만들어줄 테니까."

마쓰쿠라는 생각지도 않은 와타나베의 험악한 표정에 기가 죽어버렸다. 이렇게 무서운 순경이 세상에 또 어디 있을까 싶었다.

"아니, 그, 공을 세운다기보다는……"

"올바르게 처리하는 게 공을 세우는 것보다 더 어려운 일이야. 아직 그런 것도 모르냐, 이 돌대가리 형사놈아!"

와타나베 부장의 질책은 공을 세우는 데만 혈안이 되어 있던 마쓰쿠라의 가슴을 비수처럼 찔렀다.

이윽고 비틀걸음으로 양손에 술병을 든 가가와 신스케가 주방에서 나왔다. 와타나베는 멱살을 잡은 손의 힘을 풀고 마쓰쿠라의 어깨를 끌어당겼다. 엘리베이터를 기다리는 가가와의 등을 향해 쏘는 듯한 눈길을 던지고 있다. 마쓰쿠라는 와타나베 부장의 팔에 안긴 자신의 단련된 육체가 너무도 작아진 듯한 느낌을 받았다.

와타나베 부장은 입술만 달싹이며 주문을 외듯 말했다.

"마쓰쿠라. 자네는 괜찮은 사내야. 내가 본 젊은이들 중에서 가장 빛이 나. 강하고, 상냥해."

와타나베 부장은 그런 말로 공만 세우려는 자신을 나무라고 있다고, 마쓰쿠라는 생각했다.

"견습 시절, 자네는 일번가 파출소 앞에서 길을 잃은 할머니를 역까지 바래다준 적이 있었지."

"아…… 기억나. 날도 더워서, 그 할머니 완전히 녹초가 돼 있었지."

"그렇게 상냥하던 순경이 그 건장한 몸집 때문에 야쿠자를 상대하게 되었어. 확실히 말해 자네에겐 안 맞는 일이야. 그 결과 아내는 도망치고, 자식은 타락하고, 귀신 잡는 해병이란 별명까지 얻었어. 나는 그걸 보고 가슴이 찢어지는 것 같았어. 자네가 사실은 보살님 같은 형사라는 걸 잘 알고 있었기 때문에……"

마쓰쿠라의 머리에서 술기운이 일거에 날아가버렸다.

"그런 이야기는 그만둬, 와타나베 부장."

"다시 말하지만, 넌 멍청이다. 너무 우직해. 그 덕분에 한 번밖에 없는 인생을 엉망으로 만들어버렸어."

"……칭찬하는 거야, 욕하는 거야?"

"어느 쪽도 아냐. 사실을 말하고 있을 뿐이지. 정의의 간판을 내세우면서 권력의 개가 되어버린 순경들 속에서 자네는 늘 우직하고 충직했어. 네놈의 인생을 희생하고, 상냥한 심성을 죽이면서, 귀신 잡는 해병이 된 거지."

"와타나베 씨……"

마쓰쿠라는 말을 잇지 못했다.

"일번가 파출소에서는 세상이 잘 보여. 특히 자네 같은 젊은이의
인생이."

갑자기 오래된 상처가 한꺼번에 되살아나는 것은 온천욕 때문일
거라고, 마쓰쿠라는 자신에게 속삭였다.

"잘 들어, 마쓰쿠라. 순경도 인간이야. 절대로 개가 아냐. 난 그것
만은 자네에게 확실히 이야기해두고 싶었어."

가가와 신스케는 아주 자연스럽게 엘리베이터를 타고 위로 올라
갔다.

갑자기 킬킬거리는 웃음소리와 함께 서장이 여급의 부축을 받으
며 로비에 나타났다.

"어이, 마쓰쿠라, 와타나베! 거기서 뭘 하고 있어! 뭐가 그리 심
각해? 수금강도라도 발견했어?"

두 사람은 번개처럼 자리에서 일어나 서장을 포박해버렸다.

"왜, 왜 이래! 지금 누구한테 폭력을 쓰는 거야!"

서장은 그 자리에서 유카타의 끈으로 두 손이 뒤로 묶이고 재갈
이 물린 채, 소파 뒤로 던져졌다.

25

시게루는 달렸다.

맨발로 현관을 뛰쳐나가 밤이슬에 젖은 잔디를 밟으며 집을 향해 달렸다.

가족이 사는 집은 호텔과 정원으로 연결된 숲속에 위치해 있었다. 한 해가 멀다하고 전근을 반복하는 통에 한 번도 다른 가정처럼 단란한 분위기를 맛보지 못한 하나자와 일가를 위해 오너가 마련해준 멋진 단독주택이었다.

달빛을 투과하는 거망옻나무숲의 오솔길은 붉은 파라핀을 두른 듯이 불길했다.

시게루는 달리면서 미지의 어둠 속에 홀로 남겨진 아이처럼 울었다. 먼 옛날, 새로 전학한 학교의 아이들에게 두들겨 맞고 울면서 집으로 돌아갔던 날을 떠올렸다. 그럴 때마다 부드럽게 안아주던 아버지가 이제 이 세상 사람이 아니라는 생각을 하니 가슴이 찢어질 것만 같았다.

정원 앞에 멈춰 서서 부엌의 불투명유리 건너편으로 어머니의 모습이 보이는 순간, 시게루는 몸을 떨면서 소리질렀다.

"엄마, 큰일났어. 대장이, 대장이 죽었어!"

시게루의 귀에는 아버지의 마지막 말이 울려퍼지고 있었다.

'잘 들어, 시게루. 지금은 자신의 목숨을 돌볼 때가 아냐. 손님이

곤경에 빠져 있잖니.'

아버지는 그런 말을 남기고, 시게루의 애달픈 눈동자를 뒤로한 채 전장으로 가버렸다. 그리고 연회장에서 몇 발의 총성이 들려오더니, 죽음과도 같은 정적이 찾아왔다.

"대장이 죽었어, 대장이!"

발을 동동 구르며 '죽음'이란 말을 외칠 때마다 시게루의 몸에서 힘이 빠져나갔다.

그릇이 깨지는 소리가 들리더니 어머니가 현관 밖으로 달려나왔다. 그러나 졸도한 아들의 얼굴을 보는 순간 어머니는 아무 일 없었다는 듯 밤하늘을 올려다보고 가볍게 기침을 했다. 처마 밑 등불을 받으며 서 있는 어머니는 미소를 짓고 있었다. 정신을 차린 시게루는 그 모습을 보고 경악하지 않을 수 없었다.

"왜 그래, 엄마? 대장이 총에 맞았다는데 왜 웃는 거야?"

어머니는 앞치마로 손을 닦으며 어둠 속에서 몇 번이고 웃었다.

"웃지 말란 말이야, 젠장. 같이 사는 사람이 죽는 게 그리 좋아! 보험이라도 들어놨어? 웃지 마, 웃지 말라니까, 제발."

어머니는 천천히 걸어와서 울부짖는 아들의 머리를 가슴으로 감싸안았다. 그리고 마치 미리 적어둔 대사처럼 떨리는 목소리로 말했다.

"아까 총성을 들었어. 아아, 아버지가 죽었구나, 하고 생각했단다."

"우왓! 어떻게 알았어? 엄마, 초능력자야?"

시게루는 어머니의 허리를 부여잡고 물었다.

"그런 건 아냐. 아버지는 필시 손님을 대신해서 총을 맞았을 거라고 생각했어. 지금까지 그렇게 살아오신 분이니까."

"싫어, 그건 말도 안 돼. 나, 가지 말라고 애원했어. 말 잘 듣겠다고 약속하면서."

"네 탓이 아냐. 언젠가 이런 날이 오리란 걸 이 엄마는 알고 있었단다. 사나이의 숙원. 알잖니, 시게루."

"그런 거 어떻게 알아, 난 몰라. 나, 고등학교 중퇴했잖아. 공부하지 않았으니까. 이런 중요한 때 엄마가 하는 말도 못 알아들어. 나란 놈은 정말 한심해."

어머니는 어린아이 달래듯 울부짖는 시게루의 어깨를 가볍게 다독거렸다.

"턱시도를 입고 호텔의 빨간 카펫 위에서 죽는 것이 아버지의 숙원이었단다. 너도 말했지 않니. 절대로 방바닥 위에서는 죽지 않겠다고, 밤의 고속도로를 달리다가 죽는 게 최고라고. 바로 그거란다."

시게루는 예전 폭주족 시절에 자신이 했던 그 말을 떠올리고는 다시 통곡했다.

어머니의 침착한 태도가 너무도 예상 밖이었다. 그 순간, 애타게 매달리는 자신의 손을 뿌리치고 떠나던 아버지의 목소리가 되살아났다.

'안다구, 아버지가 대단한 사나이란 건 잘 안단 말이야. 그러니 제발 죽지 마. 엄마가 울 거야.'

'엄마는 울지 않아. 늘 엄마를 울리기만 하던 네가 이런 말을 할 정도로 어른이 되었잖니. 그러니 이제는 네가 엄마를 잘 돌봐드려.'

아버지의 말 그대로 어머니는 울지 않았다. 결국 자신은 아버지와 어머니의 애정의 보금자리 안에서 짹짹거리던 새끼 새에 지나지 않았음을 시게루는 깨달았다.

"아냐, 그건 달라. 아버지의 근성을 나의 오기와 같은 걸로 생각하면 안 돼."

시게루는 어머니의 팔에서 빠져나와 현관 옆에 세워둔 오토바이 쪽으로 달려가더니 발로 냅다 걷어차버렸다. 그러고는 아버지가 일을 하다 놓아둔 장작 패는 도끼를 집어들고, 도쿄에 살던 시절부터 애지중지하던 개조 오토바이를 마구 내리쳤다.

"제길! 이런 별볼일 없는 걸 타느라 아버지를 울렸잖아!"

오토바이는 도끼 끝에서 불꽃을 튀기며 짐승의 시체처럼 찢겨나갔다.

어머니가 등뒤에서 아들을 꼭 끌어안았다.

"이제 됐다. 그만 해, 시게루. 아버지도 천국에서 기뻐하실 거야."

어머니는 시게루의 손가락을 잡아 도끼에서 하나하나 떼어놓고, 미소 띤 얼굴로 말했다.

"아직 저녁 안 먹었지. 우리 같이 먹자, 평소처럼."

"……밥! 이런 판국에 밥 먹을 생각이 나? 도대체가 말이 되냐고."

"뱃속이 비어서는 전장에 나갈 수 없다고, 매일같이 아버지가 말씀하셨잖니. 자, 밥 먹고, 앞으로 어떻게 살아가야 할지 천천히 생각해보자."

어머니는 눈물을 닦으면서 시게루를 현관 안으로 이끌었다.

저녁 식탁에는 평소처럼 삼 인분의 밥이 놓여 있었다.

어머니가 손수 지은 밥을 먹으러 바쁜 와중에 잠시 짬을 내서 집으로 돌아오는 것이 부자의 일과 중 하나였다.

입술을 꼭 깨물고, 그래도 입가의 미소는 지우지 않은 채 밥을 푸는 어머니를 보고, 시게루는 아버지를 대할 때와 같이, 아니 그 이상으로 존경하는 마음이 일었다.

어머니는 이십 년 넘게 전근에 전근을 거듭하는 아버지의 뒤를 냄비와 솥을 짊어지고 따라다녔다. 알루미늄 뚜껑이 찌그러진 구식 전기밥솥은 어머니의 인내를 그대로 옮겨놓은 것 같았다.

시게루는 밥을 앞에 두고 잠시 눈물을 뚝뚝 흘리다가 어머니의 재촉을 받고서야 수저를 들었다.

"자, 배를 채우고, 멋진 장례식을 해드리는 거야. 힘을 내렴, 시게루."

시게루는 젓가락을 든 채 저도 모르게 밥그릇 앞에 머리를 숙이고 합장했다. 아버지의 영령에 대해서가 아니라, 십칠 년간 자신을 키워준 아버지와 어머니의 애정과 인내심에 대해 진심으로 두 손을 모아 감사했다.

"이제 어떻게 하지, 우리."

국물과 콧물을 함께 들이마시면서 시게루가 물었다. 어머니도 아버지가 죽었다는 소식을 듣고 줄곧 그것만 생각하고 있었을 것이다.

어머니는 순간 젓가락질을 멈추고, 테이블 위에 놓여 있는 아버지의 밥그릇을 바라보았다.

"글쎄…… 일을 할 아버지가 안 계시니, 이제 어떡할까?"

"나, 오야붕, 이 아니라, 오너에게 부탁해볼게. 아직 일은 잘 못하지만, 그냥 계속 일을 하게 해달라고. 내가 모자라는 부분은 엄마가 하면 되잖아. 그릇을 씻거나 방청소를 하거나…… 미안하지만, 난 아직 견습이니까."

밥을 먹으면서 소매를 걷어올려 시계를 보는 것까지 아버지의 모습 그대로였다. 성실하고 강직한 아버지와 하나도 닮은 데라고는 없던 시게루에게 아버지의 영혼이 스며든 것 같았다.

"어쨌든 다시는 엄마 속을 썩이지 않을게. 난 아버지의 뒤를 이어 빈틈없이 해낼 거야. 언젠가는 이 호텔을 크라운 호텔에 지지 않는 멋진 호텔로 만들고 말겠어."

"크라운 호텔에 지지 않는? 그거 정말 대단한 일인데."

"그게 아버지의 입버릇이었으니까. 언젠가는 그 크라운 호텔에 보여주겠다고. 전 세계 사람들이 몰려와 다음해까지 예약이 꽉 차는 별 다섯 개짜리 호텔로 만들겠노라고 했었어."

어머니는 쓸쓸하게 웃으며, 프런트에서 등을 꼿꼿하게 펴고 진지한 표정으로 그런 말을 하던 남편의 얼굴을 떠올리고는 기어이 울음을 터뜨리고 말았다.

성실한 마음만이 모든 것이라고 믿어왔던 남편이었다. 좀스럽게 보일 정도로 외길에 충실한 사람이었다.

"시게루, 알고 있니? 별 다섯 개짜리라면 홍콩의 페닌슐라라든지, 방콕의 오리엔탈 호텔, 파리의 리츠…… 그런 엄청난 호텔들이야……"

"오쿠유모토의 프리즌 호텔이 거기에 끼면 이상해?"

"이상하진 않지만……"

"역시, 이상한가……"

로비에 장식된 갑옷, 무소의 뿔, 오 엔 동전으로 쌓은 오층탑을 상상하면서 어머니와 아들이 서로를 절망적으로 바라보던 바로 그 순간이었다.

갑자기 미지근한 바람이 불어오는가 싶더니 새파랗게 질린 하나자와 지배인이 문을 열고 나타난 것이다.

"으악! 귀, 귀신이다!"

그렇게 침착하고 굳센 어머니도 눈을 왕방울만하게 뜨고 의자에 앉은 채로 바닥에 쓰러지고 말았다. 시게루는 젓가락과 밥그릇을 든 채 비명을 지르며 부엌 구석으로 도망쳤다.

"왜, 왜들 그래. 어이, 여보, 정신 차려. 시게루, 정신 차려. 밥은 앉아서 먹어야지."

시게루는 바닥에 엎드려 있는 힘을 다해 염불을 외었다.

"으왓! 이러면 안 돼. 빨리 성불해, 대장. 뒷일은 내가 책임질게. 무덤도 만들고, 법요식도 할 거야!"

"……아버지에게 성불하라니 무슨 헛소리야. 그런데 오토바이는 왜 부쉈어? 설마 옛날 친구들이 그런 건 아니겠지?"

"으악! 대장, 길을 잃은 거야? 알았어, 알았어, 매일 아침 향을 피워줄게. 과자하고 꽃도 바치고. 원한다면 원수도 갚아주겠어. 그럼 됐지? 그러니까 제발 엄마는 데리고 가지 마."

"……도대체 무슨 말을 하는 거야…… 흠, 그러고 보니…… 아하하핫, 너 착각했구나. 내가 총에 맞아 죽은 걸로."

"이제 와서 변명하지 마, 대장. 거짓말이랑 겉치레랑 변명만은 하지 말라고 입버릇처럼 말했잖아."

"내가 무슨 똥폼 잡으려고 돌아온 줄 아냐? 배고파. 밥 줘. 어이, 여보. 밥, 밥."

심성이 강한 어머니는 하얗게 질린 얼굴을 들더니, 거품을 문 채 밥그릇을 밀어주었다. 그리고 흘끗 남편을 보고 잠시 망설이다가 밥 위에 젓가락을 꽂았다.

"자, 어서 드세요. 저, 날것은 드시지 않는 게……"

"뭐? 왜? 상했어? 그렇진 않을 텐데. 아까 주방에서 얻은 참치인데, 이상하군."

"아뇨…… 종교적인 이유라고 할까, 우리의 관습이라고 할까, 옛날부터 귀신에게는 날것을……"

서슴없이 참치회를 먹는 지배인의 얼굴을, 어머니와 아들은 천벌을 받으면 어떡하지, 하는 눈초리로 바라보고 있었다.

"왜들 그래, 난 멀쩡히 살아 있어. 봐, 다리도 제대로 붙어 있잖아. 야아, 오늘은 정말 대단했어. 하루하루가 스릴 만점이지만, 오늘은 정말 대단했어. 사람이 죽지 않은 것만도 불행 중 다행, 아니 기적이라고 해야겠지."

어머니와 시게루는 기뻐하기보다 왠지 모를 피로감이 밀려와 그 자리에 털썩 주저앉고 말았다.

"쳇, 사나이의 숙원은 무슨 얼어 죽을 숙원이야, 멍청이. 어이, 아줌마, 노망이 들어도 유분수지."

"누구더러 큰소리니? 너야말로 큰일났다고, 대장이 죽었다고 호들갑을 떨었잖아. 그런 큰일은 두 눈으로 시체를 확인하고 나서 말하는 거야, 이 문어 대가리야."

"그치만 상황이…… 아, 큰일났다, 오토바이를 부숴버렸어!"

주저앉은 채 복도에서 현관 쪽으로 눈길을 돌리며 시게루는 한스럽게 오토바이의 잔해를 바라보았다. 아버지와 어머니는 소리내어 웃고 있었다. 그걸 보니 왠지 울컥했지만, 생각해보니 반년 동안 커버를 덮어씌운 채 내버려둔 상태였다. 이젠 탈 시간도 없다. 뭐, 차라리 잘됐어, 하고 시게루는 속으로 중얼거렸다.

아버지가 밥알을 튀겨가며 말했다.

"왜 그러니, 시게루. 네가 고등학교에 다시 가겠다면 새 오토바이 사주마."

"봄까지 생각 좀 해보고. 오토바이를 타기에는 아직 수행이 부족하다고 구로다 대장이 말했단 말이야."

아버지와 어머니는 아들의 뜻밖의 대답에 서로의 얼굴을 멀뚱히 바라보았다.

시게루는 매일같이 구로다에게 두들겨 맞는다. 인사하는 태도가 형편없다고 맞고, 욕실 청소가 거칠다고 발에 차이고, 하루하루 생채기가 사라질 날이 없다. 그래도 시게루는 천둥족 출신의 부지배인을 신처럼 숭배하고 있다.

무릎을 끌어안고 오토바이의 잔해를 응시한 채 시게루는 조용히 말했다.

"구로다 대장 말로는, 오토바이란 꼬맹이가 타는 게 아니래. 절대로 뒤로 물러서지 않고, 달리지 않으면 쓰러지고 말아, 비가 오면 비를 향해, 바람이 불면 바람을 뚫고 계속 달려야 하는 거야. 오토바이란 그런 물건이라고 했어."

지배인은 음식을 씹던 걸 딱 멈추고, 불초한 자식에게 귀중한 가르침을 준 구로다의 말을 가슴에 새겼다.

뭐가 됐던 그것을 금지하려고만 했던 자신에 비해 그것의 매력과 본질을 이야기해준 구로다는 얼마나 현명한 인간인가. 이것이야말로 야쿠자의 가르침이라고 지배인은 생각했다.

오토바이에서 눈길을 떼고 뒤를 돌아보는 시게루의 눈동자는 이상할 정도로 빛나고 있었다.

"나, 구로다 대장의 오토바이를 보았어. 굉장한 놈이야. 1966년제 가와사키 W1.OHV 버티컬 트윈 엔진을 실은 전설적인 명물이야. 트라이앰프도 날려버린대. 열심히 수행해서 제 몫을 하게 되면 나에게 준다고 했어."

시게루는 무릎을 끌어안고 손톱을 깨물면서, 아득한 눈길로 환상 속의 버티컬을 보고 있었다.

26

"자, 이제 어떡한담."

멋진 포박 기술로 젊은 서장을 묶어버린 후, 와타나베 부장은 팔짱을 끼고 샹들리에가 비치는 높은 창을 멍하니 올려다보았다.

마쓰쿠라 경부보는 그 오랜 정적을 견딜 수 없었다. 가슴속에 벌레가 스멀거리며 기어가는 것 같다. 그 정적은 일번가 파출소의 한

가로운 시간과 다름없었다.

"와타나베 부장. 아무리 그래도 그렇지 좀 심한 거 아닐까? 서장을 묶어버리다니……"

"괜찮아. 딱히 나쁜 일도 아닌데 뭘."

와타나베 부장은 꼼짝하지 말고 가만있으라는 듯 서장의 털북숭이 정강이를 발로 밟아버렸다.

"글쎄…… 어느 모로 보나 내게는 악의에 의한 것으로 보이는데. 이러다 까딱 잘못하면 목이 달아나."

"까딱 잘못하지 않아도 어차피 봄이 오면 목이 달아나게 되어 있어. 에~ 잘 들으세요, 서장. 절대로 험하게 대하지 않겠습니다. 잠시만 참고 계세요."

이미 성질이 날 대로 나버린 서장은, 포박된 몸에서 목소리를 짜내며 재갈 물린 입으로 외쳤다.

"와다나헤, 이거, 에 이래. 그만더, 그마두지 모해!"

와타나베 부장은 침착한 목소리로, 장난을 치는 어린아이를 타이르듯이 말했다.

"그만두지 못합니다. 다 서장을 위한 거니까요."

"나흐 위해? 그게 무스 마히야?"

"당신은 앞으로도 경찰을 책임져야 할 몸입니다. 절대로 잘못이 있어서는 안 되는 겁니다. 그러니까 조용히 하세요."

"모르게흐, 모흐게다 마히야, 와다나헤. 서며해바."

와타나베 부장은 발광 일보 직전에 와 있는 젊은 서장을 부드러운 손길로 달래며 유카타 옷자락을 매만져주었다.

"서장 회의에서 경찰총장이 얼굴이 새파랗게 질려 빨리 해결하라고 난리를 치던 사건이 지금 눈앞에 있습니다. 그러나 상황이 아주 어려워서 경험이 얕은 당신에게는 지휘를 맡길 수 없어서 그래요."

"머, 머하고! 사컨!"

"그렇습니다. 경시청의 위신이 걸린 현상범. 연속강도범인 가가와 신스케가 이 호텔에 묵고 있습니다."

"읍!"

심장이 멎는 것 같은 소리와 함께 서장은 눈을 까뒤집었다. 이윽고 발끝에서부터 공포가 밀려오는 듯 서장의 몸이 부르르 떨리기 시작했다.

"가가와 시수케…… 저, 수흠가도, 가가와……"

"그렇죠. 매스컴의 히어로로 떠오르면서 우리의 체면을 무참히 짓뭉개버린, 그 이름도 유명한 수금강도입니다. 놈을 잡으면 어떤 흉악범을 잡는 것보다 더 큰 수훈이지만, 까딱 잘못했다가는 재기 불능의 수렁에 빠지고 말걸요."

"무, 무흐 마하는 거야. 바리 마해, 바리."

"잠깐 가만히 계세요. 이 문제는 서장이 평생 별볼일 없는 경찰이 되느냐, 봉황처럼 훨훨 날아오를 것이냐를 결정하는 중요한 국면이란 말입니다. 아무튼 조용히 하시고, 이 문제는 제게 맡겨주세요."

"마켜다하고, 너하헤? 시허, 어이, 누구 어업허! 핫, 마스구아. 니아 해, 니아."

저도 모르게 옛! 하고 경례를 붙이는 마쓰쿠라 경부보의 머리를 와타나베 부장이 탁 쳤다.

"자네에겐 무리야. 저기서 기다려."

마쓰쿠라에게 지시를 내리고, 와타나베 부장은 버둥거리는 서장의 몸 위에 소파를 올려 꼼짝 못하게 해놓았다.

"이건 좀 심한 것 같은데, 와타나베 부장. 꼼짝도 못하잖아."

"아니, 이걸로 됐어. 가만히 있으면 공을 세울 수 있다니까. 잘 들어요, 서장. 관에 들어가 있는 셈치고 안심하고 있어요. 자, 계장, 앉아. 회의 시작하자."

두 거구가 소파에 걸터앉자, 서장은 윽, 하고 신음을 뱉어내더니 정신을 잃고 말았다.

와타나베 부장은 팔짱을 끼고 눈을 감았다. 처절하고 오랜 조폭 담당 경험과 민족적 전통에 따라 오로지 기습 전법만을 장기로 삼는 마쓰쿠라로서는 거의 참을 수 없는 상황이었다.

"어이, 와타나베 부장. 불 속으로 뛰어드는 한여름 밤의 나방을 한가을에 만난 것만큼이나 절호의 찬스야. 꾸물대지 말고 바로 쳐들어가자구."

마쓰쿠라를 돌아보는 와타나베 부장의 눈빛은 뱀처럼 날카로운 베테랑 형사처럼 바뀌어 있었다. 마쓰쿠라는 움찔하며 몸을 떨었다.

"아직 멀었어, 자네도. 그 가가와 신스케라는 놈이 고작 좀도둑으로 보인단 말이지?"

와타나베 부장은 두껍고 투박한 손가락으로 창밖을 가리켰다. 첫눈이 내린 산봉우리가 군청색의 밤하늘에 우뚝 솟아 있다.

"사건을 볼 때는 높은 곳에서 보아서는 안 돼. 잘 봐. 저 산은 이천 미터도 안 되지만 매년 수십 명의 조난자를 내고 있는 마의 산이야."

"마의 산?"

"그래. 시건방진 마음으로 달려들다가는 당하기 십상이지. 잘 들어, 마쓰쿠라."

와타나베 부장은 날카로운 눈길로 주위를 둘러보고는 마쓰쿠라의 귀에 대고 속삭였다.

"나는 이전부터 놈의 수법이 좀 이상하다고 생각했어."

"수법이라니, 그 정도로 단순한 수법도 없잖아. 가스 수금원을 가장하고 들어가는 게 뭐 특별한가? 그런 거야 수법이라고 할 수도 없지."

"그럼 하나만 묻겠네. 돈을 놓고 가는 강도가 있나? 젊은 아가씨만을 노리면서 강간 한번 하지 않는 강도는 또 어떻고?"

으음, 하고 마쓰쿠라는 생각에 잠겼다. 피해금액이 한결같이 적다는 것, 피해자를 위협할 뿐 강간이나 상해를 가하지 않는다는 것이 이 사건의 특징이라면 특징이랄 수 있다. 매스컴이 재미있다고 떠들어대는 것도 사실 그 때문이다.

"좀도둑을 가장하고 있다는 건가?"

"아마 그럴 거야. 혹시 단순한 마니아에 지나지 않을지도 몰라. 그러나 뭔가 다른 목적이 있을 거야. 어느 모로 보나 단순한 마니아로 보기에는 수법이 세련됐거든."

"무슨 말인지 모르겠는데."

"여기서만 하는 말인데."

와타나베 부장은 마쓰쿠라의 어깨를 끌어당겼다.

"내 동기생 중에 도겐자카의 조그만 파출소에 사십 년이나 처박혀 있는 할방구가 하나 있는데, 그 친구에게 이런 얘길 들었어. 가가와가 이전에 체포되었을 때, 시부야 경찰서가 일부러 묵살해버린 증거품이 있다고."

"뭐라고?"

"체포되었을 때 놈의 가방 안에 편지가 가득 들어 있었던 거야. 수취인은 신문사, 방송사, 시끄러운 평론가나 야당의 국회의원이었지."

"흥. 그런 건 도둑놈의 변명에 지나지 않아. 그걸 누가 들어주기나 하겠어?"

"그런데 관할서는 그것을 모른 척했단 말이야. 아마 그렇게 하지 않으면 안 될 내용이었을 거야."

"관할서가 벌벌 떨 정도의 내용……?"

"그래. 말하자면 사회 전체에 대한 상소문. 이번에도 놈은 같은 생각을 하고 있을 거야."

생각에 잠기는 마쓰쿠라의 어깨를 툭툭 두드리고 자리에서 일어난 와타나베 부장은 인기척 없는 프런트를 바라보았다.

"이곳은 좋은 호텔이야. 소설가가 일을 하러 올 정도로 조용한 곳이지. 하긴 가만히 앉아 소설을 쓰기에는 여기보다 더 좋은 곳도 없을 거야."

이렇게 기분 좋게 취해보기도 오랜만이다.

내일이면 호텔을 나서는 길로 바로 상경해서 지방검찰청에 자수할 몸이지만, 가가와 신스케는 예전에 경험해보지 못한 행복한 취기에 휩싸여 있었다.

드디어 내일부터 진짜 일이 시작된다.

지옥과도 같은 생활을 앞에 둔 마지막 밤인데도, 가가와에게는 어떤 두려움도 망설임도 없었다. 오히려 용기가 솟구쳤다.

수금강도라는 기발한 아이디어는 그가 바랐던 대로 세간에 숱한 화제를 뿌렸다. 그 범인이 자수했다는 뉴스는 오늘밤 안으로 후지산이 폭발하거나 자위대가 쿠데타를 일으켰다는 뉴스가 나오지 않는 이상, 전 일본의 화제가 될 것이다.

그리고 그 뉴스에 이어 호텔의 성실한 지배인에게 맡긴 매스컴 각사에 보내는 편지가 공개되고, 자신이 주장하는 '빼앗는 자의 논리'가 세상을 뒤흔들 것이다.

현행 형법과 형사소송법이 안고 있는 모순. 보석금제도의 불공정함. 전과자에 대한 당국이나 법원의 차별. 죄의 날조. 그것은 거대한 사회론이다.

가가와 신스케는 재야 법률가로서의 자신의 논리에 절대적으로 자신을 가지고 있었다.

이것으로 됐다. 자신의 서간을 둘러싸고 진짜 대학교수나 언론인들 사이에 토론이 벌어질 테고, 뒤틀린 사회는 어느 정도 바로잡힐 것이다. 방청인으로 가득 찬 공판정에서 당당하게 논리를 펼 준비도 되어 있다. 수사를 담당하는 형사나 검사나 판사는 엄청나게 고생을 할 테지만, 그건 내 알 바 아니다.

술이 떨어졌다. 프런트에 전화를 했지만 아무도 받지 않는다. 단체 손님의 연회 때문에 바쁠 것이라고 짐작하며, 가가와는 술병을 들고 술을 가지러 나갔다.

아니나 다를까, 일층은 연회가 한창 무르익어가고 있었다. 외국인 여급들이 복도를 분주하게 오가고 있고, 프런트에도 사무실에도 인기척은 없고, 주방은 전장을 방불케 했다.

이 행복한 강도는 호텔 프런트에 사람이 없어도 전혀 화가 나지 않았다. 미안해하는 주방장에게 웃어 보이기까지 하고, 술을 받아서는 방으로 돌아왔다.

로비에는 연회실을 빠져나온 두 사람이 소파에 앉아 담소를 나누고 있다. 경찰관인지 야쿠자인지는 알 수 없었다.

어차피 다른 사람 사정은 아예 생각도 하지 않고 제멋대로 떠들고 노는 놈들이다. 자신의 숭고한 계획을 저지할 수 있을 만한 사람들이 아니다.

만약 이 자리에서 긴급 체포된다 하더라도 중요한 서간은 모두 지배인의 손에 들어가 있다. 아마 지금쯤은 프런트의 금고 안에 엄중히 보관되어 있을 것이다. 그러니 자신에게 수갑을 채운 불행한 형사와 그 상사들이 '사건'에 휘말려들 뿐이다.

남자들은 아무 눈치도 채지 못하고 있는 것 같았다. 엘리베이터에서 내려 비틀걸음으로 방에 들어섰다.

무슨 영문인지 이 호텔의 문은 두꺼운 철판으로 되어 있다. 복도에 멋대가리 없는 철문이 좌악 늘어서 있는 모습이 어쩐지 형무소의 독방을 연상케 했지만, 그래도 이만큼 마음이 놓이는 장치도 없을 것이다.

영차, 하고 무거운 문을 열고 방문을 여는 순간 가가와는 담요를 덮어쓰고 코를 골며 자고 있는 남자의 모습을 보고 당황했다. 아마 술에 취해 무심결에 방을 잘못 찾은 것 같았다.

"아, 이거 실례가 많았습니다."

남자는 몸을 뒤척이며 눈을 가늘게 떴지만, 금방 다시 눈을 감고 꿈을 꾸는 듯 잠꼬대를 했다.

"나나, 가지 마…… 내 곁에 있어줘."

자리를 떠나려다가 가가와는 남자의 잠든 얼굴을 바라보았다.

너무도 슬픈 표정이었다.

"곁에 있어줘, 가지 마…… 나나."

악몽이라도 꾸는 걸까, 남자는 가위에 눌린 어린아이처럼 발로 이불을 걷어차고, 두 손으로 담요 끝을 꼭 잡았다. 엷은 눈꺼풀 사이로는 눈물이 흘러내렸다.

가가와 신스케는 들고 있는 병째로 술을 한 모금 들이켜고 남자 곁에 앉았다. 어쩐지 이 궁상맞은 취객을 그냥 내버려두고 가서는 안 될 것 같았다.

"자네는 대체 뭘 하면서 살았어?"

내일부터 경찰 구치소에서, 그 구치소의 방에서, 형무소 한구석에서 끊임없이 묻고 대답해야 할 말을, 가가와는 남자의 베갯머리에서 뱉어냈다.

"나나, 여기 있어줘. 제발 부탁이야."

이불을 더듬는 남자의 손을, 가가와는 핏줄이 툭 불거진 신경질적인 학자 같은 손으로 꼭 잡아주었다. 그러자 남자는 마음이 놓이는지 힘을 빼고 다시 깊은 잠에 빠져들었다.

설령 꿈이라 하더라도, 자신의 온기가 남자의 슬픔을 잠재울 수 있었다는 사실에 가가와는 가슴이 뿌듯해졌다.

어느새 둥근달은 구름에 가리고, 창밖은 칠흑 같은 어둠에 잠겼다.

"난 아버지가 총에 맞은 줄 알았잖아. 헤헤헷."

"넌 왜 그렇게 침착하지가 못하니. 대체 부모가 어떻게 생겨먹은 사람들인지 보고 싶을 정도다, 이 녀석아. 잘 들어, 시게루. 호텔맨은 언제나 냉정 침착해야 해. 절대로 성급하게 판단해서는 안 돼."

"알고 있어. 그런데, 아버지 정말 폼나더라. 내 목숨이 문제가 아냐, 손님이 우선이야, 라니. 죽여주게 멋있었어."

"어이, 이제 일터로 가는 거야. 말조심해."

"예잇, 아니, 예, 지배인님."

부자는 현관 앞에 멈춰 서서 옷매무시를 가다듬었다. 정원을 향해 활짝 열린 유리창 안에 경찰의 여행 간사와 야쿠자 같은 형사가 나란히 앉아 있었다. 이야기하는 표정이 너무 심각한 것 같아 지배인은 걱정스러웠다.

로비에 들어서자 연회장에서는 아직도 노랫소리가 들려오고 있었다. 다 잘 되어가는 것 같았다.

"아, 벌써 연회를 끝내셨습니까. 저쪽에 노래방 시설도 되어 있습니다. 이차를 하실 수도……"

이쪽으로 고개를 돌리는 여행 간사의 표정이 험악했다. 지배인은 말을 삼켰다.

간사는 지배인을 뚫어져라 쳐다보면서 험악한 목소리로 말했다.

"당신, 잠깐 물어볼 게 있는데."

그 순간 가가와 신스케가 맡긴 편지 다발이 뇌리를 스쳤다. 지배인은 저도 모르게 프런트 쪽을 바라보았다.

"왜? 물으면 안 되는 일이라도 있나?"

지배인의 시선을 따라가며 와타나베 부장은 얼어붙을 정도로 싸늘하게 말했다.

27

정적에 감싸인 응접실의 등나무 의자에 앉아 있는 가시와기 나나는, 이제 흥분에서 깨어난 듯 슬픈 신세타령을 늘어놓고 있었다.

바로 살인을 계획했던 그녀 나름의 동기에 관해서였다.

인상이 험악한 호텔 부지배인은 가만히 나나의 이야기를 듣고 있다가, 이윽고 문신투성이의 두 팔에서 힘을 빼더니 까까머리를 푹 꺾었다.

"지겹죠? 이제 그만둘래요. 쓸데없는 신세타령이에요."

"아뇨."

부지배인의 표정이 밤의 구름에 가려진 달처럼 흐려지더니 투명한 눈물이 뚝뚝 떨어져내리는 것이었다. 나나는 놀랐다.

"아닙니다. 계속 말씀하세요. 여기서 그만두면 죽도 밥도 안 됩니다."

죽도 밥도 안 된다고, 이 말은 키스만 하고 그 이상은 거절당한 남자들이 자주 쓰는 말 아닌가. 이 남자 역시 상냥함을 가장해 자신의 욕망을 채우려는 것일 게다.

"귀찮은 이야기를 듣는 것보다는 빨리 안아버리는 게 낫잖아요?"

그렇게 말하자 호텔 부지배인의 얼굴은 찢어진 벨벳 천처럼 비참히 구겨졌다.

"손님…… 오해하지 마십시오. 저는 절대로 그런……"

"거짓말. 남자는 모두 똑같아. 아무리 듣기 좋은 말을 하는 사람이라도 속으로 생각하고 있는 건 다 똑같다고요."

"아니오, 그건 당신이 남자 운이 나빴을 뿐입니다. 이 세상에는 그런 별볼일 없는 남자들만 있는 게 아닙니다."

아무리 봐도 도깨비 같은 얼굴을 일그러뜨리며 부지배인은 그렇게 말했다. 그러나 그 표정에서는 악의가 느껴지지 않았다.

"적어도, 이 구로다 아키라, 쓸데없이 여자를 꼬드긴 적은 한 번도 없습니다. 그러니, 이야기를 계속하시지요."

나나는 남자의 말에서 뭔지 모를 아우라를 느끼며 이야기를 계속했다.

하야시 쇼타로와의 만남. 아이돌 가수로서의 짧은 영광의 나날들. 좌절과 유랑.

이야기가 앞으로 나아갈수록 구로다의 건장한 몸이 가늘게 떨리기 시작하더니, 마침내 구로다는 소리내어 울기 시작했다.

"저, 부지배인님…… 그렇게까지……"

"우웃…… 세상에 이런 일이. 이런 불합리한 일이 있다니……
웃, 웃, 너무해. 정말 너무하군요."

"저, 딱히 부지배인님이 책임감을 느낄 필요는 없어요. 그러니까
제발 울지 마세요."

"그게 아닙니다. 손님의 깊은 사정도 모르고 속으로 재미있어했
던 내가 너무 한심해서, 우웃…… 난 당신을 장난감 취급하고 말았
습니다."

자신의 몸에 손가락 하나 대지 않았음에도 사람을 농락했다고 슬
피 우는 이 부지배인의 순정이 나나의 가슴을 울렸다.

정말 나는 사내 운이 나빴던 거라고, 나나는 생각했다.

"그래서, 손님. 앞으로는 어떻게 하실 생각입니까. 그 하야시 쇼
타로라는 돼지 같은 놈팡이, 정말 죽여버릴 겁니까?"

수건으로 눈물을 닦고 부지배인은 무슨 결단이라도 내린 사람처
럼 무서운 표정으로 되돌아갔다.

"네? 돼지라뇨. 그 사람은 비쩍 말랐는걸요."

"원하신다면 내가 가세하지요. 요즘 들어서는 사람을 죽이지는
않았지만, 반쯤 죽이는 일이라면 매일 하고 있으니까요. 내 솜씨는
누구나 알아줍니다."

"……"

"목을 조를까요, 패 죽일까요. 그래도 부족하다면 아예 회를 떠
서 산에다 묻어버릴까요."

"아뇨…… 그건 좀."

역시 남자 운이 나빴던 것은 아니라고 나나는 생각을 바꾸었다.

"그렇게까지 할 필요는 없다는 거로군요. 그럼 이렇게 하지요. 목숨은 살려주고 팔 하나만 잘라버릴까요. 아니면 두 눈알을 뽑아서 신칸센 터널 안에 버리고 올까요. 네놈의 목숨은 네 스스로 돌보라는 거죠. 아, 그것 참 괜찮은 생각 같군요."

"괜찮지 않아요. 하나도."

서로의 마음을 헤아리지 못하고 이야기가 끊어지자, 두 사람은 고개를 떨군 채 훌쩍거리며 울었다.

"아무튼 더이상 여러분에게 피해를 끼치고 싶지 않습니다. 제발 경찰을 불러주세요."

"안 돼요!"

부지배인이 큰 소리로 외쳤다.

"엣? 왜요?"

"왜라니요, 그것만은 절대로 안 돼요!"

"그게 가장 간편하고 여러분에게 피해도 가지 않잖아요."

"그게 가장 큰 피해를 주는 거고, 일을 더 복잡하게 만드는 겁니다. 그것만큼은 절대로 안 돼요, 절대로!"

이 사람은 내 인생을 진심으로 생각해주고 있다. 역시 나는 남자 운이 나빴다고. 나나는 다시 한번 생각을 바꾸었다.

부지배인은 고통스런 표정으로 방 안을 서성거리기 시작했다. 경

찰을 부르는 것을 마치 자신의 불행인 것처럼 생각해 고뇌하고 있
는 것이다. 나나는 미안한 마음이 들었다.

　잠시 후, 창 너머로 구름에 가린 달을 바라보며 부지배인은 말했다.

　"사실은 손님, 이곳 안주인이 내 아내랍니다."

　갑작스런 고백에 나나는 깜짝 놀랐다.

　"부지배인과 안주인이 부부? 이상하네요."

　"그렇지요. 젊은 혈기에, 나를 그렇게 위해주던 사장 부인과 도
망을 친 거지요. 그때 나를 도와준 분이 이렇게 말했습니다. '넌 몸
뚱이 하나밖에 없는 놈팡이지만, 이 사람은 남편도 자식도 버렸다.
그러므로 언젠가 부부가 되는 서약을 하더라도 넌 절대로 이 사람
위에 서서는 안 되는 거야'라고요."

　"그래서 여태 당신은 부지배인?"

　"그렇습니다."

　"가슴이 찡하네요."

　부지배인은 창가에 내리는 어둠을 응시하며 쓸쓸히 웃었다.

　"지당한 말이지요. 오야붕, 아니 그분 말이 맞아요. 그걸로 충분
합니다. 난 치에코에게 반했으니까요."

　치에코, 라고 사랑하는 아내의 이름을 중얼거렸을 때 남자의 표
정에서 잠시 고뇌가 사라지는 것을 나나는 보았다.

　"그런 이야기를 왜 내게 하는 거예요?"

　그러자 부지배인은 강직하면서도 묘하게 상냥한 남자의 표정으

로 나나를 돌아보았다.

"아까 하던 이야기 말인데, 중요한 것을 물으려다가 잊어버렸어요. 당신은 정말로 그 하야시라는 놈을 미워하는 겁니까?"

하야시 쇼타로는 악몽을 꾸었다.

아무리 눈을 뜨려 애써도 빛이 닿는 수면까지 올라왔다가는 금방 바닥으로 떨어져내렸다. 술을 너무 많이 마셨다고, 비몽사몽중에 하야시는 생각했다.

나나가 빨간 스테이지 의상을 입고 입을 맞춰주었다. 그것은 분명 꿈일 것이다.

호텔의 종업원들이 자신을 들어올려 방을 옮겨주었다. 그것은 분명 현실이다.

몇 사람의 남자들이 번갈아가며 자신의 얼굴을 들여다보고, 말을 걸고, 사라졌다.

지금 눈앞의 어둠 속에는 안경을 끼고 콧수염을 기른, 학자처럼 보이는 낯선 남자의 얼굴이 있다.

"자네는 대체 뭘 하면서 살았어?"

남자는 차분한 목소리로 묻는다. 과연 이게 꿈인가, 현실인가.

'나는 대체 뭘 하며 살아왔을까?'

하야시 쇼타로는 다시 꿈의 바닥으로 떨어져내리면서 그렇게 자문해보았다.

대답을 찾지 못한 채 멍하니 서 있는 그 장소는, 텔레비전 방송국의 스튜디오였다.

스테이지에는 화려한 세트가 올라가고, 사람들이 바삐 오가고 있다.

"카메라 리허설, 십 초 전."

디렉터가 한 손을 들어 다섯, 넷, 셋 하고 손가락을 꼽는다.

빛과 소리의 홍수. 피어오르는 안개 속에서 나나가 화려한 드레스 차림으로 나타났다.

댄서들을 거느리고 나나는 데뷔곡 〈새벽의 프리마돈나〉 전주에 맞춰 나비처럼 춤을 추기 시작했다.

'나는 대체 뭘 하며 살아왔을까?'

나나의 움직임을 따라가는 카메라 뒤에 웅크리고 앉아, 하야시 쇼타로는 끊임없이 생각하고 있었다. 이것은 꿈이다, 나의 흔적은 연예계의 어디에도 남아 있지 않다. 하야시는 추억 속의 옛날 스튜디오의 어둠과 빛을 바라보며 그런 생각을 했다.

가시와기 나나는 동세대의 아이돌 가운데서도 탁월한 재능을 가지고 있었다. 내 사람이라고 해서 하는 말이 아니다. 그건 누가 보아도 장래가 보장된 재능이었다.

'나나의 재능은 진짜였어. 내가 잘못 판단한 것은 나 자신의 재능이었어. 나는 나나의 재능을 내 거라고 착각했던 거야.'

그 사실을 딱히 이제야 깨달은 것은 아니다. 하지만 그런 생각을 할 때마다 하야시는 돌이킬 수 없는 현실을 술로 지워버릴 수밖에 없었다.

등뒤의 스튜디오 문이 열리자 춤을 추던 나나와 댄서들이 일순 긴장했다. 많은 사람들을 거느리고 온 한 여자가 의자에 앉는다.

"하야시 짱, 안녕."

담비 털옷의 앞섶을 젖히고 다리를 꼬고 앉은 그 여자는 곁에 서 있는 하야시를 향해 낮은 목소리로 인사를 건넸다.

마노 미스즈.

리허설 전에 그녀에게 인사를 하러 나나를 데리고 대기실로 갔다. 여왕처럼 앉아 거울을 보고 있던 그녀가 직접 나나의 스튜디오까지 찾아와준 것이다.

하야시는 황송한 표정으로 의자 곁에 무릎을 꿇고 앉았다.

"한번 보고 싶어서 왔어, 자네가 데리고 온 그애. 역시 요즘 애들은 정말 춤을 잘 춰."

"노래도 나쁘지 않습니다. 마노 선생님, 한번 들어봐주세요."

하야시는 자신 있게 속삭였다. 아무리 독설로 유명한 마노 미스즈라 해도 웃지는 못할 것이다. 나나의 목소리는 날조된 아이돌의 그것과는 다르다. 곡을 만들어준 인기 작곡가도 가시와기 나나는 육십년대 팝 싱어의 가창력을 갖추고 있다며 칭찬하지 않았던가.

나나는 춤을 추면서도 레코딩할 때와 조금도 다를 바 없는 정확한 발음과 음정으로 〈새벽의 프리마돈나〉를 부르기 시작했다.

마노 미스즈는 말없이 듣고만 있었다.

"아, 나나 짱, 수고했어. 삼십 분 후에 또 부탁해."

디렉터의 목소리가 떨어지자 스튜디오의 공기가 부드러워졌다. 의자에서 일어서면서 마노 미스즈는 말했다.

"레슨은 누가 하고 있어?"

그녀의 안색을 살피면서 하야시는 대답했다.

"노모토 선생님이십니다."

"노모토, 아, 그룹사운드 출신."

시대를 풍미하는 히트곡 메이커를 얕보는 듯한 어투였다.

"안됐네. 좀 괜찮은 사람을 붙여주도록 해. 미야가와 씨나 이즈미 타쿠 씨라고 내가 지정까지 해줄 수야 없겠지만. 왜 있잖니, 뉴포크 계통으로 좋은 노래 만드는 젊은이."

"아…… 그렇지만 노모토 선생님도 꽤……"

"안 돼, 안 돼. 저애에게는 음악성이 있는 좋은 발라드를 부르게 해야 해. 춤 따위는 아무래도 상관없는 거야."

"발라드? 그럴까요, 발라드……"

마노 미스즈는 불만스러워하는 하야시의 얼굴을 노려보았다.

"하야시 짱. 내가 뭘 모르고 하는 소리라고 생각하는 거 아냐? 제까짓 게 팝 같은 거 알게 뭐냐고 얼굴에 씌어 있네."

그 말을 듣고서야 마노 미스즈가 원래는 미군 캠프에서 갈고 닦은 재즈 싱어였다는 것을 하야시는 깨달았다.

"아닙니다. 딱히 그런……"

"빌리 홀리데이와 한무대에 서본 유일한 일본인 가수가 하는 말이야. 틀림없어. 잘 키우도록 해."

쓸데없는 말을 했다는 듯 마노 미스즈는 주위 사람들을 한번 휙 둘러보고는, 빌리 홀리데이의 목소리를 흉내내 〈Strange Fruit〉 한 소절을 흥얼거렸다.

야부와 경의가 뒤섞인 박수 소리 속을 마노 미스즈는 유유히 걸어갔다. 하야시는 무심결에 그녀의 담비털 옷자락을 잡고 물었다.

"선생님, 될 것 같습니까, 저애?"

문 앞까지 성큼 걸어가서 비서가 건네주는 담배를 입가에 물며 미스즈는 말했다.

"물론. 단, 어떻게 연마하느냐에 달렸어. 저애 목소리도, 자네 수완도."

묘하게 넓어 보이는 스튜디오의 어둠 속에서 하야시는 잠시 멈춰 섰다. 마노 미스즈의 말은 곧 신의 말이었다.

그때 하야시 쇼타로는 무서운 생각을 했다.

'이건 찬스다.'

몸이 둥실 떠오른다.

어스름한 불빛 아래 나나가 홀로 서 있다.

빛의 경계선에 이르러 천천히 눈을 떴다. 학자같이 생긴 남자가 다시 한번 말했다.

'자네는 대체 뭘 하면서 살았어?'

나는 무엇을 하며 살아왔을까. 하야시 쇼타로는 온통 뒤죽박죽된 머리로 생각했다.

그렇다. 나는 마노 미스즈의 말에서 중요한 부분인 '단'이란 그 단어를 완전히 잊어버렸던 것이다.

욕망에 휩쓸려 가시와기 나나를 절대로 놓칠 수 없다는 생각만 했다. 어린 나나의 육체를 빼앗고, 무리하게 빚을 내어 프로덕션에서 독립하고, 그 결과로 업계에서 추방당하다시피 해도 나나의 마음만 붙잡고 있으면 아무것도 두렵지 않았다. 그러나 그 모든 것이 환상이었다.

다시 미끄러져내린 꿈의 밑바닥에는 아무것도 없었다. 소리도 빛도 없는 싸늘한 어둠 속에서 하야시 쇼타로는 소년처럼 무릎을 끌어안고 울었다.

'나는 그녀를 사랑해서는 안 될, 이 세상에서 유일한 남자였던 거야.'

28

마쓰쿠라 경부보는 말없이 서로 노려보는 와타나베 부장과 지배인의 뒤편에서, 어쩔 줄 몰라 하며 서 있었다.

시계는 새벽 한시를 가리키고 있다. 연회장에서는 이제 겨우 제정신을 차린 사람들의 웃음소리가 들려왔다.

"사람들 눈이 있으니까, 안에 들어가서 이야기하시죠."

지배인은 와타나베 부장을 똑바로 쳐다보면서 복도 끝을 손가락으로 가리켰다. 웃음이 사라진 지배인의 얼굴에는 긴장감이 감돌고 있었다. 그것은 결코 범죄자나 공범자의 표정은 아니었다. 강렬한 의지를 내뿜으며 와타나베 부장과 마주하고 있는 것이다.

역시 이 사건은 내겐 너무 버거워, 하고 마쓰쿠라는 생각했다.

"자네는 프런트에 가 있어. 자리에서 꼼짝도 하지 마."

지배인의 명을 받은 일견 폭주족같이 보이는 프런트맨은 카운터 앞에 부동 자세로 서 있었다.

세 사람은 피할 수 없는 긴장의 끈을 끌면서 걸어갔다. 엘리베이터 홀 앞에는 아치형의 문이 있었다.

청백색 네온으로 된 '굴레'라는 노래방 간판이 번쩍이고 있었다.

와타나베 부장은 문 앞에 일단 멈춰 서서 복도의 좌우를 살펴보고 어두운 실내를 엿보았다.

"경계하실 필요는 없습니다. 오늘밤 손님들은 점잖으셔서 이곳은 사용하시지 않을 모양입니다. 자, 어서 들어가시죠."

"굴레라. 흠, 겁나는 이름이군."

안으로 들어가 문을 닫고 텅 빈 실내를 둘러보던 와타나베 부장이 중얼거렸다.

"그냥 생각나는 대로 지었을 뿐입니다. 별다른 의미는 없습니다."

"글쎄. 기도답게 가게 이름도 의미심장한 것 같은데 말이지. 그 사람 취향의 빼어난 점을 아는 사람은 그리 많지 않아."

도무지 어울리지 않는 가게 이름이 조금도 우습지 않게 느껴지는 것은 왜일까, 하고 마쓰쿠라는 생각해보았다.

노래방은 마치 전쟁 때의 뒷골목 술집을 그대로 옮겨놓은 듯한 분위기였다. 마쓰쿠라는 박물관에 발을 들이민 것 같은 착각에 빠졌다.

낡아빠진 카운터, 비닐이 벗겨진 스탠드 의자. 너덜너덜한 보라색 카펫. 벨벳 커튼이 쳐진 반달 모양의 스테이지. 천장에는 조화와 작은 전등 데커레이션이 아래로 늘어져 있다.

퀼트 벽걸이에는 옛날 청춘영화 포스터가 붙어 있다.

"뭐야, 이건. 꼭 타임머신을 탄 기분이군."

마쓰쿠라는 입을 멍하니 벌리고, 〈사랑과 죽음의 발라드〉라는 영화 포스터를 쳐다보았다.

"그렇습니다. 타임머신. 불치병으로 죽은 여주인공 요시나가 사유리가 생명보험 광고에 나갔던 것을 알면 손님들이 탄식하겠지요. 이것도 오너의 아이디어입니다."

와타나베 부장은 가게 안을 둘러보면서 고개를 끄덕였다.

"오랜 징역생활에서 돌아와 온천을 하고, 술을 마신다. 쓸데없이 시간을 낭비했던 청춘이 여기에 그대로 남아 있다는 거지. 흠, 이 정도면 꽤 괜찮은 서비스라고 해야겠군."

"사실은 이 가게의 인테리어가 호텔에서 가장 돈이 많이 들었습니다. 스위트룸보다, 대욕탕보다 더요. 저 포스터 한 장만 해도 프리미엄이 많이 붙은 것이고, 의자도 테이블도 모두 특별 주문한 것입니다. 조명이나 음향장치는 모두 골동품이고요. 이 노래방 기계는 일본 어디를 뒤져도 찾을 수 없답니다."

흠, 하고 와타나베 부장은 한숨을 몰아쉬었다.

"기도 씨는 정말 재미있는 사람이야. 문화재급의 다실에는 시스템키친을 달면서, 일부러 돈을 들여 이십 년 전의 술집을 재현하다니."

"오너에게는 이것이야말로 문화재입니다. 모모야마 시대의 다실에 감동하는 사람은 적지만 이 가게에 들어오는 사람들은 모두들 감동하니까요."

갑자기 카운터 안에서 사람 그림자가 일어섰다. 마쓰쿠라는 저도 모르게 경계 태세를 취했다.

"야아, 조. 뭐 좀 상큼한 것 없을까."

"예잇. 상큼한 거라면 뭐니 뭐니 해도 프리즌 호텔 스페셜이죠."

바텐더는 낮고 쉰 목소리로 말했다.

"그건 또 뭔가? 듣기만 해도 취해 쓰러질 것 같군."

와타나베 부장은 행운의 네잎 클로버 같은 바텐더의 손끝을 바라보며 말했다.

"별건 아닙니다. 진과 보드카를 소흥주에 섞고 거기에 감자 소주를 첨가해서 데킬라를 살짝 뿌리고 흔든 겁니다. 한번 마셔본 사람이면 그 맛을 잊지 못하지요."

서툰 손짓으로 얼음을 깨면서 초로의 바텐더는 눈을 아래로 깔고 인사를 했다. 와타나베 부장은 잠시 생각하다가, 그제야 생각났다는 듯이 어이, 하고 말을 걸었다.

"잘 지내나. 언제 나왔어?"

"이번 여름에. 와타나베 씨도 건강해 보이는군요."

"그랬군, 세월이 많이 흘렀어. 십오 년, 아니 더 길었던가?"

"난 숫자에는 약해서요. 무기 먹었다가 가석방됐어요."

나무의자에 걸터앉으면서 마쓰쿠라는 와타나베 부장에게 속삭였다.

"아는 사이야?"

"아, 히로시마 작전 때 한건 올린 사람이야. '권총 조'라고 몰라?"

"으엑, 권총 조! 그, 그 세 명을 죽인 살인자! 도에이 영화사에서 영화로 만든 히로시마의 권총 조!"

저도 모르게 수첩을 내밀며 사인을 부탁하는 마쓰쿠라를 향해 바텐더는 날카로운 눈길을 던지며 단번에 기를 꺾어버렸다.

"이 손님은 우리 동업자? 아니면 와타나베 님의 동업자?"

대단한 관록이었다. 그야말로 세 명의 생명과 원한을 짊어진 네

306

명분의 존재감이었다.

"아, 내가 마침 그 영화의 주인공 마쓰카타 히로키의 팬이라……
실례했네."

바텐더는 불쾌한 표정을 지었다.

"난 영화는 보지 못했소. 고노에 주시로의 아들이 내 역을 맡았
다는 말은 들었지만…… 얼굴이 닮았소?"

"아, 아니오, 전혀. 비교도 안 돼. 너무 멋져. 진짜를 여기서 만나
다니, 이거 정말 가슴이 뛰어서……"

바텐더는 카운터의 불빛 아래서 쓸쓸히 웃었다.

"그런 말 들으려고 이렇게 살아온 건 아니오. 근데 지배인, 무슨
중요한 이야기라도?"

"아니, 별것 아냐. 그냥 흘려들으면 돼."

"이 젊은이에게 당할 처지라면 말씀만 해주세요. 내가 기도 오야
붕에게 은혜를 갚을 수 있는 방법은 이 몸뚱이 하나밖에 없어요."

바텐더는 그렇게 말하고 아이스픽 끝을 뚫어져라 바라보았다.

세 사람은 칵테일을 들고는 누가 먼저랄 것도 없이 구석 자리로
이동했다.

"당신, 가가와 신스케를 숨겨주었지?"

자리에 앉자마자 와타나베가 말했다.

지배인은 이미 예상했다는 듯 안색 하나 바꾸지 않았다.

"손님으로 묵고 계십니다."

"그러나 우리로서는 그것을 안 이상 절대로 놓칠 수가 없네. 그건 잘 알겠지."

"예. 체포하시겠다면 말릴 생각은 없습니다."

와타나베 부장은 칵테일을 한 모금 입에 넣고, 독약처럼 쓴 그 맛에 얼굴을 찌푸렸다.

"내가 말하고 싶은 건 그게 아냐. 가가와가 당신에게 맡긴 것을 넘겨달라는 거야."

그 말이 나오자마자 지배인의 얼굴이 뻣뻣하게 굳었다. 두 사람은 잠시 서로의 눈을 뚫어져라 바라보았다.

"어떻게 그걸?"

"오랜 경험에서 나온 직감이지. 이유는 없어. 그리고 이런 직감은 틀린 적도 없고."

지배인은 냉정을 유지하면서 나비넥타이를 매만지더니 단호하게 말했다.

"제게는 그런 요청을 거부할 권리가 있습니다."

대들려는 마쓰쿠라를 와타나베 부장이 손으로 제지했다.

"권리?"

"범인을 체포하는 것은 손님들의 권리이지만, 손님이 맡긴 물건을 지키는 것은 저희의 업무입니다. 즉, 요청을 거부할 권리는 저의 의무이기도 합니다."

"잘못하면 공범이 될 수도 있는데?"

"아닙니다. 절대로 그렇지 않습니다. 손님들께서 법원의 영장을 가지고 그런 말씀을 하시면 이야기는 달라지겠지만요."

지배인은 느긋하게 웃었다. 와타나베 부장은 헛기침을 하고 천장을 올려다보았다.

"영장보다는 우체국 쪽이 빠르겠군."

"그리고 저는 맡은 물건의 내용에 대해서는 아는 게 없습니다. 그래도 저를 공범 취급한다면 호텔맨의 위신을 걸고 끝까지 싸우겠습니다. 절대로 지지 않을 겁니다."

"……대단한 사람이야, 자네도. 진짜 야쿠자처럼 주관이 뚜렷해. 하지만 자네는 일반인이잖아?"

와타나베 부장을 노려보면서 지배인은 말했다.

"턱시도를 입은 야쿠자라고 보시면 됩니다. 호텔맨이라는 사나이의 길을 가는 독불장군 야쿠자라고나 할까요."

대답할 말을 찾지 못하는 두 사람을 남겨두고 지배인은 자리에서 일어섰다.

"가가와 님은 내일 지방검찰에 자수할 것입니다. 그 전에 공을 세우고 싶으시다면, 제가 간섭할 일은 못 되겠지요."

지배인은 허리를 굽히고 정중하게 머리를 숙인 다음 노래방을 빠져나왔다. 두 사람은 잠시 멍하니 의자에 몸을 묻고 있었다.

"두 손 들었네, 계장. 같은 호텔에 머물고 있는 걸 안 이상 자수할 때까지 놔둘 수야 없겠네만, 까딱 잘못하면 큰 짐을 지는 꼴이 될 거야."

마쓰쿠라는 벌벌 떨고 있었다. 자신을 이렇게 벌벌 떨게 하는 것은 과연 무엇인가, 하고 생각해보았다.

오랜 상처가 한꺼번에 되살아났다.

바텐더는 아이스픽을 카운터에 꽂아두고 줄곧 이쪽을 노려보고 있다. 눈이 마주치자 마쓰쿠라는 움찔하며 얼굴을 돌려버렸다.

영화 주인공 같은 낮은 목소리로 바텐더는 말했다.

"모르는 형사였다면 벌써 내 몸이 먼저 말을 했을 거요. 은인이신 와타나베 님하고 같이 온 게 운이 좋으셨소."

마쓰쿠라는 마른침을 꼴깍 삼켰다.

"무, 무슨 말이야, 와타나베 씨. 권총 조가 당신을 두고 하는 말 같은데."

와타나베 부장은 대답하지 않는다. 그 대신에 바텐더는 더욱 목소리를 낮춰 말했다.

"애송이가 뭘 알겠어. 내가 히로시마에서 도망쳐 기도 오야붕에게 숨어 있을 때, 와타나베 님은 그걸 알면서도 나를 잡지 않았지."

"이게 무슨 말이야, 와타나베 씨. 정말이야?"

와타나베는 말없이 담배 연기만 뿜어내고 있었다.

"오해하면 안 돼. 와타나베 님은 딱히 내가 무서워서 그런 게 아니야. 비번 날 나를 찾아와서 하룻밤 내내 나를 설득했지. 잡히면 사형, 자수하면 무기, 목숨이 왔다갔다하는 순간이라고 말이야. 그렇게 정 많고 대담한 순경은 간사이에도 히로시마에도 없어."

"그만둬, 조."

와타나베가 끼어들었다.

"아닙니다. 이 말만큼은 해야겠어요. 권총질을 해대면 영화에라
도 나오지만, 이런 진짜 순경은 평생 찬밥 신세란 말이야. 내 입으
로 이 애송이에게 꼭 얘기해주고 싶었어."

더이상 참지 못하고 마쓰쿠라는 으헝! 하고 울음을 터뜨렸다. 어
린아이처럼 발을 동동 구르며 주먹을 휘두르더니 와타나베의 유카
타 자락을 부여잡았다.

"이게 무슨 말이야, 와타나베 부장. 당신은 사십 년 동안 그런 일
만 해온 건가? 순경도 인간이라면서 내 생각만 해주고, 당신은 창
가족이니 할방구니 놀림만 받았잖아. 당신 인생을 그렇게 보내고
그냥 끝낼 참이야! 너무해, 이건 너무해, 와타나베!"

이를 벅벅 갈면서 마쓰쿠라는 눈물을 줄줄 흘렸다. 와타나베는
자신을 부여잡고 부르르 떨고 있는 마쓰쿠라의 손가락을 하나씩 떼
어내고 조용히 말했다.

"내 인생이야. 남이 이러쿵저러쿵할 문제가 아니라네."

"난 몰랐어. 난 당신이란 사람에 대해 조금도 몰랐어."

"알 필요도 없네. 인간은 자기 자신에 대해서만 확실히 알면 되는
거니까."

"난 모르겠어. 내가 누군지, 뭘 하며 살아왔는지, 도무지 알 수가

311

없다고."

마쓰쿠라는 울부짖으면서 자신이 뱉어내는 말에 대해 스스로 놀라고 있었다. 말 그대로였다. 혹시 자신은 여태 적으로 상대하고 싸워온 야쿠자들 속에서 잃어버린 자신의 모습을 찾고 있었을지도 모른다고 생각했다.

"이까짓 게 다 뭐야!"

마쓰쿠라는 늘 자랑스럽게 달고 다니던 금팔찌와 목걸이를 잡아채 바닥에 내동댕이쳤다. 오랜 상처를 그때만큼 절실히 느낀 적은 없었다.

"와타나베 부장."

마쓰쿠라는 마음속에서 생각한 것을 그대로 입에 담았다.

"가가와는 당신이 수갑을 채워. 평생에 한 번 정도는 사람들을 놀라게 해줘."

"이제 와서 공을 세워 뭘 하겠다고. 자네와 서장의 공으로 만들어줄게."

"그건 내가 못 참아."

이것 참 귀찮게 되었다고, 와타나베 부장은 둔중해 보이는 두터운 목을 빙글 돌려 바텐더를 바라보았다.

"좋잖아. 와타나베 님이 수갑을 채우면 그놈에게도 영광이지. 그렇게 하세요. 와타나베 님이 마지막으로 그런 공 하나 세운다고 하늘이 화를 낼 것도 아닌데."

권총 조는 조용하고 낮은 목소리로 말했다.

29

"감기 걸리겠어, 미카 짱. 자, 할머니와 요 깔고 같이 자자."

안주인의 무릎에서 얼굴을 들고 미카는 잠시 멍하니 생각에 잠겼다.

'응? 여기가 어디더라…… 할머니? 이 사람은 누구지……에…… 그래, 그래. 이 사람은 선생님의 엄마. 미카의 할머니는 오늘 아침 발작을 일으켰고, 니트로글리세린이 듣지 않아 구급차로 병원에 실려갔어…… 그때 선생님에게서 전화가 왔고, 미카는 엄마 대신에 선생님과 같이 여기로 온 거야.'

잠이 덜 깬 미카의 눈꺼풀 뒤로 길고 긴 하루의 장면이 그림책 페이지를 넘기듯이 펼쳐졌다.

빨갛고 노랗고, 깊고 깊은 숲. 새파란 하늘이 어두워지자 어디서도 본 적 없는 둥글고 큰 달이 산 위에 걸렸다.

그러자 마치 숲속에서 나온 요정처럼 유카타를 입은 아저씨들이 손뼉을 치면서 노래를 불렀다. 웃기도 하고, 술을 따르기도 하고, 싸움을 하기도 하고, 또 화해도 하면서.

"앗, 미키마우스가 없어졌어."

미카는 소파에서 내려와 사무실 안을 둘러보았다. 의자 아래에도 선반 위에도 자신의 소중한 인형이 보이지 않았다.

안주인도 같이 찾아보다가 문득 생각났다는 듯 말했다.

"아, 그건 분명 나카조 아저씨가 복화술을 하면서 놀다가 그대로 가지고 갔을 거야."

"할아버지는 어디 있어? 미카는 미키마우스가 없으면 잠이 안 와."

"응…… 아까 별채로 음식을 가지고 갔는데……"

미카는 그 말이 떨어지기가 무섭게 사무실 밖으로 뛰쳐나갔다.

"잠깐 기다려, 미카 짱! 어딘지 알고 가는 거니?"

"응, 낮에 탐험했어. 노천탕 못 가서 대숲 안에 있잖아."

오버올의 옷자락을 질질 끌면서 깡충깡충 뛰는 발걸음으로 미카는 복도를 달려갔다.

요정 같은 아저씨들의 노랫소리가 아직도 들려오고 있다. 고주망태가 되어 아무 데서고 드러누워 자기도 하고, 여급들과 종업원들의 부축을 받기도 한다. 정말 귀여운 사람들이다.

"엇?"

미카는 로비의 소파 아래서 곰지락거리는 사람을 발견하고 발길을 멈췄다. 바닥에 엎드려서 안을 들여다본다.

"이런 데서 뭘 하고 있어, 아저씨?"

그 아저씨는 무슨 영문인지 입에 손수건을 물고 손발이 뒤로 묶여 있었다. 필시 나쁜 짓을 했을 것이라고 미카는 생각했다.

"오이, 토아조, 부타해. 제바."

"에에에, 아저씨 무슨 장난치다가 이렇게 됐어? 잘못했습니다, 하고 제대로 용서를 안 빌었죠?"

"……미아해, 죄소해. 미아해!"

"안 돼! 미안하다고 다 되면 경찰은 뭣 하러 있는데?"

어머니의 말투를 흉내내며 미카가 말했다. 왜 그랬는지는 잘 모르겠지만, 잘못했다고 비는데도 나무라고 보니 슬픔이 복받쳤다. 아저씨는 그 말이 가슴 아팠는지 우우우, 하고 눈물을 흘렸다.

"잠시 그렇게 벌을 받도록 해요. 진심으로 뉘우치면 엄마가 용서해주겠어요!"

미카는 술판이 벌어지고 있는 대연회장 앞을 빠져나가 묵직한 비상구 문을 열고 밖으로 나갔다.

산에서 불어오는 차가운 바람이 스스슥 조릿대숲을 흔들고 있었다. 귀신이 나올 것만 같아 겁이 났지만 미카는 용기를 내어 바닥에 질서정연하게 깔린 돌을 밟으며 달려갔다.

낙엽이 떨어져 있는 숲속에 오래된 작은 집이 한 채 서 있다. 둥근 창에서 불빛이 새어나오고 있었다. 마치 옛날이야기에 나오는 길 잃은 나그네가 된 기분이었다. 혹시 처녀귀신이나 산적이라도 있을지 모른다고 생각하며, 미카는 둥근 창 너머로 안을 들여다보았다.

낮에 용돈을 주었던 할머니가 할아버지와 함께 술을 마시면서 이야기를 나누고 있었다. 마치 옛날이야기에 나오는 할아버지와 할머니 같았다. 미카는 가슴을 쓸어내렸다.

"그렇지만 미스즈 짱. 오야붕이 돌아가신 바로 그 순간부터 난 내가 한 일이 너무 후회스러웠어."

"무슨 소리야, 자네답지 않게. 나카조도 이제 늙었구먼."

"이런 생활을 두고 하는 말이 아냐. 그건 나의 가업이니까. 그게 아니라 나는……"

"그애 얘기야? 이제 와서 새삼스럽게."

"이제 와서라고는 하지만, 그애는 틀림없는 내 자식이야. 배가 불러오는 자네를 오야붕에게 맡기고, 나는 모른 척하면서 살아왔지. 참 웃기는 놈이야, 나도."

"그 일만은 절대로 다른 사람에게 말해선 안 돼. 그애도 자신이 일대 협객 사가라 나오키치의 자식인 줄로만 알고 있으니까."

"바로 그것 말이야. 그게 괴로워. 오야붕은 돌아가시기 전에 나를 머리맡에 불러앉혀놓고 이렇게 말씀하셨지. '나카조, 미안하구나. 내가 교육을 잘못시켜 자네 자식을 저런 약물 중독자로 만들어버렸어. 미안하이, 이렇게 용서를 비네' 하고. 오야붕은 그애를 눈에 넣어도 아프지 않을 정도로 귀여워하면서도, 내심으로는 내게서 잠시 맡고 있는 아이로 생각하고 있었던 거야."

"정말 괴로워…… 그렇지만 이제 와서 무슨 소용이 있겠어. 그 애는 교도소로, 나오키치 씨는 저세상으로 가버렸으니. 모두 내 책임이야. 너무 애지중지한 게 잘못이었어."

"차라리 야쿠자로 만들어버리는 게 좋았을까."

"무슨 짓을 해도 좋지만 야쿠자만은 절대로 안 된다고 나오키치 씨는 늘 그애에게 말했었지. 그런 아버지의 말을 그대로 실천해서 방탕아가 된 거야. 하기야 야쿠자가 될 수도 없었을 테지만. 그렇게 소심한 아이였으니."

"소심한 것만은 나와 닮았어."

"면회를 갔더니 울더군. 아버지를 임종하지도 못했다면서. 풀려 나오면 이 호텔에 잡아두고 잡일이라도 시켜. 그 지배인이라면 그 애를 바로잡아줄 수 있을 거야."

"그건 그래. 내가 할 수 있는 일이래봐야 그 정도뿐이겠지."

"나오키치 씨는 정말 소중히 여겼지, 나에 대해서나 그애에 대해서나."

"오야붕은 미스즈에게 반했던 걸까?"

"그만둬. 나오키치 씨는 그런 보통 사내들하고는 달라. 그 증거로, 나오키치 씨가 쓰러지자마자 정치며 경제며 엉망진창이잖아. 마치 군기가 빠진 군대처럼 말이야."

"그건 그래. 오야붕이 중간에 서면 어떤 골치 아픈 일도 문제가 없었지. 나는 그런 거물에게 평생 신세만 졌어. 그때도 나더러 한 아이의 아버지가 될 테냐, 야쿠자가 될 테냐, 하고 엄하게 물어보시더라고."

"나오키치는 나카조를 마음에 두고 있었으니까. 자식이라는 짐을 짊어져 겁쟁이가 되어서는 안 된다고 생각했겠지. 나카조의 성격을 꿰뚫고 있었을 거야."

"확실히 그게 급소였을지도 모르지."

"내게는 이렇게 말하더군. '정말로 스타가 되고 싶으면 반드시 나카조와 헤어져야 해. 남자건 여자건 색은 출세를 가로막는 거야. 노래를 할지, 사랑을 할지, 어느 한쪽을 택해.' 그렇지만 난 노래를 버릴 수 없었어."

"오야붕은 실망하는 우리에게 이렇게 말했지. '내가 이애의 애비가 되면 될 것 아니냐. 나카조는 남자가 되고, 미스즈는 스타가 되는 거다.' 그리고 정말 그대로 해주었어. 그 덕분에 오늘날 마노 미스즈는 누구도 부인 못 할 대스타가 되었지. 기도 나카조의 이름도 이 업계에서는 꽤 알아주고 말이야."

"맞아. 나오키치 씨는 우리의 무거운 짐을 대신 짊어지고, 자, 너희들 마음대로 가, 하고 등을 밀어준 거야, 그때."

"……참 괴로운 일이야."

할아버지와 할머니의 이야기는 너무 어려워 알아들을 수 없었다. 그렇지만 한 가지, 미카도 확실히 이해할 수 있는 것은 있었다.

'나도 분명 엄마와 선생님의 짐일 거야……'

엄마는 늘 울고만 있다. 상냥했던 아빠는 미카를 두고 징역을 살러 가버렸다. 할머니의 심장이 나쁜 것도, 선생님이 안절부절못하며 엄마를 때리는 것도 모두, 미카 때문이야.

주위의 어른들이 자주 입에 담는 '불행'이란 놈도 사실은 자신의 또다른 이름이었다고 미카는 생각했다. 컴컴한 숲속에서 미카는 혼자 동그마니 남겨져 있었다.

'미안해. 엄마, 아빠, 선생님, 할머니, 모두 미안해……'

차가운 돌을 슬리퍼 뒤축으로 밟으며 미카는 그 자리를 떠났다. 울창한 조릿대 가지가 길을 가로막았다. 앞에도 뒤에도 하늘도 땅도, 온통 새카맣다.

미카는 멈춰 서서 어쩔 줄 몰라 하다가 주저앉아 무릎을 끌어안고 울었다. 울면서, 선생님이 사준 오버올은 '짐'을 싸는 보자기이고, 어머니가 준 작은 가방은 '짐' 위에 달라붙은 리본이라고 생각했다.

문득 미키마우스를 떠올리고 미카는 얼굴을 들었다.

'그렇지만 미키마우스는 달라. 나 혼자서 디즈니랜드에 갔을 때 용돈으로 산 거야.'

미카는 일어서서 눈물을 훔치고 징검다리 같은 돌 위를 걸어서 돌아왔다. 작은 문 앞에서 밝은 목소리를 내려고 애쓰면서 미카는 말했다.

"할아버지, 안녕."

이야기 소리가 끊어지고 방바닥이 삐걱거리는 소리가 나면서 할아버지가 문을 열었다.

"미카 짱, 아직 안 잤니?"

"잠을 자려고 하는데……"

할아버지는 안경 너머의 눈에 미소를 머금고 있었다.

"그래, 그래. 혼자서는 잠이 안 오는구나. 좋아, 자, 오늘은 할아버지하고 같이 자자."

"으응, 그게 아니고, 미키……"

앗, 하고 방 안으로 얼굴을 돌리는 할아버지의 시선을 따라서 미카가 본 것은, 상 위에 던져진 미키마우스의 처참한 모습이었다. 몸체는 연기에 그을고, 떨어져나간 머리에 붙은 퀭한 눈동자가 미카를 바라보고 있었다.

멍하니 서 있는 미카 앞에서 할아버지는 머리를 긁적이며 망가진 인형을 집어들었다.

"아, 정말 미안하구나. 내가 잘못했어. 내일 마을로 가서 할아버지가 새것 사줄게."

미카는 미키마우스의 잔해를 빼앗아들고는 눈을 흘기며 뒷걸음질쳤다.

"너무해, 너무해, 할아버지!"

"아, 정말 미안하다. 미안해, 미카 짱."

"미안하다고 다 되면 경찰은 뭣 하러 있어!"

미카는 어둠 속을 향하여 달렸다. 너무 슬퍼서 울음도 나오지 않았다.

'이제 미키마우스랑 같이 죽을 거야. 엄마에게도 선생님에게도, 세상 모든 사람에게 그게 가장 좋을 거야. 그것밖에 없어.'

인형을 안고 달리면서 미카는 굳게 마음먹었다.

"정말 대단해…… 미안하다고 다 되면 경찰은 뭣 하러 있느냐고…… 허허."

나카조 오야붕은 다실의 입구에 털썩 주저앉아 중얼거렸다.

"꽤 충격을 받은 모양이군, 나카조."

한숨을 쉬면서 마노 미스즈가 말했다.

"아, 아주 강렬해. 어퍼컷을 한방 맞은 기분이야."

"정말 아끼던 인형인 모양이야. 가슴 아프게 만들고 말았네."

오래오래 입을 다물고 있던 나카조 오야붕은 제정신을 차리고 입을 열었다.

"어른이나 아이나 별다를 게 없어. 소중히 여기던 것을 잃어버린 인간의 얼굴이란 다 마찬가지야. 아까 내게 총을 쏘았던 여자도 그런 얼굴이었지."

"그럼 우리도 같은 얼굴이겠군."

"글쎄. 아, 그러고 보니 고짱 그 녀석도 옛날부터 줄곧 그런 얼굴이었지."

드레스 위에 덧옷을 걸치더니, 마노 미스즈는 오야붕을 밀치고 작은 문을 빠져나갔다.

"난 다른 남자의 얼굴이 떠올랐어."

마노 미스즈는 나뭇가지 사이로 비쳐나오는 호텔 창문의 불빛을 바라보며 말했다.

"하야시 쇼타로라고, 저 가시와기 나나의 매니저 놈 말이야."

"여자를 등쳐먹고 사는 놈이니 도리가 있을라고."

"그게 아니라, 그놈도 목이 떨어진 인형을 끌어안고 벌벌 떨고 있을 것 같은 느낌이 들어서 그래."

뒤뚱걸음으로 징검다리처럼 땅에 박힌 돌을 밟으며, 마노 미스즈는 술에 절어 걸걸해진 목소리로 말했다.

"오랜만에 노래라도 한곡 할까…… 나카조, 손님들을 한자리에 좀 모아봐."

30

나는 새하얀 원고지에 머리를 박고 탁상 위에 엎어졌다.

머릿속이 욱신거렸다. 마치 유령들이 내려오기라도 한 듯 펜 끝이 흔들렸다.

어쩌면 더이상 한 자도 못 쓸지 모르겠다는 생각이 들었다.

인기척을 느끼고 얼굴을 들자, 미카가 기둥에 등을 대고 서 있었다. 힘없이 늘어진 두 손에는 미키마우스의 몸통과 머리가 따로 들려 있었다. 늘 그랬던 대로 나무라려다 말고 물어보았다.

"그건 또 왜 그래?"

미카는 젖은 눈길로 나를 바라보았다.

"혼자 내버려둬서 미안해, 선생님. 커피, 타줄까요?"

어머니와 똑같은 어조로 미카는 말했다.

"괜찮아. 그것보다 무슨 일이야? 다 떨어졌잖아."

미카는 대답하려고도 하지 않고, 여행가방을 열더니 바느질 세트를 꺼내 바늘과 실을 집어들었다.

"그만둬, 틀렸어. 잘 봐. 머리가 떨어져나가고 창자도 쏟아졌잖아. 이런 걸 즉사라고 하는 거야."

미카의 어깨가 흔들렸다. 농담치고는 너무 심했나, 하고 나는 반성했다.

그래도 미카는 포기하지 않았다. 마치 어머니가 제 자식의 유골을 부여잡고 아쉬워하는 그런 표정으로, 튀어나온 솜을 밀어넣고 천을 기워보려고 애썼다.

"안 되네…… 안 돼. 정말 미안해, 미키."

미카는 구원을 바라듯이 나를 쳐다보았다.

"뭐? 나? 핫핫, 그건 무리야. 자랑은 아니지만, 나 여태 펜보다 무거운 걸 들어본 적도 없다고."

"그렇지만 바늘은 펜보다 가벼운데……"

나는 가능한 한 냉담하게 대답했다.

"바늘은 가볍지만 넌 무거워."

안 돼. 또 심한 말을 하고 말았다. 미카는 그 말이 떨어지기가 무섭게 입을 비죽이며 고개를 아래로 푹 숙였다.

"질질 짜지 마. 아, 싫다 싫어. 이래서야 일이 제대로 될 리가 없군. 난 온천이라도 하고 잠이나 자야겠다."

왜 내가 이토록 미카에게 심하게 구는지, 하지 말아야 할 심한 농담을 던지고 마는지, 너무도 잘 알고 있다. 나는 결코 잊을 수 없는 나 자신의 과거에 대해 그렇게 폭력을 가하고 있는 것이다. 그것은 어머니에게 버림받은 전찻길에서부터 지금까지 나를 끈질기게 따라온 서글픈 어린 날의 그림자였다.

나는 목욕탕의 삼나무 문을 거칠게 열어젖히고, 유카타와 빤쓰를 마구 벗어던지고 안으로 뛰어들었다.

고야 산 특제 나무로 만든 탕 안에는, 모든 것을 감추려는 듯 한 치 앞도 보이지 않는 김이 무럭무럭 피어오르고 있었다.

나는 탁한 유황물을 뒤집어쓰고 열심히 얼굴을 씻었다. 그러고 나서는 환상을 물리치기 위해 한껏 목청을 뽑아 노래를 불렀다.

"안녕이란 말도 하지 못하고, 아, 헤어지던 그날 바아아아암."

일 절을 흥얼거리고 나서, 문득 지금 내가 부르는 노래가 마노 미스즈의 〈전사의 엘레지〉라는 사실을 깨달았다. 별로 좋아하는 노래

324

는 아니었지만 어쩌다보니 외우고 있다.

"지금도 꿈속에서 보네, 비 내리는 골목길, 맞나?"

노랫소리가 기어들어갔다. 나는 탕에서 일어서서 샤워기 앞에 턱 버티고 앉아 천장을 올려다보았다. 문득, 이런 때 기요코가 있어주었으면, 하는 생각이 들었다.

'선생님, 정말 잘 부르시네요. 소설가보다 가수가 될 걸 그랬어요.'

등을 밀면서 아마도 기요코는 그렇게 속이 빤히 보이는 칭찬을 할 것이고, 그러면 나는 꿀밤을 먹이거나 물통으로 기요코를 때릴 것이다. 그래, 내 사랑을 가득 담아서.

'그건 또 무슨 뜻이야. 내 소설이 별볼일 없다는 거야?'

'아얏! 아녜요. 그런 의미가 아니라, 너무 목소리가 좋아서요.'

'흥, 기어오르지 마. 너도 불러봐. 이 노래는 말이야, 징역 간 남편을 기다리는 가련한 여인의 노래야. 자, 노래해봐, 노래하라니까.'

나는 아마 그렇게 말하고, 슬픔에 겨워 얼굴을 묻는 기요코를 끌어안을 것이다. 입술을 빨고, 있는 힘을 다해 끌어안을 것이다. 내가 세상에서 가장 미칠 듯이 사랑하는 여자를.

갑자기 등에 뜨거운 물을 끼얹는 사람이 있었다. 퍼뜩 제정신을 차렸다.

"선생님, 등 밀게요."

기요코다. 아니, 아니다.

작은 손이 나의 등을 문지르기 시작했다. 등 너머로 소녀의 하얀 나체가 서 있었다.

딱히 당황할 필요도 없었지만 나는 괜히 허둥지둥했다.

"흠, 아무리 기요코 대신이라고는 하지만 등까지 밀 필요야 있겠니."

"그렇지만 엄마는 늘 이렇게 해요. 선생님, 노래 정말 잘하세요. 소설가보다는 가수가 되는 게 더 나을 뻔했어요."

나도 모르게 물통으로 뻗어나가는 손을 우뚝 멈췄다.

"자, 이제 앞쪽이에요."

"아, 앞은 괜찮아. 감기 걸릴라, 빨리 탕에 들어가 몸을 데워."

나는 멈칫멈칫하면서 미카를 안아올렸다. 양겨드랑이를 잡고 탕 안에 넣는 순간, 소녀의 가녀린 감촉이 나를 놀라게 했다.

이건 인간이 아니라고 생각했다. 슬픔이 빼곡 들어찬, 조금만 힘을 주어도 산산이 부서져버릴 듯한 너무 여리고 작은 그릇이었다.

미카와 나는 얼마 동안 탕 안에서 두 손으로 무릎을 껴안고 천창 너머 밤하늘의 별을 올려보았다. 밤의 구름은 끝없이 흘러가고, 별들은 사라지는가 싶다가 다시 반짝였다.

"할머니랑 같이 있었니?"

"네. 할머니, 선생님 자랑을 했어요. 선생님은 대학을 나오지 않았는데도 열심히 노력해서 소설가가 되었다고. 그러니, 미카도 선생님에게 지지 않을 정도로 노력하라고."

"훌륭한 화가가 되라고 말이지. 그래, 열심히 해봐. 넌 어쩌면 천재일지도 몰라."

"천재?"

"재능을 무한정으로 믿는 능력을 말하는 거야."

흠, 하고 미카는 마치 알겠다는 듯 고개를 끄덕였다.

"그럼, 열심히 노력한 선생님도 천재네요. 분명히."

"뭐? ……그건 또 무슨 말이야?"

"그렇잖아요. 믿지도 않는데 어떻게 노력할 수 있어요?"

그럴지도 모른다. 그러나 설마 원고지에 머리를 박는 천재는 없을 것이라고 나는 생각했다.

"믿는다는 것은 사랑하는 것보다 더 고귀한 것이라고, 엄마가 늘 말했어요."

잘도 그런 말을 했군. 나는 얼굴을 찌푸렸다.

"시건방진 소리 하지 말고 이제 나가. 잘 들어, 이것만은 확실히 말해두지. 머리 나쁜 네 엄마에게는 그런 대단한 말을 할 자격 없어. 기요코도, 너도, 할머니도, 모두 내 덕분에……"

"알아요, 알고 있어요, 그건."

아니, 그렇지 않다. 기요코는 그 말 그대로 살아가고 있다. 사랑하기보다 먼저 믿지 못하면, 그 불행의 표본 같은 여자는 하루라도 살아갈 수 없을 테니까.

나는 물을 박차고 일어섰다.

"선생님, 한 가지 물어봐도 돼요?"

"뭔데? 어려운 건 묻지 마. 난 너만큼 머리가 좋은 사람이 아니니까."

미카는 물 표면에 얼굴을 살짝 담근 채 애절한 목소리로 중얼거렸다. 반드시 이것만은 물어보아야겠다는 표정으로.

"미카, 짐이 돼요?"

"아, 짐이고말고. 늘 나를 졸졸 따라다니며 떨어질 줄 모르잖아. 그날부터 줄곧."

"그날?"

내가 또 왜 이러지. 젖은 몸에 유카타를 걸치고 뒤를 돌아보니 미카는 벌거벗은 채 몸을 가릴 생각도 하지 않고, 버려진 아이처럼 탕 안에 동그마니 앉아 있었다. 그렇다. 오갈 데 없이 버려진 아이처럼.

꼴좋다, 이제 속이 시원하냐. 나는 마음속으로 중얼거렸다.

이불 위에는 무참히 찢긴 미키마우스가 놓여 있었다. 딱히 그럴 생각은 아니었지만 나는 심심풀이 삼아 바늘과 실을 집어들었다.

나는 다른 사람들이 생각하는 것만큼 손재주가 없지는 않았다. 아니, 오히려 솜씨가 좋은 편이었다. 당연하다. 내 아버지는 빤쓰를 깁는 데는 인간문화재급 실력을 가진 명인이 아니었던가.

도미에는 늘 나의 섬세한 손놀림 하나하나가 죽은 아버지를 그대로 빼닮았다면서 웃었다. 그러면 두들겨 맞을 줄 알면서도 늘 그런 말을 했다.

바늘에 실을 꿰려고 등을 둥글게 구부렸을 때, 나는 공장 사다리 위에서 내려다보던 아버지의 등을 떠올렸다.

아버지는 재봉질을 마치면, 예술품처럼 완성된 메리야스 빤쓰에 자신의 혼을 불어넣기라도 하려는 듯 바늘과 실로 '히가시칸다 기도 의료근제'라는 글자를 새겨넣었다.

아내가 도망친 그날 밤에도, 아버지는 훌쩍이며 우는 나를 사다리 위에 내버려둔 채 묵묵히 빤쓰를 만들었다.

아버지는 무엇 하나 부모다운 모습을 보여주지 않았다. 글을 가르쳐준 적도 없고 예절을 가르쳐준 적도 없었다.

그러나 나는 매일 밤, 도미에가 음침하게 생각할 정도로 아버지와 똑같은 모습으로 묵묵히 원고지를 향해 앉는다.

어쩌면 아버지는 나에게 모든 것을 가르쳐주고 죽은 건지도 모른다.

인형의 목과 몸은 어지어찌 하나로 연결되었다.

그만 잘까, 하고 크게 하품을 하는데 방송 차임벨이 울리더니, 난데없이 탁한 목소리가 울려퍼졌다.

"손님 여러분께 안내 말씀 드립니다. 새벽 두시 삼십분부터, 일층 노래방 '굴레'에서 '마노 미스즈 스페셜 쇼'가 열리니 참석해주시면 고맙겠습니다."

세상에, 무슨 이런 호텔이 다 있어.

아무리 그래도 그렇지, 이런 시각에 정신 나간 손님이 아니고서야. 그러나 내 생각과는 달리 한밤중의 복도에는 손님들이 넘쳐나기 시작했다.

　"마노 미스즈라고, 진짜?"

　"설마, 비디오나 틀겠지, 뭐."

　"아냐, 나, 봤어. 낮에 분명히 봤다고."

　"농담하지 마. 그 사람이 뭐가 아쉬워서 이런 델 와."

　야쿠자도 경찰도 그 갑작스럽고 괴이쩍은 이벤트 소식을 의심쩍어하면서도 들뜬 발걸음으로 계단을 내려가고 있었다. 잠을 쫓으려는 듯 크게 하품을 하면서, 또는 술에서 막 깬 얼굴로, 사람들은 모든 악취미의 소굴과도 같은 그 노래방으로 향하고 있었다.

　네온사인이 깜빡이는 옛날풍의 문 앞에서 지배인은, 이 말도 안 되는 기획이 호텔 최고의 서비스라도 된다는 듯 자신만만한 표정으로 웃음을 띠고 있었다.

　"지배인, 아무리 그래도 그렇지, 이건 좀 너무하지 않아? 새벽 두시야. 이런 시간에 잠 안 자고 깨어 있는 사람은 소설가, 야쿠자, 아니면 경찰 정도밖에 없을 거야. 아핫핫핫."

　그렇게 말해놓고 보니 스스로를 두고 한 말 같아 헛웃음을 터뜨렸다.

　가게 안은 평소부터 불건전한 일과표에 익숙해진 사람들로 북적대고 있었다. 생각해보면, 나 또한 그런 불건전한 생활의 대표주자가 아닌가.

적당히 자리에 앉자 필리핀에서 온 여급이 위스키를 갖다주었다.

"자네들도 고생이 많군, 이런 새벽에. 노동부에 진정이라도 해."

"갠차나. 잔업 수당 나와. 모두 기분 좋아해."

"그렇지만 건강이 문제잖아. 하루가 멀다 하고 이런 일을 하면."

"아니, 가끔 해. 손님, 가끔씩 와."

그러면서 여급은 윙크를 보냈다.

그것도 그럴 것이라는 생각도 들었다.

가게 안을 둘러본다. 얼굴에 붕대를 칭칭 감은 사람이 눈에 띄어 어찌 된 일인가 했다. 문득 누가 누군지도 모를 이 손님들의 직업을 떠올리자 온몸에 소름이 끼쳤다.

곤잘레스의 멋들어진 피아노 연주에 맞춰 여급들의 춤이 시작되었다. 삼바인지 플라멩코인지 스트립인지 잘 모르겠지만, 어쨌든 분위기를 돋우는 서두로는 그런대로 괜찮아 보였다. 관객들은 함성을 지르며 박수갈채를 보냈다.

"여러분, 죄송하지만 자리 좀 좁혀주세요."

구로다가 피로에 전 가시와기 나나를 끌어안듯이 부축하며 들어섰다. 나는 옆에 앉아 있는 여경을 있는 힘을 다해 밀어내고 나나를 위한 자리를 만들어주었다.

어쩌다보니 '양손에 꽃' 형상이 되었다. 왼편에 앉은 여경의 건장한 체격에 비해 나나의 어깨는 왜 이리도 좁고 가냘픈지. 마치 손바닥 안의 작은 새처럼 아슬아슬하고 여렸다.

"아, 아까는 실례가 많았소이다."

아마도 능글능글한 표정이었을 것이다. 나나는 대답하지 않았다. 얼이 빠진 것처럼 보였다.

이윽고 무대 조명이 꺼지면서 그림자 하나가 나타났다. 마노 미스즈다. 서 있는 것조차 힘들 정도로 형편없이 취해 있었다. 피아노에 손을 올린 채 그림자는 두 번, 세 번 위태롭게 흔들렸다.

"노래도 못 할 거야. 저렇게 쉰 목소리로, 게다가 고주망태가 되어서, 창피나 당하라지 뭐."

저주하듯이 가시와기 나나는 중얼거렸다. 그럴 것이 분명했다. 나이도 먹은데다 술에 절어 갈라터진 목소리니, 분명 마노 미스즈는 관객들을 지겹게 만들고 말 것이다.

둥근 조명이 어둠을 뚫고 무대를 물들였다. 스포트라이트가 켜지면서 마노 미스즈의 모습이 무대 위로 떠올랐다.

"앗!"

나나는 비명을 질렀다. 웅성거림은 금세 가라앉고, 사람들의 눈길은 스테이지에 못 박혔다.

마이크를 잡고 서 있는 그 사람은 결코 시들어버린 노가수가 아니었다. 그랬다. 도무지 믿기지 않았지만, 그 옛날 카네기 홀을 앵콜로 가득 메웠던 저 위대한 마노 미스즈의 그 모습 그대로였다.

"말도 안 돼……"

나나는 기적이라도 만난 사람처럼 바르르 떨리는 손가락으로 무대를 가리켰다.

　신기할 정도로 커 보이는 몸을 우아하게 살짝 숙여 인사를 하더니, 이윽고 마노 미스즈는 정신이 번쩍 들게 하는 목소리로 〈Strange Fruit〉를 부르기 시작했다.

31

　마노 미스즈는 술기운을 빌려 몇 마디 멘트를 섞어가며, 옛날의 스탠더드 재즈를 몇 곡 불렀다.

　사람들은 미스즈의 포로가 되어갔다. 아무도 술을 마시지 않았다. 술잔을 들고 있다는 사실마저 잊어버린 것 같았다.

　이윽고 갈채와 함께 피아노 반주에서 노래방 반주로 바뀌자, 마노 미스즈는 사람들이 잘 알고 있는 자신의 노래를 부르기 시작했다.

　나는 노래에 취한 채, 스타로서는 이미 과거의 인물이 되어버린 그녀의 노래가 사실은 노래방 메뉴 속에 가장 많이 들어 있고, 또한 아직도 수많은 사람들이 애창하고 있다는 사실을 깨달았다.

　그녀는 아마도 영원히 남을 일본의 국민가수임이 분명하다. 모두들 그녀의 위대성을 깨닫지 못하면서도 저도 모르게 그 노래를 흥얼거리고 있다. 진정한 스타란 바로 그런 것이 아닐까.

그리운 옛 노래를 몇 곡 듣는 사이에 나는 절로 머리가 숙여졌다.

마노 미스즈의 노랫소리는 레코드나 시디의 목소리와 조금도 다를 바 없었고, 오히려 그보다 더 감동적이었다. 나이나 지금의 술기운, 자신을 몇 번이나 덮쳤던 불행과 피로감, 그런 것과는 아무 관계도 없는 영원의 목소리였다.

거기에 비해 고작 마음에 남을 문장 하나 제대로 떠올리지 못하는 나는 이 얼마나 미숙하고 비천한 존재인가.

가시와기 나나는 내 곁에서 얼이 빠진 채 스테이지를 바라보고 있었다.

얼마나 시간이 흘렀을까.

만장한 손님들에게 시간마저 잊게 했던 열몇 곡의 열창을 마치고 마노 미스즈는 작별을 고했다. 여기저기서 앙코르와 박수가 터져나왔다. 야쿠자도 경찰관도, 일본인도 외국인도, 모두 어머니 옷자락에 매달리는 아이처럼 입을 모으고 손뼉을 쳤다.

"정말 곤란하군요. 난 정말 기브 업. 이젠 커튼콜을 받을 만한 나이가 아니에요."

마노 미스즈는 그 독특한, 그야말로 옛날부터 사람들의 심금을 울렸던 매혹적인 권태에 젖은 듯한 웃음을 보냈다.

그녀가 체력의 한계에 달했다는 것은 그녀의 몸짓 하나만 봐도 알 수 있었다. 그러나 박수는 그칠 줄 몰랐다.

"그럼, 딱 한 곡만. 뭐가 좋을까요."

저 뒤편에서 간발의 틈을 주지 않고 목소리가 터져나왔다.

"전사의 엘레지!"

관객들은 술렁거렸다. 그렇다, 뭔가 부족한 것 같은 느낌이 들었는데, 바로 그 노래가 빠졌던 것이다.

나는 다른 사람들처럼 얼이 빠진 채 박수를 쳐댔다. 꼭 듣고 싶었다. 듣지 못하면 잠을 잘 수 없을 것 같았다. 아니, 죽지도 못할 것 같았다.

마노 미스즈는 익살스럽게 어깨를 으쓱하더니 마이크를 잡은 손을 드레스의 허리께에 갖다대고는 관객들을 둘러보았다.

"일부러 사양한 건 아니지만, 이렇게까지 환호해주시는데 받아들이지 않으면 너무 미안할 것 같군요."

함성이 터져나왔다. 잠깐의 틈을 주지 않고 전주곡이 흘러나왔다. 그 멜로디에 닿은 내 가슴은 돌을 하나 삼킨 것처럼 무겁게 아려왔다.

이윽고 미스즈는 마이크를 잡은 두 손을 하늘 끝을 향해 기도하듯이 치켜들고, 낭랑한 목소리로 〈전사의 엘레지〉를 불렀다.

안녕이란 말도 못 하고 헤어진 그날 밤
지금도 꿈에 보이네, 비 오는 골목길

야쿠자의 여자라고 눈물을 감추어도

흐르는 세월은 왜 이다지 아프기만 한지

제비야, 제비야, 그 사람의 쓸쓸한
처마 끝에서 노래나 불러주렴

산 높고 바다 깊고 세월은 흘러도
언제까지고 당신을 기다리겠노라고

　미동도 하지 않고 박수도 잊은 채 사람들은 마지막 노래를 듣고
있었다.
　긴 간주가 흘러나오는 동안 마노 미스즈는 스테이지 위에서 객
석을 뚫어져라 응시하고 있었다. 마치 군중 속에서 사람을 찾는 것
처럼.
　눈길이 멈췄다. 내 가슴이 두근거렸다. 물론 그녀의 시선이 나를
향한 것은 아니었다. 그녀는 내 옆에 앉아 있는 가시와기 나나를 뚫
어져라 바라보고 있었다.
　대사를 읊듯이 마노 미스즈는 갑자기 이렇게 말했다.
　"더이상은 노래를 못 하겠어. 다음은 당신이 부르는 게 어떨까?"
　신의 목소리를 듣기라도 한 것처럼 가시와기 나나는 자리에서 일
어섰다.
　"제가…… 감히 어떻게……"

"괜찮아. 사람을 죽이는 것보다는 훨씬 간단해."

농담으로 들리지 않았다. 미스즈는 작은 스테이지에서 내려와, 새파랗게 질린 채 바르르 떨고 있는 나나에게 마이크를 건네주고는 그녀의 귓가에다 대고 속삭였다.

"모든 사람에게 들려주려고 해선 안 돼. 당신이 반해버린 남자만을 위해서 노래하는 거야."

나나는 미스즈의 손길에 이끌려 무대 위로 올라갔다.

마이크를 잡고 우두커니 선 채, 나나는 사랑하는 남자를 찾지 못해 초조해하고 있었다. 빙글빙글 돌아가는 둥근 조명에 얼굴을 감추고 간주가 끝나기 직전에, 그제야 생각났다는 듯 나나는 스포트라이트 속으로 들어섰다.

그리고 가시와기 나나는 절절하게 대가수의 명곡을 노래하기 시작했다.

깊은 밤 눈 감으면, 천 리 먼 길 어둠을 건너
흩날리는 눈보라 울부짖는 빙하

목덜미에 손을 얹고 베개 안으면
어렴풋한 그대의 향기 너무 그리워

가을비야, 가을비야, 그 사람 슬픈

창가에 이 그리움 전해주렴

거울도 보지 않고 화장도 하지 않고
그 옛날 그 얼굴로 기다리노라고

나나는 빛 속에서 무너지듯이 고개를 숙였다. 오랫동안 잊어왔던 뜨거운 관중의 갈채를 받으면서.

'나나의 목소리다!'
하야시 쇼타로는 꿈의 밑바닥에서 머리 위로 비처럼 흩뿌리는 노랫소리를 올려다보았다.
눈을 뜨려고 하야시는 있는 힘을 다해 벽을 타고 기어올랐다.
겨우 눈을 뜬다. 천장에 붙어 있는 스피커에서 나나의 매혹적인 노랫소리가 흐르고 있었다.
머리맡에는 학자 같은 얼굴의 남자가 담배를 문 채 가만히 귀 기울이고 있었다.
꿈일 거야, 하고 하야시는 생각했다.
오랜 유랑 끝에, 나나의 아름답던 목소리는 술자리와 스트립 쇼 라운지에나 어울리는 갈라터진 목소리로 변해버렸다. 그런 나나가 이렇게 멋진 〈전사의 엘레지〉를 노래할 수 있다니, 믿을 수 없었다.
어둠 속에도 나나의 노랫소리가 가득했다. 노래가 끝나자 박수의 소용돌이 속에서 나나는 눈물을 흘리며 말했다.

"여러분 감사합니다. 정말 감사합니다. 나나는 내일부터 다시 노래하겠습니다. 저 자신과, 죽이고 싶을 정도로 사랑하는 남자를 위해서."

다시 큰 박수 소리가 터져나왔다.

'죽이고 싶을 정도로 사랑하는 남자?'

하야시 쇼타로는 권태로운 잠자리에서 나나가 이야기하던 예전 연인들의 이야기를 하나하나 떠올려보았다.

꿈의 바닥에 드러누운 채 하야시 쇼타로는 나나가 영원히 사랑하는 남자를 상상하며 가슴이 찢어져라 질투했다.

주먹으로 어둠의 벽을 마구 쳤다. 나나의 입술에서 저렇게 멋진 노랫소리를 되살아나게 한 남자는 대체 누구일까?

불이 밝혀지자, 관객들은 황홀한 시간을 가슴에 묻은 채 하나 둘 '굴레'에서 벗어났다.

가시와기 나나는 스테이지 구석에 서 있는 마노 미스즈에게 걸어가, 빨간 차이나드레스의 무릎을 꿇더니 그녀의 발아래 엎드려 울었다.

"이제 알겠니. 노래란 그런 거란다."

나나는 흐느끼며 평범한 노인의 모습으로 돌아간 마노 미스즈를 올려보았다.

"그 노래는 너에게 주는 거야. 매일 밤 라스트송으로 불러."

"그런 노래를…… 제가 어떻게, 제겐 그럴 자격이……"

"정말 잘 불렀어."

마노 미스즈는 나나의 머리를 쓰다듬어주었다.

"잘 들어. 가수의 기쁨이란 인기를 누린다거나 돈을 잘 버는 게 아냐. 자신이 반한 남자에게 노래를 들려주는 일이야. 그것만이 가수의 행복, 스타의 미학이지."

"마노 선생님!"

비틀거리며 무대를 떠나는 마노 미스즈를, 나나는 애절한 목소리로 불러세웠다.

"제발 계속 노래를 불러주세요. 앞으로도 계속이요."

"이젠 그만 해야지. 다시는 노래하지 않을 거야."

"왜요?"

마노 미스즈는 인생의 종말을 맞이한 사람처럼 한숨을 내쉬었다.

"어차피 이뤄질 수 없는 사랑이란 걸 이제야 겨우 알았으니까. 정말 힘들었어."

희미해져가는 스포트라이트의 길 위로 시든 몸을 이끌고 사라지는 노가수의 모습을, 나나는 망연히 바라보고 있었다.

아직 여흥에서 깨어나지 못한 사람들이 로비에 모여 있었다.

홀로 풀이 죽어 있는 사람은 나뿐이다. 얼음이 녹아버린 위스키를 홀짝이며, 나는 낙엽이 흩날리는 밤의 창을 뚫어져라 바라본다.

몇백 매의 원고지를 쌓아올린다고 해도 내 소설은 저렇게 사람을 감동시키지 못할 것이다. 그러나 마노 미스즈는 겨우 몇 분 동안의 노래로 모든 사람을 울려버렸다. 그리고 그 노래를 이어받은 가시와기 나나도.

세상 사람들이 말하듯 역시 나는 뻬딱하고 정나미 떨어지는 남자일 것이다.

갑자기 사람들의 흥을 깨뜨리는 나카조 삼촌의 천박한 웃음소리가 들려왔다.

"크핫핫핫! 어때, 놀랐지? 역시 멋져. 마노 미스즈는 누가 뭐래도 불세출의 대가수, 우리 간토 사쿠라회의 선대 총장이 온갖 정성을 들여 키운 대스타! 하하! 감상이 어때, 손님들. 우리 호텔은 정말 싼 거야. 제국 호텔, 오쿠라 호텔도 별것 아냐!"

대답에 궁색해진 손님들을 보다 못해 나는 나카조 삼촌의 소매를 잡아끌었다.

"그만두세요, 삼촌. 분위기 깨지 말아요."

"뭐야, 짜식이! 분위기는 무슨 분위기. 그렇잖소, 선생들, 이제야 잘 알았을 거야. 야쿠자도 엄연한 하나의 문화라는 것을."

사람들의 박수갈채를 받으며 마노 미스즈가 로비에 나타났다. 나카조 삼촌은 피로에 지친 그 어깨를 의기양양하게 끌어안았다.

"이야, 최고, 최고! 사가라 오야붕도 풀 아래 누워 즐겁게 들었을 거야. 자, 마시자구!"

"이제 됐어, 나카조."

마노 미스즈는 나카조 삼촌의 손을 빠져나갔다.

늙었지만 아름답고 고상한 얼굴이, 그때 문득 소녀처럼 보인 것은 왜일까.

"이제 끝. 문 닫았어."

여급의 손에서 글라스를 받아들고, 미스즈는 그렇게 말하고는 숨을 몰아쉬었다.

"아직 팔팔해. 우리 호텔은 연중무휴 이십사 시간 영업이야."

"그런 말이 아니고, 여자를 그만두는 거야. 마노 미스즈는 이제 문 닫았어. 나 자고 싶어."

"어이, 그런 맥빠진 말은 왜 하고 그래."

나는 어쩐지 마노 미스즈의 심정을 알 것 같았다. 뒤도 돌아보지 않고 복도의 어둠 속으로 사라지는 미스즈를, 나카조 삼촌은 멍하니 바라보고 있었다.

나카조 삼촌은 무슨 말을 하려다가는 주위의 시선을 살피고, 뒤를 따라가려다가는 발길을 멈추는, 삼촌답지 않은 동작을 몇 번이나 거듭하다가, 마치 갈 길 잃은 어린아이처럼 나를 바라보았다.

나는 나카조 삼촌을 로비의 창가로 데리고 갔다. 거대한 벽화처럼 창 앞에 걸린 화사한 단풍 아래, 우리는 잠시 말없이 서 있었다.

창에 비친 나카조 삼촌의 모습이 점점 움츠러들더니, 이윽고 나카봉이라 불리던 암시장 시절 청년의 모습으로 변했다.

"어쩔 수 없잖아, 삼촌. 마음을 굳게 먹어. 평소의 삼촌처럼 멋지게 말이야."

나카조 삼촌은 고개를 푹 수그리고 어린아이처럼 입술을 깨물면서 고개를 끄덕였다.

"……꼴 좋지. 폼만 잡고 살려다보니 이런 꼬라지가 되고 말았어."

"그렇지 않아. 삼촌은 멋지게 살아왔어. 누가 봐도 삼촌은 사가라 나오키치처럼 남자 중의 남자야. 사랑 따위 개똥이다, 남자라면 누구나 동경할 멋쟁이 주먹이라고."

"난 그런 사람 아냐. 저 사람이 너무 좋아서, 다른 여자 앞에서는 서는 물건이 저 사람 앞에서는 죽어버릴 정도로 좋아서, 사십 년 넘게 저 사람만 생각해왔는데……"

어떻게 나카조 삼촌을 격려해야 할지, 아무 말도 떠오르지 않았다.

"그렇지만 난 재미없는 남자야. 힘쓰는 것밖에 모르는 남자지. 그래서 오야붕은 내게서 저 여자를 멀리 떨어뜨려놓은 거야. 고짱도 들었지? 저 여자 노래. 도저히 내가 감당할 수 있는 여자가 아냐."

달빛이 들어오는 계단 위에서, 사가라 나오키치의 동상이 우리의 등을 내려다보고 있었다.

나는 나카조 삼촌의 둥근 등을 쓰다듬어주었다.

"힘내, 삼촌. 오야붕이 보고 있잖아."

나카조 삼촌은 젖은 눈을 들어올리더니, 응, 하고 고개를 끄덕였다.

그러고는 가슴 가득 숨을 들이쉬고, 등을 쭉 펴고, 두 손으로 앞섶을 고르더니 로비 쪽을 돌아보았다.

"자, 모두들 마셔, 마셔. 심야는 삼십 프로 할인. 술은 무한정으로 마셔도 좋아. 카하핫핫!"

나카조 삼촌은 그때까지의 표정을 거짓말처럼 지워버리고, 사쿠라 오인방의 선두주자 기도 나카조로 돌아가 있었다.

32

'정말 싸긴 싸.'

방으로 돌아가면서 나는 그런 생각을 했다.

설령 아무리 비싼 요금을 청구한다 해도 아무도 불평하지 않을 것이다. 이 호텔은 겨우 일박 이일에 일 년분의 만족을 주었다.

나카조 삼촌과 마노 미스즈의 관계는 명백해졌다. 그들의 관계를 밝히려는 나의 목적은 일단 달성된 셈이지만, 덤으로 더 많은 것을 얻었다.

인간의 본질이란 이렇게 순수하다는 것. 그리고 그 순수한 영혼을 둘러싼 금욕주의가 인간을 성공시킨다는 것. 나는 그런 것을 배웠다.

그런데, 나는 과연 쾌락주의자인가 금욕주의자인가.

그것은 되돌릴 수 없는 나 자신의 미래에도 관계되는 문제이지만, 나도 잘 모르겠다. 도쿄에 돌아가면 도미에에게 물어보기로 하자.

철학자처럼 복도를 걸어가면서, 내일은 돌아가야지, 하고 속으로 중얼거렸다.

무척 바쁘고 혼란스런 여행이었지만 만족스럽다. 쓸데없이 오래 머물다가 지난여름처럼 울고불고하는 건 참을 수 없다.

도쿄로 돌아가면 우선 대답 여하와 상관없이 빼먹었던 하루치를 더 얹어서 도미에를 때려주고, 기요코의 방에 가서 실컷 능욕하고, 내친 김에 할머니 문병을 하며 아직 살아 있었어? 라고 말해주어야겠다.

그것 말고도 커피숍 테이블 위로 돌려차기하는 장면, 길거리에서 편집자의 목을 조르는 장면을 상상하면서 나는 남몰래 큭큭 웃었다.

미카가 보이지 않는다.

안 보이는 것만으로도 불안을 느끼게 하니, 어린아이라는 존재는 정말 귀찮다.

그러고 보니 벌써 밤도 깊었다. 신문배달 소년이나 선사의 동자 승이라면 벌써 자리에서 일어날 시간이다.

그 영특한 아이도 그만 잠에 빠져들고 말았을 것이다. 가끔씩은 아버지 흉내를 내서 팔베개를 해줄까, 하고 나는 침실 문을 열었다.

없다. 가지런히 펴져 있는 이불 한쪽에 작은 인형이 그대로 놓여 있고, 베개 맡에는 보기에도 비참한 '미카의 아빠' 그림이 놓여 있었다.

눈도 코도 입도 없고, 윤곽도 희미한 그 슬픈 초상화를 보는 순간, 내 마음은 흔들렸다.

"미카!"

나는 비명을 지르며 베란다로 뛰어나갔다가, 욕실과 벽장문을 열어젖혔다.

"미카, 어디야! 어디 있어!"

내가 왜 이렇게 당황해하지, 이상하게 생각하면서 나는 방을 뛰쳐나왔다.

나 이외의 인간은 절대로 알 수 없을 테지만, 나는 뇌리를 가로지르는 불길한 예감을, 아니, 미카에게 일어난 최악의 사태를 뚜렷이 직감하고 있었다.

내 머릿속에는 삼십 년 전 어느 날의 광경이 선명히 떠올랐던 것이다. 그래, 그것은 여름방학이 끝날 무렵인 어느 무더운 날이었다.

나는 밀린 숙제와 씨름을 하다가 공장으로 내려가 재봉틀을 밟고 있는 아버지를 향해 말했다.

"엄마가 보고 싶어."

아버지는 말없이 재봉틀을 밟고 있었다. 분명 나는 세 번, 첫번째는 귓가에 대고 머뭇거리면서, 두번째는 아버지의 등을 밀면서, 세 번째는 발을 동동 구르고 울부짖으면서 말했다.

아버지는 뒤를 돌아보면서, 질책하는 대신 크고 딱딱한 주먹으로 내 머리를 쥐어박았다.

나는 집을 뛰쳐나가 아지랑이가 피어오르는 염천의 거리에서 하염 없이 자전거 페달을 밟으며, 어머니가 있을 법한 곳을 찾아, 스다초 의 전차 정류장, 간다 역의 개찰구, 미쓰코시 백화점을 돌아다녔다.

"우리 어머니 몰라요? 입가에 점이 하나 있고, 파마를 하고, 키가 작고 예쁜 서른 살 정도의 여자예요."

만나는 사람마다 그렇게 물었다. 어쩌면 나는 그렇게 말을 함으 로써, 새벽녘의 꿈처럼 흐려져가는 어머니의 모습을 가슴속에 새겨 두려 했는지도 모른다. 어머니가 그런 장소에 있을 리 없다는 건 알 고 있었으니까.

몇 번이나 차에 치일 뻔하면서 번잡한 진보초 역을 빠져나가, 스 루가다이의 언덕길을 올라, 어머니가 치료를 받은 적이 있는 치과 와 준텐도 대학병원의 대합실까지 뒤지다가 간호원에게 야단을 맞 은 나. 그러고 나서 나는 어디로 갔던가.

그렇다. 그날 내가 마지막으로 선 장소는 노을에 물든 커다란 다 리 위였다. 저 멀리 눈 아래에는 새카만 구정물 강이 저물어가는 햇 빛에 번쩍이고 있었다.

땀에 젖고 허탈감에 젖은 나는, 이렇게 찾아봐도 없으니 아마 어머니는 죽었을 것이라고 생각했다.

그래도 어머니를 만나고 싶었다.

내가 자전거에서 내려 고무 슬리퍼를 벗은 것은 피범벅이 된 발바닥이 아파서가 아니었다.

옛날이야기에 나오는 대로 나는 신발을 돌난간 앞에 가지런히 벗어놓았다. 이제 살짝만 힘을 주어 뛰어내리기만 하면, 내 몸이 이십 미터 아래의 강바닥에 떨어지기 전에 어머니의 하얀 손이 받아안아 줄 거라고 믿었다.

그때 나의 생명을 부여잡은 것은 대체 무엇이었을까?

적어도 그것은 죽음의 공포는 아니었다. 물론 생에 대한 집착도 아니었다.

아마도, 아니 분명히, 그때 나의 발길을 멈추게 한 것은 그 넌더리나는 아버지의 바위와도 같은 침묵의 뒷모습이었다.

고통스런 기억이 되살아날수록 내 얼굴은 더 창백해졌다. 미친 듯이 미카의 이름을 부르면서 호텔 안을 뛰어다녔다.

"정말 싸긴 싸요, 이 호텔은."

핫토리 셰프는 주방으로 돌아와, 여전히 퉁명스런 얼굴을 하고 있는 가지 주방장에게 말했다.

스테이지의 여운을 즐기는 듯, 주방장은 조리대에 허리를 기대고 눈을 감고 있었다.

"그래. 일본 최고의 노래를 듣고, 일본 최고의 밥상을 받으니 말이야."

"원하기만 한다면 일본 최고의 풀코스도 있지요."

가지 주방장은 입을 꼭 다물고 셰프를 째려보았다.

"도대체 네놈은 겸손이란 걸 모른다고 할까, 세상물정을 모른다고 할까, 장인에게 있어서는 안 될 근성을 가지고 있어."

"딱히 제가 일본 최고의 요리사라고 자랑하는 건 아니니까 괜찮잖아요."

몸을 앞으로 기대고 셰프를 올려다보며 주방장은 정색을 했다.

"두번째야. 그 정도는 용서해주지. 잘 들어, 나랑 경쟁할 생각일랑 접어둬. 다시는 꿈도 꾸지 마."

누가 할 소리, 하고 핫토리는 속으로 중얼거렸다.

"그런데 주방장, 아까부터 묻고 싶었는데, 살인을 하려던 그 여자에게 소중한 칼을 빌려줬지 않습니까. 그렇게나 도구를 소중히 여기는 주방장이 왜 그랬어요?"

물론 따지려고 하는 말은 아니다. 주방에 대대로 전해내려오는 보물과도 같은 칼을 그렇게 간단히 타인의 손에 넘겨준 주방장의 진의를 알 수 없었기 때문이다.

주방장은 묘한 표정을 지었다.

"너 따위가 알 리 없지."

주방장은 조리대 위의 오동나무 상자를 올려다보며 코웃음을 쳤다.

"좀 가르쳐주세요. 나도 칼잡이가 아닙니까. 명인의 깊은 뜻을 알고 싶은 게 당연하죠."

이제 가지 주방장의 성격을 완전히 파악한 셰프는 비위를 맞추며 말했다.

예상대로 가지 주방장은 빙긋 웃더니, 그렇다면, 하고 신들린 듯 초연한 표정으로 핫토리를 바라보았다.

"가슴 깊이 잘 새겨들어. 원래 이 치요즈루라는 칼은 메이지 시대의 폐도령으로 직업을 잃은 막부 말기의 명공이, 공방 앞에 금줄을 치고 하얀 대장장이 옷을 차려입고 혼을 불어넣어 만들어낸 거야. 다시 말해 일본도의 혼이 깃들어 있지."

"그래서요?"

"주방에서 전해내려오는 말에 의하면, 이 칼은 말이야, 스스로 자기가 잘라야 할 대상을 가린다는 거야."

"네? 그게 무슨 말입니까?"

"요컨대 사람 입에 들어가지 않는 건 절대로 자르지 않아. 실 한 오라기, 종이 한 장 자르지 못해. 그런 주제에 한 자가 넘는 도미 대가리는 단번에 날려버려."

"설마……"

"분명한 사실이야. 썩은 것, 맛없는 것은 자르지도 않아. 그래서

350

나는 그 손님에게 치요즈루를 준 거야. 이 칼은 무슨 짓을 해도 절대 사람고기를 자를 수 없어. 거짓말처럼 들리면 자네 손가락으로 시험해봐."

주방장은 그렇게 말하고, 정중한 태도로 치요즈루가 든 오동나무 상자를 내렸다.

"아, 그렇지. 너무 바빠서 잊고 있었어. 사람 손을 탔으니 오늘은 오랜만에 손질을 해야겠군."

손뼉을 탁 치고 누렇게 변색된 오동나무 상자 뚜껑을 여는 순간, 주방장은 눈을 동그랗게 뜨고 찢어지는 비명 소리를 냈다.

"앗! 없다, 없어. 치요즈루가 없어졌어!"

오동나무 상자 바닥에는 칼을 감쌌던 하얀 천이 놓여 있을 뿐이었다.

"아까 구로다 부지배인이 들어와서 분명히 여기에 넣어두었다고 했는데, 어이, 너희들이 건드린 거 아냐?"

당치도 않다고, 제자들은 일제히 고개를 가로저었다.

수색이 시작되었다. 어떤 사람은 엎드려서 바닥을 기고, 어떤 사람은 연회장으로 뛰어가고, 비상문을 열고 채소 더미와 쓰레기통까지 샅샅이 뒤졌다.

가지는 말할 것도 없고, 핫토리도 명품 '치요즈루 고레히데'의 가치를 잘 알고 있다. 없다, 라는 말로 간단히 넘어갈 일이 아니었다.

식기 선반 구석구석까지 찾다가, 핫토리는 문득 이상한 느낌이 들어 주방으로 이어지는 구석 방문을 열었다. 종업원 대기실이다.

주렴을 걷는 순간 핫토리는 그 자리에 얼어붙고 말았다.

새파랗게 질린 한 소녀가 치요즈루의 칼자루를 두 손으로 거머쥐고 자기 목을 찌르려 하고 있었던 것이다.

"그그, 그, 그만둬, 그만."

핫토리는 있는 힘을 다해 외쳤지만 겨우 속삭이는 목소리를 냈을 뿐이었다. 소녀는 눈을 질끈 감고, 놀라는 기색도 없이 핫토리를 올려다보았다.

"얘야, 착하지…… 응? 그만둬…… 아저씨한테, 자, 어서."

이변을 느끼고 얼굴을 들이민 주방 종업원들은 그 자리에서 도미노처럼 줄줄이 쓰러지고 말았다. 주방장이 떨리는 목소리로 말했다.

"누가, 안주인을, 마담을 불러와…… 빨리."

핫토리가 한 걸음 옮기자 소녀는 외쳤다.

"오지 마! 저리로 가!"

마치 귀신의 명령이라도 받은 것처럼 어른들은 그 자리에 얼어붙었다.

"어이, 하, 핫토리…… 어떻게 좀 해봐."

"어떻게 하긴 뭘 어떻게 해요…… 우왓! 몸을 꿈쩍할 수가 없어! 그렇지, 주방장. 아까 말했잖아요. 사람고기는 절대로 자르지 않는다고."

"내가 그걸 어떻게 알아."

"에, 뭐라고요? 이제 와서…… 왓! 그만둬, 그만, 그만."

"아, 맞다. 그러고 보니 나도 손가락을 베여봤지. 뼈까지 파고든 상태에서 겨우 멈췄어."

"네에? 아까와는 말이 다르지 않습니까."

"지금 그런 걸 따질 때야? 앗! 안 돼, 애야, 그만둬. 다친다고."

급하게 달려온 안주인은 입을 딱 벌리고 그 자리에 주저앉고 말았다.

"할머니, 미안해."

"그만해, 애야. 미카 쨩, 할머니가 잘못했어. 선생님이 미카 쨩을 때리고 하는 건 모두 이 할머니가 잘못해서 그런 거란다."

"아녜요. 미카가 나빠. 미카가 있으니까 엄마도 아빠도 선생님도, 모두 불행해지는 거야."

소녀는 목에 갖다댄 칼에 한층 더 힘을 주었다.

그때 소녀의 이름을 부르면서 소설가가 달려왔다. 사람들을 밀어제치고 달려오는 그 얼굴이 마치 다리 위에서 죽음의 심연을 들여다보는 사람처럼 새파랗게 질려 있는 것을, 핫토리는 똑똑히 보았다.

소설가의 얼굴을 보는 순간, 그때까지 무표정했던 소녀의 얼굴이 고통스럽게 일그러졌다. 소녀는 목소리를 더욱 쥐어짜면서, 그러나 당당하게 말했다.

"신세 많이 졌어요, 선생님. 엄마를 행복하게 해주세요. 할머니 심장도 낫게 해주세요. 미카는 바보니까, 여태까지 몰랐어요. 이제는 절대로 방해하지 않을게요. 열심히 일하세요. 장례식은 돈이 드니까 미카는 저기 산에다 아무렇게나 묻어주세요. 사실은 화가가 되어 선생님 책에 삽화를 많이 그리고 싶었는데……"

"그만둬!"

소설가가 몸을 부르르 떨면서 외치는 것과 동시에 칼이 번쩍였다.

사람들은 머리를 감싸고 자리에 주저앉았다. 죽음의 적막감이 퍼져나갔다.

"엣?"

소녀의 목소리에 사람들은 얼굴을 들었다.

"부러졌어……"

주방장은 얼이 빠진 표정으로 걸어가더니 손잡이 조금 위에서 부러져버린 치요즈루를 집어들어 가슴 깊이 간직했다.

"미안해요, 아저씨. 울지 마세요. 미카가 부러뜨렸어요."

"괜찮아, 네가 그런 게 아냐."

주방장이 머리수건을 풀고 자리에 주저앉자, 제자들도 일제히 그 자리에 주저앉았다.

핫토리는 저도 모르게 모자를 벗어들고 생각했다.

자신은 얼마나 신성하고 고귀한 사명을 띠고 이 땅에 태어난 것일까. 그것이 얼마나 인류의 영원한 삶을 위하며, 얼마나 고귀한 일인지도 모른 채.

33

주저하는 듯한 노크 소리가 들렸다.

자신이 묵고 있는 방은 아니었지만, 가가와 신스케는 그때 직감적으로 올 것이 왔다는 것을 알았다.

이 국화실의 주인인 남자는 변함없이 코를 골며 잠에 곯아떨어져 있다.

이제 아무 미련도 없다. 단, 수갑을 차기 전에 이 남자를 깨워 한마디 고별인사는 해야겠다고 가가와는 생각했다.

자는 얼굴만 보았음에도 하루 종일 이야기를 나눈 것 같은 기분이 들었다.

그러나 깡마른 어깨를 흔들어 깨우려다가 가가와는 망설였다. 혹시 이 남자에게도 세상을 꺼려하는 어떤 사연이 있을지 모른다는 생각이 들었다. 이 호텔의 손님이니까.

가가와는 담요로 남자의 얼굴을 덮어주었다.

"난 이만 가네. 자네 인생도 괴롭겠지만, 힘을 내게."

그렇게 중얼거렸을 때, 마치 수많은 전우를 성에 남겨두고 혼자 적진으로 뛰어드는 것 같다는 생각이 들었다.

산 동쪽 능선이 하얗게 밝아오고, 고갯길에 늘어선 낙엽송 가지가 금빛을 발하기 시작했다. 가가와 신스케는 창 쪽을 향하여 심호흡을 하고, 용기를 내려고 주먹을 휘둘러보았다. 다시 주저하는 듯한 노크 소리가 들렸다.

옷매무시를 가다듬고 가가와는 도어체인을 건 채 건너편을 향하여 속삭였다.

"지금 나가. 다른 사람에게 피해를 주고 싶지 않으니까 조용조용 말하게."

복도에는 유카타 차림의 남자가 우뚝 서 있었다.

"아, 알고 있어. 가가와 신스케."

어투는 경찰이었지만 남자의 표정은 부드러웠다.

체인을 풀면 분명 문 양쪽에 포진한 경관들이 자신을 포박할 것이다.

"각오는 되어 있어. 그러니 소동을 부리지 말아줘. 다들 자고 있으니까."

그렇게 말하면서 가가와는 문을 열었다. 그러나 남자는 여전히 느긋하게 서서 아무런 행동도 취하지 않았다. 복도는 조용했고, 인기척도 없었다.

"엇, 동행이 있었어?"

남자는 가가와의 어깨 너머로 실내를 살펴보았다.

"내 동행은 아냐. 우연히 합방한 사람이니까 이 사람은 아무 관계도 없어. 자, 가지. 사람들 눈에 띄기 전에."

가가와는 두 손을 남자 앞으로 내밀었다. 그러자 남자는 슬픈 눈으로 그 손을 밀쳐내는 것이었다.

"우선 온천이라도 같이 하지."

"온천? 무슨 연극도 아니고, 온천에서의 활극만은 사양하네."

"아니, 딱히 다른 의미가 있어서 그런 건 아냐. 당신도 내일부터는 일주일에 한 번 고양이 세수를 해야 하니까, 천천히 몸이나 데우고 세상 때나 벗겨내는 게 좋지 않겠나."

남자는 등을 둥그렇게 수그리고 복도를 걸어갔다.

"뭘 하고 있나, 가가와. 우리도 여행을 온 형편이라 포승줄도 없다고. 소개가 늦었는데, 난 아오야마 경찰서의 와타나베라고 하네."

가가와는 그렇게 자기 소개를 하고 성큼성큼 걸어가는 노경관을 의심하지 않을 수 없었다. 적어도 지명수배 범인을 잡겠다는 기백 같은 것은 눈을 씻고도 찾아볼 수 없었다. 여행을 하다가 우연히 오랜 친구를 만나 온천이라도 같이 하자고 말하는 분위기였다.

온천으로 향하는 도중에도 웃음을 잃지 않고 와타나베는 이렇게 말했다.

"사실 나는 내년 봄에 정년이라네. 당신이 최후의 건수, 아니 최초이자 최후의 한건이라고 해야겠지. 이런 말 하면 이상하게 들릴지도 모르겠지만, 난 사람 체포하는 게 싫어."

그렇게 말하는 남자에게서 이제까지 수많은 고비를 넘겨온 형사의 관록을 느낄 수 있었다. 가가와는 이것 또한 익숙한 회유책의 한 가지일 것이라고 생각했다.

"그렇게 조심하지 않아도 돼. 난 도망칠 생각도 없네. 어차피 내

일이면 지방검찰에 출두할 생각이니까."

"아, 그런 게 아니라니까. 당신에게 흥미를 느껴서 이러는 것뿐이야. 가능하다면 정년을 맞이할 때까지 오래오래 이야기나 나누고 싶은 심정이야."

"괜찮겠어? 엄청난 일이 벌어질지도 모르는데."

남자는 가가와의 마음을 알고 있다는 듯 웃으며 대답했다.

"알고 있네. 그러나 젊은이들에게 맡길 수는 없어."

로비에서는 외국인 종업원이 콧노래를 부르면서 청소를 하고 있고, 대연회장의 불은 꺼져 있었다. 두 사람은 텅 빈 호텔 안을 나란히 걸어갔다.

대욕탕의 주렴을 걷자마자 와타나베는 아무렇게나 옷을 벗어던졌다.

"모두들 나를 와타나베 부장이라 불러. 부장이라고 해서 대단한건 아니고, 파출소 순찰이나 도는 순사부장이지. 어느 경찰서에나하나 정도는 있는 그런 화석 같은 존재야."

가가와는 이 노순경이 혹시 자신과 같이 자살이라도 할 생각은 아닌가 생각했다.

옷 바구니에는 벌써 선객의 유카타가 들어 있었다. 금테 안경을 보더니 와타나베 부장은 약간 망설이는 표정을 지었다.

"또 나카조군. 선수를 빼앗긴 건가."

"누구? 자네 동료인가?"

"아냐, 그게 아니라…… 동료라기보다는 우리의 손님이라고나 할까."

그 의미를 이해하지 못한 채 가가와 신스케는 유카타를 벗어던 졌다.

계곡을 흉내낸 커다란 석조 노천탕 여기저기에 놓인 노송나무 욕조에서는, 모든 것을 뿌옇게 가려버릴 정도로 짙은 김이 피어오르고 있었다. 넘쳐흐르는 유황탕에 발을 담갔다.

"어이!"

욕조가에서 술을 마시며 뒤를 돌아보는 선객의 등에는 멋진 문신이 새겨져 있었다.

와타나베는 몸에 물을 끼얹으면서 선객을 소개했다.

"이분은 호텔의…… 아니, 그게 아니라, 내가 잡지 않은 최초의 범죄자라네. 들어본 적 없는가? 기도 나카조라고."

가가와는 깜짝 놀랐다.

"기도 나카조라면, 사쿠라회의 거물 오야붕?"

감옥이나 구치소에서 자주 화제에 오르내리던 이름이었다.

"오, 나도 유명인이로구먼. 거물 오야붕이라."

"감옥에서는 그런 이야기들을 많이 하곤 했죠. 기도 오야붕과 아는 사이라든지 술잔을 받았다는 사람도 만나봤고요."

가가와가 정중한 어투로 말하자, 나카조 오야붕은 호쾌하게 웃었다.

"내가 아는 사람 가운데 그런 곳에 들어간 사람이 있을 줄이야.

게다가 나에게 술잔을 받은 자가 그런 데 들어가 있다니, 그럴 리가
없어."

"그렇게 자랑하는 사람이 있었다는 겁니다. 그 말을 들으면 다들
두려워했죠."

"손님, 그거야 간토 사쿠라회의 기도 조직이라면 우리 업계에서
는 최고의 브랜드니까. 순수한 야쿠자라는 이미지가 있지. 저 위대
한 대협객 사가라 나오키치의 직계니까. 허세를 부려봐야 정신이
달라."

"아…… 그렇습니까."

나카조 오야붕은 근시인 듯 눈을 가늘게 뜨고 곁에 놓인 쟁반을
끌어당겼다. 그러고는 가가와에게 잔을 건네고 술을 가득 따랐다.

"당신이 어디로 들어갈지 모르겠지만 한번 면회를 가도록 하지.
진짜 나카조가 사식을 넣어주면 감히 수금강도라고 놀리지는 못할
걸세."

"그런 배려를…… 저는 딱히……"

"자, 한 잔 들게. 그렇게 긴장할 것 없어."

이것은 야쿠자의 의식에 사용하는 '술잔'이라고 가가와는 생각
했다.

세상을 시끄럽게 한 수금강도는 필시 감옥 안에 들어가면 웃음거
리가 될 것이다. 파렴치범이라고 욕을 먹을 것이고, 죄수나 간수 할
것 없이 온갖 수모와 모욕을 줄 게 뻔하다. 그러나 기도 나카조의

패밀리라고 하면 다 해결된다. 거짓말은 아닌 셈이다.

"몇 년 형을 먹을지 모르겠지만 석방되면 여기를 한번 찾아오게. 마음에 안 든다면 그 잔을 그냥 물이라 생각하면 그만이고. 그때까지는 내가 뒤를 봐줄 테니까."

나카조 오야붕은 그렇게 말한 다음, 가가와 신스케의 어깨를 잡고 탕 안으로 들어갔다. 그리고 무슨 생각에서인지, 긴장하여 몸이 뻣뻣하게 굳어 있는 가가와의 손을 잡아 천장의 불빛에 비춰보았다.

"거참! 이상한 일도 다 있구먼. 이 손금은 도둑놈의 손금이 아니야. 이건 혁명가의 손금이야."

"에? 어느 게?"

얼굴을 내미는 와타나베의 눈을 피해서 오야붕은 가가와의 손을 물 속에 집어넣었다.

"오늘은 손을 씻어주지. 몇 년 후가 될지는 모르겠지만, 석방되면 그때는 기념으로 발을 씻어주겠어."

제법 멋을 부린 말이라고 가가와는 생각했다. 그러나 긴장으로 뻣뻣해진 가가와의 몸은 그 말의 깊은 의미를 충분히 이해할 수 있었다.

곤잘레스는 묵묵히 일을 하고 있다. 넓은 로비의 구석구석까지 청소기를 돌리고, 유리를 닦고, 테이블을 닦는다.

하늘색 새벽이 나무들의 불그스름한 색깔을 모두 빼앗아버렸다.

고향은 지금 몇시쯤일까? 곤잘레스는 아내와 아이들의 얼굴을 떠올리며 손가락을 꼽아보았다.

그때, 긴 소파에서 거대한 애벌레 한 마리가 굴러나왔다.

"허, 헉! 뭐야, 이건. 기분 나빠."

자세히 보니 꽁꽁 묶인 사람이었다.

"우왓! 서장씨. 왜 그래, 야쿠자에게 당했어?"

입에 물린 재갈을 빼자 서장은 의외로 기분 좋게 잠에서 깨어난 표정을 지었다.

"휴우! 한숨 잘 잤다. 에, 어떻게 된 거냐고? 아, 그렇지, 야쿠자에게 당한 게 아니라 경찰에게 당했어."

"……너무해, 말도 안 돼. 이건 곤잘레스가 오야붕을 묶는 것과 마찬가지야. 어떻게 할 거야, 서장씨. 복수할 거야? 아니면 112로 전화?"

"에…… 됐어, 안 할 거야. 그런데 이럴 때가 아니지. 수금강도 가가와 신스케를, 체포해야 돼."

"아, 그거라면 벌써 끝. 간사가 잡았어."

"앗, 그랬어? 그래서, 지금은?"

"지금 두 사람, 온천하고 있어."

"온천? 그게 뭔데? 아니, 이럴 때가 아냐, 와타나베에게 맡겼다가 도망이라도 쳐버리면 큰일이다. 비켜!"

두 팔로 몸을 잡고 가로막는 곤잘레스를 엎어치기 한판으로 끝내버리려 했지만, 기술이 부족한 서장은 오히려 밑에 깔리고 말았다.

"우왓! 뭐가 이리 무거워. 기분 나쁘게."

"서장씨, 유도 못하네. 이렇게 넘어지면 바로 조르기로 들어가야 해."

"못해서 그런 게 아냐. 체급이 달라서 그래."

"아냐, 서장씨. 작은 것이 큰 것을 이기는 것이 유도의 마음."

"켁! 조르지 마. 숨 막혀, 으악!"

"괜찮아. 간사님이 잘하고 있어. 좀더 자는 게 좋아. 돌아갈 때까지 천천히. 으랏샤!"

으악! 하고 눈을 까뒤집더니 서장은 다시 행복한 잠의 세계로 빠져들었다.

"구로다. 오토바이로 마을까지 좀 갔다오겠나. 중요한 물건이라서 그래."

가가와 신스케에게서 부탁받은 편지 다발을 정리한 다음, 지배인은 컴퓨터 앞에 앉아 있는 구로다의 어깨를 쳤다. 구로다는 화면에 나온 '오늘의 피해액'을 보면서 머리를 감싼 채 뒤돌아보았다.

"에? 아, 한번 갔다오는 건 문제가 아니지만 회계가 아직 끝나지 않았는데요. 그런데 울어야 할지, 화를 내야 할지…… 무시할 수 없는 금액인데…… 지난번 덤프트럭 돌진사고보다 더하군."

골치 아픈 문제다. 그러나 이런 일일수록 확실히 해두어야 뒤탈

이 없다고 지배인은 생각했다.

"일단 전액을 청구해야지. 지난번 덤프트럭 때도 배상을 받았지 않았나."

"그런 건 배상이 아니라 기부라고 하는 겁니다. 전액, 글쎄……그런데 대체 이번은 어느 쪽에다 청구합니까. 야쿠자? 짭새?"

"이번 건은 양쪽 모두 책임이 있으니까, 협객 단체님과 경찰 단체님이 반씩 부담해야지."

"그야 그렇지만…… 반씩이라……"

"나중에 받는 걸로 하면 되잖아."

"돈을 누가 받으러 가요? 한쪽은 그렇다 치고, 짭새한테 수금하러 가야 한다니…… 아아, 싫다, 싫어. 상상만 해도 눈에 선하군."

"그건에 대해서는 천천히 생각하도록 하고, 어쨌든 이 편지는 중요한 거니까 반드시 자네가 가져야겠어."

구로다는 환하게 밝아진 창을 바라보며 잠시 생각했다.

"손이 부족한데…… 음, 그렇지. 시게루 놈에게 시키면 되겠어."

"시게루? 안 돼, 말도 안 돼."

지배인은 프런트의 카운터에 기대어 졸고 있는 시게루의 등을 손가락으로 가리키며 말했다.

"아니오, 그렇지 않소이다, 지배인. 시게루는 그 부모가 내게 남자로 만들어달라고 맡긴 아이가 아닙니까. 그러니 삶아 먹든 구워 먹든 내 맘이오."

"뭐라고, 자기 자식을 야쿠자에게 맡겨? 세상에 그런 부모도 다 있나? 앗! 그게 바로 나였지."

구로다는 할말을 잃은 지배인의 손에서 편지 다발을 빼앗아들고는 사무실을 나갔다. 카운터에 엎드려 있는 시게루의 머리카락을 잡아올리더니, 불이 나게 볼을 때렸다.

"눈 떠! 돌대가리. 잘 들어, 마을까지 바로 달려가서 우체국에 이걸 맡기고 와. 속달이다. 알았어?"

"아얏! 핫, 알았습니다. 대장."

"대장이라니, 부지배인이라고 해야지."

지배인은 기가 막혀 멍하니 바라보고만 있었다.

"구로다, 아무리 그래도 부모가 보는 앞에서 그렇게까지……앗, 코피다! 시게루, 괜찮니?"

"때리면 피가 나는 건 당연지사. 근무중에 졸다니, 만일 도박장이었다면 손가락 하나는 벌써 날아갔어. 어이, 빨리 갔다와!"

이윽고 잠에서 깨어난 시게루는 구로다의 불같은 호령에 떠밀려 번개처럼 카운터를 빠져나갔다.

34

벌써 날이 샌 걸까.

나는 의자에서 얼굴만 살짝 들어올려 위스키를 가져오라고 재촉
했다.

"선생, 이제 그만 마시지 그래요. 벌써 아침식사 시간이잖소. 먹
을 걸 안 먹으면 몸이 견디질 못해요."

내 손에서 위스키 잔을 빼앗아들면서 초로의 바텐더가 말했다.

"몸이야 이미 걸레가 돼버린걸. 머리도 마음도 마찬가지야. 술
줘, 사람 안달나게 하지 말고."

바텐더는 한숨을 쉬면서 내 어깨 너머로 홀을 바라보았다. 구석
자리에는 안주인이 앉아 있고, 그 무릎에는 미카가 잠들어 있었다.

도대체 무슨 생각을 하고 있는지 모르겠지만, 안주인은 줄곧 그
런 자세로, 술을 마시고 있는 나를 지켜보고 있다.

나를 버린 어머니가 내가 기르는 남의 아이를 안고 저기 앉아 있
다. 내 인생의 묘한 아이러니보다도, 이 순간의 이상한 공간 구도가
너무 두려웠다.

바텐더와 눈이 마주치자 안주인은 슬픈 표정으로 고개를 끄덕였
다. 그런 가벼운 몸짓 하나하나가 너무 맑아 보이는 아름다운 어머
니였다.

"그럼 선생, 딱 한 잔만 더 하세요. 어머님께서도 그렇게 하라고
하시니까."

그 말에 나는 카운터를 치면서 고함을 쳤다.

"어이, 까불지 마. 왜 내가 이제 와서 저 할망구 말을 들어야 한다

는 거야? 엉!"

"선생, 아이가 자고 있는데 그렇게 큰 소리 치면 어떡하오."

"어라, 자네까지 설교를 할 셈이야? 도대체 어떻게 돼먹은 호텔이야? 모두들 나카조 삼촌에게 배워서 남의 인생에 간섭하기를 좋아하는군. 대체 무슨 권리로 그러는 거냐고!"

"난 그럴 생각으로 한 말이 아니오."

"알았으면 입 닥쳐! 잘 들어, 나는 말이야, 여기저기 문학비가 설지도 모르는 문화인이라구. 된장하고 개똥을 같이 보지 말란 말이야."

"된장이나 개똥이나 그게 그거죠."

바텐더는 묘하게 침착한 어투로 그렇게 말했다. 직업상으로 언어 표현에 민감한 나는 즉시 그 형상의 유사성과 본질에 대해 생각을 정리해보았다.

듣고 보니 별다를 게 없는 것 같기도 하다. 그러나 나는, 아냐, 달라, 하고 생각을 바꾸었다. 적어도 입으로 들어가는 것과 똥구멍으로 나오는 것이 같을 리가 없다.

"어머니를 너라느니 할망구라느니 부르는 사람에게 누가 문화훈장을 주겠습니까?"

내가 던진 성냥갑에 얼굴을 맞아도 바텐더는 웃음을 잃지 않았다.

"그만둬, 고짱. 미안해요, 조. 성질이 급한 아이라서."

안주인의 목소리가 내 울화통을 더욱 박박 긁었다. 나를 고짱이라고 친한 척 부르는 것도, 나의 행동에 대해 자기 일처럼 사과하는 것도, 도대체가 말이 안 되는 일이다.

다시 고함을 치려고 나는 머리를 썼다. 좋아, 된장과 똥의 차이점을 확실히 가르쳐주지.

"전화기 줘!"

"예이."

바텐더는 무선 전화기를 건네주었다.

집 번호를 눌렀다. 일찍 일어난 도미에가 아파트의 베란다에서 서둘러 달려오는 모습이 눈에 선하다. 여기저기 부딪히고, 빨래 건조대를 넘어뜨리면서.

"여보세요, 기다리게 해서 죄송합니다. 기도입니다. 여보세요, 여보세요…… 여보세요, 고짱!"

고짱이라는 도미에의 목소리, 이 얼마나 상쾌한가.

당연하다. 도미에는 진짜 어머니가 구 년밖에 부르지 않았던 내이름을 삼십 년 동안이나 불러왔으니까. 그렇게 부를 때마다 주먹으로 맞고 발에 차인다는 것을 알면서도, 그래도 도미에는 나를 '고짱'이라 불러왔으니까.

도미에의 상냥한 목소리를 뺨에 느끼면서 나는 이렇게 말했다.

"어머니, 벌써 일어났어? 내가 없으니까 늦잠 좀 자도 되잖아."

도미에는 깜짝 놀랐을 것이다. 어머니라는 말을 평생 처음 듣고 넋이 빠져버린 그 숨결이 수화기를 통해서도 느껴질 정도였다.

바텐더의 얼굴에서 웃음이 사라지고, 안주인이 새파랗게 질리는 것을 알 수 있었다.

"고짱…… 갑자기 왜 그러니…… 또 술에 취했니?"

"맨정신이야. 방금 일어났어. 오늘 돌아갈 거야."

"온다고? 그렇게 급하게? 무슨 일 있었니?"

"아냐, 아무 일도 없어. 내일 가부키 공연 마지막날이라서 보러 가야 해. 어머니, 기쿠고로의 팬이잖아. 오늘 데리고 가줄게. 가본 지도 꽤 오래된 것 같아서."

"가부키? ……한 번도 본 적 없는데…… 이상해, 고짱. 왜 그러니?"

"그랬어? 역시 전화를 기다리고 있었구나. 낮 공연 보고 돌아오는 길에 뭐 맛있는 거라도 먹지 뭐. 스테이크? 아냐, 어머니는 초밥파지. 초밥을 먹고, 그렇지, 이제 곧 생일이니까, 기모노라도 한 벌 살까?"

"생일이라니? ……무슨 말인지 모르겠어, 고짱. 오늘 왜 이러니, 고짱. 정신 차려."

등뒤에서 안주인의 흐느낌이 들려왔다.

울어라. 더 울어라. 가슴이 찢어지게 울어라. 삼십 년이나 화장실에서 눈물을 삼켜온 도미에처럼. 아버지가 이를 꽉 깨물고 삼켜야 했던 눈물만큼.

도미에는 못생겼고, 굼뜨고, 발로 차도 일 초 이상이 지나야 아픈 줄 아는 둔감한 여자다. 그러나 도미에의 감각은 이런 이상 사태의 진의를 날카롭게 파악하고 있었다.

잠깐의 사색을 통해 도미에는 사태를 알아버린 것이다.

"고짱, 거기 누가 있니? 나카조 삼촌? 설마…… 설마…… 어머니가 있는 건 아니겠지?"

입을 다물고 있는 나를 향해, 도미에는 험악한 목소리로 말했다.

"이게 무슨 짓이야. 끊겠어. 사과해. 어머니에게 머리를 숙이고 사과해."

"미안, 미안해, 어머니."

누구에게도 절대로 해본 적이 없는 말을 어린애처럼 반복하자, 눈물이 저절로 솟구쳤다.

"내게 사과해서 뭐 하니. 어머니에게 사과해."

"그러니까, 미안하다고 하잖아. 난 자식다운 행동이라곤 하나도 한 게 없어. 용서해줘, 어머니. 이제부터 무슨 일이든 다 할게. 지금까지 못 했던 것들, 열심히 할게."

나는 수화기를 끌어안았다.

"이제 그만둬, 고짱. 전화 끊어."

도미에의 목소리는 슬픔으로 가득 차 있었다. 사막을 헤매는 배고픈 부족의 아이에게 생명을 나누어주듯 결코 보답받을 수 없는 애정을 주며 살아온 도미에에게, 이제 내가 해줘야 할 일은 과연 무엇일까.

지금까지 도미에를 어머니라 부른 적이 없었다. 그러나 나는 남자의 명예를 걸고, 친어머니를 어머니라 부르지 않을 것이다. 가령 도미에가 진심으로 바란다 하더라도.

"끊지 마, 도미에!"

나는 그렇게 명령하고, 의자를 빙글 돌려 안주인 쪽을 바라보았다. 어머니는 얼굴을 묻고 몸을 애달프게 떨며 울고 있었다.

"전화 받아."

나는 수화기를 내밀었다. 어머니는 울음을 뚝 그치고, 잠이 덜 깬 눈으로 무릎에서 얼굴을 드는 미카를 끌어안으며 겨우 입을 열었다.

"안 돼, 받을 수 없어."

"받을 수 있고 없고의 문제가 아냐. 받아. 미안하단 말 한마디 한다고 천벌을 받는 것도 아니잖아. 도미에는 당신 대신에 인생을 허탕치고 말았어. 당신이 다른 남자하고 도망치고 난 뒤로 폭삭 늙어버린 아버지를 보다 못해, 훌쩍훌쩍 울고 있는 아이가 불쌍해서…… 열일곱이었어. 알고 있겠지? 고작 열일곱에, 도쿄에 살면서도 도쿄가 어디 붙어 있는지도 모르는, 아키타에서 도쿄로 취직하러 올라온 공순이야. 이웃 할망구들에게는 당신을 쫓아내고 후처 자리를 꿰찼다고 욕을 먹었고, 학부형으로 학교에 와서도 복도에서 머뭇거려야 했고, 급사들에게도 머리를 숙인 사람이야. 받아. 이렇게 자식을 키워줘서 감사하다고, 아버지 같은 노인의 품에 안겨 위로해줘서 고맙다고, 사과해. 자, 칭찬이라도 한마디 하란 말이야."

도미에는 듣고 있을까. 끊었으면 좋겠는데.

그때 등뒤에서 손이 하나 뻗어나오더니 수화기를 빼앗았다. 뒤를 돌아보는데 다른 한손이 나의 목을 잡아 카운터 바닥에 짓눌렀다.

바텐더는 아이스픽을 내 볼에 갖다댄 채 낮고 차가운 목소리로 이렇게 말했다.

"무슨 사정인지는 모르겠지만 말이야, 여자와 어린아이를 울리는 놈은 이 권총 조가 살려두지 못해. 세 명 죽이나 네 명 죽이나 마찬가지니까."

하야시 쇼타로는 하늘색 아침이 밝아올 무렵에 눈을 떴다.

깊이 잔 탓일까, 술기운은 말끔히 사라지고 없었다. 하야시는 천천히 몸을 일으켰다.

콧노래가 들려왔다. 나나가 베란다에서 속옷을 말리고 있었다.

"아침부터 세탁이라니. 꼭 결혼한 여자 같잖아."

스팽글이 여기저기 떨어져나간 붉은 드레스가 허물처럼 아무렇게나 던져져 있었다.

"어…… 나나, 이걸 입었어? 입을 일도 없었을 텐데."

유카타 차림의 나나는 쿡 하고 웃으며 뒤를 돌아보았다.

"물론. 손질 좀 해두려고."

"……그렇겠지. 꿈이었어."

"꿈?"

"응, 나나가 노래하는 꿈을 꿨어. 〈전사의 엘레지〉. 정말 멋지게 불렀어."

"아…… 그 노래라면 나 앞으로 매일 부를 거야. 좋은 노래니까."

하야시는 기지개를 켜고 목을 돌리면서 다시 한번 꿈을 되새겨보았다.

"그랬어. 대단한 광경이었지. 꿈속에 마노 미스즈가 나오더라. 나나와 듀엣도 했어."

나나는 하야시 곁에 앉아서 눈을 가늘게 뜨고, 아이돌 시절과 조금도 다를 바 없는 웃음을 보였다.

"응, 영광의 무대였어."

하야시는 주변을 둘러보았다. 어제 체크인한 방과 어딘가 분위기가 다르다. 왜 문의 방향과 탁상의 위치가 반대일까. 하야시는 문턱까지 기어갔다. 아무리 생각해도 문이나 화장실 방향이 정반대인 것 같은 느낌이 들었다.

"방을 옮겼어?"

"무슨 소리 하는 거야. 기차에서부터 줄곧 마셔서 방에 들어왔을 때는 인사불성이었으면서."

아무리 생각해도 좀 이상한데, 흠, 하긴 그럼 좀 어때, 하고 하야시는 간단히 생각을 정리해버렸다. 아침마다 그러듯이 냉장고 문을 열다가 문득 손길을 멈추었다.

"왜 그래?"

나나가 물었다.

"그만두자. 이렇게 기분 좋은 아침에 해장술은 안 좋아."

사실은 다른 이유가 있었다. 새벽녘 머리맡에 산신령이 나타나서 하야시에게 이렇게 말했던 것이다.

'자네 인생도 괴롭겠지만, 힘을 내.'

꿈속에서 저도 모르게 손을 내밀었고, 산신령은 그 손을 꼭 잡아주었다. 갈 곳 없는 자신의 마음을 산신령만은 알아주었다. 괴롭겠지만 참고 견뎌야 한다고, 산신령은 격려해주었다. 너무도 인간적인 산신령이었다. 안경을 걸치고 콧수염을 기른, 대학교수처럼 보이는 산신령이었다.

"이번 기회에 그만 끊어버릴까보다. 나나의 노래도 아직 쓸 만한데다, 술 마셔서 좋을 게 하나도 없으니까."

"무리하지 않아도 돼."

나나는 진심으로 그렇게 말했다. 남자의 술값 정도는 벌어다줄 수 있다고 생각했다. 하야시가 자신을 어떻게 생각하고 있는지, 앞으로 어떻게 될지, 그런 건 아무래도 좋았다. 이 남자는 나를 진심으로 사랑하고 있으니까.

그런 생각을 하면서 나나는 남자의 목을 끌어안았다.

"왜, 왜 이래, 아침부터."

"잠만 잤잖아. 나도 내 멋대로 할래."

"자, 잠깐, 문을 걸어야지, 창, 창문이……"

하야시를 넘어뜨리고 나나는 그의 입술을 빨았다. 가슴 깊은 곳에서 솟구쳐오르는 감정을, 하야시가 표면만으로라도 끌어안아주기를 바랐다.

그런 감정을 나나는 말로 표현했다.

"쇼짱, 사랑한다고 말해봐. 한 번이라도 좋아."

하야시는 나나의 얼굴을 두 손으로 받쳐들고 어떤 불가사의한 것이라도 바라보는 듯한 눈길로 그 작은 얼굴을 감쌌다. 대답해야 한다고 생각하는 한편, 입술이 떨렸다. 그것은 입 밖에 내서는 안 되는 말이었다.

"나나는 나를 좋아하니?"

"좋아해, 정말. 죽이고 싶을 정도로."

이 얼마나 멋진 사랑의 표현인가. 하야시는 감격했다.

"응? 부탁해, 쇼짱, 사랑한다고 말해봐. 거짓말이라도 괜찮으니까."

나뭇가지들이 커튼콜처럼 술렁거렸다. 일제히 잎을 나부끼며 빛을 반사하는 나뭇잎의 눈부신 조명이 스포트라이트처럼 나나의 볼을 발갛게 물들였다.

작은 숨소리 하나라도 놓칠세라, 나나는 하야시의 입술에 귀를 댔다. 맨살을 드러낸 어깨를 안으며 하야시는 손 안에 쏙 들어올 만큼 자그만 그 어깨뼈를 느끼고 몸을 부르르 떨었다.

"……사랑해, 나나."

죄 많은 이단의 주문처럼 하야시 쇼타로는 속삭였다.

나나는 몸을 떨면서 남자의 머리카락을 거머쥐고, 얼굴을 마구 비벼대며 뼈가 앙상한 목덜미를 부여잡았다.

"고마워, 쇼짱. 정말 고마워."

거짓말이라도 좋았다. 두 번 다시 듣지 않아도 좋았다. 그 말 한 마디를 가슴에 새기며, 나나는 이 남자와 평생을 함께하자고 생각했다.

35

마쓰쿠라 경부보는 층계참의 난간에 기대어 번잡한 로비를 내려다보고 있었다.

체크아웃을 하려는 두 단체객이 한꺼번에 몰려들면서 로비는 사람들로 북적대고 있었다. 승차장에는 일반 관광버스와 야쿠자의 가두선전차가 나란히 서 있다.

선물을 사는 사람, 소파에서 커피를 마시는 사람, 센스가 넘쳐흐르는 장식품 앞에서 기념촬영을 하는 사람. 하룻밤을 같이 보낸 사람들은 화기애애하게 서로 뒤섞여 누가 누구인지 분간을 할 수 없을 지경이었다.

"어이, 명함 교환만은 하지 말라고 해. 전화번호나 주소는 아무한테나 가르쳐주는 게 아니라고."

　쓸데없는 말을 하는 게 아닌가 걱정하면서 마쓰쿠라는 부하들에게 명령했다.

　출발시각을 알리는 안내방송을 동시에 한 것이 호텔 측의 실수였다.

　지배인은 프런트에서 마쓰쿠라를 올려다보며 웃음을 보냈다. 어쩌면, 실수라기보다는 배려일지도 모른다고 마쓰쿠라는 생각을 바꾸었다.

　아무리 그렇다 해도 도쿄까지 저 가두선전차와 나란히 달려간다는 것은 우울한 일이다. 적어도 긴급체포한 강도범만은 경찰차를 불러 호송해야 할 것이다.

　그러나 이제야 잠에서 깨어난 서장은 단호하게 그것을 허락하지 않았다. 좀 유치하다는 생각도 들긴 하지만, 경시청의 위신을 걸고 서라도 지역 경찰에 출동요청은 할 수 없다는 것이다.

　마쓰쿠라는 바로 곁에 우뚝 서 있는 사가라 나오키치의 거대한 동상을 올려다보았다. 내심으로 존경하고 있는 대협객과 생전에 만난 적은 한 번도 없었다. 그러나 어젯밤에 서로 술잔을 권하며 밤을 새운 것 같은 느낌이 들었다. 사가라 오야붕은 이 호텔 안에 살아 숨쉬고 있는 거라고 마쓰쿠라는 생각했다.

　동상 아래 정좌를 하고 앉아 머리를 수그리고 있는 젊은이가 있었다. 어제 연회의 주인공이자 오늘 경찰에 자진 출두할 자객이었다.

하루가 지나자 사람들의 눈에서 멀어져버린 젊은이의 어깨에 마쓰쿠라는 손을 올렸다.

"어이, 젊은이. 왜 그리 힘이 없어, 무슨 일이라도 있나?"

젊은이는 여드름투성이 얼굴을 들면서 쓸쓸히 웃었다.

"아하하하, 자네 초범이로군."

"옛, 창피한 이야기지만, 이제 가야 한다는 생각을 하니 겁이 나서요."

"겁낼 것 없어. 초범이니까, 아무리 많이 받아봐야 일 년에서 일 년 반이야. 그런 하룻밤 고생에 벌벌 떨어서야 어떻게 이 험난한 세상을 살아가겠나."

"그, 그렇군요⋯⋯"

"가슴을 당당히 펴고 가게. 잘 들어 자네는, 이 오야붕의 직계라는 사실을 잊지 말아야 해. 가슴을 펴고, 당당하게, 사쿠라다몬의 계단을 올라가는 거야."

"예잇, 정말 감사합니다. 그런데, 어느 조직의 오야붕이신지요?"

"나?"

이름을 대려다가 입을 다물었다.

"이름은 알 필요 없고, 자네처럼 사쿠라 문장을 사용하는 전사라고만 알면 돼."

계단 위에서 단정하게 차려입은 가가와 신스케와 와타나베가 걸어왔다. 사이좋은 여행객 같아 보이는 그 분위기가 마음에 걸려, 곁을 지나는 와타나베를 불러세웠다.

"와타나베, 폼 좀 잡아봐. 사나이의 승전보를 울리라고."

그러자 와타나베는 쓸데없는 소리 말라는 듯이 말했다.

"요란 떨지 마. 이대로 슬쩍 탈 테니까."

양복 위에 코트를 걸치고, 회색 중절모를 깊이 눌러쓴 가가와 신스케는 근엄한 대학교수 그 자체였다.

"와타나베 씨, 나는 신경 쓸 것 없어. 당신의 공이잖아."

"아냐, 난 그런 건 별로 안 좋아해. 자, 사람들 눈에 띄기 전에 가자구."

두 사람은 빠른 발걸음으로 계단을 내려갔다. 마쓰쿠라는 난간에서 몸을 내밀고 큰 소리로 외쳤다.

"어이! 모두들, 내 말 들어봐. 와타나베 부장이, 와타나베 순사부장이 수금강도를 잡았어! 대서특필감이다. 그 유명한 수금강도 가가와 신스케를, 와타나베 부장이 잡았어!"

와타나베는 쯧, 하고 혀를 차면서 마쓰쿠라를 올려다보았다. 로비가 술렁이기 시작했다.

몰려드는 사람들을 밀치면서, 아냐, 그런 게 아냐, 하고 와타나베는 외쳐댔다.

그때 갑자기 군중이 물줄기처럼 두 갈래로 나뉘더니, 사쿠라 문장이 그려진 전통예복 차림의 노인이 현관에 나타났다. 사람들은 눈을 동그랗게 떴다. 눈부신 아침 햇살을 등으로 받으며 서 있는 장신의 노인은 가가와 신스케를 똑바로 응시하며 두 손을 무릎에 대고 깊이 머리를 수그렸다.

사람들의 웅성거림이 뚝 그쳤다.

"전송해드리겠습니다."

역시 사쿠라 문장을 그려넣은 한텐이 현관 양쪽에 좌악 늘어섰다.

"여러분께도 신세 많이 졌습니다!"

천천히 몸을 일으키더니 나카조 오야붕은 그야말로 동료나 부하를 유배 보내는 야쿠자의 목소리로 이렇게 읊었다.

"에에, 학과 거북을 만나 극락왕생하는 것도 좋은 일이지만, 하늘 하나에 땅이 여섯인 주사위에 목숨을 거는 것 또한 좋은 일이 아니겠소이까. 위에는 요시하라 사이바시, 본거지 고마가타 무코지마까지 백여 장, 어디 하나 물샐 틈이 있겠습니까. 여기 사쿠라 가문이 한 자리에 모여 그대를 보냅니다. 으샤, 신스케 형, 마음 놓고 떠나시게."

"다녀오십시오."

나란히 서서 허리를 굽힌 채 종업원들은 일제히 소리쳤다.

가가와 신스케는 깊이 머리를 숙였다.

"고맙소이다, 여러분. 다녀오겠습니다."

와타나베는 가가와를 재촉하면서 현관을 나와 나카조 오야붕과 어깨를 나란히 하고 그 자리에 멈춰 섰다.

"나카조 씨, 당신 정말 폼 나. 암시장에서 어깨로 바람을 가르며 걸어가던 그때의 모습 그대로야."

흥, 하고 코웃음치면서, 나카조는 고개도 돌리지 않고 말했다.

"어때, 와타나베, 건수 올린 기분이."

"나쁘진 않군. 이럴 줄 알았더라면 그때 도박장에서 자네를 잡을 걸 그랬어."

"침 튀기지 말고 빨리 가기나 해. ─감사합니다. 또 저희 호텔을 애용해주시길 바랍니다."

가가와 신스케는 버스에 한 발을 올리고, 범죄자로는 보이지 않는 화사한 표정으로 푸른 하늘을 올려다보았다.

산봉우리에는 눈이 내리고 있었다.

"아직 멀었어? 미카. 빨리 해."

고갯길에 쓰러져 있는 나무 등걸에 걸터앉아 나는 눈 내린 산봉우리를 올려다보았다.

미카는 코트를 벗은 탓에 추위에 파랗게 질려 있었다.

"조금만 더. 움직이지 말아요."

크레파스 색을 찾으면서 미카가 말했다.

"빨리 그리는 것도 재능이야."

"그럼, 미카에게는 재능이 없다는 말이에요?"

"그런 말이 아냐. 예술가란 쓸데없는 걸 많이 만들어도 안 되지만, 괜찮은 걸 조금만 만들어도 안 되는 거야. 좋은 걸 많이 만들 때

비로소 인정받게 되는 거야."

"으응. 어렵네, 예술이란 놈은. 야, 다 됐다. 이제 됐어요, 선생님."

자, 어디 보자, 하고 나는 미카의 화첩을 들여다보았다.

잘 그렸다. 도저히 여섯 살 난 아이의 그림이라고는 믿을 수 없다. 데생도 그렇지만, 초상을 평면으로 그리지 않고 배경의 낙엽송을 교묘하게 곁들여서 깊은 맛을 주었다.

"너, 모나리자라고 아니?"

"모나리자?"

"레오나르도 다 빈치의 모나리자."

미카는 멍한 표정을 지었다. 혹시 이애는 다 빈치 급의 천재일지도 모른다.

"맞다!"

미카는 크레파스를 다시 집어들고는 잠시 망설이다가 녹색 크레파스로 내 초상화 곁에 또박또박 글자를 적어넣었다.

'미카의 아빠'

그렇게 쓴 다음 얼굴은 웃으면서도 손은 떨고 있는 소녀를, 내 시선은 놓치지 않았다. 크레파스는 조그만 손 안에서 부서져 있었다.

내 마음속에 새카만 어둠이 깔렸다.

미카는 결심했다는 듯 크레파스를 집어넣고, 화첩 페이지를 한 장 넘겼다. 거기에는 눈도 코도 입도 없는 또다른 미카의 아빠가 그려져 있었다.

"징역이 너무 길어서 돌아오지 못할지도 모른다고 엄마가 그랬어요. 눈이랑 코랑 그려두고 싶었는데…… 이대로는 귀신 같아서 정말 불쌍해."

있는 힘을 다해 떠올리려 했지만 결국 실패하고 만 아버지의 초상 위에 미카는 눈물을 뚝뚝 떨어뜨렸다.

"모델이 불쌍하다고 우는 사람은 그림을 그릴 자격이 없어."

그렇게 말하면서도 나는 자신의 냉담함에 진저리를 쳤다.

"그렇지만 선생님도 매일 울잖아요."

"바보. 나는 울화통이 터져 우는 거야. 생각한 대로 써지지 않으니까, 그래서 화가 나서 우는 거란 말이야."

반항하려다 그냥 입을 다물어버리더니 미카는 허망한 표정으로 화첩의 한 페이지를 뜯어냈다. 그리고 들릴 듯 말 듯 작은 목소리로 속삭였다.

"미안해, 아빠."

가슴을 찢는 소리와 함께 초상화도 찢어졌다. 흐느끼며 미카는 말했다.

"선생님, 한 가지 부탁이 있어요. 미카는 아무것도 필요 없어요. 미키마우스도 이대로 괜찮고, 과자, 옷, 아무것도 필요 없어요."

"뭐야, 확실히 말해."

"선생님을…… 아빠라고 부르고 싶어요…… 역시, 안 되나요……"

소녀는 손으로 찢어버린 아빠의 초상화를 초조한 손길로 만지작거렸다.

"안 되기는. 그렇지만 아빠는 안 돼. 아버지라고 해."

"아버지? ……미카의, 아버지!"

"응, 그렇게 불러. 그렇지만 아버지는 아빠처럼 미카를 안아주거나 같이 놀아줄 수는 없어. 늘 등을 돌리고 또박또박 글씨만 쓰고 있을 거야. 그래도 되는 거지?"

"괜찮아요. 그래도 좋아요. 선생님은 정말 멋져."

"아버지라고 부르라고 했잖아."

나는 미카를 끌어안았다. 참고 참았던 슬픔을 한꺼번에 터뜨리며 미카는 큰 소리로 울기 시작했다.

내가 지금 안고 있는 것, 대체 이건 뭘까? 바람에 흩날리는 소녀의 머리카락이 눈을 찌르고, 떨리는 팔 안에서 작은 뼈가 웅웅 울어대고 있었다.

"넌 화가가 되는 거야. 예술대학에 가. 좋은 학원에도 가고, 가정교사도 불러야지. 좋은 물감, 이젤, 뭐든 사줄게. 그래, 루브르 박물관에 가는 거야. 다 빈치도 고흐도 르누아르도 봐둬야지."

"그럼…… 돈이…… 들 텐데."

"돈은 많아. 아니, 내게는 그런 것밖에 없어. 잘 들어. 너는 천재다. 재능을 더럽혀선 안 되는 거야. 알았니? 미카, 힘을 내. 재능에는 눈물이 필요 없어. 땀으로 갈고 닦는 거란 말이야."

"네."

미카는 입을 꼭 다물고 고개를 끄덕였다.

내 손에서 여행가방을 빼앗아들더니, 끌지 않으려고 애를 쓰면서도 결국 땅에 질질 끌면서, 미카는 고갯길을 걸어가기 시작했다.

그리고 곧 저려오는 손에 입김을 불면서 서리가 내린 낙엽송을 올려다보았다.

"우와! 훈장이 잔뜩 달렸다. 하지만 미카, 훈장 같은 거 필요 없어. 아버지도 필요 없죠?"

나는 미카의 시선을 따라 눈길을 돌렸다.

눈부신 황금을 박아넣은 훈장의 숲에, 우리는 서 있었다.

"우왓! 이게 뭐야! 나나한 따위는 저리 가라다. 삐까번쩍 버티컬이다!"

코너에서 튀어오를 때마다 시게루는 외쳤다.

OHV 버티컬 트윈 엔진을 탑재한 전설적인 명차, 1966년제 가와사키 W1. 영국식의 오른쪽 시프트 체인이 약간 걸리기는 하지만, 쓸데없는 근육이라곤 하나도 없는 그야말로 철마였다.

'잘 들어. 절대로 뒤로 물러서지 마. 달리지 않으면 넘어지고 말아. 비가 오면 비를 향해, 바람이 불면 바람을 맞받아서 달리는 거야. 오토바이란 바로 그런 거야.'

언젠가 구로다가 한 말이 귀에서 되살아났다.

손님을 실은 관광버스도, 군가를 울리는 선전차도, 소설가 선생과 어린 소녀도, 눈 깜짝할 사이에 스쳐 지나갔다. 정말 감사합니다, 라는 인사말을 할 여유조차 없었다.

거리가 내려다보이는 전망대에 이르러서야 W1은 멈춰 섰다.

"진짜 죽인다! 계속 타면 머리가 어떻게 돼버리겠어!"

헬멧을 벗어들고, 시게루는 모형정원 같은 온천 마을을 바라보았다.

아침 일찍 문을 두드려 깨운 우체국의 노란 지붕이 보였다. 오래된 전망대. 여기저기 원천에서 솟아오르는 연기. 눈을 뜨기 시작하는 상점가. 은색의 선로와 장난감처럼 촌티 나는 역사.

산자락에 움츠리고 있는 고등학교 교정에서는 체육수업이 시작되고 있었다.

"공부라도 해볼까. 일 년 쉬었는데, 나를 받아주려나……"

저도 모르게 입 밖으로 나온 말에 시게루는 몸을 부르르 떨더니, 그 말을 지워버리고 싶다는 듯 황급히 오토바이에 올라타 액셀러레이터를 밟았다.

'아버지 말로는 우리 호텔도 언젠가는 페닌슐라처럼 별 다섯 개짜리가 된다고 했는데. 프런트맨이 되려면 대학이라도 나와서 영어 몇 마디는 지껄일 수 있어야 하지 않겠어.'

"답답해도 어쩔 수 없잖아!"

헬멧에서는 버티컬에 잘 어울리는 남자의 향기가 났다.

산봉우리에 구름이 걸리는가 싶더니, 하늘은 금방 회색으로 변하고 눈이 내리기 시작했다.

　기어를 넣고, 시게루는 제멋대로 달리기 시작하는 오토바이에 달라붙었다.

　금세 눈이 쌓여간다.

　그날부터, 오쿠유모토는 겨울이었다.

후기

다시 저희 호텔을 이용해주셔서 정말 감사합니다.

숙박하실 때마다 소동이 벌어지다니 정말 죄송한 마음 금할 수 없습니다. 특히 이번에는 일박 이일의 일정이라 손님 여러분도 피로하셨을 줄 믿습니다.

일 년간 몇 가지 투어를 기획한 경험도 있고 해서 다소나마 일에 익숙해졌다고 믿었는데, 그만 이렇게 부실한 내용이 되고 말았습니다. 물론 나름대로 즐거움은 느끼셨을 줄 믿습니다.

최근 들어 손님들께서도 저희보다 더 여행에 익숙해진 것 같습니다. 과잉선전이나 이미지가 앞서는 내용을 보시고, 야단을 치시면서 도중에 하차하신 분도 많으신 걸로 알고 있습니다.

절대로 그런 일이 있어서는 안 된다고, 저도 아이디어를 짜내 지난번보다 하루 짧은 일박 이일, 그것도 호텔 바깥으로는 한 발자국도 나가지 않고, 살인사건도 일어나지 않고, 유령도 등장하지 않는 가혹한 상황하에서 이런 참신한 기획을 세워보았습니다.

이제 와서 저의 의도를 밝히는 것은 좀 죄송한 일이긴 하지만, 이렇게 세심한 스물네 시간의 여행은 다른 회사는 절대로 모방할 수 없을 것이며, 저 자신의 장래를 위해서도 무척 가치 있는 일이었다고 자부하고 있습니다.

벌써 눈치채신 분도 계시겠지요. 이 투어는 작년 여름부터 올 봄에 걸쳐 주간지에 연재된 것입니다. 지난번의 투어가 상당한 호평을 받아 텔레비전이나 무대에서 재현되기에 이르러, 급히 다시 연재가 시작된 것입니다.

보통 이런 경우는 두번째 비스킷이 첫번째 비스킷보다 맛이 없는 법이지만, 과연 손님 여러분께서는 어떻게 느끼셨는지요. 저로서는 한 자 한 구도 늘어짐이 있어서는 안 된다는 기개로 임했기에 첫번째 비스킷에 비해 손색이 없을 줄로 압니다만, 만에 하나 마음에 걸리는 일이 있으시다면 주저 없이 말씀해주시기 바랍니다.

사실 저는 삐딱한 성질 하나만은 작중인물 기도 고노스케를 뛰어넘는 사람이라, 태연자약하게 웃는 얼굴로 편집자의 얼굴에 커피를 끼얹기도 하고, 길거리에서 백드롭을 걸기도 합니다.

상식을 벗어난 이런 삐딱함에 대해 끊임없는 투지로 응전해주신 도쿠마쇼텐 출판사의 시바다 아카쓰키 씨, 그리고 인내에 인내를 거듭하면서도 포기하지 않았던 같은 회사의 아사히 예능 담당자 기무라 미쓰토시 씨와 다케모토 아사유키 씨, 그 외에 몸을 돌보지 않고 조언을 아끼지 않으셨던 여러분께, 이 자리를 빌려 깊은 감사의 말씀을 드리는 바입니다.

산골짜기의 엄동설한을 그 종업원들은 과연 어떻게 보낼까요.

아까 돌아가는 길에 대장 종업원 구로다에게 물어보았더니 그 사천왕상 같은 얼굴로 파안대소하며, 그럭저럭 지내겠죠 뭐, 하면서 마치 남말하듯 말하는 게 아닙니까.

그 성실한 지배인은 아무리 눈보라가 몰아쳐도 손님을 역까지 배웅해드리고 있고, 실제로 전 폭주족 프런트맨은 최신식 스노모빌을 하나 얻어서 기분이 하늘 똥구멍을 찌를 정도였습니다. 주방장과 셰프도 겨울 식단 준비에 여념이 없습니다. 단 하나 마음에 걸리는 것이 있다면, 남국에서 태어나고 자란 종업원과 여급들입니다.

그럼, 다시 저희 호텔을 찾아주시길 진심으로 바라면서.

아사다 지로
프리즌 호텔 종업원 일동

옮긴이 **양억관**

울산 출생. 현재 전문번역가로 활동하고 있다. 주요 역서로, 『중력 삐에로』 『단테의 신곡』 『그대가 모르는 곳에서 세상은 움직인다』 『러시 라이프』 『달빛의 강』 『조제와 호랑이와 물고기들』 『LAST』 『자정 5분 전』 『69』 『나는 공부를 못해』 『스피드』 『인간 동물원』 『교코』 『코인로커 베이비스』 『남자의 후반생』 『바보의 벽』 『성화 이야기』 『흑냉수』 『들돼지를 프로듀스』 『용의자X의 헌신』 『나는 모조인간』 『라라피포』 『모방범』 등이 있다.

문학동네 세계문학
프리즌 호텔 2 가을

| 초판인쇄 | 2007년 8월 31일 |
| 초판발행 | 2007년 9월 7일 |

지 은 이	아사다 지로
옮 긴 이	양억관
펴 낸 이	강병선
책임편집	양수현 최유미
펴 낸 곳	(주)문학동네
출판등록	1993년 10월 22일 제406-2003-000045호

주 소	413-756 경기도 파주시 교하읍 문발리 파주출판도시 513-8
전자우편	editor@munhak.com
전화번호	031) 955-8888
팩 스	031) 955-8855

ISBN   978-89-546-0379-9 04830
       978-89-546-0377-5 (세트)

www.munhak.com

철도원 양윤옥 옮김

1997년 나오키 상 수상작
눈 냄새처럼 맑고 깨끗한 슬픔

아사다 지로의 첫번째 소설집. 본격문학으로는 유례없는 140만 부의 밀리언 셀러를 기록했다. 허무하고도 쓸쓸한 사람살이의 행로를 가슴 뭉클한 감동으로 휘몰아가는 작가의 솜씨는 가히 천의무봉이라 할 만하다.

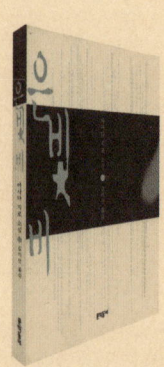

은빛 비 김미란 옮김

영혼을 뒤흔드는 소리없는 기적
애틋한 슬픔을 자아내는 가슴 뭉클한 이야기들

사랑을 통해 영혼의 상처를 치유해가는 인물들의 이야기는 사막 같은 현대인의 마음에 한 방울 눈물의 정감을 불어넣어준다. 야쿠자 체험과 옷가게 경영 등 작가 자신의 특이한 이력에 힘입은 생생한 인물 묘사와 탁월한 이야기 솜씨가 돋보이는 소설집.

낯선 아내에게 박수정 옮김

사랑이 끝난 자리에서 다시 사랑은 시작된다
눈물과 슬픔의 힘으로

이루지 못한 사랑, 돌이킬 수 없는 삶의 곤경에 처한 이들의 깊은 슬픔이 가슴을 울린다. 눈물과 슬픔의 힘으로 다시 삶을 일으키는 다양한 인간 군상의 이야기가 손에 잡힐 듯 선명한 정경 속에 아름답게 녹아 있다.